KB045311

엘러리 퀸 *Ellery Queen*

20세기 미스터리를 대표하는 거장. 작가 활동 외에도 미스터리 연구가, 장서가, 잡지 발행인으로 잘 알려져 있다. 또한 '엘러리 퀸'은 그의 작품 속에 등장하는 탐정 이름이기도 한데, 셜록 홈스와 명성을 나란히 하는 금세기 최고의 명탐정이다.

엘러리 퀸은 한 사람의 이름이 아니라 만프레드 리(Manfred Bennington Lee, 1905~1971)와 프레더릭 다네이(Frederic Dannay, 1905~1982), 이 두 사촌 형제의 필명이다. 둘은 뉴욕 브루클린 출신으로 각각 광고 회사와 영화사에서 일하던 중, 당시 최고 인기 작가였던 밴 다인(S. S. Van Dine)의 성공에 자극받아 미스터리 소설에 도전하기로 마음먹는다. 그들의 계획을 현실로 만든 것은 〈맥클루어스〉 잡지사의 소설 공모였다. 탐정의 이름만 기억될 뿐 작가의 이름은 쉽게 잊힌다고 생각한 그들은, '엘러리 퀸'이라는 공동 필명을 탐정의 이름으로 삼았다. 그들이 응모한 작품은 1등으로 당선됐으나, 공교롭게도 잡지사가 파산하고 상속인이 바뀌어 수상이 무산된다. 하지만 스토크스 출판사에 의해 작품은 빛을 보게 되는데, 이것이 바로 엘러리 퀸의 역사적인 첫 작품 《로마 모자 미스터리》(1929)였다.

이후 엘러리 퀸은 논리와 기교를 중시하는 초기작부터 인간의 본성을 꿰뚫는 후기작까지, 미스터리 장르의 발전을 이끌며 역사에 길이 남을 걸작들을 생산해냈다. 대표작은 셀 수 없을 정도이나, 그가 바너비 로스 명의로 발표한 《Y의 비극》(1932)은 '세계 3대 미스터리'로 불릴 만큼 높은 평가를 받고 있으며 중편 〈신의 등불〉(1935)은 '세계 최고의 중편'이라는 별칭을 가지고 있다. 이외 《그리스 관 미스터리》(1932), 《이집트 십자가 미스터리》(1932), 《X의 비극》(1932), 《재앙의 거리》(1942), 《열흘간의 불가사의》(1948) 등은 미스터리 장르에서 언제나 거론되는 걸작들이다. '독자에의 도전'을 비롯해 그가 작품에서 보여준 형식과 아이디어는 거의 모든 후대 작가들에게 영향을 미쳤으며 특히 일본의 본격, 신본격 미스터리의 기반이 됐다.

작품 외에도 엘러리 퀸은 미스터리 장르의 전 영역에 걸쳐 두각을 나타냈다. 비평서, 범죄 논픽션, 영화 시나리오, 라디오 드라마 등에서도 활동했으며, 미국미스터리작가협회 회장을 역임했다. 또 현재에도 발간 중인 〈EQMM 엘러리 퀸 미스터리 매거진〉(1941년 시작됨)을 발간해 앤솔러지 등을 출간하며 수많은 후배 작가를 발굴하기도 했다. 미국미스터리작가협회는 이런 엘러리 퀸의 공을 기려 1969년 '《로마 모자 미스터리》 발간 40주년 기념 부문'을 제정하기도 했으며, 1983년부터는 미스터리 분야에서 두각을 나타낸 공동 작업에 '엘러리 퀸 상'을 수여하고 있다.

SIGONGSA *design* 박지은
photo ©Eric Schaal

Ellery Queen  Collection

꼬리 많은 고양이

CAT OF MANY TAILS by Ellery Queen
Copyright © 1949 by Little, Brown & Co.
Copyright renewed by Ellery Queen
All rights reserved.

Korean Translation Copyright © 2016 by Sigongsa Co., Ltd.
This Korean translation edition is published by arrangement with
The Frederic Dannay Literary Property Trust and The Manfred B. Lee Family
Literary Property Trust c/o JABberwocky Literary Agency, Inc., through the
Danny Hong Agency.

· 이 책의 한국어판 저작권은 대니홍 에이전시를 통해 저작권사와 독점 계약한
  ㈜시공사에 있습니다.
· 저작권법에 의해 한국 내에서 보호를 받는 저작물이므로 무단 전재와 무단 복제를
  금합니다.

Cat of
엘러리 퀸 지음
배자은 옮김
Many Tails

꼬리 많은
고양이

검은숲

· 표지의 고양이 그림은 초판(1949년, Little, Brown & Co.)에 실린 이미지를 복원한 것으로, 저작권자를 찾아 사용 허락을 받고자 최대한 노력하였으나 부득이하게 연락이 닿지 않았습니다. 이와 관련하여 추후 저작권자를 찾는 대로 적법한 계약 절차를 밟겠습니다.

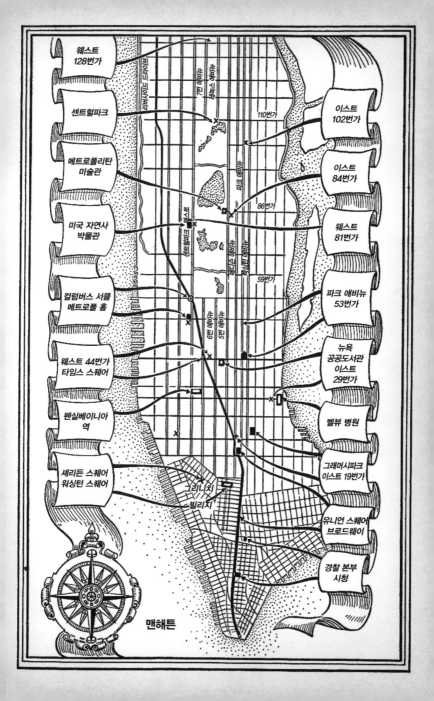

1

아치볼드 더들리 애버네시 교살 사건은 뉴욕 시를 배경으로 한 9막짜리 비극의 서막이었다.

고약한 사건이었다.

약 770제곱킬로미터 땅에 거주하는 750만의 사람들이 동시에 혼란에 빠졌다. 모든 사건의 중심은 맨해튼 지역이었다. 이 지역은, 사건이 최악으로 치닫던 무렵 〈뉴욕 타임스〉에서 언급했듯이, 바보들이 모여 산다는 영국의 전설적인 마을의 이름을 빌려 '고담 시'라는 애칭으로 불리고 있었다. 이 애칭이 꼭 즐거운 상상만 떠올리게 하는 것은 아니었으니, 현실은 전혀 유머러스하지 않았기 때문이다. 이 혼란으로 인해 '고양이'가 죽인 것보다 더 많은 사람이 죽었고, 수많은 사람들이 부상을 당했다. 어른들의 막연한 공포에 감염된 뉴욕 어린이들이 어떤 정신적 외상을 겪었는지는 정신과 의사들이 다음 세대의 신경증을 연구하기 전까지는 파악할 수도 없을 터였다.

이 문제에 대해서는 전문가들의 의견이 분분했지만, 의견이 일치된 내용 안에서 몇 가지 구체적인 원인이 지적되었다. 그중 하나가 신문이었다. 분명 뉴욕 언론들은 이후 일어난 일련의 사태에 대해 책임을 부인할 수 없을 것이다. 〈뉴욕 엑스트라〉의 편집장은 "우리의 본분은 사건이 일어나면 있는 그대로 독자들에게 알리는 것"이라고 그럴싸한 변명을 늘어놓았지만, 왜 굳이 검은 띠를 두른 영정 사진 스타일의 만평까지 동원해가면서 독자들에게 고양이의 활약상을 세세하게 알려야 했는지는 설명하지 못했다. 물론 보도에 이토록 공을 들인 목적은 신문을 더 많이 팔기 위해서였고, 신문 보급소장이 "사람들이 겁에 질려 어쩔 줄 몰라하더라" 하고 개인적으로 인정했을 정도로 판매에서 큰 성공을 거두었다.

라디오도 공범으로 지목되었다. 라디오의 미스터리, 범죄 프로그램이 젊은이들에게 히스테리, 범죄, 은둔 성향, 강박관념, 성조숙증, 손톱 깨물기, 악몽, 야뇨증, 신성모독, 그 밖의 여러 가지 반사회적 충동을 일으키는 주요 원인이라고 거세게 비난하는 사람들과 의견을 같이하던 방송사들도, 생생한 음향효과를 입힌 고양이의 습격 소식을 고스란히 방송으로 내보내는 것은 아무런 문제도 없다고 여기고 있었다……. 아무리 충격적인 내용이라도 허구만 아니라면 해롭지 않다고 생각하는 것 같았다. 이후 조사에서 살인마 출현의 공포를 보도한 5분짜리 뉴스 방송 하나가 그동안 송출된 미스터리 드라마들을 전부 합친 것보다 더 큰 공포를 청취자들에게 안겼다는 사실이 밝혀졌고, 방송사들은 숱한 비난을 받았다. 그러나 그때는 이미 모든 상황이 종료된 후였다.

더 심오한 원인을 찾는 사람들도 있었다. 고양이의 범죄가 지닌 어떤 요소가 공포의 보편적 코드를 공명(共鳴)시켰다는 것이다. 그중 하나는 살인의 방법이었다. 이를테면 숨을 쉰다는 것은 생명의 기본적 행위이므로 교살, 즉 호흡을 멈추게 하는 방식의 죽음은 인간의 원초적 공포를 자극한다는 논리였다. 다른 요소는 희생자가 무작위로 선택되었다는 점이었다. 전문가들은 이를 두고 '기분 변화에 따른 선택'이라고 칭했다. 그들의 말에 따르면 사람은 자신이 무엇 때문에 죽는지를 알 때 가장 차분하게 죽음을 받아들일 수 있다. 그러나 고양이는 희생자를 무작위로 골랐다. 이는 곧 인간이 인간 이하의 취급을 받는 것이며, 개개인의 소멸이 개미의 죽음보다 더 중요할 것도, 존엄할 것도 없게 됨을 뜻했다. 따라서 스스로에 대한 방어, 특히 도덕적 방어가 불가능해졌다. 어디에도 숨을 곳은 없었다. 그 결과 집단 공황이 발생한 것이다. 전문가들은 세 번째 요소까지 지적했는데, 그것은 바로 정보의 부족이었다. 냉혹하고 동기 없는 범행의 현장에서 살인마를 본 사람은 누구도 살아남지 못했다. 범인은 자신의 나이, 성별, 키, 몸무게, 피부색, 습관, 말투, 출신 지역, 심지어는 사람인지 아닌지에 대해서도 전혀 단서를 남기지 않았다. 손에 든 정보만 놓고 보면 정말로 고양이일 수도, 혹은 단순한 악령일 수도 있었다. 아무것도 알 수 없는 상황에서 불안한 상상은 미쳐 날뛰기 시작했다. 결과적으로 상상은 현실이 되었다.

철학자들은 현 사태의 거대한 파노라마를 향해 창문을 활짝 열어젖히고 세계관에서 원인을 찾았다. '벨탄샤웅(Weltanschauung)!'*이라고 그들은 부르짖었다. 지구라는 낡은 회전타원체는 축을 중심으로 비틀비틀 돌면서 애써 중압감을 견디며 고통스럽게 삐걱거리고 있었다. 두 세계의 충돌 가운데서 살아남은 세대는 난도질당하고 굶주리고 고문당하고 살해당

---

* 세계관을 뜻하는 독일어.

한 수백만의 사람들을 땅에 묻었다. 살아남은 세대는 현 시대라는 피로 더럽혀진 바다에서 허우적거리다 세계 평화라는 미끼를 물고 민족주의의 냉소적인 바늘에 낚여버렸다. 살아남은 세대는 이해할 수 없는, 이해하고 싶지도 않은 불가사의한 원자폭탄의 버섯구름 아래 몸을 움츠렸다. 살아남은 세대는 외교 전략가들이 오지 않을 아마겟돈을 위해 전략을 세우는 것을 무기력하게 바라보았다. 살아남은 세대는 이리저리 끌려다니고, 요청받고, 강요당하고, 의심받고, 아첨을 받고, 비난받고, 극단으로 몰리고, 자리를 빼앗기고, 격앙되고, 버려지고, 안정을 찾지 못하고, 쉬지 못하고, 밤낮으로 이쪽저쪽의 힘에 짓눌리는 객체가 되었다. 이들은 전 세계적인 신경전의 진정한 희생자였다……. 이런 세대가 미지의 존재의 첫 번째 기척에 놀라 비명을 질렀다고 해서 놀랄 일은 아니라고 철학자들은 말했다. 무감각하고, 무책임하고, 위협받고 위협하는 세계에서 사는 이들에게 히스테리는 특별한 일이 아니었다. 그 히스테리가 뉴욕시를 공격한 것이다. 전 세계 어디라도 그런 식의 공격을 받는다면 그곳 사람들 역시 똑같은 방식으로 무너질 것이 틀림없었다. 철학자들은 사람들이 공황을 받아들인 것일 뿐 굴복한 것이 아니라는 사실을 이해해야 한다고 말했다. 발밑이 송두리째 흔들리는 행성 위에서 제정신을 유지하기란 극도로 고통스러운 일이었다. 환상은 도피처이자 위안이었다.

그러나 대부분의 사람들에게는 평범한 뉴욕 시민인 스무 살 법대생의 말이 이해하기 쉬운 명쾌한 언어로 다가왔다.

"제가 얼마 전 대니얼 웹스터*에 대해 공부했는데요, 웹스터

---

* 미국의 정치가이자 법률가.

는 조지프 화이트 재판에서 범인을 기소하면서 '살인을 제대로 처벌하지 않을 때마다 사람들의 안전한 삶은 조금씩 망가진다' 라는 말을 남겼습니다. 고양이라 불리는 괴물이 사방팔방에서 사람들을 수렁에 빠뜨리고 있는데 수사는 아직 1루에도 진출 하지 못한 이런 비뚤어진 세상이라면, 고양이는 계속 사람들을 목 졸라 죽일 것이고 남은 인구로는 에벳츠필드 구장* 외야 관 중석도 다 못 채우는 날이 올 겁니다……. 지금 제 얘기가 지 루하게 들리시나요? 그건 그렇고 듀로처**는 요새 무슨 일이 있 는 걸까요?"

제럴드 엘리스 콜로드니라는 이름의 이 법대생은 허스트*** 기 자와의 길거리 인터뷰에서 이렇게 말했다. 이 말은 《뉴요커》, 《새터데이 문학 리뷰》, 《리더스 다이제스트》에 다시 인용되었 고, MGM 뉴스에서는 콜로드니 씨를 초대하여 카메라 앞에서 이 말을 되풀이하게 했다. 그리고 뉴욕 시민들은 그의 말이야 말로 지금까지 이 사건이 어떻게 진행되어왔는지 핵심을 제대 로 찔렀다며 고개를 끄덕거렸다.

---

* 브루클린 다저스의 홈구장.
** 당시 브루클린 다저스의 감독.
*** 미국의 미디어 기업.

2

8월 25일에는 뉴욕의 유명한 열대야가 찾아왔다. 엘러리는 서재에서 반바지 차림으로 글을 쓰려고 애쓰고 있었다. 그러나 땀에 젖은 손가락이 자판에서 계속 미끄러졌고, 그는 결국 포기하고 책상 위의 스탠드를 끈 뒤 창가로 갔다.

밤의 무게에 짓눌린 도시는 검고 조용했다. 수천 명의 동부 지역 주민들은 센트럴파크로 몰려가 후끈후끈한 잔디밭에 몸을 맡기고 있을 것이다. 북동쪽으로 할렘과 브롱크스, 리틀 이탈리아, 요크빌, 그리고 남동쪽으로 로어 이스트 사이드와 강 건너 퀸스와 브루클린, 남쪽으로는 첼시와 그리니치빌리지, 차이나타운까지…… 다세대주택이 있는 동네라면 어디든 화재 비상구는 사람들로 가득 찬 새 둥지 같았고, 집들은 텅 비었고, 거리는 축 늘어진 사람들이 가득 메우고 있었다. 공원 도로는 주차장이나 다름없었다. 차들은 한 줄기 바람을 찾아 브루클린 다리, 맨해튼 다리, 윌리엄스버그 다리, 퀸스버러 다리, 조지 워싱턴 다리, 트라이버러 다리 위를 꾸물꾸물 기었다. 코니 아일랜드, 브라이트, 맨해튼 해변, 록어웨이 반도, 존스 해변의 모래사장에는 잠 못 드는 수백만의 사람들이 무기력하게 바다를 바라보며 앉아 있었다. 당일 여행 보트는 허드슨 강을 오르

내리고 페리는 잔뜩 짐을 진 늙은 여인처럼 비틀거리며 위호켄과 스테이튼 아일랜드 사이를 왕복했다.

소리 없는 번개가 하늘을 찢어놓자 엠파이어 스테이트 빌딩의 꼭대기 탑이 훤히 드러났다. 마치 도시만큼 큰 카메라 플래시가 터지며 밤의 풍경을 거대한 사진으로 남기려는 것 같았다.

남쪽 허공에 어슴푸레 포말이 맺혀 있었다. 그러나 그것은 신기루였다. 그 아래에서 타임스 스퀘어가 무더위에 시달리고 있을 것이다. 라디오시티 뮤직홀, 록시 극장, 주 정부 청사, 스트랜드 호텔, 파라마운트 호텔, 맨해튼 주립 대학교……. 어디든 조금이라도 서늘한 곳이면 사람들이 넘쳐났다.

지하철을 찾는 이들도 있었다. 객차와 객차 사이 통로를 연결하는 문은 열려 있었고 열차가 역과 역 사이를 질주할 때면 터널 안 공기가 거칠게 뒤섞였다. 지옥처럼 뜨거웠지만 그래도 바람은 바람이었다. 가장 상석은 운전실이 있는 맨 앞 칸의 첫 번째 문 앞이었다. 여기에 사람들이 가장 많이 몰렸고, 더위에 마비된 몸을 고마운 바람에 맡긴 채 이리저리 흔들렸다.

워싱턴 스퀘어, 5번 애비뉴와 57번가, 어퍼 브로드웨이, 리버사이드 드라이브, 센트럴파크 웨스트, 110번가, 렉싱턴 애비뉴, 매디슨을 버스들이 누비고 다녔다. 버스에 올라타는 사람은 얼마 없었지만 내리는 사람은 많았다. 사람들은 위아래로, 남과 북으로, 동과 서로 흩어졌고, 서로의 꼬리를 쫓아…….

엘러리는 머뭇거리는 걸음으로 책상에 돌아와 앉아 담배에 불을 붙였다.

어디서 시작하든 상관없이, 항상 같은 곳으로 돌아오지.

고양이가 문제다.

그는 고개를 옆으로 기울이고 목을 주물렀다. 땀 때문에 손가락이 미끄러졌다. 그는 손가락을 꽉 쥐면서 자신이 이런 식의 압박에도 끝까지 견딜 수 있을 거라 생각했다. 미끄러지지 않는 견고한 생각들. 새롭게 다지는 의지.

고양이.

엘러리는 구부정한 자세로 담배를 피웠다.

거대한 유혹이다.

라이츠빌의 밴혼 사건에서 엘러리는 경이로울 만큼 충격적인 배반을 마주했다. 그는 자신의 논리에 배신당했다. 낡은 칼날이 손안에서 갑자기 방향을 틀었다. 그는 죄인을 겨냥했지만 칼끝은 무고한 이를 관통했다. 그래서 칼을 내려놓고 타자기를 들었다. 퀸 경감의 말처럼 속세를 떠나 문학의 세계로 침잠한 것이다.

그러나 불행히도 그는 매일매일 사악한 자들과 결투를 벌여야 하는 늙은 기사와 작은 성채를 함께 쓰는 신세였다. 뉴욕 경찰청의 리처드 퀸 경감은 낙마한 영웅의 아버지이기도 했다. 이는 대단히 위험한 동거였다.

엘러리는 늘 말했다.

"사건 얘기는 듣고 싶지 않아요. 저 좀 그냥 내버려두세요."

"왜 그래? 유혹에 넘어갈까 무서운 거냐?"

아버지는 놀리듯 말했다.

"전 다 포기했어요. 이제 더 이상 관심 없어요."

그러나 그것은 고양이가 아치볼드 더들리 애버네시를 목 졸라 죽이기 전의 얘기였다.

그는 애버네시의 죽음을 무시하려고 안간힘을 썼다. 그리고 잠깐 동안은 성공하는 것도 같았다. 그러나 조간신문에 실린 둥근 얼굴과 거기에 박힌 작고 둥그런 눈이 그를 성가시게 노려보고 있었다.

결국 그는 신문을 집어 들었다.

흥미로운, 정말이지 흥미로운 사건이었다.

이렇게 의미 없는 얼굴은 일찍이 본 적이 없었다. 포악하지도, 친절하지도, 교활하지도, 바보 같지도, 수수께끼 같지도 않은, 그냥 아무것도 아닌 얼굴이었다. 마흔네 살 태아의 둥그런 얼굴. 자연이 미처 진행시키지 못한 실험 중 하나였다.

그래, 흥미로운 살인 사건이다.

그리고 두 번째 교살.

그리고 세 번째.

그리고…….

아파트 문이 쾅 소리를 내며 열렸다!

"아버지?"

엘러리는 벌떡 일어서다가 정강이를 부딪쳤다. 그는 다리를 절며 허둥지둥 거실로 나갔다.

"어이."

퀸 경감은 이미 재킷을 벗고 넥타이를 풀어 헤친 상태였고 신발을 벗고 있었다.

"시원해 보이는구나."

경감의 낯빛이 창백했다.

"오늘 힘드셨어요?"

더위 때문이 아니었다. 경감은 사막 쥐처럼 어떤 기후에도 견딜 수 있는 사람이었다.

"뭐 시원한 것 좀 없니, 엘러리?"

"레모네이드요. 1리터 정도 있어요."

경감은 발을 질질 끌며 부엌으로 향했다. 냉장고가 열렸다 닫히는 소리가 들렸다.

"그건 그렇고, 나 좀 축하해다오."

"무슨 일로요?"

아버지가 물기 맺힌 유리컵을 들고 다시 나타났다.

"나에게 경력이랄 것이 있다면, 그간의 경력 가운데 가장 황당한 걸 얼떨결에 넘겨받았거든."

경감은 고개를 뒤로 젖히고 컵에 든 것을 마셨다. 목이 드러나자 낯빛이 더 창백해 보였다.

"해고당하셨어요?"

"더 안 좋은 거야."

"승진하셨군요."

"글쎄다."

경감이 자리에 앉았다.

"이제부터 난 고양이 사냥의 수색대장이다."

"고양이요?"

"너도 알지? 그 고양이 말이다."

엘러리는 서재의 문설주에 기대섰다.

"오늘 경찰청장이 날 불렀다."

경감이 손으로 컵을 감싸 쥐고 말했다.

"자기한테 한동안 고심한 수가 있다더구나. 그러면서 고양이 특별 전담반을 구성했다고 하는 거야. 전권은 나에게 맡기고. 말하자면 수색대장이지."

"사냥개가 되셨군요."

엘러리가 웃었다.

"이 모든 상황이 역겹다는 생각이 들 거다. 하지만 나는 자유를, 그것도 아주 많이 원해."

아버지는 컵에 든 음료를 마저 비웠다.

"엘러리, 오늘 난 청장의 얼굴을 똑바로 보면서 이 리처드 퀸은 그런 일을 감당하기엔 너무 늙었다고 말할 뻔했다. 나는 경찰 일에 내 평생을 온전히 바쳤어. 이보단 더 나은 대접을 받을 자격이 있지."

"하지만 수락하셨군요."

"그래. 수락했다."

경감이 말했다.

"그것만이 아니야. 신이시여, 저를 불쌍히 여기소서. 심지어 '고맙습니다, 청장님'이라는 말까지 했다고. 그러고 나서 그런 기분이 들더구나."

그는 다소 근심스러운 목소리로 말했다.

"청장이 뭔가 솔직하게 다 말하지 않은 게 아닐까 하는 기분 말이다. 아들아, 그래서 난 더더욱 도망치고 싶었다. 아직은 도망칠 수 있긴 하지만."

"퇴직하시겠다는 말씀이세요?"

"그냥 말이 그렇다는 거야. 아무튼, 솔직히 너도 이 일과 아무 관계 없다고는 말 못 하겠지."

"어이쿠."

엘러리는 거실 창문으로 갔다. 그는 창밖의 뉴욕을 향해 나지막이 말했다.

"이건 제가 낄 싸움이 아니에요. 저는 조금 장난을 친 것뿐이에요. 그게 전부죠. 오랫동안 운이 좋았던 거고요. 하지만 제가 진짜 실력이 아닌 부정한 방법으로 주사위를 가지고 놀았다는 걸 깨달았고……."

"무슨 말인지는 알겠다. 그래, 맞아. 그리고 그 망할 게임은 계속되는 거지."

엘러리가 돌아섰다.

"너무 과장하시는 거 아네요?"

"엘러리, 이건 비상 상황이다."

"그만 좀 하세요, 아버지."

"다시 말하지만, 비상이야."

"그래봤자 살인 몇 건이잖아요. 좀 혼란스러운 건 인정해요. 그렇지만 새로울 건 없어요. 강력 사건의 미결 비율이 얼마나 되죠? 솔직히 아버지를 이해할 수가 없어요. 저한테는 그만둬야 할 이유가 있었어요. 사건을 맡아 망쳐버렸고, 그 때문에 두 사람이 죽었어요. 하지만 아버지는 프로잖아요. 아버지는 임무를 배정받으신 거예요. 행여 실패하신다고 해도 그 책임은 경찰청장에게 돌아가죠. 그리고 이 교살 사건이 영영 해결되지 않는다 해도……."

"사랑하는 철학자 아들아."

경감이 손바닥 사이로 빈 유리컵을 굴리며 말했다.

"이 교살 사건이 해결되지 않으면, 그것도 조속히 해결되지 않으면, 이 도시에서 뭔가가 터질 거다."

"터져요? 뉴욕에서? 무슨 말씀이세요?"

"아직 진짜는 시작되지 않았어. 징후만 있을 뿐이지. 경찰 본부로 전화가 빗발치고 있다. 다들 사건에 관한 정보나 지침, 안심할 만한 근거 같은 걸 원하는 거야. 허위 신고도 급증하고 있어. 특히 밤에 더하지. 당직 순경들은 벌벌 떨고 있고. 곳곳에서 필요 이상으로 긴장 수위가 높아진 상태다."

경감은 손가락으로 컵을 어루만졌다.

"일반인들의 관심이 집중되었다고 할까. 지나치게 관심이 쏠렸어. 이건 자연스럽지 않아."

"그건 그냥 어느 열성적인 만화가 때문에……."

"그냥이라고! 지옥문이 폭발하는데 누가 그 원인을 따지고 앉아 있겠나? 뭔가가 서서히 닥쳐오고 있어, 엘러리. 왜 올여름 브로드웨이에서 그 우스꽝스러운 살인 소동극 〈고양이〉만 히트했겠나? 비평가들은 지난 5년간 뉴욕에서 공연된 작품들 중 최악의 싸구려라고 입을 모아 혹평하지만, 지금 돈벌이가 되는 쇼는 그것뿐이야. 윈첼*은 '고양이의 재앙(cat-astrophes)'** 이라는 말까지 만들어냈고. 코미디언 밀턴 벌은 고양이에 관한 농담을 접었지. 이젠 그 주제가 더 이상 재미있지 않다는 거야. 리버데일, 카나시, 그린포인트, 이스트 브롱크스, 파크로, 파크 애비뉴, 파크 플라자에서 고양이를 봤다는 얘기가 돌기 시작했고. 길고양이들이 도시 곳곳에서 목 졸려 죽은 사체로 발견되고 있지. 포사이스 스트리트, 핏킨 애비뉴, 레녹스, 2번 애비뉴와 10번 애비뉴, 브루크너 대로에서도……."

"애들 짓이겠죠."

"물론이지. 실제로 몇 놈을 잡기도 했고. 하지만 뭔가 조짐이

---

* 미국의 언론인.

** 재앙을 뜻하는 *catastrophe*의 말장난.

안 좋아, 엘러리. 솔직히 말하자면 나는 이 조짐 때문에 두려워 몸이 뻣뻣해질 정도다."

"오늘 뭐 좀 드셨어요?"

"살인 다섯 건으로 세계에서 가장 큰 도시가 흔들리고 있어! 왜? 너라면 이걸 어떻게 설명하겠니?"

엘러리는 침묵을 지켰다.

"뭐라고 말 좀 해봐라. 그런다고 아마추어로서의 너의 입지가 위태로워지진 않을 테니."

경감이 비꼬는 투로 말했다. 그러나 엘러리는 생각에 잠겨 있었다.

"어쩌면……."

잠시 후 엘러리가 입을 열었다.

"어쩌면 이상한 느낌 때문일지도 몰라요. 뉴욕에서는 하루만 거리를 돌아다녀도 소아마비 환자를 오십 명쯤 마주칠 수 있어요. 하지만 진성 콜레라는 두 건만 발생해도 조건만 제대로 맞으면 집단 히스테리를 일으킬 수 있죠. 이 교살 사건에는 어딘가 기이한 점이 있어요. 사람들이 이 사건에 무관심하기란 불가능해요. 애버네시 같은 사람이 당할 수 있다면 누구라도 당할 수 있거든요."

엘러리는 입을 다물었다. 경감이 노려보고 있었다.

"제법 많이 아는 것 같구나."

"신문에서 읽은 게 다예요."

"더 알고 싶으냐? 좀 더 깊이?"

"글쎄요……."

"앉아라."

"아버지……."

"앉으라고!"

엘러리는 자리에 앉았다. 어쨌거나 그는 아버지였다.

"지금까지 총 다섯 건의 살인이 일어났다. 모두 맨해튼 지역이 었지. 모두 교실이었고. 동일한 재질의 끈이 사용됐다."

경감이 말했다.

"그 터서 실크 끈 말인가요? 인도산 실크?"

"오, 알고 있구나."

"신문에서는 끈으로 뭔가 추적해보려 했지만 아무것도 나오지 않았다고 하던데요."

"정확한 얘기야. 질기고 거친 재질의 실크다. 인도 밀림 지역이 원산지이고, 그게 우리가 가진 유일한 단서야."

"뭐라고요?"

"다시 말하지만, 그것 말고 빌어먹을 단서라고는 전혀 없어. 전혀! 아무것도 없다, 엘러리. 지문도, 목격자도, 용의자도, 범행 동기도 없어. 수사해볼 만한 것이 전혀 없다. 살인자는 바람처럼 나타났다 사라지고, 그자가 지나간 자리에는 시체와 실크 끈, 이 두 가지만 남는 거지. 첫 번째 희생자는……."

"아치볼드 더들리 애버네시. 44세. 이스트 19번가 그래머시 파크 인근 세 칸짜리 아파트에서 거주. 독신. 수년 전 병약한 어머니를 여의고 지금껏 혼자 살고 있었죠. 성직자였던 아버지는 1922년에 사망했고요. 애버네시는 평생 직업을 가져본 적이 없었어요. 어머니가 살아 계신 동안에는 어머니를 돌봤고 어머니가 세상을 뜬 후엔 스스로를 돌봤죠. 전쟁 때는 신체검사에서 떨어져 입대를 못 했고요. 요리와 살림은 직접 했어요. 특별한 취미 없음. 사귀는 친구 없음. 아무것도 없음. 무색무취의 보잘것없는 사람이었어요. 애버네시의 사망 시각은 더 정확히 좁혀졌나요?"

"프라우티는 6월 3일 자정 무렵에 살해되었을 거라고 하더구나. 애버네시와 범인은 서로 아는 사이로 추정된다. 정황상 모든 상황이 약속하에 이루어진 걸로 보이거든. 친척들은 용의선상에서 제외했다. 다들 뿔뿔이 흩어져 살아서 그런 짓을 할 수 없었을 테니까. 친구? 애버네시에게는 친구가 없었어. 단 한 명도. 그는 원조 '외로운 늑대'였다."

"아니면 양이었겠죠."

"내가 아는 한 경찰 조사 과정에서는 사소한 것 하나도 그냥 지나친 게 없다."

경감이 침울하게 말했다.

"건물 관리인도 조사했고, 술 취한 수위도 조사했고, 아파트 세입자들도 전부 조사했고, 심지어 임대업자까지 조사했다."

"애버네시는 신탁 기금에서 나오는 수입으로 살고 있었다고 들었는데……."

"지난 몇 년간 은행에서 관리했지. 선임한 변호사도 없어. 사업도 하지 않았고. 어머니가 죽고 나서 도대체 뭘 하며 시간을 보냈는지는 신만이 아실 거다. 우리는 몰라. 그냥 빈둥거렸겠지."

"상인들은요?"

"전부 확인했다."

"이발사도요?"

"범인이 멋진 이발소 의자 뒤에서 접근했을 거란 말이냐?"

경감은 웃지 않았다.

"면도는 직접 했다. 머리는 한 달에 한 번 유니언 스퀘어의 이발소에 가서 깎았고. 그 이발소에 20년 넘게 다녔는데 거기 사람들은 이름조차 모르더구나. 이발사 세 명에게 확인했는데 모두 마찬가지였다. 그 외엔 별 볼일 없었고."

"애버네시의 인생에 여자는 없었다고 확신하세요?"

"전적으로."

"남자도?"

"그가 게이였다는 증거는 없어. 그냥 작고 뚱뚱한, 냄새 풍기는 달걀 같은 사람이었다. 노히트 노런 노에러지."

"에러는 있어요. 적어도 하나는요."

퀸 경감은 흠칫 놀랐다. 그러나 그는 곧 입술을 굳게 다물었다. 엘러리는 의자에 앉아 몸을 조금 움직였다.

"사람이라면 애버네시처럼 그렇게 완벽하게 백지 상태일 수가 없어요. 그건 불가능한 일이에요. 누군가에게 살해당했다는 게 그 증거죠. 애버네시도 미미하지만 어떤 인생을 살아왔어요. 그는 '무언가'를 했죠. 살해된 다섯 명 모두 그 무언가를 했어요. 바이올렛 스미스는 어때요?"

"바이올렛 스미스."

경감은 눈을 감았다.

"고양이의 히트 퍼레이드 넘버 2지. 애버네시 사건 이후 겨우 19일 만에 목이 졸렸다. 정확한 날짜는 6월 22일. 오후 6시부터 자정 사이. 미혼. 42세. 1층에 피자 가게가 있는 웨스트 44번가의 싸구려 아파트 꼭대기 층 두 칸짜리 아파트에서 혼자 살았어. 옆쪽으로 입구가 나 있고 엘리베이터도 없는 건물이야. 식당 종업원들 말고 건물에 사는 세입자들 세 명은 다 아래층에 살고 있지. 바이올렛 스미스는 그 집에서 6년간 살았다. 그 전에는 73번가와 웨스트엔드 애비뉴에서 살았고, 그 이전엔 그리니치빌리지의 체리 스트리트에서 살았는데, 거기가 태어난 곳이야."

경감은 눈을 감은 채 이야기를 계속했다.

"바이올렛 스미스는…… 모든 면에서 아치 애버네시와는 정반대였다. 애버네시는 은둔자였지. 바이올렛은 타임스 스퀘어 주위에서 모르는 사람이 없었어. 애버네시는 세상 물정 모르는 순진한 사람이었지만, 그녀는 암늑대 같은 사람이었지. 애버네시는 평생 동안 어머니의 보호를 받았지만, 그녀는 보호를 받으려면 돈을 지불해야 했어. 애버네시는 악한 구석이 없었고, 바이올렛은 선한 구석이 없었다. 그녀는 알코올과 마리화나 중독자였고, 얼마 전엔 더 센 마약으로 갈아탄 상태였지. 그는 평생 동전 한 닢 스스로 벌어본 적 없었지만, 그녀는 혼자 힘으로 힘들게 먹고살았지."

"6번가에서 주로 활동했겠죠."

"그렇지 않아. 바이올렛은 길에서는 손님을 받지 않았다. 주로 전화를 이용해 손님들과 접촉했지. 전화에 불이 날 정도였다는군."

경감은 계속 웅얼거렸다.

"……애버네시 사건에서는 수사할 만한 것이 전혀 없었다. 바이올렛의 경우는 잭팟이 터진 것 같았지. 일반적으로 그런 직종의 여성이 그런 일을 당하면, 포주와 주위 친구, 고객, 마약 밀매업자, 뒤에 있는 조직폭력배들을 수사하지. 그리고 그 선을 따라가다 보면 틀림없이 답을 찾게 돼 있어. 흠, 이번 사건도 겉으로 보기에는 충분히 일반적이었다. 바이올렛은 체포 기록이 아홉 건 있고, 한동안 수감되어 있다가 형기를 마치고 나온 적도 있고, 프랭크 폼포와 관계가 있기도 하고, 그 밖에도 여러 가지 것들이 있다. 다만 어느 것을 쫓아가도 어떤 결론에도 이르지 못하는 거야."

"그럼 혹시……."

"고양이의 소행이 맞느냐고? 솔직히 처음엔 우리도 확신하지 못했다. 그 끈만 아니었다면……."

"똑같은 인도산 실크였군요."

"색깔만 달랐어. 얇은 분홍의, 연어 속살 같은 색이었지. 하지만 재질은 터서 실크가 맞아. 애버네시 사건에서 쓰인 것과 같은 재질이었다. 다만 그의 것은 파란색이었지. 물론, 이후 세 번째 사건이 일어났고, 그다음에 네 번째와 다섯 번째 사건이 일어나자 어떤 규칙성이 보이면서 이제는 바이올렛 스미스도 그중 하나라고 확신하게 된 거다. 파면 팔수록 더 확실해지고 있지. 현장의 장면도, 분위기도 모두 똑같아. 범인은 왔다가 사라졌고, 심지어 창문 블라인드에 그림자조차 남기지 않았다."

"그래도……."

그러나 경감은 고개를 저었다.

"다들 초과근무를 해가면서 샅샅이 훑었다. 만일 누군가가 바이올렛을 살해할 계획이었다면 어떻게든 단서를 얻었을 거야. 하지만 정보원들도 아는 게 없었어. 그냥 입을 다문 게 아니다. 정말로 모르는 거지.

바이올렛에게는 아무 문제도 없었다. 입을 다물게 하기 위한 응징도 절대 아니고, 그 비슷한 것도 아니야. 바이올렛은 부정한 돈벌이로 생계를 유지하고 있었지만, 영리하게 운영해서 큰 잡음 없이 잘해나가고 있었다. 금품을 갈취당할 우려 같은 건 사업에 따르는 위험 요소쯤으로 여겼지. 주위 사람들 사이에서 평도 좋았고, 믿을 만한 오랜 이웃이었어."

"나이도 마흔이 넘었고…… 힘든 직업이었을 테죠. 그러니 혹시……."

"자살? 그건 불가능해."

엘러리는 코를 긁적였다.

"더 말씀해보세요."

"시체는 서른여섯 시간이 지나서야 발견됐지. 6월 24일 아침에 친구 하나가 계속 전화를 걸었는데 바이올렛이 전화를 받지 않자 집으로 찾아온 거야. 문은 닫혀 있었는데 잠겨 있지는 않아서 문을 열고 들어갔다가……."

"애버네시의 시체는 안락의자에 앉은 채로 발견되었죠. 바이올렛 스미스는 정확히 어떤 상태로 발견됐나요?"

"바이올렛의 아파트는 침실과 거실로 이루어져 있다. 작은 부엌은 붙박이처럼 벽에 붙어 있고. 그녀는 두 방 사이의 출입구 바닥에서 발견되었다."

"얼굴은 어느 쪽을 향해 있었죠?"

엘러리가 재빨리 물었다.

"안다, 알아. 그런데 그걸로는 알 방법이 없어. 몸을 잔뜩 웅크리고 있었거든. 어느 쪽에서든 쓰러졌을 가능성이 있지."

"어느 방향에서 공격당했을까요?"

"뒤에서. 애버네시와 마찬가지로. 그리고 끈의 매듭이 지어졌지."

"아, 그렇죠. 그게 있었죠."

"뭐가?"

"애버네시 사건에서도 끈에 매듭이 지어져 있었죠. 그게 신경 쓰여요."

"왜?"

경감은 허리를 세우고 앉았다.

"글쎄요……. 일종의 마무리 같은 느낌이 들어서요."

"뭐라고?"

"마지막 장식 말이에요. 그게 필요했을까요? 어차피 희생자가 죽을 때까지는 손을 놓을 수가 없잖아요. 안 그래요? 그런데 매듭이 왜 필요하죠? 사실, 희생자의 목을 조르는 동안에는 매듭을 묶기가 상당히 어려워요. 그렇다면 그 매듭은 희생자들이 숨을 거둔 후에 묶은 거잖아요."

아버지가 그를 바라보았다.

"마치 포장된 선물 상자에 리본을 맨 것 같아요. 추가 장식처럼……. 거의 '예술적'이라고 말할 뻔했어요. 깔끔하고, 흡족하게……. 뭐랄까, 완벽함에 대한 열정? 마지막 마감 처리? 그래요. 빌어먹을 마감이죠."

"도대체 무슨 말을 하는 거냐?"

"모르겠어요."

엘러리는 신음했다.

"혹시 강제로 침입한 흔적이 있었나요?"

"아니. 그녀가 범인을 기다렸다는 게 일반적인 의견이다. 애버네시처럼."

"고객으로 위장했던 건가요?"

"그럴 수 있지. 만일 그랬다면 그건 집 안으로 들어가기 위한 수단에 불과했어. 침실은 어지럽혀지지 않았고, 시체는 실내용 가운을 걸치고 있긴 했지만 그 아래에는 슬립과 팬티만 입고 있었다. 사람들 말에 따르면 그녀는 집에 있을 때 항상 네글리제만 입고 있었다고 하더구나. 누구라도 가능하다, 엘러리. 그녀가 잘 아는 사람이든 잘 모르는 사람이든, 심지어 전혀 모르는 사람이라도 가능하지. 스미스 양과 친분을 쌓는 건 어려운 일이 아니었으니까."

"다른 세입자들은……."

"아무도 소리를 듣지 못했다. 식당 사람들은 여자가 그 건물에 사는지도 몰랐어. 너도 뉴욕이 어떤 곳인지 알지 않니."

"아무것도 묻지 말고 네 일이나 신경 써라."

"위층 여자가 죽어가는 동안에도."

경감은 일어서서 창가로 가려다가, 곧 얼굴을 찡그리며 다시 의자로 돌아왔다.

"달리 말하자면, 스미스 사건에서도 아무것도 못 얻은 거다. 그러다가……."

"질문 있습니다. 애버네시와 바이올렛 스미스 사이에서 어떤 연관성을 찾으셨나요? 어떤 것이든?"

"아니."

"계속하세요."

"그러다 3번 사건이 일어났지."

경감은 예식을 거행하듯 낮게 중얼거렸다.

"라이언 오라일리. 40세의 구두 판매 사원. 아내와 네 아이들과 함께 첼시 다세대주택에서 거주. 사건 발생 일자는 7월 18일. 스미스 사건 이후 26일 만이었다.

오라일리의 죽음은 정말 엿 같았어……. 너무 엿 같아서 맥이 빠질 정도였지. 열심히 일하는 한 남자가 있었다. 좋은 남편이었고, 아이들을 미친 듯이 사랑하는 아버지였고, 생계를 꾸리느라 발버둥을 치며 힘든 나날을 보내던 남자였지. 가족들을 먹여 살리기 위해 오라일리는 직장 두 곳을 다니며 버티고 있었어. 낮에는 로어 브로드웨이의 구두 가게에서 정직원으로 일했고, 밤에는 강 건너 브루클린의 풀턴과 플랫부시 상점에서 아르바이트를 뛰었지. 운이 그렇게 나쁘지만 않았어도 그럭저럭 먹고살 만했을 텐데. 2년 전에 아이들 중 하나가 소아마비에 걸렸다. 다른 아이는 폐렴에 걸렸고. 아내는 포도 젤리를 병에 담다가 뜨거운 파라핀을 뒤집어써서 화상을 입는 바람에 피부과 전문의에게 1년 동안 치료비를 지불해야 했지. 불운의 정점은 또 다른 아이가 뺑소니 차량에 치어 병원에 3개월간 입원했던 거야. 운전자는 끝내 찾지 못했고. 오라일리는 자기 명의로 든 보험을 담보로 한도까지 대출을 했어. 아내는 보잘것없는 약혼반지까지 저당을 잡혔지. 그 집엔 39년형 쉐보레가 한대 있었는데, 병원비를 내려고 그것까지 팔았다.

오라일리는 가끔씩 한잔 걸치는 걸 좋아했지만 술도 끊었다. 맥주도 끊었고. 줄담배를 피우던 사람이 담배 열 개비로 하루를 버텼지. 아내는 도시락을 쌌고, 그는 집에 올 때까지 저녁을 먹지 않았어. 집에 오는 시간은 대개 자정을 넘겼는데 말이야. 작년에는 충치가 엄청 많이 생겼지만 치과에도 가지 않았어.

그런 바보짓을 할 시간이 없다면서. 하지만 아내 말로는 밤에 아파서 잠을 못 자고 심하게 몸부림을 쳤다고 하더군.”

열기가 창문을 통해 흘러들어왔다. 경감은 둥글게 뭉친 손수건으로 얼굴의 땀을 닦았다.

“오라일리는 전형적인 아일랜드 남자들처럼 호방한 사람은 아니었어. 몸집이 작고 비쩍 마르고 못생긴 남자였고, 눈썹이 짙어서 죽은 후에도 근심에 차 있는 것처럼 보였지. 그는 아내에게 자신이 겁쟁이라고 말하곤 했지만, 아내는 그가 배짱 있는 사람이라고 생각했지. 나도 그랬다고 생각한다. 그는 우범 지역에서 태어났고 소년 시절에는 술 취한 아버지와 거리의 불량배들에게, 그리고 그 이후에는 가난과 질병에 시달리며 살았다. 인생이 한 편의 긴 전쟁 같았지. 아버지가 어머니를 때리던 것을 또렷하게 기억하던 오라일리는 자기 아내와 아이들에게는 그에 대한 보상을 하려고 노력하며 살았지. 그는 자신의 인생을 가족을 위해 바쳤다.

그는 클래식 음악을 광적으로 좋아했어. 악보를 읽는 법도 몰랐고 레슨을 받은 적도 없었지만, 언제나 수많은 오페라와 교향곡의 멜로디들을 흥얼거렸고 여름에는 센트럴파크의 일요 무료 야외 음악회를 자주 찾아다녔지. 언제나 아이들 뒤를 쫓아다니며 WQXR에 주파수를 맞추게 했어. 그러면서 늘 베토벤이 미스터리 드라마보다 훨씬 더 좋은 거라고 말했다더구나. 아이들 중 하나가 바이올린에 재능이 있었어. 하지만 결국 레슨을 접어야 했지. 레슨을 그만두게 하던 날, 부인의 말에 따르면 오라일리는 밤새도록 아기처럼 울었다더군.

그런 남자였다.”

퀸 경감은 발을 내려다보며 말했다.

"시체는 7월 19일 이른 아침에 건물 수위가 발견했다. 건물 입구를 걸레질하고 있는데 계단 뒤쪽 어두운 공간에 옷 무더기 같은 걸 쌓아놓은 게 보이더란다. 그게 죽은 오라일리였지.

프라우티는 사망 시각을 18일 자정부터 19일 새벽 1시 사이라고 확인했다. 오라일리는 브루클린에서의 야간작업을 마치고 집으로 돌아오는 중이었겠지. 그가 가게를 나선 시각을 확인하고 계산해보니 곧장 집으로 돌아온 것이었고, 아파트로 올라가는 계단에서 공격을 당했을 시각이 사망 시각과도 맞아. 머리 옆쪽에는 혹이 나 있었고……."

"맞은 건가요, 아니면 넘어져서 생긴 건가요?"

엘러리가 물었다.

"확실히는 모른다. 맞아서 생긴 것 같긴 한데. 정문에서부터 계단 아래 수위가 발견한 지점까지 질질 끌려갔거든. 대리석 위에 신발 밑창이 끌린 자국이 남아 있었지. 몸싸움도 없었고, 아무도 소리를 듣지 못했다."

경감은 코끝이 하얗게 질릴 때까지 코를 세게 꼬집었다.

"오라일리 부인은 밤새 남편을 기다렸다. 집에 아이들만 남겨두고 마중을 나갈 수가 없어서, 경찰에 막 전화를 하려고 했대. 그 집에는 전화가 설치되어 있었다. 오라일리는 항상 아이들이 한밤중에 아플 때를 대비해 전화는 꼭 놓아야 한다고 고집을 부렸다더군. 그때 수위의 신고를 받은 경찰이 아래층에 와 있었고, 그중 한 명이 집으로 올라가 비보를 전한 거다.

부인은 애버네시 살인 사건 이후로 계속 겁이 나고 두려웠다고 했어. '브루클린에서 일을 마치면 집에 오는 시간이 너무 늦었어요.' 부인이 말했지. '그래서 야간 일은 그만두라고 늘 말했죠. 그러다 그 웨스트 44번가의 여자도 죽었다는 얘길 들었고 저는 정말 미쳐버릴 것 같았어요. 하지만 라이언은 그냥 웃기만 했어요. 자기 같은 놈을 굳이 죽일 사람은 없다고, 자기는 죽일 가치도 없는 놈이라고 하면서요.'"

엘러리는 팔꿈치를 무릎에 괴고 손에 얼굴을 파묻었다.

경감이 말했다.

"더워지는 것 같구나."

엘러리가 입속으로 들리지 않는 말을 중얼거렸다.

"이건 반인륜적인 범죄야."

경감은 셔츠와 내의를 벗어 의자 등받이에 걸쳤다. 젖은 옷이 척 소리를 냈다.

"미망인과 네 아이들만 덩그러니 세상에 남겨놓다니. 남은 보험금은 고스란히 장례 비용으로 들어가겠지. 교구 신부님이 도와주려는 것 같긴 한데 워낙 가난한 교구라서. 아이들은 지금 시 차원의 구제 혜택을 받고 있다."

"그리고 이제 라디오로 미스터리 드라마도 원 없이 들을 수 있겠네요."

엘러리는 목을 문질렀다.

"단서는 없고요?"

"단서는 없다."

"끈은?"

"같은 실크 재질의 파란색."

"목 뒤에서 매듭이 지어졌고요?"

"목 뒤에서 매듭이 지어졌지."

"운율은 잘 맞는군요."

엘러리가 중얼거렸다.

"그런데 논리는 어디에 있는 걸까요?"

"오라일리의 미망인에게 네가 말해줘라."

엘러리는 말이 없다가, 한참 후 입을 열었다.

"만화가가 영감을 받은 게 이 무렵이었어요. 이때 고양이가 등장했던 게 기억나요. 그가 그린 고양이는 〈뉴욕 엑스트라〉의 사설란에서 튀어나와 사람들을 덮쳤어요……. 지금도 그렇고요. 만평의 고양이는 만화 역사상 가장 위대한 괴물 중 하나로 남을 거예요. 퓰리처 상에 악마 숭배 부문이 있다면 그 만화가가 수상해야 해요. 대사도 끔찍할 정도로 효율적이죠. 만화가가 비워놓은 자리는 상상력이 채우고요. 꿈속까지 따라올 지경일걸요. '고양이는 꼬리가 몇 개일까요?' 만화의 대사는 그렇게 묻고 있어요. 그림에는 끝이 말린 꼬리 세 개가 뚜렷이 보여요. 두툼한 진짜 고양이 꼬리가 아니고, 오히려 끈같이 생겼어요. 교수대의 올가미처럼 끝이 열려 있어 목이 걸리기를 기다리는 것 같죠……. 하지만 목은 거기에 없어요. 첫 번째 꼬리에는 1이라고 쓰여 있고, 두 번째에는 2, 세 번째 꼬리에는 3이라고 적혀 있어요. 애버네시, 스미스, 오라일리가 아니고요. 만화가가 옳아요. 고양이에게는 이름 따위 중요하지 않아요. 오로지 숫자죠. 모든 사람들은 숫자 앞에 평등해요. 조지 워싱턴과 에이브러햄 링컨부터 하찮은 사람들까지 모두 다. 그런 면에서 고양이는 평등주의자예요. 그 꼬리가 낫 모양인 것도 우연은 아니죠."

"재미있는 얘기구나. 중요한 건, 고양이가 다시 나타난 게 8월

9일이었다는 거다. 그리고 네 번째 꼬리가 돋아났지."

"저도 기억해요."

"모니카 맥켈. 8월 9일. 오라일리 사건 이후 22일 만이었다."

"영원한 사교계의 신인. 서른일곱 살밖에 되지 않은 데다 한창 잘나가는 아가씨였죠."

"파크 애비뉴와 53번가를 누비고 다녔지. 고급 나이트클럽의 단골손님이었고. 테이블 사이를 종횡무진 누비면서 '리핑 리나'*라는 별명을 얻었다."

"루서스 비브**의 정제된 표현을 빌리자면 '무분별한 모니카'였죠."

"정확한 말이다."

경감이 말했다.

"맥켈 집안의 골칫거리로도 불렸지. 모니카의 아버지는 석유 부호인데, 자신에게 있어 딸 모니카는 유일하게 수익을 내지 못한 시추공이었다고 말하더라. 하지만 그가 딸을 내심 자랑스러워했다는 건 분명해. 모니카는 확실히 제멋대로였다. 그래. 처음엔 진으로 술 마시는 법을 익혔고, 금주법 시대에도 거리낌 없이 술을 마시러 나갔지. 취했을 때 버릇은 바 뒤에 들어가서 바텐더 뺨치는 능숙한 솜씨로 술을 섞는 거였어. 지금도 술취한 놈이나 멀쩡한 놈이나 그녀가 만든 마티니가 뉴욕 최고라고 찬사를 보내고 있다. 모니카는 펜트하우스에서 태어나 지하철역에서 죽었지. 계속 아래로만 내려가는 인생이었던 거야.

모니카는 결혼한 적이 없어. 언젠가 혈연관계가 아닌 남자

---

* 활발하게 돌아다니는 사람들에게 주로 붙이는 별명.
** 미국의 역사학자 겸 작가.

중에 자신이 유일하게 견딜 수 있는 남자는 레이보비츠라는 말뿐이라고 말한 적이 있었지. 레이보비츠와 결혼하지 않은 건, 과연 말에게 대소변 훈련을 시킬 수 있을지 자신이 없어서였다는군. 약혼은 열댓 번도 더 했지만 항상 마지막 순간에 가서 갑자기 약혼을 깨버렸어. 아버지는 소리를 질러댔고, 내성적인 어머니는 히스테리를 일으켰지. 하지만 소용없는 일이었다. 모니카의 부모는 이번 약혼에 꽤 큰 기대를 걸고 있었어. 이 헝가리 백작하고는 정말로 결혼까지 갈 것 같았거든. 그걸 고양이가 망쳐버린 거지."

"지하철역에서요."

"그래. 그럼 그 지하철역에는 어쩌다 간 것인가. 그건 이렇게 된 거였어. 모니카 맥켈은 뉴욕 지하철 역사상 가장 열성적인 지지자였고 기회가 생길 때마다 지하철을 탔다. 엘사 맥스웰* 과의 인터뷰에서는 젊은 여자가 합법적으로 남자들의 몸을 직접 만져볼 수 있는 유일한 공간이 지하철이라고 말한 적도 있어. 그녀는 자기를 호위하는 남자들을 끌고 지하철 타는 걸 무척이나 즐겼다. 특히 연미복 차림의 남자들을 데리고 말이지.

결국 지하철역에서 죽음을 맞이했으니, 참 기이한 일이야. 모니카는 그날 밤 약혼자인 백작 '스누키'와 친구 몇 명과 함께 클럽에 갔다. 그러고는 그리니치빌리지의 어느 싸구려 술집에 갔고, 새벽 3시 45분경 바텐더 흉내를 내며 친구들 시중을 드는 데 지쳐서 모임을 파하기로 했지. 친구들은 택시를 잡아타기 시작했어. 모니카만 빼고. 모니카는 미국의 방식을 진정으로 신봉하는 사람이라면 당연히 지하철을 타고 집에 가야 한다

* 미국의 칼럼니스트이자 작가.

고 고집을 부렸어. 다른 사람들은 납득했지만, 그 헝가리 백작은 그 말에 귀족 정신이 발동한 거야. 그 사람도 콜라 섞은 보드카를 잔뜩 마신 상태였거든. 그래서 천민들의 냄새를 맡고 싶었으면 자긴 그냥 헝가리에 남아 있었을 거라며, 지하든 어디든 그런 바닥까지 내려가는 건 절대 참을 수 없다고, 그렇게 간절히 원한다면 혼자 지하철을 타고 가라고 말했다. 모니카는 그렇게 했고."

경감은 입술을 핥았다.

"그래서 모니카는 혼자 지하철역으로 내려간 거야. 그리고 오전 6시가 조금 넘은 시각에 셰리든 스퀘어 지하철역 플랫폼 맨 끝 벤치 위에 누운 채로 발견됐다. 선로 검사원이 처음 발견했지. 그는 경찰을 불렀고 경찰은 시체를 한 번 슥 훑어보고는 얼굴이 파랗게 질렸지. 목에 연분홍색 실크 끈이 감겨 있었거든."

경감은 일어서서 부엌으로 가더니 레모네이드가 든 통을 들고 돌아왔다. 두 사람은 말없이 레모네이드를 마셨고, 경감은 통을 냉장고에 다시 갖다 놓았다.

경감이 돌아왔을 때 엘러리는 얼굴을 찌푸리며 물었다.

"무슨 조치를 취할 만한 시간은 있었나요?"

"아니. 그때는 이미 죽은 지 두 시간 정도 지나 있었다. 그렇다면 실제 살인은 새벽 4시나 그보다 약간 넘은 시각에 발생한 거야. 모니카가 나이트클럽에서 셰리든 스퀘어 역까지 걸어온 시간과도 대체로 일치하고. 아마 몇 분 정도 지하철을 기다렸을 거야. 그런 이른 아침에는 열차가 드문드문 다닌다는 건 너도 잘 알지. 셰보 백작은 적어도 5시 30분까지는 다른 사람들과 함께 있었다. 다 함께 시 외곽의 매디슨 애비뉴와 48번가에 있는, 24시간 영업하는 햄버거 가게에 들렀다더군. 백작의 행적은 모니카와 헤어진 다음부터 살인 이후까지 전부 확인됐다. 아무튼, 백작이 굳이 그런 짓을 할 까닭이 뭐가 있겠니?

두 사람의 결혼이 '매듭'지어지면 수백만 달러를 주겠다는 약속까지 맥켈에게 받은 상태였는데. 음, 표현이 좀 그래서, 미안하구나. 아무튼 백작으로서는 그 소중한 모니카의 목에 손을 댈 바에야 자기 목을 먼저 졸랐을 거야. 그는 이번 사건과는 관계가 없어."

경감은 고개를 저었다.

"이번 사건에서는 모니카가 셰리든 스퀘어 역에 들어갈 때까지의 동선을 추적할 수 있었지. 밤새 영업하던 택시 기사가 클럽과 지하철역의 중간쯤 되는 지점에서 모니카를 봤다고 증언했다. 혼자 걷고 있는 그녀를 택시에 태우려고 옆에 멈춰 섰대. 하지만 그녀는 웃으면서 기사에게 말했어. '사람 잘못 봤어요, 기사님. 나는 가난한 매춘부이고 집에 갈 차비라고는 10센트밖에 없어요.' 그러고는 금색 그물 핸드백을 열어 보여줬대. 그 안에는 립스틱, 콤팩트, 10센트짜리 동전 말고는 아무것도 없었다더군. 그녀는 당당하게 걸어갔고, 기사 말로는 팔에서 다이아몬드 팔찌가 가로등 불빛에 반짝거렸다는구나. 영화배우처럼 우아하게 흐느적거리며 걸어갔다고 기사는 증언했다. 실제로 그녀는 금실이 섞인 옷감으로 제작한 사리 스타일의 드레스를 입고, 그 위에 흰 밍크 재킷을 걸치고 있었어.

지하철역 근처에 서 있던 또 다른 택시 기사도 모니카가 광장을 건너와 계단으로 내려가는 걸 봤다고 했어. 그때도 그녀는 혼자 걷고 있었지.

그 시간에는 매표소에 근무 중인 직원이 없었다. 모니카는 아마 10센트 동전을 회전식 개찰구에 넣고 계단을 걸어 내려가 플랫폼 끝의 벤치로 갔을 거야. 몇 분 후 그녀는 죽었지.

보석, 핸드백, 밍크 재킷에는 손을 댄 흔적이 전혀 없었고.

플랫폼에서 모니카가 누군가와 함께 있었다는 증거는 찾지 못했다. 두 번째 택시 기사는 모니카를 목격한 직후에 손님을 하나 태웠는데, 그 근방에는 분명 그 남자 말고는 아무도 없었다고 했어. 아마 고양이는 플랫폼에서 기다리고 있었을 거다. 두 택시 기사의 눈에 띄지 않게 건물에 바짝 붙어 걸으며 모니카를 쫓아갔을 거야. 아니면 시 외곽 쪽에서 들어오는 지하철을 타고 셰리든 스퀘어 역에서 내렸다가 그녀를 발견했는지도 모르지. 지금으로서는 뭐라 단정 지을 수 없어. 모니카가 몸싸움을 했는지는 모르겠다만, 아무튼 흔적은 없었다. 만일 비명을 질렀다면 아무도 듣지 못했고. 그것이 모니카 맥켈의 최후였다. 뉴욕에서 태어나 뉴욕에서 죽었지. 펜트하우스에서 지하철로. 계속 아래로만 내려가는 인생이었어."

한참 후 엘러리가 입을 열었다.

"그런 아가씨라면 싸구려 소설 같은 사건에 수도 없이 말려들었을 거예요. 저도 그 여자의 스캔들을 여러 개 들었는데……."

아버지가 한숨을 쉬었다.

"그렇게 따지면 나는 모니카의 미스터리에 관한 한 세계 최고 권위자다. 한 예로 왼쪽 가슴 바로 밑에 화상 흉터가 있는 것도 아는데, 뜨거운 난로가 넘어지거나 해서 생긴 상처는 아니란다. 1946년 2월에 모니카가 실종돼서 그녀의 아버지가 경찰과 FBI에 추적을 의뢰한 적이 있는데, 그때 그녀가 어디에서 누구와 함께 있었는지도 안다. 신문에서 뭐라고 떠들었든 간에 남동생 지미와는 아무 상관 없는 일이었어. 지미는 그때 막 제대를 해서 민간인 생활에 적응하느라 나름 고생하고 있었지. 지금도 모니카의 침실 벽에 걸려 있는, 렉스 다이아몬드*가 직접 서명까지 한 사진을 그녀가 어떻게 구했는지도 알고 있다. 그 이유는 네가 생각하는 그런 것이 아니야. 해리 오크스 경이 살해되던 해 누가 그녀에게 낫소를 떠나달라고 부탁했는지, 그런 부탁을 왜 했는지도 안다. 심지어는 그녀가 1938년과 1941년 사이에 공산당의 정식 당원이었다는 사실도 알고 있어. 그건 J. 파넬 토머스**라도 절대 못 알아낼걸. 모니카는 공산당을 탈당한 뒤 4개월간 크리스천 프론트***로 활동했고, 그 이후엔 힌두교 지도자인 랄 디야나 잭슨에게 요가 호흡 훈련을 받겠다며 할리우드로 날아가기도 했다.

그래, 리핑 리나 혹은 무분별한 모니카에 대해 알 만한 것은 모두 알고 있지. 단 하나, 그녀가 어떻게 고양이에게 목이 졸리게 되었는가 하는 것만 몰라……. 이건 말할 수 있다, 엘러리. 만일 그 지하철역 플랫폼에서 고양이가 그녀에게 다가가 '실례합니다, 맥켈 양. 저는 고양이라고 하는데 지금 당신 목을 조르려고 합니다'라고 말했다면, 그녀는 분명 벤치 옆자리를 내주며 이렇게 말했을 거야. '와, 정말 기가 막히게 흥분되는데요.

* 아일랜드 출신의 미국 조직폭력배.
** 미국의 정치인.
*** 극우주의 기독교 세력.

여기 앉아서 좀 더 말씀해보세요' 하고 말이다."

엘러리는 벌떡 일어섰다. 그는 육상 선수가 몸을 풀듯 빠른 걸음으로 거실을 한 바퀴 돌았다. 퀸 경감은 아들의 등에 흐르는 땀을 바라보았다.

"그리고 바로 이 지점에서 막혔어. 더 이상은 손쓸 게 없어."

"……아무것도요?"

"전혀. 아무것도 없다."

경감은 벌컥 화를 냈다.

"맥켈이 현상금으로 10만 달러를 내걸었어. 그걸 가지고 그에게 뭐라 할 수는 없다. 그러나 결과적으로 언론은 사건을 더 부풀릴 생각만 하고 있고 우리한테는 별 희한한 인간들이 걸어대는 쓸데없는 신고 전화만 폭주하고 있는 상황이란 말이야. 맥켈은 몸값 비싼 일류 탐정까지 고용해서 조사를 시켰지만, 그쪽도 전혀 도움이 되지 않기는 매한가지고!"

"이번에 당한 쥐는 어떤가요?"

"5번 말이냐?"

경감은 손가락 관절을 꺾으며 씁쓸하게 숫자를 세었다.

"시몬 필립스. 35세. 이스트 102번가 아파트에서 여동생과 거주. 온수도 안 나오는 건물이야."

경감은 얼굴을 찡그렸다.

"이번 쥐는 자기 치즈도 제대로 못 훔치는 쥐였다. 시몬은 척추에 문제가 있어서 어릴 때부터 하반신 마비 환자로 살았거든. 살아 있는 동안 대부분의 시간을 침대에서 보냈지. 고양이에게는 그야말로 식은 죽 먹기였을 거야."

"그래요. 아무튼 이번 사건은 정정당당하지는 않았던 것 같아요. 아무리 고양이라고 해도."

엘러리는 레몬 조각을 빨며 얼굴을 찡그렸다.

"사건은 지난 금요일 밤에 일어났다. 8월 19일. 모니카 맥켈 이후 열흘 만이었지. 여동생인 셀레스트는 시몬을 일으켜 앉히 고 라디오를 틀어준 후 근처 극장에 영화를 보러 나갔어. 9시 경이었지."

"꽤 늦은 시각이었네요?"

"주요 상영작을 보러 갔던 거지. 셀레스트 말로는 시몬이 혼 자 집에 남겨지는 걸 싫어했다는데, 동생도 일주일에 한 번은 외출을 해야 했고……."

"아, 정기적으로 그랬던 건가요?"

"그래. 여동생은 매주 금요일 밤에 외출을 했다. 그녀에겐 그 게 유일한 오락거리였지. 거동이 불편한 시몬을 도와줄 사람은 셀레스트뿐이었으니까. 아무튼, 셀레스트는 11시 조금 넘어서 돌아왔어. 그리고 언니가 목 졸려 숨져 있는 걸 발견했지. 연분 홍색 실크 끈이 목에 감겨 있었다."

"걷지도 못하는 여자가 누굴 집 안에 들였을 리는 없을 테고. 강제로 침입한 흔적 같은 건……?"

"셀레스트는 시몬을 두고 나갈 때 절대 아파트 문을 잠그지 않았어. 시몬은 동생이 없는 사이 가스가 새서 불이라도 나면 침대에 갇혀 꼼짝도 못 하고 죽을까 봐 무척 두려워했다는구 나. 문을 잠그지 않으면 그나마 마음이 편안했던 거야. 같은 이 유로 집에 전화를 설치했는데, 전화 요금을 감당하기가 꽤 어 려웠을 거다."

"지난 금요일 밤. 오늘처럼 무더운 날이었죠."

엘러리는 생각에 잠겼다.

"그 지역 사람들이 모두 현관 계단에 나와 앉아 있거나 창문 밖으로 몸을 내밀고 있었을 거예요. 또 뭔가를 목격한 사람이 아무도 없다고 말씀하실 건가요?"

"9시에서 11시 사이에 낯선 사람이 건물 정문으로 들어가는 걸 못 봤다는 취지의 증언은 꽤 많이 확보했다. 나는 고양이가 뒷문을 통해 들어갔을 거라고 확신하고 있다. 뒤뜰로 연결된 뒷문이 있거든. 뒤뜰은 옆집 뒷마당과 거리 두 곳과 바로 연결되어 있고, 접근할 수 있는 경로가 대여섯 군데쯤 되지. 필립스 자매의 집은 1층 뒤쪽에 있다. 어두운 복도에는 겨우 25와트짜리 전구만 달아놓았을 뿐이고. 그자는 그곳을 통해 들어갔다 나왔을 거야. 하지만 그 아파트 건물이 있는 블록 전체를 열댓 번도 넘게 수색했고, 건물 안팎까지 샅샅이 뒤졌지만 아무것도 못 찾았다."

"비명도 없었고요?"

"비명을 질렀다 해도 아무도 신경 쓰지 않았어. 너도 더운 여름밤에 그런 다세대주택 지역이 어떤지 알잖니. 거리엔 아이들이 밤늦게까지 나와서 꽥꽥 소리를 질러대며 놀지. 하지만 내 직감으로 그녀는 전혀 소리를 내지 않았을 것 같다. 그렇게 겁에 질린 인간의 얼굴은 한 번도 본 적이 없어. 마비 위에 마비가 온 거지. 그녀는 조금도 저항하지 않았다. 고양이가 끈을 꺼내 목에 감고 조르는 동안 그녀가 입을 벌리고 눈을 부릅뜬 채 그냥 그 자리에 멍하니 앉아 있었다고 해도 전혀 놀랄 일이 아니야. 그래. 이번 사건은 고양이에게 가장 쉬운 경우였어."

경감은 천천히 몸을 일으켰다.

"시몬은 허리 위쪽으로는 굉장히 뚱뚱했다. 손가락으로 찌르면 반대편 끝으로 뚫고 나올 것 같은 기분이 드는 물컹물컹한 몸이었지. 뼈나 근육이 없는 것처럼."

"무스쿨루스."*

엘러리는 레몬을 빨며 말했다.

"작은 쥐. 쥐 중의 오그라든 쥐. 약간 위축된 쥐."

"음, 그녀는 그 침대 위에 25년 넘게 누워 있었다."

경감은 창가로 터덜터덜 걸어갔다.

"지독하게 덥구나."

"시몬. 셀레스트."

"그게 왜?"

경감이 물었다.

"이름 말이에요. 프랑스 이름인데요? 어머니가 시인의 취향을 지녔던 걸까요? 그게 아니라면, '필립스'는 뭐죠?"

"아버지가 프랑스인이야. 원래 성은 필리프였다. 미국으로 이민 와서 영어식으로 고친 거지."

"어머니도 프랑스인이었나요?"

"그런 것 같다. 하지만 두 사람은 뉴욕에서 결혼했어. 필립스는 수출입 사업을 했고 제1차 세계대전 때 한몫 크게 잡았지. 그러다 1929년 대공황 때 전 재산을 잃었고 머리를 총으로 날렸다. 필립스 부인은 무일푼으로 남겨두고."

"게다가 하반신이 마비된 딸까지. 힘들었겠군요."

"필립스 부인은 삯바느질로 생계를 꾸렸지. 셀레스트의 말에 따르면 수입은 그럭저럭 괜찮았다더군. 사실, 셀레스트는 시내

---

* 라틴어로 '근육'이라는 의미와 함께 '작은 쥐'라는 뜻도 가지고 있다.

에 있는 뉴욕 대학교에 신입생으로 입학했었어. 그런데 그때 필립스 부인이 흉막염과 폐렴으로 세상을 뜬 거야. 그게 5년 전 일이다."

"훨씬 더 힘들었겠군요. 셀레스트에게는."

"인생이 복숭아 파르페같이 달콤하지는 않았을 테지. 한시도 쉬지 않고 시몬을 보살펴야 했으니까. 셀레스트는 결국 학교를 그만둬야 했다."

"생계는 어떻게 유지했대요?"

"어머니가 일하던 의상실에서 모델 일을 하고 있어. 평일 오후와 토요일 하루 종일. 그녀는 몸매도 좋고 피부도 가무잡잡한 편이지. 꽤 미인이야. 다른 데 가면 돈을 더 많이 벌 수 있겠지만, 그 가게가 집에서 멀지 않아 택했다고 하더구나. 시몬을 오랫동안 혼자 놔둘 수가 없으니까. 내가 봤을 땐 시몬이 셀레스트를 움켜쥐고 좌지우지했던 것 같았다. 이 점은 주민들의 진술에서도 확인됐다. 주민들 말로는 시몬이 셀레스트를 그렇게 못살게 굴었다는 거야. 짜증을 부리고 불평을 늘어놓고. 이웃 주민들은 다들 셀레스트가 성인이나 다름없다고 생각하는데, 시몬은 항상 셀레스트를 진 빠지게 만들었다는 거지. 셀레스트가 그렇게 지친 얼굴을 하고 있는 건 아마 그래서일 거다. 내가 만났을 때는 입을 여는 것도 힘겨워하더군."

"지난 금요일 밤에 이 성처녀는 영화를 보러 혼자 나갔나요?"

"그래."

"평소에도 그랬나요?"

경감은 놀란 것 같았다.

"모르겠는데."

"알아볼 가치가 있을 것 같군요."

엘러리는 바닥 깔개의 주름을 펴기 위해 앞으로 몸을 숙였다.

"남자 친구는 없고요?"

"없을 것 같구나. 남자를 만날 기회가 별로 없었을 거다."

"셀레스트는 몇 살이죠?"

"스물셋."

"한창때군요……. 끈은 터서 실크였나요?"

"그래."

바닥 깔개가 평평하게 펴졌다.

"저에게 말씀하실 건 이게 전부인가요?"

"아, 아직 더 많아. 특히 애버네시, 바이올렛 스미스, 모니카 맥켈에 대해서."

"뭔데요?"

"널 위해 이 파일들을 기꺼이 열어주마."

엘러리는 입을 다물었다.

"조사해보고 싶지 않니?"

"다섯 희생자 사이에 공통된 연결 고리 같은 건 전혀 없다고 하셨죠."

"조금도."

"서로 아는 사람들도 없고요."

"우리가 아는 한에서는."

"공통의 친구나, 아는 사람이나, 친척도 없어요?"

"지금까지는 그런 사람은 찾지 못했다."

"……종교 생활은요?"

엘러리가 갑자기 물었다.

"애버네시는 성공회 신자였다. 아버지가 죽기 전에는 성직자가 되기 위해 잠깐 공부를 한 적이 있었대. 하지만 어머니를 돌보기 위해 포기해야 했고, 그 후엔 성당에 나갔다고 해도 매주 꼬박꼬박 나갔던 건 아니야. 분명한 건 어머니가 세상을 뜬 이후로는 성당에 나갔다는 기록이 없다는 거다.

바이올렛 스미스의 가족은 루터교 신자야. 우리가 확인한 바에 따르면 바이올렛 스미스는 교회에 나가지 않았다. 가족들도 이미 오래전에 포기했고.

모니카 맥켈은…… 맥켈 가족 전원이 다 장로교 신자들이다. 맥켈 부부는 교회 활동에 상당히 적극적으로 참여하고 있고, 사실 이걸 알고 좀 놀랐는데 모니카도 꽤 종교적인 사람이었어.

라이언 오라일리는 독실한 천주교 신자였고.

시몬 필립스의 부모님은 모두 프랑스 신교도들인데, 시몬은 크리스천 사이언스에 관심이 있었지."

"좋아하는 것, 싫어하는 것, 습관, 취미……."

창가에 서 있던 경감이 고개를 돌렸다.

"뭐?"

"공통분모를 찾고 있는 거예요. 희생자들을 모아놓고 보면 상당히 복합적인 양상을 나타내고 있어요. 그럼에도 거기에는 그들이 공유하는 어떤 특성이나 경험, 역할 같은 것이 분명히 있어야 해요……."

"그 가엾은 사람들이 어떤 식으로든 서로 관련 있을 가능성은 전혀 없다."

"아버지가 아시는 한에서 그렇다는 거죠."

경감은 웃었다.

"엘러리, 나는 이 정신없는 회전목마가 처음 돌기 시작했을 때부터 여기 올라타고 있었다. 분명히 말하는데 이 일련의 살인들 사이에는 나치 수용소의 화장터만큼이나 논리가 없어.

사건이 발생한 날짜나 순서에는 일정한 패턴이라 할 만한 게 전혀 없다. 사건 발생일 사이의 간격은 각각 19일, 26일, 22일, 10일이야. 사건이 전부 밤에 일어나긴 했지만, 원래 고양이들은 밤에 돌아다니잖니. 안 그러냐?

희생자들의 거주지도 시 전역에 흩어져 있어. 그래머시파크 근처 이스트 19번가. 브로드웨이와 6번가 사이의 웨스트 44번가. 9번가 근처의 웨스트 20번가. 파크 애비뉴와 53번가. 여기 살던 희생자는 그리니치빌리지의 셰리든 스퀘어 지하에서 당했지만. 그리고 이스트 102번가까지.

경제적 상황? 최상류층, 중산층, 빈곤층이 모두 다 있지. 사회적 계층? 애버네시, 바이올렛 스미스, 라이언 오라일리, 모니카 맥켈, 시몬 필립스를 다 포함시켜보면 답이 나올 거다.

동기? 금전적 이득도 아니고. 질투도 아니고. 개인적인 동기라 할 만한 건 전혀 없어.

성범죄였다는 증거도 전혀 없다. 배후에 성적 충동이 깔려 있다는 증거도 없고.

엘러리. 이건 살인을 위한 살인이다. 고양이의 적은 인류야. 다리가 두 개 달린 것이라면 모두 표적이 될 수 있어. 누군가가 내게 묻는다면, 그게 지금 뉴욕에서 벌어지고 있는 일이라고 대답하겠다. 우리가 이 살인 사건 위로 제대로 뚜껑을 덮지 않는다면, 곧 끓어 넘치게 될 거야."

"그렇다면 저는 무차별적이고, 무작위적이고, 강렬한 살인 충동의 소유자이자 인류를 혐오하는 야수 고양이라도, 어떤 가치만큼은 소중히 여기고 있음이 분명하다고 말해야겠군요."

"어떤 가치?"

"시간이죠. 고양이는 헨리 데이비드 소로가 개울에서 낚시를 하듯 시간을 하나의 흐름처럼 이용하고 있어요. 애버네시를 잡기 위해 독신자 아파트에 들어가려면 남의 눈에 띄거나 소리가 날 위험을 감수해야 했어요. 애버네시는 평소 일찍 자는 사람인 데다 집에 찾아오는 손님도 거의 없었어요. 그러니 대낮에 그의 집을 방문하면 이웃들의 호기심을 불러일으켰겠죠. 자, 그래서 고양이는 어떻게 했을까요? 용케도 주위가 고요해지는 밤에 애버네시와 만날 약속을 잡았어요. 그 엄청난 성과를 위해 융통성 없는 독신남이 몇 년 동안이나 고수해온 습관을 바꿨다고요. 다시 말해 고양이는 어느 시간대가 작업하기에 가장 곤란할지를 파악한 후 가장 유리한 시간을 선택한 겁니다.

바이올렛 스미스의 경우, 고양이가 따로 약속을 한 건지 아니면 그녀의 사업 관행을 면밀히 조사해 결정한 건지는 몰라도, 그 바쁜 여자가 아파트에 혼자 있는 '시간'을 노렸다는 건 부인할 수 없을 거예요.

오라일리? 브루클린의 야간작업을 마치고 집에 돌아오는 시간이 가장 쉬웠겠죠. 그래서 계단 아래 복도에서 기다리고 있었던 겁니다. 전부 기가 막힌 타이밍이었어요. 안 그래요?"

경감은 아무 말 없이 듣기만 했다.

"모니카 맥켈? 그 여자는 자신으로부터 끊임없이 달아나는 여자였어요. 그리고 그렇게 자신의 배경에서 달아나려는 사람은 늘 군중 속에서 길을 잃기 마련이죠. 그녀는 언제나 사람들에게 둘러싸여 있었어요. 그녀가 지하철을 좋아한 건 우연이 아니에요. 모니카는 고양이에게 분명 골칫거리였을 거예요. 그런데도…… 고양이는 그녀가 혼자 있을 때를 포착했어요. 그런 일을 하기에 가장 적합한 장소와 시간을 잡은 거라고요. 그 순간을 잡기 위해 고양이는 그녀의 뒤를 쫓으며 얼마나 많은 밤을 보냈을까요?

그리고 하반신 마비 환자 시몬. 일단 잡기만 하면 간단한 사냥감이에요. 하지만 주위의 눈을 피해 어떻게 접근할 것인가? 다세대주택은 언제나 사람들로 북적거리고, 여름날 낮 시간에는 셀레스트가 일하러 나갔다 해도 절대 불가능해요. 밤에는 여동생이 함께 있고요. 항상? 글쎄요, 꼭 그런 건 아니죠. 금요일 밤에 성가신 셀레스트는 영화를 보러 나가요. 그리고 시몬은 언제 고양이에게 목을 졸렸을까요? 금요일 밤이에요."

"끝났니?"

"네."

퀸 경감의 태도는 냉담했다.

"그럴싸하구나. 꽤 신빙성이 있어. 하지만 그건 고양이가 희생자들을 미리 골랐다는 전제에 따른 주장이야. 그가 희생자를 미리 고르지 않았다고 가정한다면? 말은 '가정'이라고 하지만 희생자들 사이에 전혀 연관성이 없다는 사실을 감안하면 이미 입증되었다고 할 수 있지.

그렇다면 이렇게 생각할 수 있어. 고양이는 어느 날 밤 웨스트 44번가를 어슬렁거리고 있었다. 그러다 비슷한 건물들 중 아무거나 골라 맨 꼭대기 층을 선택한 거지. 거기라면 지붕 쪽 출구와 가까울 테니까. 스타킹이든 프랑스 향수든 아무거나 손에 잡히는 대로 들고 세일즈맨 흉내를 내면서 들어갔을 거야. 그리고 그것이 바이올렛 스미스라는 어느 창녀의 마지막이 된 거지.

7월 18일 밤 그는 또다시 살인 충동을 느끼고 첼시 구역으로 갔어. 자정이 다 된 시간, 가장 좋아하는 사냥 시간이지. 그는 작은 체구의 지친 남자를 쫓아 건물로 들어갔고, 그것이 성실한 아일랜드 노동자 오라일리의 최후였다. 어쩌면 윌리엄 밀러가 됐을 수도 있었어. 윌리엄 밀러는 새벽 2시경 브롱크스에 사는 어느 아가씨와 데이트를 마치고 그때까지도 따뜻했던 오라일리의 시체가 있는 계단을 올라 집으로 돌아왔거든.

8월 9일 이른 새벽에 고양이는 그리니치빌리지를 자유롭게 활보하고 있었지. 그는 일행 없이 혼자 걸어가는 여자를 봤어. 그는 여자를 쫓아 셰리든 스퀘어 지하철역까지 갔고, 그 길로 뉴욕 사교계의 유명 인사는 종말을 맞이했지. 지하철 말고 12기통 고급 승용차를 탔으면 그런 일은 없었을 텐데.

그리고 8월 19일 밤 그는 그다음 조를 목을 찾아 102번가를 어슬렁거렸지. 그러다 마침 어느 어두운 뒤뜰로 들어섰고, 얌전한 고양이 걸음으로 돌아다니다가 1층 창문을 통해 뚱뚱한 젊은 여자가 침대에 혼자 누워 있는 것을 봤어. 그게 시몬 필립스의 마지막이었고.

자, 아니라고 생각한다면 무슨 말이든 해봐라."

"애버네시는요? 애버네시가 빠졌는데요."

엘러리가 말했다.

"애버네시가 애매하죠. 분명 어려운 대상은 아니었을 거예요. 아무튼 그는 실크 끈에 목이 졸려 죽었어요. 그리고 그건 누군가와의 약속에 의한 것이라고 아버지가 직접 말씀하시지 않았나요?"

"전체적인 상황을 볼 때 누군가와 약속을 해서 만난 것 같다고 했을 뿐이야. 하지만 정확한 건 아니다. 뭔가 일이 있어서 그날 밤 평소보다 늦게까지 자지 않았을지도 몰라. 라디오 프로그램을 듣다가 그랬는지도 모르고, 아니면 안락의자에서 그대로 잠들었는지도 모르지. 고양이는 건물 안을 돌아다니다가 애버네시 집 문틈으로 새어 나오는 빛을 보고 노크를 해서……."

"노크 소리를 듣고 애버네시가 문을 열어줬다고요?"

"그냥 문의 자물쇠만 푼 거지."

"애버네시가요? 한밤중에?"

"아니면 그냥 스프링 달린 걸쇠를 채우는 걸 잊어버린 건지도 몰라. 고양이는 그냥 문을 열고 들어왔다가 나가면서 걸쇠가 저절로 걸리게 했을 거야."

"그렇다면 왜 아치볼드 애버네시는 소리를 지르지 않았을까요? 왜 달아나지 않았을까요? 고양이가 뒤에서 다가오는데 어떻게 그렇게 가만히 앉아 있을 수가 있죠?"

"겁에 질려 몸이 굳은 거겠지. 시몬 필립스처럼."

"그래요……. 그럴 수도 있겠네요."

"나도 안다."

경감은 중얼거렸다.

"애버네시 사건은 확실한 게 없어. 아무것도 확실하지가 않다."

그는 어깨를 으쓱했다.

"네가 틀렸다고 말하는 게 아니다, 엘러리. 하지만 지금 우리가 뭘 상대하고 있는지는 너도 알겠지. 그리고 이 망할 사건은 이제 내 무릎 위에 던져졌어. 이 다섯 건만 신경 쓰면 된다고 해도 그것만으로도 충분히 나쁜 상황이야. 하지만 놈은 끝나지 않았어. 그건 너도 알겠지. 또 죽일 거다. 그리고 그 이후에도 또. 우리가 놈을 잡거나 놈이 과로로 쓰러져 죽지 않는 한 계속될 거야. 이걸 어떻게 미리 막을 수 있겠니? 뉴욕 같은 도시에서 살인을 막기 위해 구석구석을 다 뒤지려면 미국의 경찰 인력을 전부 다 동원해도 모자라. 놈이 맨해튼에서만 활동할지도 알 수 없어. 다른 도시에서도 그걸 잘 알지. 지금은 브롱크스, 브루클린, 퀸스, 리치몬드 지역 주민들도 똑같은 반응을 보이고 있어.

젠장. 이제는 롱아일랜드, 웨스트체스터, 코네티컷, 뉴저지 같은 외곽 지역에서도 그런 분위기가 감지되고 있어. 가끔은 이게 그냥 악몽인 것처럼 느껴진다, 엘러리……."

엘러리가 입을 열었다.

"내 말 끝날 때까지 대답하지 마라. 너는 밴혼 사건에서 실패했고 너 때문에 두 사람이 목숨을 잃었다고 생각하고 있어. 내가 그 생각에서 널 끄집어내려고 얼마나 애썼는지는 신께서도 아실 거다. 하지만 다른 사람의 양심에 대해선 누구도 지껄일 수 없는 것 같다……. 네가 온갖 선지자들의 수염을 걸고 다시는 사건에 뛰어들지 않겠다고 거듭 맹세를 하는 동안 나는 그저 옆에 앉아서 아들이 굴속으로 기어들어가는 걸 지켜볼 수밖에 없었어.

하지만 얘야. 이건 특별한 상황이다. 어려운 경우야. 사건 자체가 어려운 게 아니다. 물론 그것만으로도 충분히 어렵지만. 이번 사건이 어려운 건 사건이 빚어내는 분위기 때문이야. 단지 살인 사건 몇 건을 해결하는 문제가 아니다, 엘러리. 이건…… 이건 도시가 완전히 붕괴되는 걸 막기 위한 경주야. ……그런 표정 짓지 마라. 도시 붕괴가 다가오고 있어. 다만 시간문제일 뿐이야. 엉뚱한 곳에서 살인 한 건만 더 일어나면……. 이 도시에는 내 공적을 뺏고 싶어 하는 놈이 하나도 없는 것 같다. 적어도 이번 사건에 대해서만큼은 말이지. 다들 그저 늙은 경감을 불쌍히 여기고 있을 뿐이야. 내가 한 가지 말해줄까."

경감은 창틀에 기대어 87번가를 내려다보았다.

"아까 경찰청장이 나를 이 특수 고양이 수색대의 대장으로 앉히면서 뭔가 생각하고 있는 것 같다고 말했었지. 청장은 지금껏 너를 괴짜 같은 놈이라고 여겨왔는데, 요즘은 네가 언제까지 그렇게 부루퉁해 있을 거냐고, 하느님이 너에게 주신 그 기막힌 재능은 언제부터 다시 써먹는 거냐고 자주 내게 묻고 있어. 내 생각에는, 엘러리, 그가 날 그 자리에 일부러 앉힌 것 같다."

"왜요?"

"널 사건에 투입시키려고."

"말도 안 돼요!"

아버지가 그를 바라보았다.

"경찰청장이라도 그런 짓을 할 순 없어요."

엘러리의 표정이 어두워졌다.

"아버지한테 그럴 순 없죠. 그건 가장 더러운 모욕이라고 요."

"내가 그 자리에 있다 해도 살인만 막을 수 있다면 그보다 더한 짓이라도 하겠다. 아무튼, 그게 뭐 어쨌다는 거냐? 넌 슈퍼맨이 아니야. 누구도 네게 기적을 바라지 않아. 오히려 그건 너에 대한 모욕이지. 이런 비상 상황이라면 사람들은 무슨 짓이라도 해. 경찰청장 같은 고집 센 늙은이도 다를 바 없어."

"고맙습니다. 그 말을 들으니 기운이 나네요. 정말로요."

엘러리가 웅얼거렸다.

"농담은 집어치워라. 널 가장 필요로 하는 순간에 네가 아비를 저버린다면 나로서는 꽤 충격이 클 거다. 엘러리, 한번 뛰어들어보는 게 어떠냐?"

"아버지는 정말 대단히 현명한 분이에요."

아들이 말했다.

경감은 씩 웃었다.

"이런 심각한 사건에서 제가 도움을 드릴 수 있을 거라 생각했다면 당연히…… 하지만…… 제기랄. 아버지, 전 잘 모르겠어요. 하고 싶기도 하고, 하고 싶지 않기도 해요. 일단 하룻밤 자고 나서 생각해볼게요. 지금 제 상태로는 아버지에게도 누구에게도 쓸모가 없을 거예요."

"그 정도로도 충분해."

아버지가 기운차게 말했다.

"아이고, 말을 너무 많이 했구나. 정치인들은 어떻게 그렇게 잘 떠들어대는지 모르겠다. 레모네이드를 좀 더 마시겠니? 기분이 좋아지게 진을 조금 섞어서?"

"저는 조금보다는 더 많이 필요한데요."

"나도 찬성이다."

그러나 두 사람 다 진심은 아니었다.

경감은 신음하며 부엌 식탁에 앉았다. 엘러리를 평범한 방법으로 설득하는 것은 쓸데없는 시간 낭비에 불과하다. 그에게 고양이와 엘러리는 하나의 골칫거리가 가진 두 얼굴 같았다.

그는 몸을 뒤로 기울여 타일 바른 벽에 의자를 기댔다.

이 빌어먹을 더위…….

경감이 눈을 뜨자 뉴욕 시 경찰청장이 위에서 그를 굽어보고 있었다.

"……리처드? 눈 좀 떠보게."

경찰청장이 말하고 있었다.

엘러리는 여전히 반바지 차림으로 부엌문 앞에 서 있었다.

경찰청장은 모자도 쓰지 않았고, 겨드랑이는 땀으로 젖어 있었다.

퀸 경감은 그를 보며 눈을 껌벅거렸다.

"내가 자네에게 따로 알리겠다고 말하고 왔어."

"저에게 따로 뭘 알려준다는 겁니까?"

"고양이에게 새 꼬리가 생겼다는 걸."

"언제요?"

경감은 입술을 핥았다.

"오늘 밤. 10시 30분에서 자정 사이."

"어디에서요?"

경감은 두 사람을 스쳐 지나더니, 거실로 뛰어나가 신발을 집었다.

"센트럴파크. 110번가 쪽 입구에서 별로 멀지 않은 곳이야. 바위 뒤 덤불 속일세."

"피해자는요?"

"비어트리스 윌리킨스. 32세. 독신. 나이 든 아버지를 모시고 살고 있지. 아버지와 함께 바람을 쐬려고 공원에 나왔다가 물을 가지고 오겠다며 아버지를 벤치에 두고 잠깐 자리를 떴어. 아무리 기다려도 돌아오지 않아서 아버지가 공원 순찰 경관을 불렀고, 경관이 70미터쯤 떨어진 곳에서 목이 졸린 피해자를 발견했어. 연분홍색 실크 끈이 목에 감겨 있었고 지갑은 건드리지 않았지. 뒤에서 머리를 맞고 덤불로 끌려 들어간 흔적이 있어. 덤불 안에서 목이 졸렸는데, 아마 의식이 없는 상태였을 거야. 강간의 흔적은 없었네."

"안 돼요, 아버지. 그 옷은 젖었어요. 여기 새 셔츠랑 내의를 입으세요."

엘러리가 말했다.

"덤불. 공원. 운이 좋은 편이군요. 그렇지 않을까요? 지면에 발자국은?"

경감이 재빨리 말했다.

"아직까지는 없네. 그런데 리처드."

경찰청장이 말했다.

"이번엔 새로운 게 있네."

경감이 청장을 바라보았다. 그는 셔츠의 단추를 채우려 했지만 허사였다. 엘러리가 대신 단추를 채워주었다.

"비어트리스 윌리킨스의 주소가 웨스트 128번가야."

"웨스트."

경감은 엘러리가 들고 있는 재킷에 기계적으로 팔을 꿰며 말했다. 엘러리는 경찰청장을 쳐다보았다.

"레녹스 근처군요."

"할렘?"

경찰청장은 목덜미를 문질렀다.

"이번 사건이 바로 그거야, 리처드. 만일 누군가가 이성을 잃으면."

퀸 경감은 문으로 달려갔다. 얼굴이 매우 창백했다.

"오늘 밤은 집에 못 들어올 것 같다, 엘러리. 먼저 자거라."

그러나 엘러리가 말했다.

"만일 누군가가 이성을 잃으면 뭐가 어떻게 된다는 건가요, 청장님?"

"버튼이 눌리는 거지. 히로시마보다 더 어마어마하게 뉴욕을 날려버릴 버튼."

"얼른 나오세요, 청장님."

경감이 현관에서 재촉했다.

"잠깐만요."

엘러리는 진지한 얼굴로 경찰청장을 바라보았다. 청장 역시 엘러리만큼이나 진지하게 그를 바라보았다.

"3분만 기다려주시면 저도 같이 갈게요."

3

8월 26일 조간신문에 등장한 고양이의 여섯 번째 꼬리에는 지금까지와는 미묘하게 다른 점이 있었다. 다른 다섯 꼬리는 테두리 안쪽이 흰색인 반면, 이번 꼬리는 색칠이 되어 있었다. 이로써 뉴욕 시민들은 고양이가 결국 인종차별의 벽을 넘었음을 알게 되었다. 어느 흑인의 목에 빛나는 끈이 감기면서, 창백하게 질린 하얀 목 7백만 개에 더해 여러 색깔을 가진 50만 개의 목들도 올가미의 범위 안에 들게 된 것이다.

퀸 경감이 할렘 지역에서 비어트리스 윌리킨스 사망 사건의 수사를 지휘하는 동안, 시장은 새벽부터 시청에서 기자회견을 열었다. 그 자리에는 경찰청장과 다른 공무원들도 참석했다.

"여러분, 우리는 비어트리스 윌리킨스의 죽음에 어떠한 인종적 관점도 없다는 것을 확신합니다. 이런 식의 긴장 상태가 지속되다가 1935년의 할렘 인종 폭동 같은 사태로 이어지는 일은 없어야 합니다. 당시에는 몇 가지 작은 우연의 일치와 거짓된 소문으로 말미암아 세 명이 죽고 삼십여 명이 총상을 입는 사태가 발생했었죠. 또 2백 명 넘는 사람들이 가벼운 부상을 당했고, 재산 피해 액수도 무려 2백만 달러를 넘었고요."

"제가 기억하기로는요, 시장님. 라과디아 시장 직속 인종위원회에서 발행한 폭동 조사 보고서를 인용하자면…… 당시 폭동의 원인은 '인종차별과 빈부 격차에 저항한 분노'라고 했습니다."

할렘 지역 일간지의 기자가 말했다.

"물론 그렇죠."

시장은 재빨리 대답했다.

"모든 문제의 밑바닥에는 언제나 사회 경제적인 원인이 있습니다. 솔직히 우리가 우려하는 부분이 바로 그 점입니다. 뉴욕은 태양 아래 모든 인종과 국적, 신념이 한데 섞인 용광로 같은 도시입니다. 뉴욕 시민 열다섯 명 중 한 명은 흑인입니다. 열 명 중 세 명은 유대인이고요. 뉴욕 시에 거주하는 이탈리아인이 제노바에 사는 이탈리아인보다 더 많습니다. 브레멘보다 뉴욕에 사는 독일인이 더 많고, 이곳의 아일랜드인이 더블린 주민보다 더 많습니다. 뉴욕 시민들은 폴란드, 그리스, 러시아, 스페인, 터키, 포르투갈, 중국, 스칸디나비아, 필리핀, 페르시아…… 그야말로 전 세계에서 왔습니다. 그래서 우리 뉴욕이 지구상에서 가장 거대한 도시인 것입니다. 그러나 바로 이 때문에 우리는 분화구 위 뚜껑에 올라앉아 있는 것과 같은 신세입니다. 제2차 세계대전 직후의 긴장감도 여기에 한몫했고요. 계속해서 이어지는 살인 사건으로 도시 전체가 두려움에 떨고 있는 지금, 시민들의 집단행동을 불러일으킬 만한 이떠한 바보짓도 있어서는 안 됩니다. 아, 마지막 말은 당연히 오프더레코드입니다.

여러분, 작금의 현실에서 가장 분별력 있게 행동하는 길은 이 일련의 살인 사건들을, 말하자면, 일반 사건처럼 취급하는

것입니다. 선정적으로 다루지 말고요. 이 사건은 확실히 일반
적인 사건과는 조금 다르고 다루기에 다소 까다로운 면도 있습
니다. 그러나 우리 뉴욕 시는 세계 최고 수준의 수사기관을 보
유하고 있습니다. 최고의 인력들이 사건 해결을 위해 밤낮 없
이 뛰고 있어요. 사건은 빠른 시일 내에 해결될 것입니다."

이어 경찰청장이 말했다.

"비어트리스 윌리킨스는 고양이에 의해 살해되었습니다. 윌
리킨스는 흑인입니다. 다섯 명의 다른 희생자들은 모두 백인이
고요. 기자 여러분이 강조해야 할 사실은 바로 이 점입니다."

"저희가 볼 때 고양이는 자유 시민의 민주적 평등권을 신봉
하는 자인 것 같습니다, 경찰청장님."

할렘 신문기자의 말에 고함이 일면서 분위기가 소란스러워
졌고, 그 덕에 시장은 이번에 일어난 살인 사건으로 인해 새로
임명된 고양이 수색대장의 앞날이 더욱 험난해졌다는 소식은
밝히지 못하고 기자회견을 마무리할 수 있었다.

그들은 할렘 지역 한가운데 자리한 막사에 앉아 비어트리스 윌
리킨스 사건의 보고서를 분석하고 있었다. 공원의 현장 조사에
서는 아무것도 나오지 않았다. 바위 뒤에는 자갈이 많았고, 행
여 고양이가 그 보드라운 발로 발자국을 남겼다 해도 그것은
젊은 여자의 시체가 발견된 후 으레 따르는 혼란의 와중에 다
뭉개지고 말았다. 풀밭, 흙, 자갈밭 인근의 보행로를 센티미터
단위로 검사했지만 나온 것은 고작 머리핀 두 개뿐이었고, 그
나마도 희생자의 것으로 밝혀졌다. 시신의 손톱 밑에서 채취한
알갱이들은 처음에는 응고된 혈액이나 피부 조직일 것으로 추

정했으나, 실험실의 분석 결과 립스틱과 흑인 여성들이 즐겨
쓰는 파우더 입자였다. 실제로 죽은 여성의 입술에 발린 립스
틱과 성분이 정확히 일치했다. 고양이는 여성의 머리를 내리쳤
는데, 주위에서 둔기의 흔적은 찾아볼 수 없었고 머리에 든 멍
으로는 무기의 특징을 파악할 수 없었다. 이에 대해서는 그저
막연하게 '뭉툭한 흉기'라고만 설명할 수 있을 뿐이었다.

시체를 발견한 지 몇 분 만에 인근 지역에서 경찰의 저인망
식 수사가 이루어졌고, 다양한 피부색, 성별, 나이의 사람들이
걸려들었다. 그들은 하나같이 분통을 터뜨리고 흥분하고 겁을
먹고 주눅 들어 있었다. 그러나 그들 중 엘러리의 코가 찾고 있
는 바로 그 냄새를 풍기는 이는 아무도 없었다. 그들을 선별하
는 데에도 꼬박 하룻밤이 걸렸다. 결국, 난리법석의 메아리가
아직도 귓가에서 윙윙거리는 가운데, 경찰은 그중 가장 가능성
이 있음 직한 물고기 두 마리를 골라냈다. 두 사람은 각각 백인
과 흑인이었는데, 백인은 27세의 무직 재즈 트럼펫 연주자로
풀밭에 누워 마리화나를 피우다가 붙잡혔고, 흑인은 비쩍 마르
고 왜소한 중년 남자로 레녹스 애비뉴의 불법 도박장에서 일
하는 잔심부름꾼이었다. 흑인은 공원에서 숫자 알아맞히기 노
름을 벌이던 중이었다. 두 사람의 옷을 전부 벗기고 샅샅이 조
사했지만 아무것도 나오지 않았다. 흑인 형사들이 부지런히 다
니며 사건 발생 한 시간 전부터 도박장 직원의 행적을 증언해
줄 증인들을 찾아 온 덕분에 흑인 용의자는 석방될 수 있었고,
할렘 폭동의 악몽을 기억하는 사람들은 모두 안도의 한숨을 내
쉬었다. 백인 음악가는 수사본부로 연행되어 추가 취조를 받았
다. 그러나, 퀸 경감의 말처럼 썩 가능성이 있어 보이지는 않았

다. 만일 그가 고양이라면 6월 3일, 6월 22일, 7월 18일, 8월 9일, 8월 19일에 뉴욕에 있었어야 했다. 그런데 트럼펫 연주자는 5월에 뉴욕을 떠나서 닷새 전에야 돌아왔다고 주장했다. 그동안은 세계 일주를 하는 호화 유람선에서 연주자로 일했다는 것이었다. 그는 배의 구조와 선장, 사무장, 선상 오케스트라 단원들에 대해 자세히 설명했다. 그리고 몇몇 여성 승객에 대해서는 좀 더 구체적인 설명도 덧붙였다.

그래서 경찰은 방침을 바꿔 반대쪽에서부터 접근하기로 하고 피해자를 상세히 조사했다. 피해자의 정직하고 선량한 모습이 밝혀질 때마다 조사하는 사람들은 점점 울적해졌다.

비어트리스 윌리킨스는 흑인 사회의 책임감 있는 일원이었고, 아비시니아 침례교회에 다니면서 여러 단체에서 활발히 활동했다. 그녀는 할렘에서 태어나 자랐고, 하워드 대학교*에서 학업을 마쳤다. 최근에는 아동 복지 기관에서 일하면서 할렘의 소외된 비행 청소년들을 적극적으로 돕고 있었다.

그녀는 《흑인 교육 저널》에 사회학 소논문들을 정기적으로 기고했고 《파일론》 지에는 시를 썼다. 그 밖에도 《암스테르담 스타 뉴스》, 《피츠버그 쿠리어》, 〈애틀랜타 데일리 월드〉 등의 매체에 다양한 기고문을 실었다.

비어트리스 윌리킨스의 대인 관계는 흠 잡을 데가 없었다. 친구들은 주로 흑인 교육자, 사회복지사, 작가, 전문직 종사자들이었다. 그녀는 일 때문에 블랙보헤미아에서 샌후안 힐까지 다녔고, 마약 밀매업자, 포주, 마켓 플레이스의 매춘부들과 자주 접촉했다. 만나는 사람들은 푸에르토리코인, 흑인 무슬림,

* 미국 워싱턴 소재의 대학교.

프랑스령 아프리카인, 흑인 유대인, 피부색이 짙은 멕시코인과 쿠바인, 흑인계 중국인과 일본인들까지 실로 다양했다. 그러나 그들에게 있어 비어트리스 윌리킨스는 친구이자 치유자였고, 어느 누구도 그녀를 불쾌하게 여기거나 비난하지 않았다. 할렘 경찰은 그녀를 조용하면서도 단호한, 비행 청소년들의 수호자로 기억했다.

"그녀는 투사였습니다. 그러나 광신도는 아니었어요. 할렘에서는 백인이고 흑인이고 그녀를 존경하지 않는 사람이 한 명도 없었습니다."

1942년에 그녀는 로렌스 케이턴이라는 젊은 흑인 의사와 약혼했다. 케이턴 박사는 군에 입대한 후 이탈리아에서 사망했다. 약혼자의 죽음으로 인해 그녀의 감정은 영원히 봉인되어버린 것 같았다. 이후 그녀가 다른 남자를 만났다는 기록은 없었다.

경감은 흑인 형사를 옆에 데리고 있었다. 형사는 고개를 끄덕이며 벤치로 다가갔다. 벤치에는 여자의 아버지가 엘러리 옆에 앉아 있었다.

"어르신, 누구 짓인지 짐작이 가세요?"

노인이 뭐라고 중얼거렸다.

"뭐라고요?"

"자기 이름은 프레더릭 윌리킨스이고 자기 아버지는 조지아주의 노예였대요."

엘러리가 말했다.

"네, 네. 그건 상관없어요. 어르신, 그런데 혹시 어떤 남자가 따님 옆에서 어슬렁거리는 거 보셨어요? 혹시 백인이 근처에 있었나요?"

　　노인의 몸이 굳었다. 누가 봐도 노인은 치밀어 오르는 감정을 다스리려 씨름하고 있었다. 마침내 그는 갈색 머리를 뱀처럼 뒤로 젖혔다가 앞으로 힘껏 내밀었다.

　　흑인 형사는 몸을 웅크리고는 신발에 묻은 노인의 침을 닦아냈다.

　　"제가 자기를 모욕한다고 생각했나 보네요. 두 가지 면에서요."

　　"이건 중요한 심문이야."

　　경감이 벤치로 다가왔다.

　　"제가 하는 게 낫겠습니다, 경감님. 이 노인 눈매가 매서워요."

　　형사는 다시 노인에게 몸을 굽혔다.

　　"좋아요, 어르신. 따님은 보기 드물게 훌륭한 아가씨였어요. 따님에게 그런 짓을 한 놈을 붙잡아서 혼내주고 싶으시죠? 안 그래요?"

　　노인은 다시 중얼거렸다.

　　"신께서 함께하실 거라는 둥의 얘기를 하는 것 같은데요."

　　엘러리가 말했다.

　　"할렘에선 어림도 없는 일이죠."

　　형사가 말했다.

　　"어르신, 여기 집중하세요. 우리가 알고 싶은 건 이것뿐이에요. 비어트리스가 알고 지내던 백인 남자가 있었나요?"

　　노인은 대답하지 않았다.

　　"이 근처에 혹시 백인이 숨어 있지 않았나 하는 말씀이에요."

흑인 형사가 미안한 듯 말했다.

"어르신, 그 남자가 누구였습니까? 어떻게 생겼어요? 비어트리스가 어떤 백인 남자 얘기를 하면서 막 욕을 한 적이 있었어요?"

갈색 머리가 다시 뒤로 젖혀졌다.

"그 침은 아껴두는 게 좋을 거예요."

형사가 낮게 위협조로 말했다.

"자, 어서요. 질문은 이거 하나밖에 없어요. 거기에만 답해주시면 돼요. 비어트리스에게는 전화가 있었죠. 백인 남자가 비어트리스에게 계속 전화를 했었나요?"

메마른 입술이 옆으로 당겨지면서 고통스러운 미소가 노인의 얼굴에 번졌다.

"딸애가 흰둥이를 상대했으면, 내가 내 손으로 그 앨 죽였을걸."

그런 다음 그는 벤치 구석에서 몸을 웅크렸다.

"아이고, 이럴 수가."

놀란 형사의 말에 경감은 고개를 저었다.

"저 노인은 적어도 여든은 됐을 거야. 게다가 저 손 좀 보라고. 관절염 때문에 전부 굽었잖아. 저 손으로는 병든 고양이 새끼 목도 조르지 못해."

엘러리가 일어섰다.

"여긴 아무것도 없네요. 저는 몇 시간쯤 자야 해요. 아버지도 주무셔야 하고요."

"넌 집에 가거라, 엘러리. 나는 짬이 나면 2층 소파에 잠깐 누우면 돼. 오늘 밤엔 어디 있을 거냐?"

"수사본부에요. 이 보고서들과 함께."

8월 27일 아침 〈뉴욕 엑스트라〉의 사설란에 다시 등장한 고양이는 공포 분위기 조성이라는 기존의 활동을 재개했다. 그러나 고양이의 활약은 전보다 더욱 맹렬했고, 그날 〈뉴욕 엑스트라〉의 보급소장은 보너스를 받았다. 28일 아침이 되자 그 이유는 분명해졌다. 고양이 기사는 1면으로 옮겨 갔는데, 만화적으로 표현하자면 1면을 장기 임대한 셈이 되었다. 새 지면으로의 이사는 성공적이어서, 오전 나절이 지날 무렵에는 시내의 신문가판대에 신문이 한 부도 남아 있지 않았다.

그리고, 새집으로의 이사를 축하하기라도 하듯, 고양이는 새 꼬리를 휘둘렀다.

기발한 아이디어였다. 헤드라인 없는 만화는 한눈에도 새롭게 등장한 공포를 요란스레 선전하고 있었다. 꼬리 여섯 개에 6까지 번호가 붙어 있었고, 일곱 번째 꼬리는 거친 질감의 굵은 선으로 커다랗게 그려져 있었다. 독자는 신문을 움켜쥐고 헤드라인을 훑어보지만 아무 내용이 없다. 혼란스러워진 독자는 다시 만화로 시선을 돌린다. 그때 독자는 그것을 보게 된다. 교수대 올가미 모양의 거대한 7번 꼬리는 실은 올가미가 아니라 물음표라는 것을.

시 당국자와 경찰들은 이 물음표가 도대체 무엇을 묻는 것인지를 두고 날카로운 의견 대립을 벌였다. 28일 오후 〈뉴욕 엑스트라〉의 편집장은 뉴욕 시장과의 흥미로운 전화 통화에서 짐짓 놀란 체하며, 그거야 당연히 '과연 고양이가 일곱 번째 희생자를 원할 것인가?'를 묻는 것 아니겠냐며, 이는 다분히 논리적이고 윤리적이며 뉴스의 공공 서비스 기능에 부합하는 가치 있는 질문인 동시에 기록으로 확인된 사실들을 분석하다 보면 자연스럽게 떠오르는 질문이라고 순진한 말투로 설명했다. 이에 시장은, 그 자신은 물론 그동안 신문 만화를 보아왔고 지금 이 순간에도 시청과 경찰 본부의 전화 상담원들을 괴롭히고 있는 수많은 뉴욕 시민들이 보는 그 만화의 숨은 의미는, '누가 고양이의 일곱 번째 희생자가 될 것인가?'라는 노골적이고 폭력적인 질문 아니겠냐고 냉랭하게 반문했다. 시장은 침이 줄줄 흐르는 수염을 달고 탐욕스럽게 혀로 입술을 핥는 모습의 고양이 만평은 어느 모로 보더라도 공공 서비스를 위하기는커녕 오히려 그 반대이며, 공공의 이익보다는 더러운 정치를 추종할 수밖에 없는 야당 기관지에서나 볼 법한 내용이라고 쏘아붙였다. 이 말에 편집장은 오히려 시장 자신이 더러운 빨랫감을 잔뜩 짊어지고 다니는 게 아니냐고 매섭게 반문했고, 이에 시장은 "그 중상모략적 발언은 도대체 무슨 의미냐?"며 소리를 버럭 질렀다. 편집장은 뉴욕 시 경찰 조직 구성원들에 대한 자신의 존경심은 누구에게도 뒤지지 않지만, 현재 스코어를 아는 이들은 시장이 지명한 현 경찰청장이 범인은 둘째 치고 내야플라이 하나 잡지 못하는 소방서의 늙은 말 신세라는 사실을 다 알고 있으며, 만일 시장이 그토록 절실하게 공공의 이익을 걱정한다면 왜 좀 더 예리하고 능력 있는 사람을 경찰의 수장으로 지명하지 않는 것이냐고, 그렇게 한다면 아마도 뉴욕 시민들은 예전처럼 편히 잠들 수 있을 것이라고 말했다. 편집장은 자신의 이 제안을 다음 날짜 〈뉴욕 엑스트라〉의 사설로 실을 예정이라고 덧붙였다. "공공의 이익을 위해서 말입니다, 시장님. 이해하시겠죠"라는 말을 끝으로 〈뉴욕 엑스트라〉 편집장은 신문 판매 부수 보고를 받기 위해 전화를 끊었고, 보고를 받자 만족감으로 뺨이 붉게 달아올랐다.

그러나 그것은 너무 이른 만족이었다.

화난 얼굴로 옷깃에 꽂은 초록색 카네이션의 냄새를 맡는 시장에게, 경찰청장이 말했다.

"잭, 만일 내가 사퇴하길 원한다면……."

"그런 쓰레기 같은 신문은 신경 쓸 것 없어, 바니."

"그 신문은 독자가 많아. 사설이 내일 시내에 깔리기 전에 움직이는 게 낫지 않겠어?"

"자넬 해고하라고? 그런 짓을 했다간 내 목도 날아갈걸."

잠시 후 시장은 생각에 잠겨 덧붙였다.

"그런 짓을 하지 않아도 내 목은 날아갈 거야."

"그 말이 맞아."

경찰청장은 시가에 불을 붙였다.

"지금 이 상황에 대해 꽤 깊이 생각해봤네, 잭. 이런 위기 상황에서는 영웅이 필요해. 모세 같은 영웅. 시민들의 상상력을 자극하고……."

"주의를 분산시키는?"

"글쎄……."

"이봐, 바니. 지금 무슨 생각을 하는 건가?"

"글쎄…… 이를테면…… 이를테면 자네가 시장 직속 특별 고양이 사냥꾼 같은 사람을 임명하면 어떨까 하는 거지."

"고담 시의 피리 부는 사나이인가?"

시장이 중얼거렸다.

"아니, 그 이야기에서는 쥐였어. 여기에도 쥐는 많지만."

"경찰과는 아무 상관 없는 사람이어야 해. 순회 임무지. 일종의 자문이랄까. 〈뉴욕 엑스트라〉가 사설을 철회할 수 없는 타이밍에 이 내용을 발표하는 거야."

"그러니까 지금 이 얘기는…… 희생양을 하나 정해서 그자가 이 모든 광기를 홀로 짊어지고 몰매를 맞는 동안, 자네와 경찰 조직은 곤경에서 벗어나 평상시 임무로 돌아가겠다는 건가?"

경찰청장이 비난하는 듯한 눈초리로 시가를 바라보며 말했다.

"사실 고위 간부 이하 경찰들은 결과보다 신문 헤드라인을 더 많이 신경 쓰고 있어……."

"그 친구가 자네보다 먼저 고양이를 잡아버리면 어쩌게?"

경찰청장은 웃었다.

시장이 불쑥 말했다.

"바니, 지금 누굴 생각하고 있는 건가?"

"진짜 매력적인 남자야, 잭. 뉴욕 토박이고, 정치적인 의도로 움직이지도 않아. 범죄 전문가로 전국에 이름이 나 있지만, 그러면서도 민간인이야. 절대 거절 못 할 거야. 내가 그의 아버지의 무릎 위에 미리 뜨거운 감자를 던져놔서 옴짝달싹 못 하게 해놨거든."

시장은 천천히 회전의자를 돌려 경찰청장을 똑바로 쳐다보았다.

경찰청장은 고개를 끄덕였다.

시장은 전용 전화로 손을 뻗었다.

"바니. 이번엔 자네가 스스로를 한발 앞선 것 같군. 아, 버디.

엘러리 퀸에게 전화 좀 연결해줘."

"어찌할 바를 모르겠군요, 시장님. 하지만 제 자격 요건을 따져보시면……."

엘러리가 말했다.

"시장 직속 특별 수사관으로 퀸 씨보다 더 나은 사람은 생각할 수 없어요. 좀 더 일찍 생각했어야 했는데. 솔직하게 말하겠습니다, 퀸 씨."

"네."

"가끔은 그런 사건이 있습니다."

경찰청장을 계속 힐끔거리며, 시장이 말했다.

"정도를 완전히 벗어난 사건 말입니다. 너무 기이해서 우수한 경찰들도 애를 먹는 그런 사건이 있죠. 이 고양이 사건은 퀸 씨가 지금까지 우리에게 보여준 특별한 재능을 필요로 하는 그런 사건인 것 같습니다. 신선하면서도 정통적 방식이 아닌 접근법이 필요해요."

"친절하신 말씀이군요. 하지만 이렇게 하시면 경찰 조직 내에서 좋지 않은 감정이 일지 않겠습니까?"

"경찰청에서는 전폭적으로 지원해드릴 것을 약속할 수 있습니다, 퀸 씨."

시장이 무뚝뚝하게 말했다.

"알겠습니다. 제 생각엔 아버지가……."

엘러리가 말했다.

"이 일은 여기 있는 경찰청장하고만 의논했습니다. 수락하시겠습니까?"

"몇 분만 생각할 시간을 주시겠습니까?"

"여기 내 사무실에서 전화를 기다리죠."

엘러리는 전화를 끊었다.

"시장 직속 특별 수사관이란 말이지."

다른 방에서 유선전화로 듣고 있던 경감이 말했다.

"그 사람들 진짜 안달이 났구나."

"고양이 때문은 아니에요."

엘러리가 웃었다.

"사건이 너무 어려워지니까 희생양이 될 만한 사람을 세워놓고 사람들의 광기가 그쪽으로 쏠리게 하려는 거죠."

"경찰청장이…….."

"정말 그 생각을 실행에 옮기려고 하네요. 안 그래요?"

경감은 엘러리를 쳐다보았다.

"시장은 아니야, 엘러리. 시장은 정치가야. 하지만 동시에 정직한 사람이기도 하지. 만일 시장이 여기에 속아 넘어갔다면, 그건 너에게 말한 바로 그 이유 때문인 거야. 그냥 수락하는 게 어떻겠니?"

엘러리는 입을 다물었다.

"그렇게 하면 네 활동이 전부 공식적이 되고…….."

"더 어려워지죠."

"빼도 박도 못하게 될까 봐 두려운 게로구나."

아버지가 신중하게 말했다.

"글쎄요. 좀 깊이 생각해봐야 할 것 같아요."

"이런 식으로 사적으로 접근하긴 싫다만, 우린 항상 생각이 같지 않았니? 엘러리, 이번 제안은 다른 측면에서도 중요해."

"어떻게요?"

"네가 그런 직책을 맡는 것만으로도 고양이가 겁을 먹을지도 모르지. 그건 생각해봤니?"

"아뇨."

"언론의 관심만으로도……."

"아니라니까요. 그렇지 않을 거예요."

"넌 네 영향력을 과소평가하고 있어."

"아버지는 우리 고양이를 과소평가하시는 거 같은데요. 고양이를 겁먹게 할 수 있는 건 아무것도 없어요."

엘러리가 말했다.

엘러리의 목소리에서 뭔지 모를 중압감이 느껴져, 경감은 놀랐다.

"네 말투가…… 엘러리, 너 뭔가를 알아냈구나."

두 사람 사이에는 사건 기록물이 놓여 있었다. 상세하게 촬영한 희생자의 전면과 측면 사진, 여러 각도에서 찍은 범죄 현장 전경, 내외부의 클로즈업 사진, 방향과 축척이 정확히 표시된 현장 스케치, 각종 서류와 지문 기록, 보고서, 경관들의 임무 배치표, 시간, 장소, 이름, 주소, 증거물, 문답 및 진술 기록, 전문 자료, 그리고 옆 테이블에는 살인 현장에서 수집한 증거물 원본이 놓여 있었다.

이 잡다한 기밀 서류들 중 그 어디에서도 확실한 단서는 발견되지 않았다.

경감이 날카로운 목소리로 물었다.

"찾은 게냐?"

엘러리가 대답했다.

"아마도요."

경감이 입을 열었다.

"더 이상은 묻지 마세요, 아버지. 뭔가 있어요. 하지만 그게 어떤 결론으로 이어질지는……."

엘러리의 표정이 어두웠다.

"이 문제를 가지고 꼬박 이틀을 씨름했어요. 하지만 처음부터 다시 생각해보고 싶어요."

퀸 경감은 전화기에 대고 말했다.

"시장님 연결해줘요. 엘러리 퀸이라고 전하고."

지난 12주 만에 처음으로 경감의 목소리는 편안했다.

뉴스는 굉음을 일으키며 도시를 강타했고, 경찰청장도 가슴을 쓸어내렸다. 굉음은 주로 환호성이었다. 시장 앞으로 도착하는 편지는 종전의 다섯 배로 증가했고 시청 교환대도 밀려드는 전화를 처리하기에 역부족이었다. 아나운서와 칼럼니스트들도 이번 결정을 긍정적으로 평가했다. 뉴스가 발표되고 하루 만에 어마어마하던 허위 신고 건수가 절반 수준으로 급감했고, 목 졸려 숨지는 길고양이들도 거의 사라졌다. 일부 언론에서는 조롱했지만 시민들의 찬사를 이기지는 못했다. 특히 〈뉴욕 엑스트라〉의 사설은 엘러리 지명 효과로 인해 흐지부지 묻혀버렸다. 〈뉴욕 엑스트라〉는 다음 판에서 시장의 이번 시명이 세계에서 가장 우수한 경찰력의 사기를 떨어뜨렸다며 맹비난했지만, 시장이 직접 입장 표명에 나서자 비난은 금세 무색해졌다.

"이번 특수 수사관 임명은 결코 일반 경찰력과의 충돌을 의미하지 않습니다. 또한 경찰 조직을 불신하거나 권력을 약화시키려는 의도도 절대 아닙니다. 뉴욕 경찰의 우수성은 그간의 강력 범죄 해결 기록만으로도 충분히 확인할 수 있습니다. 그러나 지금 일어나고 있는 일련의 살인의 기이한 특성을 고려할 때, 특이한 범죄에 경험이 많은 전문가의 도움을 요청하는 것이 바람직하다고 생각했습니다. 엘러리 퀸 씨를 특별 수사관으로 임명하자는 제안은 경찰청장이 내놓은 것입니다. 앞으로 퀸 씨는 경찰청장과 긴밀히 협조하여 수사를 진행할 것입니다."

시장은 그날 저녁 방송에서도 한 번 더 성명을 발표했다.

시청에서 임명식이 열리고, 시장과 엘러리 퀸, 엘러리 퀸과 경찰청장, 경찰청장과 시장, 그리고 시장과 경찰청장과 엘러리 퀸의 사진 촬영으로 공식 행사의 마침표를 찍은 후, 엘러리는 준비해 온 성명서를 읽었다.

"고양이는 지난 3개월간 주로 맨해튼 지역에 출현하고 있습니다. 이 기간 동안 그는 여섯 명을 살해했습니다. 여섯 건의 사건 파일의 무게는 이 직책이 주는 부담감만큼이나 무겁습니다. 지금 당장 해야 할 일이 많지만, 저는 여러 사실에 대해서 충분히 파악하고 있으며, 따라서 사건은 해결될 수 있고 확실히 해결되어 범인을 잡게 될 것이라고 말씀드리겠습니다. 물론 고양이가 살인을 더 저지르기 전에 잡힐 것인지, 그 점은 지금으로서는 알 수 없습니다. 그러나 만일 고양이가 당장 오늘 밤 또다시 살인을 저지른다고 해도, 저는 하루 동안 길에서 교통사고로 사망하는 뉴욕 시민이 지난 3개월간 고양이에게 당한 희생자의 수보다 더 많다는 것을 기억해주십사 당부하고 싶습니다."

엘러리가 성명서를 다 읽자마자 〈뉴욕 엑스트라〉의 기자는 혹시 "정보를 숨기고 있는 것은 아니냐"고 질문을 던졌다.

"'여러 사실에 대해서 충분히 파악하고 있으며 사건은 해결될 것이다'라는 말은, 확실한 단서를 가지고 있다는 뜻입니까?"

엘러리는 희미하게 미소 지으며 말했다.

"제가 읽은 성명서의 내용 그대로입니다."

다음 며칠 동안 그가 보인 행보는 당혹스러웠다. 그의 행동으로만 보면 전혀 뭔가를 파악한 사람 같지 않았다. 아니, 아예 행동 자체를 하지 않았다. 그는 사람들의 시선을 피해 아파트에 틀어박혔다. 집의 전화선은 뽑아놓았고, 시청과 연락할 수 있는 퀸 경감의 경찰 본부 직통전화만 살려두었다. 집의 정문은 잠긴 상태였다.

엘러리의 태도는 경찰청장이 의도한 바와는 거리가 멀었다. 경감은 경찰청장의 불평불만을 고스란히 감당해야 했다. 그러나 경감은 아무 말 없이 보고서가 들어올 때마다 엘러리에게 건네줄 뿐이었다. 보고서 중에는 비어트리스 윌리킨스 사건 수사 과정에서 체포되었던 마리화나 흡연자인 트럼펫 연주자에 관한 것도 있었는데, 내용인즉 그의 진술이 사실로 입증되어 풀려났다는 것이었다. 엘러리는 보고서는 쳐다보지도 않았고, 의자에 앉아 줄담배를 피우며 서재 천장의 달 표면 지형도 같은 얼룩만 관찰할 뿐이었다. 퀸 가족과 영악한 집주인 사이에 대하소설급 갈등이 펼쳐지게 만든 얼룩이었다. 그러나 경감은 엘러리가 천장에 칠할 흰색 페인트를 생각하고 있는 게 아니라는 걸 잘 알고 있었다.

8월 31일 저녁, 엘러리는 마침내 보고서로 눈길을 돌렸다.

경감이 정신없이 바쁘면서도 아무 소득 없었던 하루 일과를 마무리하고 막 사무실을 나서려던 참에, 그동안 잠잠하게 죽어 있던 전용회선이 다시 살아났다. 수화기를 든 경감은 아들의 목소리를 들었다.

"그 끈에 관한 보고서를 다시 읽어보고 있었는데요……."

"그래, 엘러리."

"고양이의 우세 손*을 결정할 수 있는 방법에 대해 생각하고 있었어요."

"그게 뭔데?"

"몇 년 전 벨기에 사람인 고드프루아와 다른 사람들이 고안한 방법이에요."

"밧줄로?"

"네. 밧줄을 잡아당기거나 마찰을 일으킬 때 표면의 섬유질이 힘을 가한 반대 방향으로 쏠리는 거죠."

"음, 그렇지. 우리도 목매단 시체가 있을 때 그 방법으로 자살인지 타살인지를 알아낸 적이 몇 번 있었다. 그런데 그게 어쨌다는 거냐?"

"고양이는 희생자의 뒤에서 실크 끈을 목에 감고 졸랐어요. 끈을 잡아당겨 조이기 전에 끈의 양끝이 교차되죠. 따라서 이론적으로는 목 뒤쪽의 서로 교차되는 지점에서 마찰이 있어야 해요.

오라일리와 바이올렛 스미스 사건의 목 사진을 봤는데, 목을 조르는 동안, 그리고 매듭을 짓기 전에, 끈의 양끝이 서로 교차되어 있었을 거예요."

---

* 활동이나 작업에 주로 사용하는 손.

"그래."

"그래요. 그는 두 손으로 끈을 잡아당겼어요. 양손으로 끈의 두 끝을 잡고, 서로 반대 방향으로 당기는 거죠. 한 손은 끈을 고정하는 역할을 하고, 다른 한 손은, 이게 우세 손이 될 텐데, 끈을 잡아당겼을 거예요. 다시 말해서 만일 오른손잡이라면 왼손으로 잡은 끈의 끝부분이 마찰점이 되는 거고, 오른손이 잡은 끝은 마찰을 일으키는 쪽이 되는 거예요. 왼손잡이라면 이와 반대가 되는 거고요. 터서 실크는 질감이 거친 직물이에요. 분명히 올의 쏠림이 확연히 눈에 띌 거예요."

"괜찮은 생각이구나."

경감이 중얼거렸다.

"알아내시면 전화 주세요, 아버지."

"시간이 얼마나 걸릴지 모르겠다. 실험실이 요즘 계속 초과 근무 중이거든. 지금 시간이 늦기도 했고. 기다리지는 마라. 알아낼 때까지 내가 여기서 대기하마."

경감은 몇 군데 전화를 걸어 결과가 나오는 대로 알려달라고 지시했다. 그러고는 몇 분 동안만 눈을 붙여야겠다고 생각하며 몇 주 전 사무실에 들여놓은 소파에 길게 누웠다.

경감이 눈을 떴을 때는 먼지 낀 창문을 통해 9월 1일의 태양이 얼룩덜룩한 빛줄기를 장엄하게 쏟아붓고 있었다.

전화벨이 요란스럽게 울리고 있었다.

그는 비틀거리며 전화기로 향했다.

"무슨 일 있었어요?"

엘러리가 물었다.

"어젯밤 잠시 눈을 붙이려고 누웠는데 정신 차려보니 전화가 울리고 있구나."

"경찰에 신고할 뻔했어요. 끈에 대해서는 알아내셨나요?"

"아직……. 기다려봐라. 보고서가 책상 위에 있는데. 젠장.
왜 날 안 깨웠지?"

잠시 후, 경감이 말했다.

"결론이 없구나."

"아."

"보고서에 따르면 오라일리와 스미스 양이 공격을 당하면서
좌우로 몸부림을 쳤다는 거야. 그래서 고양이가 이 손 저 손 힘
을 옮겨가며 뒤로 잡아당겼다는 거지. 시소가 움직이는 것과
비슷한 방식으로. 오라일리는 그냥 몸이 굳은 채로 버텼을지도
모르고. 아무튼, 이 경우엔 마찰력의 방향을 결정하는 건 의미
가 없어. 실크 끈에서 마찰이 일어난 부분은 오른쪽과 왼쪽으
로 힘이 동일하게 작용했다고 되어 있다."

"그렇군요."

그러나 엘러리의 목소리는 전혀 달라져 있었다.

"아버지, 집으로 빨리 오세요."

"집에? 지금 막 일을 시작하려고 하는데."

"얼른 오세요."

경감은 전화를 끊고 집으로 달려갔다.

"무슨 일이냐?"

계단을 달려 올라온 퀸 경감이 숨을 몰아쉬며 물었다.

"이것 좀 보세요. 오늘 아침 우편물이에요."

경감은 가죽 팔걸이의자에 천천히 앉았다. 첫 번째 봉투에

〈뉴욕 엑스트라〉라고 새겨진 글씨가 먼저 보였다. 주소는 타자기로 친 것이었다. 다른 봉투는 크기가 더 작았고 살짝 분홍빛이 감돌았으며, 비밀스러운 분위기를 풍겼다. 주소는 손 글씨로 적혀 있었다.

〈뉴욕 엑스트라〉 봉투에서는 노란색 메모지 한 장이 나왔다.

친애하는 E.Q. ―전화기에 무슨 짓을 하신 겁니까? 전화선을 잘랐습니까? 아니면 지금 베추아날란드*에서 고양이를 찾고 있는 겁니까? 댁으로 지난 이틀간 여섯 번이나 전화했는데 응답이 없더군요.

꼭 만나 뵈어야겠습니다.

제임스 가이머 맥켈

추신: 사람들은 저를 지미 레깃**이라고도 부릅니다. 레깃. 아시겠죠? 〈뉴욕 엑스트라〉로 전화 주세요.

J. G. M.

"모니카 맥켈의 남동생이군!"

"다른 것도 읽어보세요."

두 번째 봉투 안에서 나온 편지지는 봉투와 한 세트였다. 부자연스럽게 우아했고, 억지로 꾸며낸 고상함이 역력했다. 서둘러 썼는지 글씨가 조금 서툴렀다.

* 보츠와나의 영국 식민지 시대의 명칭.
** leg it. '달리다', '달아나다'라는 의미.

친애하는 퀸 씨,

라디오에서 선생님이 고양이 살인 사건의 특별 수사관으로 임명되었다는 소식을 듣고 여러 차례 전화로 연락드렸습니다.

만나주실 수 있는지요? 선생님의 사인을 받으려는 건 아닙니다. 부탁드립니다.

셀레스트 필립스

"시몬 필립스의 여동생이야."

경감은 두 통의 편지를 소파 옆 작은 테이블에 조심스럽게 내려놓았다.

"만나볼 생각이냐?"

"네. 필립스 양은 집으로 전화했고 맥켈은 신문사로 연락했어요. 목소리만 들어서는 두 사람 다 꽤 젊은 것 같더군요. 모니카 맥켈 사건에 관한 레깃의 기사는 좀 읽어봤는데, 개인적으로 집안사람들하고 연결되는 내용은 없었어요. 레깃과 맥켈이 동일 인물이란 걸 아셨어요?"

"아니."

경감은 자신이 몰랐다는 사실에 언짢아하는 것 같았다.

"물론 만난 적은 있지. 하지만 기자로서가 아니라 파크 애비뉴의 맥켈 자택에서 피해자 가족으로 만난 거였다. 취재기자라니, 지금 같은 상황에서 그로서는 최적의 조건이로군. 널 왜 보자고 하는지는 말하더냐?"

"셀레스트 필립스는 따로 만나서 얘기하겠다고 하더군요. 맥켈과 통화할 때 〈뉴욕 엑스트라〉에 실을 인터뷰를 원하는 거라면 귀를 잡고 끌어당겨 쫓아낼 거라고 했죠. 그랬더니 개인적인 일이라고 맹세했어요."

"두 사람이 같은 날 아침에."

경감이 중얼거렸다.

"서로 상대방에 대한 얘기를 하더냐?"

"아뇨."

"언제 오겠다던?"

"제 기본 매뉴얼의 철칙을 어겼어요. 두 사람을 같이 만나기로 했어요. 11시에요."

"5분 남았구나! 가서 샤워와 면도를 하고 깨끗한 옷으로 갈아입어야겠다."

경감은 서둘러 침실로 향하며 어깨 너머로 덧붙였다.

"두 사람을 붙들어. 필요하면 완력을 써서라도."

경감이 말끔히 단장하고 나왔을 때, 그의 아들은 대범한 자세로 여자의 입술에 물린 담배에 라이터의 불꽃을 대주고 있었다. 그녀는 머리부터 발끝까지 세련되게 유행을 따랐지만, 아직 어렸다. 전형적인 뉴욕 여성이 되고 싶었지만 그에 걸맞게 자라지 못한 것이다. 이런 스타일의 여자라면 늦은 저녁 5번 애비뷰에서 흔히 볼 수 있었다. 범접하지 못할 분위기를 지닌 고고한 여자들은 젊고 건강한 몸을 짙은 색의 세련된 포장 안에 감추고 있었다. 그러나 그녀는 결코 상류층 여성은 아니있다. 그녀에게는 나른한 권태가 없었다. 그녀는 이제 막 소녀 대상 잡지인 《세븐틴》을 떼고 《보그》로 접어들 나이였고, 매우 아름다웠다.

경감은 혼란스러웠다. 이 여자는 셀레스트 필립스다. 그동안

이 여자에게 무슨 일이 일어났던 것일까?

"오랜만이에요, 필립스 양."

두 사람은 악수를 했다. 그녀는 잽싸게 경감의 손을 잡았다가 바로 손을 뺐다. 경감은 생각했다. 내가 여기 있으리라고 예상하지 못했군. 엘러리가 내가 집에 있다는 말을 안 했어.

"못 알아볼 뻔했네. 자, 앉아요."

믿기지가 않았다. 채 2주도 지나지 않았는데.

그녀가 고개를 돌리자 그녀의 어깨 너머로 약간 어리둥절해하는 엘러리의 얼굴이 보였다. 경감은 엘러리에게 설명해줬던 시몬 필립스의 여동생을 떠올리고는 어깨를 으쓱했다. 이 말끔한 여성을 그 더러운 102번가 아파트와 대비시켜 연상하는 것은 불가능했다. 그러나 그녀는 여전히 거기 살고 있었다. 엘러리가 그곳으로 전화해 연락이 닿은 거니까. 퀸 경감은 아마 옷 때문일 거라고 결론지었다. 모델로 일한다는 의상실에서 잠깐 빌려 입었겠지. 그리고 화장도 영향을 미쳤을 것이다. 집으로 돌아가 화려한 옷과 장신구를 벗고 세수를 하면 경감이 기억하는 신데렐라로 다시 돌아갈 것이다. 그런데 정말 그럴까? 확신이 서지 않았다. 지금은 옅게 분이 발린 여자의 반짝이는 검은 눈동자 밑에 짙은 보랏빛 그늘이 드리워져 있던 것이 기억난다. 그런 그늘은 수건으로 닦아낼 수 있는 성질의 것이 아니다. 그리고 그때의 그 표정은…… 언니와 함께 묻어버린 것일까?

엄지손가락이 쑤시는 걸 보니 무언가 사악한 것이 다가오는가 보다…….*

"난 신경 쓰지 말아요."

---

* 《맥베스》 4막 1장의 대사.

경감이 미소를 지으며 말했다.

"아, 지금 퀸 씨에게 아파트 때문에 꽤 곤란한 상황이라는 얘기를 하고 있었어요."

여자의 손가락이 저 혼자 살아 움직이는 것처럼 핸드백의 잠금쇠를 열었다 풀었다 하고 있었다.

"이사를 갈 생각인가요?"

경감의 시선을 의식한 듯 손가락이 멈췄다.

"새집을 찾는 대로 가려고요."

"그래요. 새로운 인생을 시작해야지. 이런 경우에는 대부분 그렇게들 하니까."

경감은 고개를 끄덕이다가 물었다.

"그 침대는 치웠나요?"

"아, 아뇨. 아직도 거기에서 자요."

그녀는 재빨리 대답했다.

"지난 몇 년간 간이침대에서 잤거든요. 시몬 언니의 침대는 굉장히 편해요. 언니도 제가 거기에서 자는 걸 원했을 거예요. 그리고…… 저는 언니가 무섭지 않아요."

"음. 굉장히 건강한 생각을 갖고 계시는군요."

엘러리가 말했다.

"아버지, 지금 막 필립스 양에게 왜 저를 보자고 했는지 물어보려던 참이었어요."

"도와드리고 싶어서요, 퀸 씨."

오늘 아침 이 여자는 목소리까지도 《보그》 지의 분위기를 풍기고 있다. 무척 조심스러운, 신중한 목소리다.

"도와요? 어떻게?"

"모르겠어요. 저는⋯⋯."

셀레스트는《보그》풍의 미소로 괴로운 감정을 감췄다.

"저도 잘 이해가 안 가요. 간혹 뭔가를 해야겠다는 생각이 들 때가 있잖아요. 이유는 모르면서."

"왜 그런 생각을 했습니까, 필립스 양?"

그녀는 의자에 앉은 채로 살짝 뒤척이다가 몸을 앞으로 내밀었다. 지금 그녀는 더 이상 잡지 사진 속 인물이 아니라 자기 자신의 모습을 한 젊은 아가씨였다.

"저는 언니를 정말로 가엾게 여겼어요. 언니는 몸과 마음에 모두 장애가 있었죠. 침대에 그렇게 오랫동안 갇혀 지내야 한다면 누구라도 그랬을 거예요. 시몬 언니는 무기력했어요. 저는 저에게 장애가 없다는 이유로 스스로를 미워했죠. 죄책감도 느꼈고요. 아, 그걸 어떻게 설명할 수 있을까요?"

그녀는 감정을 이기지 못하고 목소리를 높였다.

"시몬 언니는 살고 싶어 했어요. 정말이지 탐욕에 가까울 만큼 삶에 집착했어요. 언니는 세상 모든 것을 궁금해했어요. 전 언니에게 거리를 오가는 사람들, 흐린 날의 하늘, 거리의 청소부, 정원을 가로질러 뻗은 빨랫줄의 모양까지 설명해줘야 했어요. 언니는 아침부터 밤까지 라디오를 틀어놨어요. 영화배우와 사교계 사람들에 대해 시시콜콜 다 알아야 직성이 풀리는 거예요. 누가 결혼을 하는지, 누가 이혼을 하는지, 누가 아기를 가졌는지. 제가 자주는 아니지만 가끔 남자를 만나러 나갈 때면 언니에게 남자가 무슨 말을 했고, 목소리는 어땠고, 하는 일은 무엇이고, 그가 무슨 다정한 말을 했으며 그 끈적한 말을 듣고 제가 어떤 기분을 느꼈는지까지 전부 말해줘야 했죠.

언니는 저를 미워했어요. 질투였죠. 전 일을 마치고 돌아오는 길이면 집으로 들어가기 전에 화장을 지웠어요. 저는…… 되도록 언니 앞에서는 옷을 갈아입지 않았어요. 그건…… 언니가 시켜서 그런 거예요. 언니는 질투를 즐기는 것 같았어요. 저를 질투하면서 쾌감을 느꼈던 것 같아요.

가끔 언니가 울 때가 있었는데, 그럴 때면 언니가 저를 굉장히 사랑하고 있다는 걸 느꼈죠."

셀레스트 필립스는 단호한 목소리로 말했다.

"언니가 옳았어요. 언니가 장애를 입게 된 데는 정의 같은 건 없었어요. 그건 언니가 감당할 필요 없는 형벌이었고 언니는 포기하지 않기로 결심했어요. 언니는 저보다 훨씬 더 삶에 애착을 갖고 있었어요. 훨씬 더요.

언니를 죽인 건…… 옳지 않아요.

저도 언니를 죽인 사람을 찾는 걸 돕고 싶어요. 저 자신도 이해가 가지 않고, 이런 일이 우리에게, 언니에게 정말로 일어난 건지 잘 믿기지도 않지만…… 그 사람을 처벌하는 일에 저도 동참하고 싶어요. 아무것도 안 하고 그냥 가만히 있을 수는 없어요. 무섭지 않아요. 여자인 척하지도 않을 거고 바보처럼 굴지도 않겠어요. 돕게 해주세요, 퀸 씨. 가방을 들고 따라다니라면 그렇게 할 것이고, 심부름도 하고, 타자도 치고, 전화도 받고…… 뭐든 하겠어요. 제가 할 수 있는 일이라면 뭐든 다 하겠어요."

그녀는 화가 난 듯 눈을 깜박거리며 사슴 가죽 장갑을 내려다보았다.

퀸 부자는 그녀를 말없이 바라보았다.

문가에서 목소리가 들려왔다.

"이거 정말 죄송합니다. 하지만 초인종을 계속 눌렀는데도……"

깜짝 놀란 셀레스트가 벌떡 일어나 창가로 달려갔다. 문 앞에 서 있던 젊은 남자는 셀레스트가 입은 옷의 한쪽 어깨에서 반대쪽 허리까지 길게 잡혀 있는 주름을 넋을 놓고 바라보았다. 마치 그 껍질이 흘러내리기를 반쯤 기대하고 있는 것 같았다.

"정말 죄송합니다. 하지만 저도 똑같이 누나를 잃었어요. 전 나중에 다시 오겠습니다."

남자는 셀레스트의 등에서 눈을 떼지 못한 채 말했다.

"아."

셀레스트는 짧게 탄식하고는 재빨리 뒤를 돌아보았다.

방의 반대편에 서서, 두 사람은 서로를 바라보았다.

엘러리가 말했다.

"이쪽은 필립스 양. 그리고 이쪽은 아마도 맥켈 씨인 것 같군요."

"전능하신 하느님이 진절머리가 나서 인류를 멸망시켜버린 다음 날의 모습 같은 뉴욕을 보신 적 있습니까? 그러니까, 일요일 아침의 월스트리트 말입니다."

10분 후 지미 맥켈이 셀레스트 필립스에게 말하고 있었다. 그에게 있어 퀸 부자는 이미 전능하신 하느님이 멸망시켜버린 것이나 다름없었다.

"아니면 퀸 엘리자베스호가 허드슨 만을 거슬러 오르는 건 본 적 있어요? 아니면 6월에 용커스 페리를 타고 허드슨 강 중

류를 가본 적은요? 센트럴파크 남쪽의 펜트하우스에서 북쪽의 센트럴파크를 바라본 적은? 베이글은 먹어본 적 있어요? 할바*는요? 닭기름과 검정 무를 곁들인 다진 간 요리는요? 시시 케밥은? 앤초비 피자는?"

"없어요."

셀레스트는 뻣뻣한 태도로 대답했다.

"그거 재미있군요."

맥켈은 우스꽝스럽게 팔을 휘둘렀다. 젊은 시절의 에이브러햄 링컨을 닮았다고 엘러리는 생각했다. 추진력과 열정적인 태도, 어색하면서도 사랑스러운 모습이다. 우스꽝스러운 입과 눈은 목소리만큼 정직하지는 않다. 입고 있는 갈색 정장은 초라했다. 나이는, 스물다섯 아니면 스물여섯?

"그러면서도 스스로를 뉴요커라고 부르시는 겁니까, 셀레스트?"

셀레스트는 몸이 굳었다.

"아마 그건, 제가 평생 동안 가난하게 살아온 것과 관련 있는 것 같은데요, 맥켈 씨."

저 아가씨는 부모님으로부터 프랑스 중산층의 예의를 물려받은 모양이군. 엘러리는 생각했다.

"다른 의미에서 저의 성스러운 아버지를 연상시키시는군요. 제 아버지도 베이글은 절대 드시지 않아요. 아가씨는 반유대주의자인가요?"**

셀레스트는 놀라 숨을 들이켰다.

---

* 터키의 과자.

** 베이글은 약 2천 년 전 유대인들에 의해 처음 생겨났다.

"전 아무것도 반대하지 않아요."

"아버지의 절친한 친구 중에 반유대주의자가 있는데요."

맥켈이 말했다.

"저기 말이죠, 셀레스트. 앞으로 우리가 친구가 되려면 아버지와 저의 관계를 이해해야……."

"그런 제안은 물론 고맙지만요. 그 문제는 제 언니와 아무 관계가……."

셀레스트가 냉랭하게 말했다.

"제 누나도요."

셀레스트는 얼굴을 붉혔다.

"아, 미안해요."

지미 맥켈은 귀뚜라미처럼 가는 다리를 꼬고 앉았다.

"저는 취재기자의 봉급으로 먹고살고 있습니다. 그 일을 좋아해서가 아니고요. 그렇게 하지 않으면 아버지의 석유 사업에 뛰어들어야 하거든요. 전…… 설령 굶어 죽는 한이 있어도 석유 사업에는 뛰어들지 않을 겁니다."

셀레스트의 표정은 의심하는 듯 보였지만 흥미를 느끼는 것도 같았다.

"맥켈 씨. 내가 알기로 당신은 지금 가족들과 함께 파크 애비뉴의 박물관에서 살고 있을 텐데."

경감의 말에 셀레스트가 미소를 지었다.

"그렇군요. 하숙비로 얼마를 내시는데요?"

"일주일에 18달러요."

지미가 말했다.

"집사의 담뱃값 정도 되는 돈이죠. 제가 내는 돈만큼 제대로 대우를 받는 건지도 잘 모르겠습니다. 보송보송한 실크 침구와 뜨겁게 데운 토디를 무제한으로 공급받는 대신, 계급을 확실히 구별해야 한다거나, 차량 정비소란 정비소에는 전부 공산주의자들이 있다거나, 앞으로 독일을 어떤 식으로 재건해야 한다거나, 백악관에 필요한 인물은 재계의 거물이라거나, 철강업계에 투신해보라거나, 그리고 이건 아버지가 제일 좋아하는 주제인데, 노동조합에 저주 있으라, 뭐 이런 주제로 기나긴 설교를 들어야 하거든요. 제가 이 모든 걸 감수하고 집에 머무는 유일한 이유는 감상적인 어머니 때문이에요. 그리고 이제 모니카 누나가 그렇게 되고서……."

"그래서요?"

엘러리가 말했다.

지미 맥켈은 주위를 둘러보았다.

"네? 아, 제가 여기 온 이유를 잊고 있었군요. 그렇죠? 옛 섹스광이 다시 출현했네요. 핀업 GI 맥켈, 사람들이 저를 그렇게 불렀답니다."

"누나 얘기를 해주세요."

셀레스트가 스커트 자락을 잡으며 불쑥 끼어들었다.

"모니카 누나요?"

그는 말린 자두처럼 쪼글쪼글한 담배와 커다란 성냥갑을 주머니에서 꺼냈다. 그는 담뱃불을 붙이기 위해 몸을 앞으로 깊숙이 숙였고, 셀레스트는 맥켈이 연기 때문에 한쪽 눈을 찡그리고, 무릎 위에 팔꿈치를 올린 채 어울리지 않게 큰 손으로 성냥개비를 잡고 담배에 불을 붙이는 것을 바라보았다. 지미 스튜어트와 그레고리 펙을 섞어놓은 모습 같다고 셀레스트는 생각했다. 그리고, 그래, 입가는 레이먼드 머시를 아주 약간 닮았다. 젊은 현자와 겉늙은 소년의 모습. 못생겼지만 매력 있는. 아마 꽤 많은 뉴욕 여자들이 그의 뒤를 쫓아다녔을 것이다.

"좋은 누나였어요. 사람들이 모니카 누나에 대해 하는 말은 다 맞는 말이에요. 하지만 그 사람들도 누나에 대해 제대로 알지 못했습니다. 아버지나 어머니도 전혀 모르셨죠. 그건 누나 잘못이에요. 누나의 내면은 괴롭고 괴롭고 또 괴로웠지만, 어찌나 잘 위장했는지 그걸 뚫고 실제 모습을 보기란 대전차 장애물을 뚫는 것보다 더 어려웠어요. 모니카 누나는 심술궂고 잔인하게 굴었고, 마지막에는 점점 더 심해졌어요."

맥켈은 성냥을 재떨이에 던졌다.

"아버지가 누나를 망친 거죠. 아버지는 누나에게 권력이 무엇인지 가르쳤고 인간에 대한 경멸을 물려주셨어요. 그러면서도 저를 대하실 때는 태도가 달랐습니다. 저한테는 처음부터 아버지가 시키는 대로 복종하도록 가르치셨어요. 그래서 아버지와는 항상 부딪히곤 했죠. 모니카 누나는 저보다 나이가 한참 많아서, 제가 꼬마였을 때 이미 숙녀였어요. 누나는 저를 보호해주고 아버지와 맞서 싸워주었습니다. 아버지는 절대 누나에게 함부로 못 하셨거든요. 어머니는 누나를 무서워하셨고요."

지미는 양말 밴드가 드러나 보이는 다리를 의자 팔걸이에 올렸다.

"물어보셨으니 하는 말인데, 누나는 인생에서 자신이 정말로 원하는 게 뭔지 생각해볼 기회도 갖지 못한 채 자랐습니다. 빈민가 꼬마들만도 못했던 거죠. 그게 무엇이었든 간에, 누나에게는 그런 게 없었습니다. 아버지는 다른 면에서도 비열한 인간이었지만, 누나에게 한 짓만으로도 월등히 비열한 늙은이였던 거예요. 아버지 관점에서는 누나에게 모든 것을 다 주셨다고 생각한 거니까요. 저는 군에 입대해서 일반 사병으로 3년간 복무했고, 그중 2년은 태평양 한가운데 모기 밭에서 낮은 포복으로 구르며 지냈습니다. 그러면서 제가 원하는 게 뭔지를 찾았어요. 모니카 누나는 끝내 찾지 못했죠. 누나의 유일한 탈출구는 규칙을 발로 걷어차는 것뿐이었습니다. 그리고 언제나, 마음속 깊은 곳에서는, 두려워하고 혼란스러워했죠……. 재미있지 않아요? 셀레스트."

지미가 갑자기 셀레스트를 바라보며 말했다.

"네…… 지미?"

"당신에 대해 잘 알아요."

그녀는 이 말에 흠칫 놀랐다.

"애버네시 건 이후로 고양이 사건을 담당하고 있었거든요. 경찰로부터 특별 권한을 받았는데, 내가 상류층의 먼지를 파헤치는 데 유용하다는 걸 그들이 알았기 때문이죠. 당신 언니가 살해당한 후 당신과 얘기를 나눈 적도 있어요."

"그랬어요? 기억이 안 나는데……."

"당연하죠. 난 남의 불행을 캐러 다니는 기자일 뿐이었고 당신은 정신이 없었으니까요. 하지만 당시 나와 당신 사이에 공통점이 많다고 생각했던 게 기억나요. 우리는 둘 다 각자 속해 있던 계급에서 벗어나려 하고 있고, 장애를 안고 있지만 사랑하고 이해하며 똑같이 고약하고 구역질 나는 일을 당한 누나와 언니가 있으니까요."

"그래요."

"당신이 마음을 추스르고 어느 정도 정리가 되면 당신을 찾아볼 생각이었어요. 여기 계단을 올라오면서도 당신을 생각했었습니다."

셀레스트가 그를 바라보았다.

"석유 비즈니스를 걸고 맹세하건대 거짓말이 아니에요."

지미는 씩 웃었다. 그러나 잠시뿐이었다. 그는 불쑥 엘러리를 돌아보았다.

"제가 말이 좀 많긴 하죠, 퀸 씨. 하지만 그건 동료 기자들과 함께 있을 때만 그런 겁니다. 제가 품고 있는 인류에 대한 거대한 사랑이 발현되면 수다스러워지는 거죠. 하지만 언제 입을 다물어야 하는지도 잘 압니다. 애버네시, 바이올렛, 오라일리가 당했을 때는 기자로서 흥미를 느꼈어요. 제 누나가 당했을 때는, 제 개인적인 문제가 되었습니다. 저는 이 고양이 추격전의 내부자가 되어야 해요. 제가 특별히 똑똑한 인간은 아니지만, 발로 뛰는 법을 알고 있으니 유용하게 쓰실 수 있을 겁니다. 신문사와의 관계 때문에 부적절하다고 생각하신다면 오늘이라도 당장 사표를 내겠어요. 사실 저는 제 직업이 장점이라고 생각하지만요. 기자가 아니라면 절대 들어가지 못할 곳에도 들어갈 수 있거든요. 하지만 결정은 퀸 씨 당신 몫입니다. 당신이 거절하기 전에 여기 증인들 앞에서 내가 몸담고 있는 그 걸레 같은 신문사를 위해 당신이 발설을 금지한 내용은 한 줄도 쓰지 않겠다고 공식적으로 맹세해야겠군요. 저를 써주시겠습니까?"

엘러리는 파이프 담배를 가지러 벽난로로 다가갔다. 그는 오랜 시간 공들여 파이프를 채웠다.

"이걸로 질문이 두 가지가 되었네요, 퀸 씨. 아직 답을 안 해주셨죠."

셀레스트가 긴장된 목소리로 말했다.

퀸 경감이 끼어들었다.

"잠깐 실례하겠소. 엘러리, 따로 얘기 좀 하자."

엘러리가 아버지를 따라 서재로 들어가자 경감이 문을 닫았다.

"생각해보는 건 아니지?"

"생각 중인데요."

"엘러리, 맙소사. 빨리 저 둘을 집으로 돌려보내!"

엘러리는 파이프에 불을 붙였다.

"지금 제정신이냐? 잔뜩 흥분한 꼬마 둘이라니. 게다가 저들은 사건과 관련이 있어!"

엘러리는 연기를 뿜었다.

"엘러리, 만일 도움이 필요하다면 네 전화 한 통만으로도 경찰 본부 전체가 움직일 거야. 경찰 중에는 전직 군인들도 있어. 저 젊은 기자가 할 수 있는 일뿐만 아니라 그 이상도 해낼 수 있고, 모두 정식으로 훈련받은 요원들이야. 젊은 여자가 필요하다면, 필립스 양과 미모를 겨룰 만한 여경이 지금 당장 생각해도 세 명은 있다. 그들도 모두 제대로 훈련을 받았고."

"하지만 그 사람들은 사건과 관련이 없죠."

엘러리가 신중하게 대답했다.

경감은 눈을 껌벅거렸다. 엘러리는 씩 웃으며 거실로 나갔다.

"무척 이례적인 일이긴 하지만, 두 분의 제안을 수락하는 쪽으로 생각하고 있습니다."

엘러리가 말했다.

"아, 퀸 씨."

"내가 뭐랬어요, 셀레스트?"

경감은 문가에 서서 투덜거렸다.

"난 사무실에 전화나 걸어야겠다."

그는 큰 소리가 나게 문을 닫고 들어가버렸다.

"하지만 위험할 수도 있어요."

"제가 유도를 좀 할 줄 압니다만."

지미가 자랑스럽게 말했다.

"농담이 아니에요, 맥켈. 무척 위험할지도 모릅니다."

"이것 보세요."

지미가 분개한 듯 낮게 중얼거렸다.

"우리가 뉴기니에서 상대했던 꼬마들은 목에 끈 같은 건 감지 않았어요. 그냥 목을 잘랐죠. 하지만 보시다시피 내 목은 여기 온전하게 붙어 있어요. 물론 셀레스트는 경우가 다릅니다. 내부 업무를 해야겠죠. 뭔가 흥미진진하고, 도움이 되면서도 안전한 일로요."

"셀레스트에게 직접 말하도록 하는 게 어떨까요, 지미?"

"자, 말씀해보세요, 미스 앨던."*

"전 무서워요."

셀레스트가 말했다.

"물론이죠! 그래서 제가 그런 말을……."

"여기 들어올 때도 무서웠고 이곳을 나갈 때도 무서울 거예요. 하지만 아무리 무섭다고 해도 시몬 언니를 죽인 살인자를

---

* T. 드라이저의 소설 《아메리카의 비극》의 등장인물로, 살해당한 여주인공의 동생.

잡는 걸 돕지 않을 수는 없어요."

"저, 그런데……."

지미가 입을 열었다.

"하겠어요."

셀레스트가 말했다. 단호하게.

지미는 얼굴을 붉혔다.

"제가 실례를 했군요."

그러고는 난처한 상황을 모면하기 위해 주머니에서 담배를 꺼냈다.

"그리고 또 알아두어야 할 게 있습니다."

엘러리는 아무 일도 없었다는 듯 말했다.

"삼총사처럼 신나는 친구들끼리의 협동 같은 것은 없습니다. 계획을 세우는 대장은 나고 나는 누구도 신뢰하지 않습니다. 두 사람에게는 아무 설명 없이 지시를 내릴 겁니다. 그 지시에는 절대 저항해서도, 의문을 품어서도 안 되며 은밀히 수행해야 합니다……. 그리고 두 사람이 서로 상의해서도 안 됩니다."

두 사람은 이 말에 고개를 들었다.

"이 점은 처음부터 명확히 해두어야 할 것 같군요. 여러분은 이 작은 퀸 수사국의 동료들이 아닙니다. 여기에 그렇게 친밀한 관계는 없어요. 여러분은 언제나 나하고만 관계를 맺어야 합니다. 내가 지시하는 것은 여러분 각자에게 지시하는 것이며, 서로에게든 다른 누구에게든 발설해서는 안 됩니다. 내 말에 동의한다면 나는 두 분이 목숨, 재산, 그리고 행여 그런 게 있다면 성스러운 명예까지 모두 바칠 것을 요구합니다. 만일 이런 조건을 수락하지 못하겠다면 지금 얘기하시고, 이 모임은 유쾌한 시간 낭비로 기록하고 끝내겠습니다."

두 사람은 말이 없었다.

"셀레스트?"

그녀는 핸드백을 잡았다.

"뭐든 하겠다고 말했잖아요. 받아들이겠어요."

하지만 엘러리는 집요했다.

"지시 사항에 대해 질문하지 않겠습니까?"

"네."

"그게 무엇이든 간에?"

"네."

"불쾌하거나 이해할 수 없는 지시라 해도?"

"네."

"당신이 받은 지시를 누구에게도 발설하지 않겠다고 약속합니까?"

"약속합니다, 퀸 씨."

"지미에게도?"

"그 누구에게도요."

"지미는?"

"〈뉴욕 엑스트라〉 사회부 데스크를 장악하고 있는 인간 참나무보다도 더 혹독한 보스로군요."

"재미있는 말이지만 그건 질문에 대한 답이 아닙니다."

엘러리가 미소 지었다.

"저도 동참하겠어요."

"앞서와 같은 조건으로?"

"네, 대장."

엘러리는 잠시 두 사람을 쳐다보았다.

"여기서 기다려요."

그는 재빨리 서재로 들어가 문을 닫았다.

엘러리가 메모장 위에 뭔가를 쓰려는데, 침실에 있던 아버지가 서재로 들어왔다. 경감은 책상 옆에 서서 입을 내밀고 엘러리를 바라보았다.

"시내에 무슨 일이 있어요, 아버지?"

엘러리는 손을 멈추지 않고 중얼거렸다.

"경찰청장이 전화를 걸어서 물어보는데……."

"뭘 물어봐요?"

"그냥 물어봤어."

엘러리는 메모장을 뜯어 무늬 없는 봉투에 넣고, 봉인을 한 후 겉면에 'J'라고 썼다.

그러고는 다른 종이에 또 뭔가를 쓰기 시작했다.

"아무 일 없는 건가요?"

"아, 고양이 사건은 아니야."

경감은 계속 엘러리를 바라보았다.

"웨스트 75번가와 암스테르담 애비뉴가 만나는 곳에서 살인 사건이 일어났다. 두 명이 죽었지. 남편에게 배신당한 아내가 남편을 아파트까지 미행해 손수 두 죄인을 처단한 거야. 손잡이에 진주 장식이 달린 22구경으로."

"제가 알 만한 사람도 있나요?"

엘러리는 두 번째 종이를 힘차게 뜯었다.

"죽은 여자는 나이트클럽 댄서였다. 동양풍의 춤이 특기였지. 죽은 남자는 부유한 로비스트였고. 부인은 사교계 여자인데 교회 활동에 열성이야."

"섹스, 정치, 사교계에 종교까지. 더 이상 필요한 게 없겠군요."

엘러리는 두 번째 봉투를 봉인하고 겉면에 'C'라고 적었다.

"아무튼 이걸로 며칠 정도는 흥분을 가라앉힐 수 있을 거예요."

엘러리가 자리에서 일어서자 아버지가 물었다.

"방금 뭘 쓴 거냐?"

"87번가 이레귤러*에게 내리는 지시 사항이죠."

"너 정말로 이 할리우드 스타일의 바보 짓거리를 할 생각이냐?"

엘러리는 다시 거실로 나갔다.

경감도 씁쓸한 표정으로 문 앞까지 따라 나갔다.

엘러리는 셀레스트에게는 'C'라고 쓰인 봉투를, 지미에게는 'J'라고 쓰인 봉투를 건넸다.

"아뇨, 여기서 개봉하지 말아요. 읽고 나면 없애고, 준비가 되면 여기 다시 와서 나에게 보고하세요."

핸드백에 봉투를 넣는 셀레스트의 얼굴이 약간 창백해졌다. 지미는 봉투를 바깥쪽 주머니에 쑤셔 넣었지만, 손은 주머니에서 꺼내지 않았다.

"그럼, 나가실까요, 셀레스트?"

"아니, 따로 나가요. 지미, 당신 먼저."

---

* 아서 코넌 도일의 《주홍색 연구》에 등장하는, 셜록 홈스를 돕는 소년 탐정단의 이름을 딴 것.

엘러리가 말했다.

지미는 모자를 눌러쓰고 성큼성큼 걸어 나갔다.

셀레스트는 방이 텅 빈 것 같다고 느꼈다.

"저는 언제 갈까요, 퀸 씨?"

"내가 말하면요."

엘러리는 창가로 갔다. 셀레스트는 다시 편히 기대앉아 가방을 열고 콤팩트를 꺼냈다. 봉투에는 손도 대지 않았다. 잠시 후 그녀는 콤팩트를 집어넣고 핸드백을 닫았다. 그러고는 자리에 앉은 채로 불 꺼진 벽난로를 바라보았다. 경감은 여전히 아무 말 없이 서재 문 앞에 서 있었다.

"이제 됐어요, 셀레스트."

약 5분 정도가 지났다. 셀레스트는 조용히 방을 나갔다.

결국 경감은 폭발했다.

"자, 그 빌어먹을 종이에 뭐라고 썼는지 이제 말해주겠니?"

"물론이죠. 저 여자가 아파트에서 나가자마자 말씀드릴게요."

엘러리는 거리를 내려다보았다.

그들은 기다렸다.

"저기 서서 편지를 읽고 있는데."

경감이 말했다.

"이제 가네요."

엘러리는 팔걸이의자로 가 앉았다.

"셀레스트에게 준 종이에는 지미 맥켈에 대해 최대한 많이 알아내라고 썼어요. 지미의 종이에는 셀레스트 필립스에 대해 최대한 많이 알아내라고 썼고요."

엘러리는 파이프에 다시 불을 붙이고 차분히 연기를 내뿜었다.

"정말이지 넌 음모를 꾸미는 데 능하구나. 나는 생각도 못 했던 방법이야. 그리고 지금으로서는 유일하게 말이 되는 방법이기도 하고."

아버지가 한숨을 내쉬었다.

"하늘이 대추를 떨어뜨리면 현자는 입을 벌린다. 중국 속담이에요."

경감은 껄껄 웃으며 방 안을 어슬렁거렸다.

"멋진 생각이다. 두 사람은 서로 마주치게 되겠지. 마치……."

그는 급히 입을 다물었다.

"마치 두 마리의 고양이처럼요?"

엘러리가 파이프를 입에서 뗐다.

"바로 그거예요, 아버지. 저도 모르겠어요. 잔인한 일인지도 몰라요. 하지만 지금으로서는 도박을 할 수는 없어요. 절대 안돼요."

"아, 말도 안 돼. 걔들은 그냥 낭만을 좇는 어린애들일 뿐이야."

경감이 매섭게 쏘아붙였다.

"셀레스트의 진실한 고백을 들으면서 아버지의 코가 한두 번쯤 움찔거리는 걸 본 것 같은데요."

"흠, 넌 이번 사건에서 모든 사람들을 적어도 한 번씩은 의심하는구나. 하지만 그런 식으로 생각하다 보면 말이지, 너는……."

"제가 뭘요? 우리는 고양이에 대해 아는 게 하나도 없어요.

고양이는 남자일 수도 여자일 수도, 열여섯 살일 수도 예순 살일 수도 있고, 백인, 흑인, 황인, 어쩌면 보라색일 수도 있어요."

"며칠 전 나와 얘기하면서 뭔가 알아냈다고 했던 것 같은데. 그건 뭐였냐? 신기루?"

"아버지는 비꼬는 말은 잘 못하세요. 그건 고양이 자체에 관한 게 아니었어요."

경감은 어깨를 으쓱하며 문 쪽으로 걸어갔다.

"고양이의 '행동'에 관한 것이었죠."

경감은 걸음을 멈추고 고개를 돌렸다.

"방금 뭐라고 했지?"

"여섯 건의 살인 사건에는 어떤 공통된 요소가 있어요."

"공통된 요소?"

엘러리는 고개를 끄덕였다.

"몇 가지나?"

경감의 목소리가 잠겼다.

"적어도 셋요. 네 번째 것도 생각할 수 있어요."

경감이 잰걸음으로 다시 돌아왔다.

"그게 뭐냐, 아들아? 그게 뭐야?"

그러나 엘러리는 대답하지 않았다.

잠시 후 경감은 바지를 획 끌어 올리고는, 분노로 창백해진 얼굴을 하고 성큼성큼 방을 나갔다.

"아버지?"

"왜?"

화난 고함 소리가 현관 쪽에서 날아왔다.

"시간이 필요해요."

"무슨 시간? 고양이가 몇 사람 목을 더 비틀 시간?"

"비겁하게 급소를 때리시는군요. 이런 유의 일은 서둘러선 안 될 때가 있다는 걸 아셔야죠."

엘러리가 벌떡 일어섰다. 그의 얼굴도 창백했다.

"아버지, 여기엔 뭔가 의미가 있어요. 있어야 해요! 하지만 그게 뭘까요?"

4

그 주에 엘러리의 신경은 몹시 날카로웠다. 그는 몇 시간이고 한자리에 앉아 컴퍼스, 자, 연필, 모눈종이를 가지고 사건의 통계자료를 그래프로 그리는 데 열중했다. 결국 그는 작업한 종이들을 벽난로에 던져 넣어 연기로 날려버렸다. 퀸 경감은 안 그래도 푹푹 찌는 일요일 낮에 벽난로 앞에서 불을 피워 몸을 데우고 있는 아들을 보며, 정녕 그가 지옥에서 살아야 할 운명이라면 조금이라도 온도를 낮추기 위해 뭔가를 해야겠다고 나지막하게 투덜거렸다.

엘러리는 쓸쓸하게 웃었다.

"지옥에는 선풍기가 없어요."

그는 서재로 들어가 문을 꼭 닫았다.

그러나 경감도 곧 따라 들어왔다.

"엘러리."

엘러리는 책상 앞에 서서 사건 기록 파일들을 내려다보고 있었다. 그는 사흘 동안 면도도 하지 않았다. 까칠하게 자란 수염 아래로 비친 피부는 초록색으로 죽어 있었다.

사람이라기보다는 시든 채소 같다고, 경감은 생각했다. 그는 다시 입을 열었다.

"얘야."

"아버지, 전 포기하는 게 좋을 것 같아요."

경감은 웃었다.

"포기 안 할 거라는 건 너 자신이 잘 알잖니. 왜, 뭔가 얘기하고 싶으냐?"

"유쾌한 대화거리가 있다면요."

경감은 선풍기를 켰다.

"뭐, 날씨 얘기야 언제나 부담 없이 할 수 있지. 그건 그렇고, 너의 그…… 두 사람을 뭐라고 불렀더라……. 이레귤러들? 그 친구들에게선 소식이 없니?"

엘러리는 고개를 저었다.

"공원을 산책해보는 건 어떠냐? 아니면 버스를 타거나?"

"좀 새로운 건 없어요?"

엘러리가 중얼거렸다.

"면도는 굳이 할 필요 없어. 아는 사람은 안 만날 테니까. 도시가 반쯤 비었거든. 방금 뭐라고 했지?"

"아무것도 아녜요."

엘러리는 밖을 내다보았다. 붉은색 테두리가 하늘을 에워싸고, 붉은빛이 건물들을 물들였다.

"기분 나쁜 주말이에요."

"자, 얘야. 고양이는 엄격하게 주중에만 움직여. 토요일, 일요일에는 나오지 않는다. 그리고 고양이가 출현한 이후 휴일은 7월 4일 딱 하루 있었는데, 그날도 건너뛰었어. 그러니 이번 노동절 주말에는 난리법석을 피울 필요가 없다."

"노동절 밤의 뉴욕이 어떤지 아버지도 아시잖아요."

건물들이 피로 물들었다. 지금부터 스물네 시간 동안. 엘러리는 생각했다.

"도로, 교각, 터널, 터미널, 전부 붐비겠죠. 사람들은 한꺼번에 시내로 몰리고."

"엘러리, 영화라도 보러 가자! 아니면, 이건 어떠냐. 코미디 뮤지컬을 보러 가는 거야. 오늘 밤엔 예쁜 여자들이 나오는 쇼를 보러 가자고 해도 반대하지 않겠다."

엘러리는 미소를 지을 수 없었다.

"저는 고양이와 있을게요. 아버지는 나가서 즐기세요. 저는 하나도 즐겁지가 않아요."

경감은 눈치 빠르게 방을 나갔다.

그러나 여자들이 나오는 공연을 보러 간 것은 아니었다.

그는 버스를 타고 경찰청으로 향했다.

뜨거운 열기 속에 어둠은 붉은빛으로 물들고, 단두대의 칼날이 쉭 소리를 내며 그의 목으로 맹렬히 다가왔다. 그는 준비 자세를 취했다. 그는 평온했고 심지어 행복했다. 저 아래 사형수 호송차에는 고양이들이 가득 타고 있었는데, 엄숙한 표정으로 파란색과 연분홍색 실크 끈을 짜면서 만족스럽게 고개를 끄덕이고 있었다. 개미보다도 작은 고양이가 그의 코 아래 앉아 검은 눈으로 그를 올려다보고 있었다. 칼날의 움직임을 느끼는 순간 명쾌하고 완전한 통증이 목을 가로질러 퍼졌고, 그 순간 밤의 장막이 걷히면서 위대한 빛이 온 세상을 비췄다.

엘러리는 눈을 떴다.

책상 위의 무언가에 뺨이 눌려 욱신거렸다. 그는 꿈에서 느껐던 거슬리는 고통이 경계를 뛰어넘어 현실에서도 지속되는 것인지 의아했다. 그때 아버지의 침실에서 울리는 고약스러운 단음이 전화벨이라는 사실을 깨달았다.

그는 자리에서 일어나 침실로 가서 불을 켰다.

1시 45분.

"여보세요."

목이 아팠다.

"엘러리."

경감의 목소리에 완전히 잠이 깼다.

"10분도 넘게 전화를 들고 있었다."

"책상에서 잠들었어요. 무슨 일이에요, 아버지? 어디 계세요?"

"이 전화를 걸려면 내가 어디 있어야겠니? 여기서 밤을 새고 있었다. 아직 옷 안 갈아입었지?"

"네."

"파크레스터 아파트로 곧장 오거라. 5번 애비뉴와 매디슨 애비뉴 사이 이스트 84번가다."

새벽 1시 45분. 그러니 지금은 노동절이다. 8월 25일부터 9월 5일까지. 열하루. 11은 10보다 1이 더 많다. 시몬 필립스와 비어트리스 윌리킨스 사이에는, 열흘이었다. 10에서 하나가 더 많으면……

"엘러리, 듣고 있니?"

"누구예요?"

목이 끔찍이도 아팠다.

"에드워드 카잘리스 박사라고 들어본 적 있니?"

"카잘리스?"

"몰라도 상관없고…….."

"그 정신과 의사요?"

"그래."

"말도 안 돼요!"

밤이 수십억 개의 반짝이는 조각으로 갈라지는 동안, 너는
좁은 이성의 길을 살금살금 움직여 갔다.

"뭐라고 했니, 엘러리?"

그는 먼 우주에서 길을 잃은 것 같은 기분이었다.

"카잘리스 박사일 리가 없어요."

그는 온 힘을 끌어 모아 말했다.

경감의 목소리가 교활하게 들렸다.

"왜 그런 말을 하는 거지?"

"그 사람 나이 때문에요. 카잘리스 박사는 일곱 번째 희생자
가 될 수 없어요. 그건 그냥 불가능한 일이에요. 어딘가에 실수
가 있었던 거예요."

"나이? 도대체 카잘리스의 나이가 이 일과 무슨 상관인데?"

경감은 당황했다.

"그 사람은 육십 대 중반이잖아요. 카잘리스 박사일 수 없어
요. 전체 구조에 맞지 않아요."

"무슨 구조?"

아버지가 소리를 지르고 있었다.

"카잘리스 박사가 아니죠? 그렇죠? 만일 카잘리스 박사라
면…….."

"카잘리스 박사가 아니야!"

엘러리는 한숨을 쉬었다.

"카잘리스의 처조카다."

경감은 언짢은 목소리로 말했다.

"리노어 리처드슨. 파크레스터 아파트는 리처드슨 가족의 집이야. 리노어와 그녀의 부모가 같이 사는 곳이지."

"리노어의 나이는요?"

"이십 대 중후반 정도일 거다."

"결혼은 안 했고요?"

"안 했을걸. 나도 정보가 거의 없어. 이제 끊어야겠다, 엘러리. 어서 나오너라."

"금방 갈게요."

"잠깐. 그런데 어떻게 카잘리스가 아니라는 걸……?"

공원을 가로지르면 바로야. 엘러리는 내려놓은 수화기를 바라보며 생각했다. 그는 이미 전화를 끊은 사실을 잊어버리고 있었다.

전화번호부.

그는 서재로 달려가 맨해튼 전화번호부를 집었다.

리처드슨.

리처드슨, 리노어, 이스트 84번가 12 1/2.

같은 번호 옆에 리처드슨, 재커리, 이스트 84번가 12 1/2도 있었다.

엘러리는 더없이 행복한 열반의 경지에 빠져 면도를 하고 옷을 갈아입었다.

그날 밤의 인상을 하나의 형체로 파악하는 것은 한참 후에나

가능했다. 그날 밤은 모든 게 뒤죽박죽이었다. 얼굴들이 흘러가고 겹치고 흩어졌다. 사물의 조각들이 말을 걸고, 목소리들은 갈라지고, 눈물을 뿌리고, 여러 표정들이 지나가고, 사람들이 들어오고, 전화벨이 울리고, 연필은 글씨를 썼다. 문, 소파, 사진, 사진사, 측정, 스케치, 푸르스름한 작은 주먹, 늘어진 실크 끈, 이탈리아식 대리석 벽난로 위의 루이 14세풍 금시계, 누드를 그린 유화, 찢어진 책 표지…….

그러나 엘러리의 마음은 기계와 같았다. 그는 닥치는 대로 증거들을 모아 자신의 감각에 차곡차곡 주입시켰고, 잠시 후하나의 제품을 완성했다.

오늘 밤 만든 이 제품이 언젠가 쓸모 있어질 것이라 본능적으로 믿으며, 엘러리는 다람쥐처럼 그것을 한구석에 저장해두었다.

여자는 아무것도 알려주지 않았다. 살아 있을 때의 모습은 사진으로만 상상할 수 있을 뿐이었다. 죽지 않으려고 몸부림치던 최후의 모습 그대로 굳어버린 몸은 의미 없는 화석에 불과했다. 체구는 작고 아담했고, 곱슬곱슬한 갈색 머리카락은 부드러웠다. 코는 장난기 있게 생겼고 입은, 사진에서 볼 때는 뾰로통해 보였다. 손톱과 발톱에는 매니큐어를 발랐고 머리는 손질을 한 지 얼마 안 된 듯했다. 얇은 실크 네글리제 아래에 고급 속옷을 입었다. 고양이가 덮칠 때 읽고 있던 책은 낡을 대로 낡은 《포에버 앰버》*의 재판본이었다. 소파 옆의 장식 무늬가 새겨진 작은 테이블 위에는 오렌지 껍질과 체리 씨가 놓여 있었고, 과일을 담은 그릇 옆에는 은으로 된 담배 상자가 있었다.

* 케이틀린 윈저의 로맨스 소설

재떨이에는 립스틱이 묻은 꽁초가 열네 개 있었고, 갑옷을 입은 기사 모양의 테이블용 은제 라이터가 있었다.

보기만 해도 절로 몸이 움츠러드는 납빛의 시체는 쉰 살은 되어 보였다. 최근 찍은 사진 속의 여자는 순수하고 어린 소녀의 모습이었다. 그녀는 스물다섯 살이었고 외동딸이었다.

엘러리는 리노어 리처드슨을 가련하지만 방해가 되는 존재로 떨쳐버렸다.

살아 있는 사람들이 더 많은 것을 얘기해주었다.

전부 네 사람이 있었다. 살해당한 여자의 아버지와 어머니, 여자의 이모인 카잘리스 부인, 그리고 저명한 정신과 전문의 카잘리스 박사.

그들의 슬픔에는 가족으로서의 유대감이 없었다. 엘러리는 이를 흥미롭게 여기고, 한 명 한 명을 신중하게 살펴보았다.

어머니는 밤새 걷잡을 수 없는 히스테리에 빠져 있었다. 리처드슨 부인은 훌륭한 성품을 지닌 중년 여인이었고, 화려한 옷에 약간 과하다 싶게 보석을 많이 걸치고 있었다. 엘러리는 부인의 내면에 현재의 슬픔과는 무관한 만성적인 근심이 자리 잡고 있다는 것을 알 수 있었다. 마치 배앓이를 하는 아이의 얼굴에 깃든 찡그린 표정 같았다. 그녀는 구두쇠처럼 인생을 비축해두는 여자였다. 금빛으로 빛나던 젊음은 이미 빛이 바랬고, 그나마 조금 남은 아름다움은 금빛으로 치장하고 잘 포장해 사치스러운 자기기만을 위해 보관하고 있었다. 이제 여인은 딸의 죽음으로 인해 오랫동안 잊고 있던 무언가를 깨달은 것처럼 몸부림치며 울부짖었다.

아버지는 몸집이 작고 머리카락이 희끗희끗한, 융통성 없는 예순 살의 남자였다. 외모만 보면 보석상이나 도서관 사서처럼 보였다. 실제로 그는 뉴욕에서 가장 오래된 소매상 중 하나인 리처드슨 리퍼 앤드 컴퍼니의 사장이었다. 엘러리는 뉴욕 시내를 산책할 때면 리처드슨 리퍼 앤드 컴퍼니 빌딩 앞을 자주 지나다녔다. 브로드웨이와 17번가에 접한 9층짜리 빌딩이었다. 회사는 옛날 방식으로 운영되고 있다고 알려져 있었다. 노조는 절대 불가였고, 사주는 자애로운 후원자로서 회사를 운영했으며, 직원들은 지쳐서 나가떨어질 때까지 비틀거리며 주어진 길만 걸어갔다. 리처드슨은 타협하지 않는 정직한 사람이었고, 자기 고집을 꿋꿋이 지켰으며, 직선만큼이나 좁은 시야를 지녔다. 이 사건은 그가 감당할 수 있는 한계를 넘어선 것이었다. 그는 구석에 앉아 망연자실한 눈빛으로 비탄에 잠겨 있는 이브닝 가운 차림의 여인과 담요에 덮여 작은 언덕처럼 누운 딸의 모습만 번갈아 바라보고 있었다.

리처드슨의 처제는 리처드슨 부인보다 훨씬 어렸다. 엘러리의 눈에 카잘리스 부인은 사십 대 초반 정도로 보였다. 그녀는 창백하고 호리호리했으며 말이 없었다. 그녀는 언니와 달리 자신의 영역을 잘 알고 있었다. 그녀의 시선은 자주 남편 쪽을 향했다. 그녀는 능력이 출중한 지적인 남자의 아내에게서 흔히 볼 수 있는 순종적인 성품을 지니고 있었다. 이런 여인에게 결혼이란 자신의 존재 그 자체나 다름없었다. 사교계는 대부분 리처드슨 부인 같은 사람들로 이루어져 있으니, 카잘리스 부인은 친구도 거의 없고 사교적 관심도 별로 없을 터였다. 동생은 성질부리는 아이를 달래는 엄마처럼 중년의 언니를 위로해주고 있었다. 리처드슨 부인의 목소리가 높아질 때에만 어린 동생은 매섭게 꾸짖고 나무랐다. 마치 언니의 추태로 인해 자신의 격이 낮아지고 있으며, 언니에게 속았다고 느끼는 것 같았다. 동생의 내면에는 순결하고 냉정한 감각이 있었다. 그녀 안의 싸늘하고 섬세한 감정이 언니의 감정 과잉에 반사적으로 반응하고 있었다.

이런 생각을 하고 있을 때 재미있어하는 듯한 남자의 목소리가 들렸다.

"눈치채신 것 같군요."

엘러리는 잽싸게 뒤를 돌아보았다. 카잘리스 박사였다. 어깨는 살짝 구부정했지만 덩치가 크고 힘이 세 보였다. 희부연 눈동자는 냉랭한 눈빛을 내뿜고 있었고, 은회색 머리카락은 숱이 풍성했다. 차가운 빙하 같은 남자였다. 신중한 목소리에는 냉소적인 기운이 음악처럼 깔려 있었다. 엘러리는 어디선가 카잘리스 박사가 정신과 의사로서는 특이한 이력을 가지고 있다는 얘기를 들은 적이 있었다. 그를 직접 본 것은 이번이 처음이었지만, 엘러리는 그 말이 맞는 것 같다는 생각이 들었다. 나이는 아마 예순다섯 정도 되었을 것이고, 어쩌면 그보다 더 많을지도 모른다. 반쯤 은퇴한 상태로 환자를 많이 받고 있지 않았는데, 환자 대부분은 여자이고 선택적으로 받는다고 했다. 건강도 좋지 않은 데다 슬슬 의사 경력을 마무리하고 심장 질환을 걱정해야 하는 나이가 되었기 때문이었다. 그럼에도 카잘리스 박사는, 비록 크고 두툼한 외과의사의 손을 쉴 새 없이 떨고 있기는 했지만, 제 역할을 충분히 할 수 있는 활력 넘치는 사람 같았다. 몸을 사리는 유형은 절대 아니었다. 그는 하나의 수수께끼였고, 사건과 무관하다고 해서 그에 대한 흥미가 줄어들지는 않았다. 모든 것을 다 알고 있는 듯한 그의 눈은 피할 수가 없었다. 그는 모든 것을 보면서도 아무 말도 하지 않는 사람이다. 혹은 상대방이 알아야 한다고 판단하는 내용만 말하는 사람이다.

"뭘 눈치챘다는 겁니까, 카잘리스 박사님?"

"제 아내와 처형의 차이에 대해서요. 리노어에 관해서라면, 제 처형은 범죄에 가까우리만치 부적절하게 처신했습니다. 처형은 아이를 두려워하고 질투하고 과하게 응석을 받아주었습니다. 애지중지하다가도 어느새 아이에게 소리를 버럭 지르곤 했죠. 그러다 기분이 상하면 아이를 완전히 무시했고요. 지금 딜리아는 공황 상태에 빠져 있고, 죄책감에 짓눌린 상태입니다. 의학적으로 말하자면, 딜리아 같은 엄마는 자기 아이가 죽기를 바라고 실제로 그런 일이 일어나면 겁에 질려 용서를 구하며 울부짖는 겁니다. 처형의 슬픔은 자기 자신을 위한 것이에요."

"박사님이 알고 계시는 걸 카잘리스 부인도 잘 알고 계시는 것 같은데요."

박사는 어깨를 으쓱했다.

"아내는 할 수 있는 일을 다 했습니다. 결혼하고 4년 동안 우리는 분만실에서 두 아이를 잃었습니다. 그리고 제 아내는 더이상 임신을 할 수 없는 몸이 되었죠. 아내는 자신의 모성애를 딜리아의 딸에게 쏟아부었고, 덕분에 제 아내와 리노어는 각자 부족한 부분을 서로에게서 채울 수 있었어요. 물론 완전하다고는 할 수 없었습니다. 예를 들면 리처드슨 부인이 있죠. 리노어

의 생물학적 어머니지만 나머지 부분에서는 전부 다 자격 미달
인 어머니가 항상 말썽이었던 겁니다."

의사는 두 자매를 바라보며 무미건조하게 말했다.

"본질적으로는 애도하는 모습조차 마음에 안 드는군요. 어
머니는 가슴을 치고 이모는 침묵 속에 괴로워하고 있으니까요.
저도 그 아이를 꽤 좋아했었습니다."

박사는 불쑥 덧붙였다.

"저 자신도요."

그러고는 방을 나갔다.

새벽 5시가 되자 그날 밤의 정황이 어느 정도 정리되었다.

리노어는 집에 혼자 있었다. 원래는 아버지 어머니와 함께
웨스트체스터에 있는 리처드슨 부인의 친구 집에서 열리는 파
티에 참석하기로 되어 있었는데, 리노어가 안 가겠다며 애원을
했다. ("생리가 시작되려 한다고 하더라고요." 카잘리스 부인
이 퀸 경감에게 말했다. "리노어는 생리통이 심했거든요. 그날
아침 제게 전화를 걸어 파티에 못 가겠다고 말했어요. 언니는
리노어에게 화를 냈고요.") 디너파티였기 때문에 리처드슨 부
부는 6시 조금 넘어서 집을 나섰다. 집에는 하인이 두 명 있는
데, 그중 요리사는 토요일 오후 휴가를 받아 가족들을 만나러
펜실베이니아로 떠난 상태였고, 가정부는 그날 밤 일을 마치고
퇴근했다. 집에는 리노어 혼자 남았다. 가정부는 입주 가정부
가 아니라서 다음 날 아침에나 올 예정이었다.

카잘리스 부부는 여덟 블록 떨어진, 파크 애비뉴와 78번가
가 만나는 곳에 살고 있었다. 부부는 저녁 내내 리노어를 걱정

했고 저녁 8시 30분에 부인이 전화를 했다. 리노어는 "여느 때처럼 생리통을 앓고 있긴 하지만 그것 말고는 괜찮다"며, 이모와 이모부에게 걱정하지 마시라고 말했다. 그러나 리노어가 으레 그렇듯 아무것도 먹지 못하고 있다는 얘기를 듣고 카잘리스 부인은 따뜻한 음식을 챙겨 리노어가 있는 아파트로 달려갔다. 부인은 리노어에게 음식을 먹이고 거실 소파에 편안하게 눕혔다. 그러고는 약 한 시간 정도 조카와 대화를 나눴다.

리노어는 최근 우울해하고 있었다. 이모에게 말한 내용에 따르면 리노어의 어머니는 "바보 같은 여고생처럼 이 남자 저 남자 만나고 다니는 짓은 그만두고 당장 결혼하라"며 다그치고 있었다. 리노어가 깊이 사랑하던 청년은 생로*에서 전사했다. 그 가엾은 청년은 유대인이었기 때문에 리처드슨 부인은 극렬히 반대했었다.

"엄마는 이해를 못 해요. 그이가 죽었는데도 엄마는 그이를 가만 내버려두지 않는걸요."

카잘리스 부인은 리노어가 고민을 모두 털어놓도록 도와준 뒤 잠자리에 들라고 했다. 그러나 리노어는 "이렇게 아플 때는" 일어나 앉아 책을 읽는 게 낫다고, 지금 잠들기에는 너무 덥다고 했다. 카잘리스 부인은 리노어에게 너무 늦게까지 깨어 있지 말라고 충고하고, 잘 자라는 키스를 한 뒤 집을 나섰다. 그때가 약 밤 10시경이었다. 그녀가 마지막으로 본 조카는 소파에 편히 기대앉아 책에 손을 뻗으며 미소 짓고 있었다.

집에 돌아온 카잘리스 부인은 흐느껴 울었고, 남편은 그녀를 달랜 뒤 침대로 보냈다. 카잘리스 박사는 잠자리에 들지 않고

* 프랑스 북서부의 도시로 1944년 노르망디 상륙작전의 전장이었다.

환자의 진료 기록을 살펴보고 있었고, 아내에게 "딜리아와 재크는 새벽 3, 4시까지는 돌아오지 않을 테니" 그 전에 리노어에게 전화해보겠다고 약속했다. 자정이 조금 지나서 박사는 리처드슨의 집으로 전화를 걸었다. 응답이 없었다. 5분 후 다시 전화를 걸었다. 리노어의 침실에는 유선전화가 놓여 있어서 잠이 들었다고 해도 반복되는 전화벨 소리에 잠이 깰 터였다. 카잘리스 박사는 아무래도 신경이 쓰여서 직접 가보기로 했다. 그는 아내를 깨우지 않고 파크레스터까지 걸어갔고, 목에 연분홍색 실크 끈이 감긴 채 소파 위에 죽어 있는 리노어 리처드슨을 발견했다.

리처드슨 부부는 아직 돌아오지 않았다. 아파트에는 죽은 조카 말고는 아무도 없었다. 카잘리스 박사는 경찰에 신고했고, 테이블 위에서 리처드슨 부인의 친구 집 전화번호를 발견했다. ("리노어가 혹시 아파서 저더러 집에 와달라고 할지도 몰라 번호를 남겨놨어요." 리처드슨 부인은 흐느끼며 말했다.) 카잘리스 박사는 그 번호로 전화를 걸어 리노어에게 무슨 일이 "일어났다"고 알렸다. 그런 다음 아내에게 전화해 즉시 이리로 오라고 지시했다. 카잘리스 부인은 허둥지둥 잠옷 위에 긴 코트만 걸쳐 입은 채로 택시를 타고 달려왔다. 그때는 이미 경찰이 도착해 있었다. 부인은 그 자리에서 쓰러졌다. 하지만 바로 그때 리처드슨 부부가 도착했고 부인은 바로 기운을 차리고 언니를 돌보았다. ("이 때문에라도 카잘리스 부인은 노벨 평화상을 받아야 해." 퀸 경감이 중얼거렸다.)

주제에 대한 일반적 변주. 엘러리는 생각했다. 사고와 우연의 부스러기들. 그러면서도 죽음의 색깔을 띤 핵심은 똑같다.

그는 일관된 미치광이다.

("조카의 목에 감긴 실크 끈을 보자마자 고양이라는 생각밖에 들지 않았습니다." 카잘리스 박사가 말했다.)

거실의 프랑스식 문이 밤새 열려 있었기 때문에 테라스와 지붕에 대한 조사가 아침까지 이어졌지만, 수사관들은 고양이가 대담하게도 펜트하우스의 자가 운전식 엘리베이터를 타고 정문을 통해 들어왔다고 결론을 내렸다. 카잘리스 부인이 10시에 나가면서 현관문을 확인했을 때는 문이 잠겨 있었다고 했다. 그러나 박사가 12시 30분에 도착했을 때 문은 활짝 열려 있고, 문 버팀쇠로 고정되어 있었다고 했다. 문 버팀쇠에는 죽은 여자의 지문이 묻어 있었기 때문에, 이모가 떠난 후 리노어가 직접 아파트 문을 열어놓은 것으로 추정되었다. 조금이라도 환기를 시켜볼 생각이었을 것이다. 그날 밤은 숨 막히는 무더위가 기승을 부렸다. 야간 경비원은 카잘리스 부인이 왔다가 떠나고, 카잘리스 박사가 자정 넘어서 도착한 것을 기억했다. 그러나 경비원은 차가운 맥주를 사러 86번가와 매디슨 애비뉴에 있는 식료품점에 몇 차례 다녀온 사실을 인정했고, 로비를 지키는 중에도 낯선 사람이 지나가는 것을 눈치채지 못했을 가능성도 인정했다.

"날씨가 더우니까요. 여기 사는 사람들 절반은 외출했고, 저는 로비 소파에서 밤새 졸다 깨다 하고 있었죠."

그는 특별한 것은 보지도 듣지도 못했다고 말했다.

이웃들도 비명 소리는 듣지 못했다.

지문 채취 담당자도 흥미로운 결론을 내리지 못했다.

검시관인 프라우티는 사망 시각을 카잘리스 부인이 떠난 후

부터 카잘리스 박사가 도착하기 전까지로 추정했고, 이보다 범
위를 더 좁힐 수 없다고 했다.

목을 조른 끈은 터서 실크였다.

"헨리 제임스*라면 '사실의 치명적인 무익함'이라고 말했을 겁
니다."

카잘리스 박사가 말했다.

밤이 가고 새벽이 밝아올 무렵, 그들은 차가운 진저에일과
맥주를 앞에 놓고 앉아 있었다. 카잘리스 부인이 차가운 닭고
기 샌드위치를 내왔지만 퀸 경감 말고는 아무도 손을 대지 않
았다. 그마저도 엘러리가 억지로 권해서 마지못해 든 것이었
다. 시체는 지시에 따라 옮겨졌다. 시체를 덮었던 불길한 담요
도 치웠다. 펜트하우스 테라스에서 미풍이 흘러들어왔다. 리처
드슨 부인은 침실에서 진정제를 먹고 잠들었다.

"위대한 궤변가에 대한 존경심이야 변함없지만, 치명적인 건
사실의 무익함이 아니라 희소성이죠."

엘러리가 대답했다.

"살인이 일곱 건이나 일어났는데도요?"

카잘리스 부인이 외쳤다.

"7에 0을 곱한 셈이죠, 카잘리스 부인. 어쩌면, 꼭 그런 것은
아닐 수도 있지만요. 아무튼 대단히 어려운 문제입니다."

샌드위치를 씹는 퀸 경감의 턱이 기계적으로 움직였다. 그는
듣고 있는 것 같지 않았다.

"내가 뭘 어떻게 해야 할까요?"

---

* 미국의 소설가 겸 비평가.

사람들은 모두 놀랐다. 그때까지 입을 다물고 있던 리노어의 아버지가 불쑥 입을 연 것이다.

"뭐든 해야 해요. 이렇게 그냥 앉아 있을 수는 없어. 나는 돈이 아주 많고……."

"리처드슨 씨, 이건 돈으로 해결할 수 있는 문제가 아닙니다. 모니카 맥켈의 아버지도 똑같은 생각을 했죠. 맥켈 씨는 8월 10일에 10만 달러의 현상금을 걸었지만 범인은 전혀 겁을 먹지 않았어요. 경찰이 할 일만 늘려주었을 뿐이고요."

엘러리가 말했다.

"재크, 방으로 들어가는 게 어떨까?"

카잘리스 박사가 말했다.

"그 아이는 세상에 적이라고는 없었어. 에드, 자네도 알지. 모두들 그 아이를 무척이나 사랑했잖아. 왜 이런 일이…… 왜 그자가 리노어를 고른 거지? 그 애는 내 전부였어. 왜 내 딸이지?"

"다른 사람의 딸은 어떻고요, 리처드슨 씨?"

"다른 사람은 상관없어요. 왜 이따위 경찰들을 위해 우리가 세금을 내고 있는 거냐고!"

리처드슨은 벌떡 일어섰다. 그의 뺨이 선홍색으로 물들었다.

"재크."

리처드슨은 금세 축 처지더니 잠시 후 혼잣말을 중얼거리며 조용히 방을 나갔다.

"아니, 여보. 가게 둬요."

카잘리스 박사가 재빨리 부인을 말렸다.

"재크는 건강한 스코틀랜드인답게 매사에 합리적이잖아. 삶을 소중히 여기는 사람이니까 경솔한 짓은 안 할 거야. 난 오히려 당신이 걱정되는걸. 눈이 많이 부었어. 이리 와요, 여보. 집에 데려다줄 테니."

"아뇨, 에드워드."

"딜리아는 잠들었고…….."

"당신 없이 혼자 가지는 않겠어요. 당신은 여기 있어야 하잖아요."

카잘리스 부인은 남편의 손을 잡았다.

"에드워드. 당신은 이곳에 꼭 필요한 사람이에요. 지금은 팔짱 끼고 뒤로 물러서 있을 때가 아니에요. 무슨 일이든 하겠다고 말해줘요."

"그래야지. 당신을 집에 데려다주는 일을 해야겠어."

"난 어린애가 아니에요!"

카잘리스 박사가 벌떡 일어섰다.

"하지만 내가 뭘 할 수 있겠소? 여기 이 사람들은 이런 일을 처리하도록 훈련받은 사람들이야. 입장을 바꿔서 이 사람들이 내 진료실에 들어와 환자들을 이렇게 저렇게 취급하라고 나를 가르치려 든다면 기분이 어떻겠어?"

"날 바보 취급하지 말아요, 에드워드."

부인의 목소리가 날카로웠다.

"나한테 수도 없이 얘기했잖아요. 그 얘기를 이분들에게 하세요. 당신의 이론을……."

"안타깝지만 그건 이론일 뿐이야. 자, 이제 어른답게 굴어요. 이제 집에 가서……."

"딜리아 언니에겐 제가 있어야 해요."

긴장된 목소리가 갈라졌다.

"여보."

카잘리스 박사는 놀란 것 같았다.

"당신도 리노어가 저에게 어떤 아이였는지 아시잖아요."

결국 카잘리스 부인의 감정이 폭발했다.

"당신도 알잖아요. 알잖아요!"

"물론이야."

카잘리스 박사는 곁눈질로 엘러리와 퀸 경감에게 신호를 보냈고, 두 사람은 자리를 떴다.

"리노어는 나에게도 큰 의미를 지닌 아이였어. 자, 이제 그만해요. 그러다 병나겠어."

"에드워드, 나한테 했던 그 얘기요!"

"내가 할 수 있는 걸 할게. 이젠 그만 그쳐요, 여보. 그만해."

서서히, 박사의 품에 안긴 부인의 흐느낌이 잦아들었다.

"하지만 아직 약속하지 않았잖아요."

"집에 가지 않아도 돼. 당신 말이 맞는 것 같아. 처형에겐 당신이 필요하니까. 손님방을 씁시다. 잠을 좀 잘 수 있게 약을 줄 테니."

"에드워드, 약속해요!"

"약속할게. 자, 이제 침대로 갑시다."

카잘리스 박사는 미안해하는 표정으로 돌아왔다.

"히스테리를 일으킬 거라고 예상했어야 했는데, 죄송하게 됐습니다."

"저도 저렇게 전통적인 방식으로 감정을 표출할 수 있다면

참 좋겠습니다."

엘러리가 중얼거렸다.

"그건 그렇고, 박사님. 카잘리스 부인이 말씀하신 이론이라는 건 뭡니까?"

"이론? 무슨 이론? 누구의 이론?"

퀸 경감이 돌아보았다.

"음, 제 나름의 이론을 말하는 겁니다."

카잘리스 박사가 자리에 앉아 샌드위치로 손을 뻗으며 말했다.

"그런데, 저 사람들은 지금 밖에서 뭘 하는 겁니까?"

"테라스와 지붕을 조사하고 있어요. 선생의 이론이라는 걸 말씀해보시죠."

경감은 엘러리의 담배를 한 개비 집어 들었다. 그는 지금껏 한 번도 담배를 피운 적이 없었다.

"뉴욕에 살고 있는 사람이라면 저마다 자기만의 이론 한두 개 정도는 가지고 있을 것 같은데요."

정신과 의사는 미소를 지었다.

"정신과 의사도 당연히 이런 사건을 그냥 지나칠 수 없죠. 그리고 저는 여러분처럼 내부 정보를 가지고 있지 않지만……."

"박사님이 신문에서 보신 것 이상의 정보는 없습니다."

카잘리스 박사가 낮게 끙 소리를 냈다.

"제가 하려던 말은, 그게 그렇게 중요하지 않다는 겁니다. 제가 볼 때 여러분은 이 살인에 일반적인 수사 기법을 적용하고 있습니다. 즉 희생자에 초점을 맞추고 있죠. 일반적인 사건이라면 당연히 합리적인 접근법일 겁니다. 그러나 이번 경우에는 틀린 방법이에요. 이번 사건에서는 범인에 초점을 맞춰야 그나마 승산이 있습니다."

"무슨 뜻입니까?"

"희생자들 사이에 공통점이 없다는 게 사실입니까?"

"네?"

"그 사람들은 어디에서도 서로 만난 적이 없었죠?"

"우리가 아는 한은 그렇습니다."

"제가 장담하건대 희생자들 사이에서 뚜렷한 접점은 찾을 수 없을 겁니다. 그 일곱 명이 서로 무관해 보이는 이유는 서로 무관하기 때문입니다. 이를테면 범인이 전화번호부를 들고 눈을 감은 상태로 아무 페이지나 펼쳐 두 번째 줄의 마흔아홉 번째 사람을 골라 죽이기로 결정하는, 그 정도 이상의 연관성은 찾아내기 힘들 겁니다."

엘러리는 흥미를 느끼고 몸을 뒤척였다.

"그러므로 지금으로서는……."

카잘리스 박사는 마지막 남은 샌드위치 조각을 삼키며 말을 이었다.

"동일범의 손에 죽은 이 일곱 명은 서로 알지도 못하고 접촉한 적도 없다고 봐야 합니다. 일반적인 관점에서 볼 때 이는 무엇을 의미할까요? 외관상 무차별 폭력 행위를 연쇄적으로 행했다는 뜻입니다. 전문적인 훈련을 받은 사람이 볼 때 이는 정신 질환의 징후를 의미합니다. 그건 그렇고, 제가 '외관상' 무차별적 행위라 말했는데, 그 이유는 정신 질환자의 행동은 현실적인 관점, 즉 건강한 정신을 가진 사람들이 세상을 보는 관점에 기초해 판단할 때는 동기가 없는 것처럼 보이기 때문입니다. 정신 질환자들에게도 그 나름의 동기는 있습니다. 하지만 그 동기는 현실에 대한 왜곡된 시선과 사실의 곡해로부터 시작되죠.

제가 가진 데이터를 바탕으로 내린 결론은 이렇습니다. 고양이는……. 그 망할 만화가! 이건 그 온건하고 품위 있는 동물에 대한 심각한 명예훼손이에요! 아무튼, 고양이는 체계적 망상 상태에 빠진 망상성 편집증 환자입니다.”

“음, 당연한 얘기지만, 사건 초기에 나온 이론 중에 정신이상자의 소행일 거란 얘기도 있었지요.”

경감은 실망한 듯 말했다.

“정신이상이라는 말은 일반인들도 사용하는 말이지만 동시에 법률 용어이기도 합니다.”

카잘리스 박사가 어깨를 으쓱하며 말했다.

“법적으로는 정신이상이 아니지만 정신 질환자로 분류되는 사람들도 꽤 있습니다. 지금은 의학 용어의 정의를 따르는 것이 좋겠습니다.”

“그럼 정신 질환자라고 합시다. 아무튼 정신병원에도 몇 번이고 들러 확인했지만 아무 소득이 없었어요.”

“정신 질환자라고 해서 모두 병원에 수용되는 건 아닙니다, 퀸 경감님.”

정신과 의사는 무덤덤하게 말했다.

“그게 제 이론의 요점입니다. 예를 들어, 만일 고양이가 정신분열증을 앓는 망상성 편집증 환자라면 겉모습이나 행동은 우리와 마찬가지로 아주 평범할 겁니다. 비전문가의 눈에는 그렇다는 것이죠. 그는 전혀 의심을 받지 않은 채로 수많은 해악을 저지를 수 있습니다.”

"선생 같은 전문가들하고 얘기만 하면 항상 잠이 온단 말이죠."

경감이 피곤한 목소리로 말했다.

"아버지, 카잘리스 박사님에겐 뭔가 더 들어볼 만한 얘기가 있어요. 계속하시죠, 박사님."

엘러리가 말했다.

"저는 그저 대안을 제시하려던 겁니다. 그자는 현재 개업의에게 치료를 받고 있을지도 모르고, 아니면 최근에 치료를 받은 적이 있을지도 모릅니다. 제가 보기엔 이 지역 사람인 것 같아요. 살인 일곱 건이 모두 맨해튼 지역 안에서 일어났으니, 이 지역부터 확인해보는 게 옳겠죠. 그 말은 정신의학 분야 종사자 전원의 협조를 구해야 한다는 뜻입니다. 의사들에게 뭘 찾아야 하는지를 간단히 전달하고, 각자의 환자 기록을 샅샅이 훑도록 하는 겁니다. 최근 기록이건 치료가 끝난 환자이건, 가능성이 있는 환자라면 전부 살펴보는 거죠. 그리고 이런 환자들은 일반적인 경찰 조사와 병행해서 전문적인 의학 교육을 받은 사람이 심문하도록 하는 겁니다. 물론 완전한 실패로 끝날 수도 있고, 어마어마한 규모의 작업이겠습니다만……."

"그런 거야 일도 아닙니다. 오히려 날 힘들게 하는 건 그 훈련받은 전문 인력들이죠."

퀸 경감이 중얼거렸다.

"음, 제가 도움이 된다면 저도 기쁘겠습니다. 제 아내 말을 들으셨겠죠. 전 요즘 돌보는 환자가 그렇게 많지 않습니다……."

정신과 의사는 얼굴을 찌푸렸다.

"은퇴를 준비하는 중이거든요. 저에게는 특별히 어려운 일은 아닐 겁니다."

"멋진 제안이군요, 카잘리스 박사님."

경감은 콧수염을 쓰다듬었다.

"우리가 여태껏 해보지 않은 방법을 제시하셨다는 점은 인정하겠습니다. 엘러리, 네 생각은 어떠냐?"

"좋고말고요. 건설적인 제안일 뿐 아니라 범인에게 곧장 접근할 수 있는 방법이기도 하죠."

엘러리가 냉큼 말했다.

"그 말에서 희미한 의심의 기운이 느껴지는데요?"

카잘리스 박사는 미소를 지었다. 그의 손가락이 테이블을 리드미컬하게 힘껏 두드렸다.

"아마도요."

"제 분석에 동의하지 않는군요."

"전적으로 동의하는 건 아닙니다, 박사님."

정신과 의사의 손가락이 멈췄다.

"저는 이 사건이 무차별 범죄라는 데 대해 확신이 서지 않습니다."

"그렇다면 제가 모르는 정보를 가지고 있는 모양이군요."

"아뇨. 저도 같은 데이터를 가지고 생각한 겁니다. 보시면 아시겠지만, 이 사건들에는 패턴이 있습니다."

"패턴?"

카잘리스 박사는 엘러리를 응시했다.

"사건들에는 여러 가지 공통 요소가 있어요."

"이번 사건도 포함해서?"

경감이 거친 목소리로 물었다.

"네, 아버지."

카잘리스 박사는 다시 손가락으로 테이블을 두드리기 시작했다.

"방법의 일관성을 말하는 건 아니겠지요. 같은 끈을 사용했다는 점이나, 교살의 형태나……."

"아닙니다. 일곱 희생자들의 공통 요소를 말하는 겁니다. 저는 그 공통 요소들이 일종의 계획을 의미하는 것이라고 확신합니다. 그러나 그것이 무엇에서 기인한 것인지, 그 특성은 무엇인지, 앞으로 어떻게 진행될 것인지는……."

엘러리의 눈빛이 흐려졌다.

"재미있는 이야기로군요."

카잘리스 박사는 외과의사의 날카로운 시선으로 엘러리를 관찰했다.

"퀸 씨의 말이 맞는다면 제가 틀린 게 되겠지요."

"우리 둘 다 맞을지도 모릅니다. 그럴 것 같다는 느낌이 들어요. '비록 실성은 했지만, 말에는 조리가 있군.'"*

두 사람은 함께 웃었다.

"아버지, 카잘리스 박사님의 제안을 무조건 실행하시라고 단호하게 말씀드립니다. 지금 당장요."

"매뉴얼의 모든 규칙을 어기게 되겠구나."

경감은 신음했다.

"박사님, 이번 일의 전권을 맡는 것을 고려해주시겠습니까?"

"제가요? 정신의학 분야에서 말씀입니까?"

* 《햄릿》 2막 2장의 대사.

"그렇습니다."

카잘리스 박사의 손가락이 다시 멈췄다. 그러나 언제라도 움직일 준비가 되어 있었다.

"본업인 진료만큼이나 큰일이 될 겁니다. 현직 의사들이 모두 동시에 협조하지 않으면 가능하지 않은 일이에요. 박사님의 명성과 인맥을 동원해 이번 조사를 이끌어주신다면 그야말로 완벽한 조사가 이루어지겠죠. 경찰에게는 절대 불가능한 작업입니다."

경감은 신중하게 말을 이어갔다.

"사실, 다른 측면에서 보더라도 나쁜 방법은 아니라고 봅니다. 시장은 이미 제 아들을 특별 수사관으로 임명했어요. 경찰은 공적인 부분을 담당하지요. 박사님께서 의학적 조사를 맡아주신다면 세 방향에서 공격이 이루어지게 됩니다. 어쩌면……어쩌면 뭔가 밝혀질지도 모르지요."

경감은 의치를 내보이며 씩 웃었다.

"물론 시청에서 확답을 받아야 할 겁니다, 카잘리스 박사님. 하지만 어쩐지 시장과 경찰청장이 굉장히 만족할 것 같다는 생각이 드는군요. 오케이 사인을 기다리는 동안 그 사람들에게 박사님이 수락하셨다고 말해도 될까요?"

정신과 의사는 두 손을 들었다.

"제가 봤던 영화 중에 그런 대사가 있었죠. '내 자신의 속임수에 넘어가다니!' 좋습니다, 경감님. 제가 걸려들었습니다. 절차가 어떻게 됩니까?"

"이제부터 어디에 계실 겁니까?"

"딜리아와 재크의 상태에 달려 있죠. 여기 아니면 집일 겁니다. 오늘 아침에는 몇 시간 정도 잠을 자보려고 합니다."

"자보려고 하신다고요? 지금의 저로서는 잠드는 것쯤 전혀 문제가 안 될 것 같은데요."

엘러리가 일어나 기지개를 켰다.

"수면 장애가 좀 있거든요. 저는 만성 불면증 환자입니다. 이런 유의 불면증은 치매나 진행성 마비 같은 의학적 증상의 한 형태예요. 제 환자들에게는 말하지 마십시오. 수면제는 적절히 복용하고 있습니다."

"이따 오후에 전화드리겠습니다, 카잘리스 박사님."

카잘리스는 경감을 향해 고개를 끄덕이고는 방을 나갔다.

퀸 부자는 말이 없었다. 테라스를 조사하던 사람들도 빠져나가기 시작했다. 벨리 경사가 햇빛을 받으며 테라스를 건너 이쪽으로 오고 있었다.

"어떻게 생각하니?"

경감이 갑자기 물었다.

"네? 무슨 생각요, 아버지?"

"카잘리스 말이다."

"아…… 매우 건전한 시민이죠."

"그러게 말이다."

"아무것도 없습니다. 아무것도 남아 있는 게 없어요, 경감님. 그놈은 펜트하우스 엘리베이터로 들어온 겁니다. 확실해요."

벨리 경사가 말했다.

"다만."

경감이 웅얼거렸다.

"그 손가락으로 테이블 두드리는 것만 멈춰줬으면 싶었어.

영 거슬려서 말이야. ……아, 벨리. 작업 마무리하고 눈 좀 붙이게."

"신문기자들은 어떻게 할까요?"

"그 인간들은 지금쯤 카잘리스 박사를 공격하고 있을 거야. 가서 그분을 구해드리고 내가 곧 나간다고 기자들에게 말해. 내가 특별히 횡설수설해주겠다고 말이야."

경사는 고개를 끄덕이고 하품을 하면서 쿵쿵 발소리를 내며 나갔다.

"아버지는 어떻게 하실 거예요?"

"시청에 먼저 가야 할 것 같다. 넌 이제 집에 갈 거냐?"

"무사히 빠져나갈 수 있으면요."

"복도의 작은방에서 기다렸다가 내가 기자들을 여기 거실로 유인하면 그때 빠져나가거라."

두 사람은 다소 어색하게 헤어졌다.

잠에서 깬 엘러리는 침대 끄트머리에 걸터앉아 자신을 바라보고 있는 아버지와 눈이 마주쳤다.

"지금 몇 시예요?"

"5시가 넘었다."

엘러리는 기지개를 켰다.

"지금 들어오셨어요?"

"그래."

"뭔가 새로운 소식은요?"

"검시에서는 아직 아무것도 나오지 않았어. 끈에 대해서도 새로운 건 밝혀진 게 없고. 앞선 여섯 건이 계속된 것뿐이야."

"분위기는 어때요? 안전한가요?"

"그렇게는 말하기 어려울 것 같구나."

퀸 경감은 으스스한 듯 팔로 몸을 감쌌다.

"이번엔 사람들이 정말로 들고 일어났어. 수사본부와 시청의 전화선은 전부 폭주 상태야. 신문들은 피라도 보겠다는 기세로 죽기 살기로 달려들고 있고. 너를 특별 수사관으로 임명한다고 발표한 뒤 일어났던 긍정적 효과는 리처드슨 양 살인 사건으로 인해 굴뚝으로 날아가버렸다. 아침에 카잘리스 일을 상의하러 경찰청장과 함께 시장실로 들어갔는데, 시장이 그야말로 나에게 키스를 하려고 달려들더라. 그 자리에서 바로 카잘리스에게 전화를 걸었지. 전화가 연결되자마자 시장이 뭐라고 했는지 아니? '카잘리스 박사님, 기자회견은 언제 하실 수 있습니까?' 그러더라고."

"카잘리스가 하겠대요?"

"지금 하고 있다. 오늘 밤 방송될 거야."

"저는 시장님께 큰 실망을 안겨드렸겠군요."

엘러리가 웃었다.

"이제 좀 주무세요. 이대로 계시다간 아버지가 의학계의 연구 대상이 되시겠어요."

경감은 움직이지 않았다.

"뭐 또 다른 게 있어요?"

"엘러리."

경감은 왼쪽 다리를 들어 올려 천천히 구두끈을 풀기 시작했다.

"시청 안에서 고약한 말이 돌고 있다. 굳이 묻고 싶진 않다만 내가 이렇게 계속 턱에 펀치를 얻어맞아야 한다면 지금이 몇

라운드인지 정도는 알아야겠다."

"저한테 뭘 물으시려고요?"

"네가 알아낸 걸 말해달라는 거다. 나만 알고 있을 테니까."

경감은 다른 쪽 구두끈도 풀기 시작했다. 그는 구두를 내려다보며 말을 이었다.

"아니면 이런 식으로 말해보지. 내 바지를 계속 그슬려야 할 신세라면, 도대체 지금 내가 어디에 걸터앉아 있는지 정도는 알고 싶다는 거다."

이것은 불만을 통해 잉태되어 타당한 이유로 표출된, 일종의 독립선언이었다.

엘러리는 기분이 좋지 않아 보였다.

그는 담배와 재떨이로 손을 뻗어, 재떨이를 가슴 위에 올려놓고 뒤로 기대앉았다.

"좋아요."

엘러리가 말했다.

"아버지가 보시기에 저는 아무것도 내놓지 않는 불충한 놈일 것이고, 아버지의 관점에서는 그게 맞을 거예요. 이제 제가 그동안 아버지께 숨기고 있었던 것이 아버지와 시장, 경찰청장에게 조금이라도 쓸모가 있을지 아니면 단순히 에드거 앨런 포의 그림자에 불과한지 확인해보도록 하죠.

자, 1번이에요. 아치볼드 더들리 애버네시는 44세였어요. 바이올렛 스미스는 42세였죠. 라이언 오라일리는 40세였고요. 모니카 맥켈은 37세. 시몬 필립스는 35세. 비어트리스 윌리킨스는 32세. 리노어 리처드슨은 25세. 44, 42, 40, 37, 35, 32, 25세 순이죠."

경감은 엘러리를 바라보았다.

"희생자들은 바로 이전 희생자보다 어려요. 그래서 카잘리스 박사가 희생자 7번이 될 수 없다고 확신했던 겁니다. 그는 가장 나이가 많은 애버네시보다도 나이가 많으니까요. 희생자 명단의 일곱 번째가 되기 위해서는 여섯 번째인 32세보다 어려야 했거든요……. 정말로 나이가 감소하는 패턴이 있다면 말이죠. 그리고 일곱 번째 희생자인 리처드슨 양은 25세였어요. 그러니 제가 옳았던 거죠. 여기에는 정말로 나이가 감소하는 패턴이 있어요. 수학적으로 나이 차이는 불규칙하지만, 계속해서 어려지고 있어요."

경감은 오른쪽 구두를 잡았다.

"우리가 그건 못 봤구나. 아무도 보지 못했어."

"글쎄요. 이건 온통 뒤죽박죽인 이 사건 가운데 작게 파묻혀 있는, 유일하게 질서 정연한 한 부분이에요. 퍼즐의 숨겨진 면처럼요. 들여다보고 또 들여다보면 갑자기 나타나죠. 하지만 그게 뭘 의미하는 걸까요? 뭔가 말이 되는 것 같죠. 그건 맞아요. 하지만 그게 무슨 말일까요? 어떤 원인으로부터 생긴 일일 텐데, 그 원인은 뭘까요? 우연의 일치라고는 생각할 수 없어요. 일곱 건이나 되니까! 그렇지만 계속 들여다보면 볼수록 이게 점점 중요하지 않게 느껴져요. 누가, 왜, 사람들의 나이가 줄어드는 순으로 기를 쓰고 죽이려 드는지, 말이 되는 이유를 하나라도 생각해내실 수 있어요? 서로 아무런 연관도 없는 사람들을? 저는 생각이 안 나요."

"곤란한 문제구나."

아버지가 중얼거렸다.

"오늘 밤 당장 발표할 수도 있어요. 스물다섯 살 이상인 뉴욕 시민들은 걱정하지 않아도 된다고요. 고양이는 희생자의 나이를 계속 줄여나가고 있고 이제 스물다섯 살이 지났으니까……."

"아주 재미있구나."

경감이 힘없이 말했다.

"꼭 무슨…… 길버트와 설리번의 코믹 오페라에 나오는 얘기 같다. 사람들은 모두 네가 미쳤다고 생각할 거고, 만일 네가 미치지 않았다고 생각한다면…… 단순히 더 어린 사람들에게 모든 근심 걱정을 떠안기는 꼴이 될 뿐이야."

"뭐 그런 거죠."

엘러리는 고개를 끄덕였다.

"그래서 입을 다물고 있었던 거예요. 이제 2번이에요."

그는 담배를 비벼 끄고 머리 뒤로 손을 고여 천장을 올려다보았다.

"일곱 희생자 중 둘은 남자고 다섯은 여자입니다. 여섯 번째 희생자까지의 나이를 보면 32세 이상이었어요. 이 정도라면 혼인 최소 연령을 지난 것이라고 말할 수 있지 않을까요?"

"뭐?"

"그러니까 제 얘기는, 우리가 지금 혼인 기반 사회에서 살고 있다는 겁니다. 우리 문화의 모든 길은 미국식 가정으로 이어지죠. 우리의 가정은 누가 봐도 순결을 수호하는 성채라고 보기 어렵습니다. 제 말에 어떤 근거가 필요하다면, 이걸 한번 생각해보세요. '독신자 아파트'라는 단순한 말이 풍기는 그 외설적이면서도 달콤한 뉘앙스를 말이죠. 우리 여인들은 남편을 찾아 헤매며 처녀 시절을 보내고 결혼 후에는 남편에게 의지하며 여생을 보내죠. 우리 남자들은 아버지를 동경하며 어린 시절 전부를 보내고 좀 더 자란 뒤에는 어머니 다음으로 좋은 여자와 결혼하고 싶어 안달을 냅니다. 왜 미국 남성들이 그토록 여성의 가슴에 집착한다고 생각하세요? 그러니까 제 말은……."

"아, 젠장. 얼른 좀 말해라!"

"제가 하고픈 말은, 미국 성인들 중 일곱 명을 무작위로 골랐을 때, 전체는 25세 이상이고, 그중 여섯은 32세 이상이라고 한다면, 한 사람을 제외하고 모두 미혼일 확률은 얼마나 될까 하는 겁니다."

"오라일리."

경감은 놀라움에 휩싸인 목소리로 말했다.

"맙소사. 오라일리만 기혼자야."

"아니면 이렇게도 볼 수 있죠. 두 남자 중 애버네시는 미혼이고 오라일리는 기혼이에요. 이로써 남자는 무효라고 볼 수 있어요. 하지만 여자 희생자 다섯은 모두 미혼이에요! 이건 조금만 생각해봐도 정말 이상한 거예요. 25세부터 42세까지의 여자 다섯 명이 있는데 그중 누구도 격렬한 남편감 획득 경쟁에서 성공하지 못했다니요. 희생자의 나이가 점점 어려지는 문제도 우연이라고 생각할 수 없었어요. 그런데다가 고양이는, 적어도 여성 희생자만큼은, 오로지 미혼인 사람만 고르고 있단 말이죠. 왜일까요? 저한테 설명 좀 해주세요."

경감은 손톱을 깨물었다.

"딱 하나 생각나는 건 그가 희생자들에게 접근하기 위해 결혼을 미끼로 던진다는 거야. 하지만……."

"하지만 그것으로는 설명이 안 되죠. 맞아요. 그런 바람둥이 는 여태껏 등장한 적도 없고, 희미한 흔적조차도 없어요.

고양이의 포옹을 두려워해야 하는 사람은 여성들 중에서도 처녀, 결혼 혐오자, 레즈비언들뿐이라는 소식을 외치면 뉴욕 남성들은 기뻐하겠지만……."

"계속해라."

아버지가 위협조로 낮게 중얼거렸다.

"3번. 애버네시는 파란색 실크 끈으로 목이 졸렸습니다. 바 이올렛 스미스는 연분홍색 끈이었고요. 오라일리가 파란색, 모 니카 맥켈은 분홍색, 시몬 필립스도 분홍색, 비어트리스 윌리 킨스도 분홍색, 리노어 리처드슨도 분홍색이었어요. 이건 이미 확인된 사실이죠."

경감이 중얼거렸다.

"그걸 잊고 있었구나."

"남자를 위한 색깔과 여자를 위한 색깔. 일관적이죠. 왜일까 요?"

잠시 후 경감이 다소 소극적인 자세로 말했다.

"엘러리, 지난번에 네가 네 번째 문제에 대해 말했었는 데……."

"아, 네. 그들은 모두 전화를 가지고 있었어요."

경감은 눈을 비볐다.

"어떤 면에서는, 가장 단순한 이 요소가 가장 도발적이에요. 아무튼 저한테는 그래요. 일곱 명의 희생자, 일곱 대의 전화. 가엾은 장애인 시몬조차 전화를 갖고 있었어요. 리노어 리처드 슨, 시몬 필립스, 모니카 맥켈의 경우는 전화 등록자가 다른 사

람이었지만 희생자들의 이름은 전화번호부에 따로 기재되어
있어요. 그건 제가 확인했습니다.

정확한 숫자는 알 수 없지만, 대략 미국 인구 백 명 가운데
스물다섯 명 정도가 전화 보유자라고 추정할 수 있어요. 그럼
4분의 1이죠. 뉴욕처럼 거대한 도시에서는 그 비율이 좀 더 클
거예요. 이를테면 3분의 1이라고 해보지요. 그럼에도 고양이에
게 당한 희생자들은, 한 명도 아니고, 두 명도 아니고, 네 명도
아니고, 일곱 명 전원이 전화를 갖고 있었던 거예요.

설명을 위한 설명을 해보자면, 고양이는 자기가 잡아먹고 싶
은 별미를 전화번호부에서 고른다는 겁니다. 순수하게 제비뽑
기식으로요. 그러나 제비뽑기를 해서 일곱 희생자의 나이가 연
속적으로 젊어지도록 고를 확률은 계산 자체가 불가능해요. 그
렇다면 고양이는 무언가 다른 기준에 의해 선택을 하고 있다는
겁니다.

아무튼, 모든 희생자들은 맨해튼 전화번호부에 올라 있어요.
그 전화들이 하나의 공통 요소예요."

엘러리는 재떨이를 작은 테이블에 올려놓고 다리를 침대 아
래로 내려 애도하듯 쭈그려 앉아 신음했다.

"빌어먹을……. 이 나이 규칙이 하나만 깨졌어도, 이전 희생
자보다 나이 많은 희생자가 한 명만 있었어도, 결혼한 여자, 아
니 결혼한 적이 있는 여자가 하나만 있었어도, 분홍색 끈에 목
졸린 남자가 하나만 있었어도……. 아니면 보라색이라도! 전
화 없는 사람이 한 명만 있었어도……. 이 공통점들은 이유가
있어 존재하는 거예요. 어쩌면."

엘러리가 갑자기 허리를 똑바로 세우고 앉으며 말했다.

"어쩌면 이 공통점들은 '동일한' 이유 때문에 존재하는 거겠죠. 일종의 최대공약수처럼요. 로제타스톤이 있는 거예요. 모든 문에 맞는 하나의 열쇠. 아시죠. 그건 굉장히 멋질 거예요."

그러나 퀸 경감은 옷을 벗으며 중얼거렸다.

"나이가 어려지는 문제 말이다. 그걸 생각해보면…… 애버네시와 바이올렛은 두 살 차이였지. 바이올렛과 오라일리도 두 살 차이였고. 오라일리와 맥켈의 누나는 세 살 차이. 그녀와 셀레스트의 언니는 두 살 차이. 셀레스트의 언니와 비어트리스 윌리킨스는 세 살 차이. 두 살 아니면 세 살이야. 세 살 차이보다 많지는 않았어. 앞선 여섯 건에서는 그랬지. 그리고……."

"그래요. 그리고 리노어 리처드슨 사건에서 나이 차이가 앞서의 세 살에서 일곱 살로 확 뛰었어요……. 그 문제를 고민하느라 어젯밤을 꼬박 새웠죠."

엘러리가 말했다.

경감은 옷을 다 벗었다. 육십 대 노인의 작은 몸에는 바늘 끝으로 찌른 것처럼 소름이 잔뜩 돋아 있었다.

"내가 고민하는 건…… 다음엔 누구냐 하는 거다."

경감이 중얼거렸다.

엘러리는 고개를 돌렸다.

"이게 전부냐?"

"이게 전부예요."

"난 자야겠다."

벌거벗은 작은 남자는 휘청거리며 방을 나섰다.

5

퀸 경감은 늦잠을 잤다. 그는 화요일 아침 9시 45분이 되어서 야 채찍을 맞은 말처럼 헐레벌떡 거실로 달려 나왔다. 그러나 엘러리가 누군가와 함께 커피를 마시고 있는 걸 보자, 아침 식 사를 차려놓은 식탁 앞에서 걸음을 멈췄다.

"오, 이게 누구야. 안녕하신가, 맥켈."

경감은 활짝 웃었다.

"안녕하세요, 경감님. 도살장으로 출근하시는 길인가요?"

지미 맥켈이 말했다.

"흐음, 나도 생기를 불어넣어줄 모카를 한두 모금 마셔야겠 다."

경감은 커피 향기를 맡으며 의자에 앉았다.

"잘 잤니, 엘러리."

"안녕히 주무셨어요."

엘러리가 커피포트로 손을 뻗으며 멍하니 말했다.

"지미가 신문을 가지고 왔어요."

"아직도 신문을 읽는 사람이 있단 말인가?"

"카잘리스 박사의 인터뷰예요."

"아."

"온화하지만 단호하게 중립을 지키고 있어요. 체계적인 지식인의 차분한 목소리죠. 약속하는 것은 아무것도 없어요. 하지만 사람들은 빛나는 눈의 통제를 받는 오시리스의 손이 사건을 해결해줄 거라고 느끼게 되죠. 시장은 열한 번째 천국에 들어간 기분일 거예요."

"일곱 번째 천국인 줄 알았는데요."

지미 맥켈이 말했다.

"이집트인들의 우주학에서는 안 그래, 지미. 그리고 카잘리스 박사에겐 무언가 파라오 같은 분위기가 있어. '병사들이여, 이 피라미드로부터 4백 년의 세월이 우리를 내려다보고 있다.'"

"그건 나폴레옹인데요."

"이집트에서 한 말이지. 카잘리스 박사는 일반인들에게는 시럽 형태의 진정제 같은 사람이야. 대중의 사기를 진작시키기에는 최적의 인물이지."

"엘러리는 상대하지 말게. 어차피 절대 이길 수 없을 테니……."

경감이 신문을 읽으며 웃었다.

"야, 이거 정말 좋은 커피로구나. 자네 신문사는 그만둔 건가, 맥켈? 어제 그 하이에나 떼 사이에서는 안 보이던데."

"리처드슨 사건 말씀인가요?"

지미는 뭔가를 숨기려는 듯한 얼굴이었다.

"어제는 노동절이었잖아요. 저의 날입니다. 저는 일하는 노동자니까요."

"어제는 쉬었단 말이지?"

"일 잘하는 사람이 놀기도 잘한다, 뭐 그런 건가. 아니면 그것도 업무의 일종이었나, 지미?"

엘러리가 말했다.

"뭐 그런 겁니다."

"셀레스트 필립스와 데이트를 했군."

지미는 웃었다.

"어제만 그런 게 아니에요. 그동안 내내 즐거운 시간을 보냈죠. 저에게 대단히 흥미로운 지시를 내리셨어요, 대장님. 대장님이 우리 회사 사회부장이 되셨어야 했는데."

"두 사람이 잘 지내고 있는가 보군."

"서로 잘 견뎌내고 있는 거죠."

"좋은 아가씨야."

경감이 고개를 끄덕였다.

"엘러리, 커피 좀 더 따라주렴."

"지미, 이제 말할 준비가 되었어?"

"그럼요. 전 이 일이 점점 마음에 들어요."

"그럼 다 같이 한 잔씩 더 할까요."

엘러리는 다정한 태도로 커피를 따랐다.

"두 주술사께서 무슨 생각을 하고 계신 건지는 모르겠지만, 저는 이 아가씨가 정말 특별한 여성이라는 것과, 제 주위 사람들이 저를 우상 타파주의자 맥켈이라고 부른다는 사실을 말씀드리고 싶습니다. 특히 여성상에 관한 우상 전문이죠."

그는 컵을 손가락으로 어루만졌다.

"젠장, 헛소리는 집어치우고…… 전 비열한 인간이 된 것 같은 기분이 들어요."

"남의 뒤를 쫓는 건 힘든 일이지."

엘러리가 말했다.

"그럼 조사 대상의 미덕에 대해 항목별로 불러주겠나? 자네가 발견한 대로?"

"글쎄요. 일단 그녀는 얼굴도 예쁘고, 머리 좋고, 성격 좋고, 배짱 있고, 야망도 있고……."

"야망?"

"셀레스트는 다시 대학에 다니고 싶어 해요. 아시겠지만 1학년 때 시몬을 돌보기 위해 학교를 그만뒀죠. 시몬의 어머니가 세상을 떴을 때……."

"시몬의 어머니?"

엘러리는 눈살을 찌푸렸다.

"꼭 시몬의 어머니가 셀레스트의 어머니가 아니라는 말처럼 들리는데."

"모르셨어요?"

"뭘?"

"셀레스트가 필립스 부인의 딸이 아니란 거요."

경감의 커피 잔이 달그락거렸다.

"그럼 둘이 자매가 아니었다는 말인가?"

지미 맥켈은 엘러리와 경감을 번갈아 바라보았다. 그는 의자를 뒤로 밀었다.

"제가 이 일을 좋아하는 건지 잘 모르겠어요. 실은, 좋아하지 않는다는 걸 너무나도 잘 알고 있죠."

"도대체 무슨 얘기야, 지미?"

"그건 저한테 말해주셔야죠!"

"하지만 말해줄 게 없어. 난 자네에게 셀레스트에 대해 최대한 많이 알아내달라고 부탁했어. 그래서 그 여자에 대해 뭔가 새로운 걸 알아냈다면…….'"

엘러리가 말했다.

"그 여자에 대해?"

"내 말은, 뭔가 우리가 몰랐던 것 말이야. 자네는 단지 자네에 대한 내 신뢰를 확인시켜주었을 뿐이야."

"이런 말똥 같은 건 다 집어치우는 게 어때요, 탐정님?"

"지미, 앉아."

"난 지금 내가 뭘 하고 있는 건지 알고 싶은 겁니다!"

"왜 그렇게 열을 내? 자꾸 그러면 나도 생각이 있어…….'"

퀸 경감이 으르렁거렸다.

"좋아요."

지미는 갑자기 자리에 앉았다.

"생각하고 자시고 할 것도 없어요. 시몬은 셀레스트의 사촌인지 뭐 그래요. 셀레스트가 아기였을 때 부모님이 가스레인지 폭발 사고로 돌아가셨답니다. 필립스 부인이 뉴욕에 있는 유일한 친척이라 셀레스트를 맡은 거고요. 그뿐입니다. 필립스 부인이 돌아가시자 셀레스트는 당연히 시몬을 돌보겠다고 나섰죠. 두 사람은 항상 서로를 자매로 생각했어요. 셀레스트보다 헌신적이지 못한 언니나 여동생들을 대보라고 하면 얼마든지 댈 수 있다고요."

"그렇게 모호하게 말하지 않아도 돼. 그건 나도 마찬가지니까."

엘러리가 말했다.

"뭐라고요?"

"계속해, 지미."

"셀레스트는 대학에 다니고 싶어 안달이었어요. 필립스 부인이 세상을 뜨고 학교를 그만둬야 했을 때는 반쯤 죽은 것 같은 심정이었다더군요. 그 꼬마 아가씨가 무슨 책을 읽는지 아세요? 철학, 심리학, 뭐 그런 엄청 어려운 것들만 읽어요. 지금 당장은 셀레스트가 프린스턴 졸업장을 가지고 있는 저보다도 훨씬 유식한 셈이에요. 제 졸업장은 땀과 석유와 엄청난 부정행위로 얻은 거거든요. 이제 시몬이 떠났으니 셀레스트는 다시 자유롭게 자기 인생을 살 수 있게 되었어요. 학교로 돌아가 원하는 걸 성취할 수 있게 된 거죠. 이번 주에 워싱턴 스퀘어 칼리지 가을 학기에 등록하러 간답니다. 영문학과 철학 전공으로 학사 학위를 따고 그다음엔 대학원에도 가겠대요. 아마 교사가 되려는 거겠죠."

"야간학교에 다니면서 그런 원대한 계획을 세우다니, 공부를 절실히 원했던 모양이군."

"야간학교? 누가 야간학교래요?"

"우리는 경쟁 기반의 경제 시스템에서 살고 있어, 지미. 아. 경제적인 문제는 자네가 덜어줄 생각이었나?"

엘러리가 유쾌하게 물었다.

"어차피 그런 건 이 일과는 무관하고, 중요하지도 않고, 우리가 상관할 일도 아니야."

경감이 윙크를 하며 말했다.

지미가 탁자를 꽉 움켜쥐었다.

"당신들 지금, 그런 쓰레기 같은 생각을……"

"아니, 아니야, 지미. 물론 교회가 승인한 정식 혼인 절차를 통해서라는 의미야."

"아, 그래요……. 아무튼 이 얘기에서 저는 빼주세요. 저랑은 상관없는 일입니다."

지미는 화가 난 표정이었고 신경이 바짝 곤두서 있었다.

"낮에 모델 일을 하면서 동시에 대학에 다닐 수는 없을 텐데."

엘러리가 말했다.

"그 일은 그만뒀어요."

"정말?"

경감이 놀라 되물었다.

"아. 그럼 밤에 하는 일을 구했나 보군."

엘러리가 말했다.

"아예 일을 안 한다고요!"

"……아무래도 내가 조금 전부터 이야기를 놓친 것 같은데. 아예 일을 안 해? 그럼 생활은 어떻게 하고?"

"시몬의 비상금으로요!"

지미는 이제 소리를 지르고 있었다.

"비상금?"

"그 비…… 비상금이란 게 뭐지, 지미?"

경감이 물었다.

"이봐요."

지미는 가슴을 내밀었다.

"당신들이 나에게 더러운 일을 시켰고 난 했어요. 지금 이건 전혀, 하나도 이해하지 못하겠습니다. 하지만 당신들이 중요한 부서의 높으신 양반이고 나는 그냥 딸랑거리는 작은 나사에 불과하다면, 도대체 이게 왜 그렇게 중요한 건지 당신들이 설명해줘야 하지 않겠어요?"

"진실이 갖는 중요성 때문에 중요한 거지."

"심오한 얘기네요. 하지만 내 생각엔 무슨 계략 같은데요."

"맥켈."

퀸 경감이 단호하게 말했다.

"지금 이 사건에는 투입된 인력도 많고 나 자신도 목까지 파묻혀 있어. 나로서는 시몬 필립스가 허리 통증 말고 누구에게 뭘 남겨줬다는 얘기는 처음 듣는 거야. 셀레스트가 왜 우리에겐 그런 얘기를 안 했지?"

"왜냐하면 지난주에야 발견했으니까요! 그리고 그건 살인과는 아무 관계도 없으니까요!"

"발견해? 어디에서?"

엘러리가 중얼거렸다.

"시몬의 짐을 정리하던 중이었대요. 나무로 만든 낡은 탁상 시계가 있었는데, 집안의 가보나 뭐 그런 식으로 물려 내려온 프랑스제 물건이랍니다. 10년도 넘게 멎어 있었는데, 시몬이 셀레스트에게 손도 못 대게 하고 그냥 침대 위 선반에 올려두고만 있었대요. 지난주에 셀레스트가 그걸 내리다가 손에서 미끄러져 바닥에 떨어뜨린 거예요. 시계는 달걀처럼 박살이 났는데, 그 안에 고무줄을 감아 돌돌 말아놓은 두툼한 지폐 뭉치가 들어 있었답니다."

"돈? 내가 알기로 시몬은……."

"셀레스트도 몰랐어요. 돈은 시몬의 아버지가 남겨준 것이었습니다. 지폐 뭉치에 시몬의 아버지가 쓴 편지도 함께 꽂혀 있었대요. 편지에 적힌 날짜로 보면 아버지가 자살하기 직전에 쓴 것인데, 1929년 대공황 때 전 재산을 잃고 남은 돈 중 간신히 1만 달러를 챙길 수 있었대요. 그 돈을 아내에게 남긴 거죠."

"그걸 셀레스트는 전혀 몰랐고?"

"필립스 부인과 시몬은 셀레스트에게 일절 얘기하지 않았답니다. 돈은 대부분, 그러니까 약 8천6백 달러 정도가 남아 있었어요. 셀레스트는 없어진 천4백 달러는 시몬의 병이 초기였을 때 치료비로 썼을 거라고 생각하고 있어요. 필립스 부인이 시몬이 나을 수 있을 거라는 희망을 갖고 있었을 때요. 분명 시몬은 돈의 존재를 잘 알고 있었어요. 셀레스트가 시계 근처에만 가면 깜짝깜짝 놀랐다고 하니까. 뭐, 이제 그 돈은 셀레스트의 것이 되었고 당분간은 생활에도 여유가 생기겠죠. 이게 이 불가사의한 이야기의 전부입니다."

지미는 턱을 쑥 내밀고 말했다.

"이 이야기의 교훈을 굳이 물으신다면, 시몬은 장애가 있고 없고를 떠나 최악의 얼간이었다는 겁니다. 콜카타의 지하 감옥 같은 그런 곳에 여동생을 붙들어 앉혀놓고 자기 뒷바라지를 시키고, 밖으로 내보내서 둘이 쓸 생활비를 근근이 벌어 오게 하면서 정작 자신은 9천 달러 가까운 돈을 방 안에 숨겨놓고 있었단 말입니다! 도대체 그 돈은 뭐에 쓰려고 숨겨놨을까요? 학교 무도회에 나가려고? ……왜들 그래요? 왜 그렇게 표정들이 뻣뻣해요?"

"어떻게 생각하세요, 아버지?"

"어느 모로 봐도, 엘러리. 이건 동기지."

"동기라고요?"

지미가 말했다.

"최초로 찾은 동기구나."

창가로 향하는 경감은 기분이 좋지 않아 보였다.

지미 맥켈은 웃기 시작했다. 그러다 갑자기 웃음을 멈췄다.

"지난주에 그녀가 처음 여기 왔을 때, 무슨 동기가 있는 건지 궁금했었죠."

엘러리가 신중하게 말했다.

"셀레스트가요?"

엘러리는 대답하지 않았다.

"알겠습니다. 꼭 H. G. 웰스*의 소설에 나오는 얘기 같군요. 미지의 가스가 우주에서 지구 대기권으로 흘러들어오고 전 세계 사람들은 모두 맛이 가는 거죠. 위대한 엘러리 퀸도 포함해서요. 이보세요, 퀸 씨. 셀레스트가 여기 온 건 당신을 도와 시몬의 살인범을 '찾기' 위해서였다고요!"

지미가 말했다.

"그런데 알고 보니 시몬은 그녀의 언니가 아니었고 몇 년 동안이나 고의적으로 그녀를 노예처럼 부려먹었지."

"오, 나에게 숨 쉴 공기를 주세요. 달콤하고 멀쩡한 공기를!"

"꼭 그렇다고 말하려는 건 아니야, 지미. 하지만 역으로 생각해서 절대 그렇지 않다고 말할 수 있겠어?"

"젠장, 당연히 말할 수 있죠! 그 여자는 이 시베리아 사창가 같은 집구석에 발을 들이기 전인 오늘 아침의 나만큼이나 순결

* 《투명 인간》, 《우주 전쟁》 등을 쓴 영국의 소설가.

하다고요! 게다가, 전 당신이 고양이를 찾고 있는 줄로 생각했는데요. 일곱 명을 목 졸라 죽인 놈 말입니다!"

"엘러리."

퀸 경감이 식탁으로 돌아왔다. 그는 분명 자신과의 싸움을 벌였고 승리했다. 아니, 어쩌면 졌는지도 모른다.

"그건 불가능하다. 그 여자가 아니야."

"적어도 이 집에 단단한 대지 위에 발톱을 박고 서 있는 멀쩡한 사람이 하나는 있군요."

지미가 외쳤다.

엘러리는 차갑게 식어가는 커피를 바라보았다.

"지미, 다중 살인의 ABC 이론이라고 들어본 적 있나?"

"무슨 이론요?"

"X가 D를 죽이고 싶어 한다고 가정해보지. X의 동기는 명확하지 않지만, 만일 평범한 방식으로 D를 죽이면 수사 과정에서 D를 죽일 동기가 있는 사람, 또는 가장 가능성이 높은 사람은 결과적으로 단 한 명, X로 밝혀지게 돼. 따라서 X의 문제는 어떻게 하면 동기를 드러내지 않고서 D를 죽일 수 있는가 하는 거야. 이를 달성할 수 있는 방법으로 다른 살인을 저질러 D의 살인 주위에 연막을 치는 방법이 있지. 고의적으로 같은 기술을 사용해 범행을 저질러서 사건들을 서로 관계가 있는 일련의 범죄처럼 엮는 거야. 그래서, X는 먼저 A, B, C를 죽이지……. X와는 아무 상관도 없고 아무 잘못도 없는 사람들을. 그러고 난 후에야 D를 죽이는 거야.

이 방법은 D의 살인이 단순히 연쇄적 범죄 가운데 한 부분처럼 보이도록 하는 효과가 있어. 경찰은 D와 관련된 동기가 있는 사람을 찾는 게 아니라 A, B, C, 그리고 D와 관련된 동기를 가진 사람을 찾게 되지. 하지만 X에게는 A, B, C를 살해할 동기가 없기 때문에 D에 대한 X의 동기는 못 보고 지나치거나 무시하게 되는 거야. 적어도, 이론상으로는 그래."

"탐정이 되는 방법에 대한 간단한 레슨. 일련의 살인에서 마지막 살인의 동기를 지닌 자가 범인임. 레슨비는 피하주사기에 약물로 채워 넣어주세요."

지미가 말했다.

"꼭 그렇다는 건 아냐."

엘러리는 아무 감정 없이 말했다.

"X는 그보다는 더 영리하지. 자신이 범인이 될 가능성이 가장 높은 살인을 저지르고 거기에서 멈추면, 그 마지막 살인이 주목을 받게 돼. 그가 계속 살인을 저지름으로써 관심을 피하게 하려던 그 살인이 중요하게 부각되는 거지. 따라서 X는 원하던 D의 살인에 이어 다시 무관한 E, F, G를 살해하는 거야. 필요하다면 H, I, J까지도. 그는 특별한 사람을 죽이고 싶은 자신의 동기가 혼란 속에 잘 감춰졌다고 생각될 때까지 특별하지 않은 사람들을 죽이는 거야."

"전문적인 학술 용어의 홍수를 헤치고 결국은 이해했어요."

지미가 웃었다.

"그러니까, 탈부착이 가능한 몸을 가지고 있는 스물세 살짜리 앙고릴라, 또는 악마의 형상을 한 인간 여자가, 애버네시와 스미스 양과 오라일리, 모니카, 비어트리스 윌리킨스, 그리고 리노어 리처드슨을 목 졸라 죽였다는 거죠. 그 이유란 것은 단지 장애인인 사촌 언니 시몬의 죽음을 샌드위치처럼 끼워 넣을 수 있기 때문인 것이고요. 퀸 씨, 최근에 유능한 정신과 의사를 찾아가본 적 있습니까?"

"셀레스트는 시몬을 위해 자기 인생의 5년을 희생했어."

엘러리는 인내심을 가지고 말했다.

"그러다 어느 날 문득 생각했겠지. 앞으로 얼마나 더? 10년? 20년? 시몬은 이후로도 오래오래 살았을 거야. 셀레스트가 시몬을 지극정성으로 보살핀 건 확실해. 시몬의 의료 기록을 보면 그 흔한 욕창도 없었어. 시몬 같은 환자의 경우 그러려면 지속적인 보살핌이 있어야만 가능하지.

하지만 셀레스트는 자신만의 인생을 간절히 원했어. 시몬의 존재에 짓눌려 구속당한 상태를, 생기 없고 제한적인 환경을 벗어나고 싶었을 거야. 게다가 젊고, 아름답고, 피가 뜨거운 셀레스트로서는 시몬과 같이 살면서 감정적 소모도 컸을 거야. 이런 상황에서, 어느 날 밤 돈을 발견하는 거지. 지난주가 아니라 이를테면 지난 5월이었다고 해보자고. 이 돈은 시몬이 그동안 내내 그녀 몰래 숨겨뒀던 것이고, 이 돈만 있으면 셀레스트는 당분간 자신의 욕망을 채울 수 있어. 그 돈을 손에 넣는 데 있어 걸림돌이 되는 건 하나뿐이지. 그녀의 사촌인 시몬이야. 그 힘없는 장애인을 남겨두고 집을 나갈 수는 없었고……."

"그래서 죽였다고요. 다른 여섯 명과 함께."

지미가 킬킬 웃었다.

"우리는 혼란스러운 동기와 성격을 지닌 한 사람을 가정해본 거야……."

"아까 그 말은 취소예요. 검사를 받을 필요도 없어요, 퀸. 당신은 구속복을 입어야 해요. 머리끝부터 발끝까지."

"지미, 난 셀레스트가 시몬과 다른 사람들을 죽였다고 말하는 게 아니야. 그 비슷한 의견조차도 내비치지 않았어. 나는 알려진 사실들을 정렬해 하나의 가능한 방법을 제시한 거야. 이미 일곱 명이 살해당했고 앞으로도 더 많은 희생자가 생길 수 있는 이 난장판에서, 단순히 셀레스트가 젊고 매력적이라는 이유로 무시하고 넘어가도 된다는 건가?"

"매력적이라고요? 당신이 셀레스트에 대해 세운 '가설'이 맞는다면 그냥 미치광이잖아요."

"어제 신문에 실린 저명한 정신과 의사 에드워드 카잘리스 박사의 인터뷰 기사를 읽어봐. 미치광이, 그것도 일반인과의 구별이 대단히 어려운 미치광이가 바로 박사가 찾는 사람이야. 그리고 나는 그가 신빙성 있는 주장을 하고 있다고 생각해."

"내가 바로 그런 미치광이예요."

지미는 이를 악물고 말했다.

"아주 멀쩡한 인간 행세도 할 수 있고요. 앗, 여기 아래 웅덩이가 있어요!"

그러더니 그는 식탁 옆을 펄쩍 뛰었다.

그러나 엘러리가 그보다 조금 더 빨리 벌떡 일어서서 한옆으로 피했다. 지미 맥켈은 식탁에 코를 박고 사방에 미지근한 커피 방울을 튀겼다.

"지미, 이런 바보짓은 하지 마. 괜찮아?"

"놔, 이 인신공격자야!"

지미가 팔을 휘두르며 고함을 질렀다.

"자, 자, 젊은이. 엘러리의 소설을 너무 많이 읽었나 보군."

경감이 지미의 팔을 잡았다. 지미는 경감의 손을 뿌리쳤다.

그는 몹시 화가 나 있었다.

"퀸, 당신의 그 더러운 일은 다른 사람에게 시켜요. 난 그만 두겠어요. 그리고 셀레스트에게도 가서 당신이 어떤 인간인지 낱낱이 말할 겁니다. 그래요, 어떻게 날 꼬드겨서 이런 더러운 일을 하게 했는지도! 셀레스트가 이 얘기를 듣고도 날 보고 구역질이 난다고 하면, 그 촌뜨기는 그래도 싸지!"

"그러지 마, 지미."

"왜요?"

"우리가 합의한 내용이잖아."

"그럼 서류를 내놔봐요. 내 영혼이라도 사셨나 보죠, 메피스토 씨?"

"이 일을 하라고 자네에게 강요한 사람은 없어, 지미. 자네가 나에게 와서 돕겠다고 말했고, 나는 분명한 조건을 달아 수락했지. 기억해?"

지미는 노려보았다.

"1천조분의 1밖에 안 되는 가능성이라는 건 인정해. 그런 희박한 가능성이라도 있으니, 입 좀 다물어주겠어?"

"당신이 나에게 무슨 짓을 시켰는지 알고는 있나요?"

"약속을 지켜달라는 거."

"난 그녀를 사랑해요."

"아……. 그거 정말 안됐군."

"그렇게 금방?"

경감이 외쳤다.

지미가 웃으며 말했다.

"경감님이 젊었을 때는 시간을 재면서 사랑에 **빠졌나 보죠?**"

"지미, 내 질문엔 대답 안 했어."

그때 초인종이 울렸다.

"누구요?"

경감이 물었다.

"셀레스트 필립스예요."

그러나 제일 먼저 문을 연 사람은 황새처럼 휘청거리며 달려간 제임스 가이머 맥켈이었다.

"지미. 여기 온다는 말은 안 했⋯⋯."

그의 긴 팔이 그녀를 감싸 안았다.

"지미."

그녀는 몸을 비틀며 웃었다.

"당신에겐 제일 마지막으로 말하려고 했어."

지미 맥켈이 낮게 중얼거렸다.

"당신을 사랑해."

"지미, 지금 그 말은⋯⋯!"

그는 그녀에게 거칠게 키스하고는, 입술을 떼고 계단을 달려 내려갔다.

"들어와요, 셀레스트."

엘러리가 말했다.

셀레스트는 얼굴을 붉혔다. 그녀는 가방에서 콤팩트를 찾으며 방 안으로 들어왔다. 그녀는 계속 거울 속의 번진 립스틱 자국만 쳐다보았다.

"무슨 말을 해야 할지 모르겠네요. 지미가 취했나요? 이렇게 이른 아침에?"

그녀의 웃는 얼굴에는 당황하는 기색이 역력했다. 엘러리는 그녀가 조금 무서워하고 있다고 생각했다.

"내가 보기엔 저 젊은이는 자기가 무슨 짓을 하는지 정확히 아는 것 같던데. 네가 보기엔 어떠냐, 엘러리?"

"경범죄로 걸릴 것 같은데요."

"좋아요. 하지만 정말로 뭐라고 말해야 할지 모르겠어요."

고친 화장을 보며 셀레스트가 웃었다.

오늘 아침에 입은 옷은 다소 유행을 타지 않는 옷이었다. 하지만 새 옷이다. 자기 옷이다. 시몬의 돈으로 산.

"에밀리 포스트*도 이런 상황은 생각 못 했겠는데요. 제임스도 기회가 되는 대로 포스트 양의 책을 꼼꼼히 읽어야 할 것 같아요."

"앉아요, 필립스 양."

경감이 말했다.

"고맙습니다. 그런데 저 사람은 왜 저러나요? 화가 난 것 같던데. 뭔가 잘못됐나요?"

"내가 어떤 여자에게 처음 사랑을 고백했을 때, 내 손안에서는 그녀의 아버지가 가장 아끼는 모자가 구겨지고 있었지. 엘러리, 오늘 아침에 필립스 양을 기다리고 있었던 거냐?"

"아뇨."

"보고할 게 있으면 오라고 하셨잖아요, 퀸 씨."

그녀의 검은 눈이 곤혹스러워 보였다.

"왜 지미 맥켈에 대해서 최대한 조사해 오라고 부탁하신 거예요?"

* 에티켓에 관한 책과 칼럼을 쓴 미국 작가.

"우리 약속을 기억하죠, 셀레스트?"

그녀는 매니큐어를 바른 손톱을 내려다보았다.

"자, 엘러리, 그렇게 구닥다리처럼 굴지 마라."

경감이 상냥하게 말했다.

"키스는 모든 계약을 무효화시키는 법이지. 필립스 양, 미스터리 같은 건 없어요. 지미 맥켈은 신문기자니까, 고양이 사건의 내부를 파헤쳐 다른 기자들보다 먼저 기삿거리를 취재하는 게 그의 일인 거지. 그 사람 말대로 이번 사건에 관심을 쏟는 게 정말 개인적인 차원에서 그러는 건지 확인을 해야 해서 그런 거요. 맥켈이 정직한 사람인지 확인해봤어요?"

"그는 따분할 정도로 정직해요. 만일 그걸 걱정하시는 거라면……."

"흠, 그럼 그걸로 끝이군. 안 그래?"

경감이 환히 웃었다.

"하지만 이왕 이렇게 왔으니 나머지 얘기도 해줘요, 셀레스트."

엘러리가 말했다.

"지미가 지난주에 자신에 대해 얘기를 해줬는데, 전 정말 그것 말고는 더 알아낸 게 없어요. 그는 아버지와 한 번도 잘 지낸 적이 없었고, 군대를 제대한 이후로는 아예 제대로 대화를 나눠본 적도 없대요. 지미가 독립적으로 살겠다고 주장해서요. 정말로 아버지에게 주당 18달러를 하숙비로 내고 있더라고요."

셀레스트가 킥킥 웃었다.

"지미 말로는 변호사들이 불필요한 절차들만 모두 해결하는 대로 곧바로 75달러로 올려줄 거라고 하더군요."

"변호사?"

"아, 할아버지의 부동산 관련 절차 때문에요."

경감이 말했다.

"할아버지의 재산이라. 음. 그건……."

"맥켈 부인의 아버지예요, 경감님. 그러니까 지미의 외할아버지죠. 그분은 엄청난 부자였는데 지미가 열세 살 때 돌아가셨대요. 지미와 누나가 유일한 손자 손녀라서, 할아버지가 엄청난 규모의 부동산을 두 사람에게 물려주셨어요. 신탁 기금 형태로요. 부동산에서 나오는 수익은 남매가 서른 살이 되는 시점부터 지급하기로 되어 있어요. 모니카는 7년간 자기 몫을 받았지만, 지미는 수익을 받으려면 아직 5년이 더 남았죠. 그런데 이제 지미가 전 재산을 물려받게 된 거죠. 외할아버지의 유언에 따라 남매 중 하나가 죽으면 부동산의 원금과 수익금 모두 남은 한 사람에게 즉시 넘어가게 되어 있어요. 부동산 가치는 수백만 달러 정도 된대요. 지미는 요즘 아주 진절머리가 난대요. 재산이 그의 앞으로 넘어오는 데 따른 절차 때문에요. 모니카의 죽음과……. 왜 그러세요?"

엘러리가 아버지를 바라보고 있었다.

"어떻게 이걸 놓쳤을 수가 있죠?"

"모르겠다. 맥켈 가족은 외부 신탁 기금 같은 얘기는 한 마디도 안 해줬어. 물론 결국엔 우리가 찾아냈겠지만."

"뭘 찾아내요?"

셀레스트가 안달하며 물었다.

두 남자 모두 대답이 없었다.

잠시 후 셀레스트가 일어섰다.

"그 말씀은 그럼……."

엘러리가 말했다.

"모니카 맥켈이 죽음으로써 기자의 박봉으로 살아가는 그녀의 남동생에게 큰 재산이 돌아가게 되었죠. 그런 걸 우리의 우울한 직업에서 쓰는 전문용어로 '동기'라고 부릅니다."

"동기라고요?"

그녀의 얼굴이 분노로 뒤틀렸다. 그 변화는 내면 깊은 곳에서 싹텄고, 처음에는 폭발물의 심장부로부터 미세하게 에너지가 흘러나오는 것으로 시작되었다. 그러다 그것이 터졌고, 셀레스트는 뛰어올랐다.

피부를 할퀴는 셀레스트의 손톱을 느끼면서, 엘러리는 터무니없이 그런 생각이 들었다. 꼭 고양이 같다.

"그를 궁지에 몰아넣으려고 날 이용한 거야!"

엘러리가 할퀴는 그녀의 손을 붙잡고 경감이 재빨리 달려와 뒤에서 덮쳐도 그녀는 계속 소리를 질러댔다.

"지미가 그런 짓을 했다고 생각하다니! 그런 생각을 하다니! 그이에게 가서 말하겠어요!"

흐느껴 울며, 그녀는 휙 돌아서 달려 나갔다.

경감과 엘러리는 지하실 통로에서 나오는 지미 맥켈을 보았다. 그때 아파트의 정문이 벌컥 열리더니 셀레스트 필립스가 튀어나왔다. 지미가 뭐라고 말을 했는지, 셀레스트는 혼란스러운 얼굴로 아래를 내려다보았다. 그러다 그녀는 현관 앞 계단을 달려 내려가 그의 품에 안겼다. 그녀는 울면서 뭐라고 말을 했다. 그녀가 말을 멈추자 그가 그녀에게 조용히 말을 했고 그녀는 놀란 듯 손으로 입을 가렸다.

그때 지미의 손짓에 모퉁이에 서 있던 택시가 다가왔다. 지미가 문을 열었고 셀레스트가 택시에 탔다. 지미가 뒤따라 올라타자 택시는 떠났다.

"실험 종료네요. 아니면 새로운 실험의 시작이거나."

엘러리가 한숨을 쉬었다.

퀸 경감이 툴툴거렸다.

"너 정말 맥켈에게 늘어놓은 그 ABCD와 X에 관한 헛소리를 믿는 거냐?"

"가능하죠."

"일곱 건의 살인 중 단 한 건과만 관련이 있는 자가 이 모든 사건의 배후에 있다는 거?"

"가능하죠."

"가능하다는 건 나도 알아! 네가 정말로 그 얘길 믿느냐고 물은 거다."

"아버지는 일곱 건의 살인 중 단 한 건과만 연관이 있는 누군가가 일곱 사건 모두의 배후에 있지 않다고 확신하실 수 있어요?"

경감은 어깨를 으쓱했다.

엘러리는 얼룩진 손수건을 소파에 던졌다.

"셀레스트와 지미에 관한 거라면, 두 사람이 저에게 접근한 방식은 논리적으로 볼 때 의혹의 소지가 있어요. 거기에 두 사람이 서로에게 불리한 정보를 폭로했다는 사실은, 감상적으로 말고 객관적인 사실 자체만 놓고 볼 때 그 의혹을 증폭시키고 있죠. 그래도 전 둘 중 하나가 고양이일 거라는 생각은 들지 않아요……. 네, 여기엔 논리를 넘어서는 뭔가가 있어요. 아니, 어쩌면…… 제가 예전 같지 않은지도 모르죠. 아버지 생각은 어때요? 그럴 가능성이 있을까요?"

"너 확신이 서지 않는 게로구나."

"아버지는요?"

"이젠 나까지 심문할 생각이냐!"

"아니면 저 자신을 심문할지도 모르죠."

경감은 엘러리를 노려보며 모자에 손을 뻗었다.

"난 경찰서에 나가봐야겠다."

6

카잘리스 박사가 기획한 조사는 출항도 하기 전에 기슭으로 기어 올라와버렸다.

원래 계획대로라면, 정신의학 차원의 조사는 일종의 함대처럼 현장의 모든 전문가들이 단일 명령 체계하에서 일사불란하게 움직이며 유리한 정보를 찾기 위한 항해에 나서야 했다. 그러나 항해 계획은 곧바로 수정해야 했다. 전문가들 하나하나가 다 각자의 그물과 낚싯줄을 휘두르는 선장이었고, 자기 어장의 비밀은 죽어도 털어놓지 않았다. 게다가 이 전문가들은 자기가 낚은 물고기는 독점 자산이라 다른 어부들이 알아서는 안 된다고 굳게 믿는 것 같았다.

그들의 명예를 옹호하기 위해 굳이 설명하자면, 그들이 정보 공개를 꺼리는 이유는 사실 직업윤리에 기반을 둔 것이었다. 의사와 환자 간의 성스러운 비밀은, 본인은 물론이거니와 다른 의사에 의해서도 침해되어서는 안 되는 것이었다. 카잘리스 박사는 진료 기록의 공유 방법을 고안함으로써 이 첫 번째 장애물을 극복했다. 진료 기록을 광범위하게 검토하는 과정에서 가능성이 있을 만한 사례가 추려지면 환자의 신상 정보를 바꾸고 의사 본인의 참조를 위해 환자의 머리글자만 남기는 방법이었다. 이렇게 추린 기록은 중앙위원회에 제출했는데, 위원회는 총 다섯 명의 의사로 구성되었으며 카잘리스 박사가 의장을 맡았다. 위원들은 도착한 기록을 검토, 분석하고 협의하여 가능성이 낮다고 판단되는 기록은 제외시켰다. 이러한 방법으로 환자의 사생활을 침해하지 않으면서 수많은 관련 없는 사람들을 걸러낼 수 있었다.

그러나 이 지점부터 또다시 계획은 위태로워졌다.

가능성이 있는 사례들은 어떻게 처리할 것인가? 익명성은 이 지점까지만 보호될 수 있었다. 그 이후부터는 필연적으로 이름을 공개해야만 했다.

조사 계획은 암초에 걸려 좌초 위기에 처했다.

비록 진료상의 비밀 보호 문제가 해결된다고 가정해도, 카잘리스 박사의 계획에서 다루어야 할 조사 대상자들은 경찰의 수사망을 통해 붙잡힌 용의자들과 같은 선상에 놓고 처리할 수가 없었다. 퀸 경감은 3백 명이 넘는 형사들을 지휘, 통제하면서 수단과 방법을 가리지 말고 수사할 것을 지시했다. 그로 인해 6월 초부터 매일 아침마다 경찰서로 호송되는 용의자 무리에는 단순한 마약중독자, 알코올중독자, 늙은 성범죄자, 교도소 또는 병원 수용 기록이 있는 사이코패스 외에도 부랑자나 좀도둑 같은 온갖 종류의 '의심스러운 자'들이 모두 포함되어 있었다. 이 '의심스러운 자' 카테고리는 사건의 내부 압력으로 인해 3개월 만에 심각한 수준까지 부풀어 올랐다. 무더운 날씨 속에 공권력을 행사하는 이들의 불만이 팽배해질수록 시민의 권리는 축소되어갔다. 뉴욕 전역에서 폭풍 같은 항의의 함성이 일었다. 법정에는 영장 청구가 빗발쳤다. 시민들은 울부짖었고, 정치가

들은 고함을 질렀고, 판사들은 비난의 목소리를 높였다. 그러나 이 모든 난관을 무릅쓰고 조사 계획은 계속 추진되었다. 카잘리스 박사의 동료들은 자기 환자를 경찰의 일반 수사 절차에 넘기는 것을 주저했다. 이토록 난폭하고 과열된 분위기에서 어떻게 환자를 공권력의 손에 넘겨줄 수 있단 말인가? 환자들 대부분은 평범한 질문을 받는 것만으로도 위험한 상태에 이를 수 있는 사람들이었다. 정신적 감정적 질환으로 인해 치료를 받는 사람들이 아닌가. 용의자와 고양이 사이의 상관관계를 밝히려는 형사들의 냉담한 취조로 인해 수개월 또는 수년간의 치료가 불과 한 시간 만에 무위로 돌아갈 수도 있었다.

또 다른 문제도 있었다. 환자들 중에는 사회적으로 중요한 인물이 많았다. 상당수가 사교계의 유명 인사이거나 유서 깊은 가문의 일원이었다. 예술계와 과학계를 대표하는 사람들이 많았고, 배우나 사업가, 금융인, 심지어 정치가도 있었다. 이것은 민주적이냐 비민주적이냐 하는 문제가 아니라고 정신과 의사들은 말했다. 이런 사람들을 당구장 건달이나 공원의 소매치기들과 함께 용의자로 취급할 수는 없는 일이었다. 이런 높은 사람들은 어떻게 취조할 것인가? 질문의 범위는 어디까지 미칠 것인가? 피해야 할 민감한 질문은 무엇이며 그것은 누가 결정할 것인가? 그리고 취조는 누가, 언제, 어디에서 할 것인가?

이 계획은 원천적으로 불가능한 것이라고 의사들은 말했다.

다수가 만족할 계획을 세우는 것만으로도 꼬박 일주일이 걸렸다. 결국 하나의 방식만으로는 조사 계획을 실현할 수 없다는 사실을 인정하고 나서야 해결책이 구체화되었다. 즉 환자 한 사람 한 사람에게 있어 그에 맞는 개별적인 계획을 세워야 한다는 것이었다.

이러한 원칙에 따라 카잘리스 박사가 이끄는 위원회는 퀸 경감과의 협업을 통해 질문의 의도와 목적을 신중하게 숨긴 핵심 질문 목록을 작성했다. 협조를 약속한 의사들은 질문 목록의 사본을 기밀로 전달받았다. 의심은 가지만 외부에 넘기는 것이 치료상 위험하다고 판단되는 환자들은 의사가 본인의 진료실에서 직접 질문을 하고, 질의응답의 내용은 보고서로 작성하여 위원회에 제출하기로 했다. 의사의 판단하에 외부 인력과의 인터뷰가 가능한 환자들은 다섯 명의 위원 중 하나의 진료실에서 조사하기로 했다. 의학적 조사의 마지막 단계에서도 관련 내용을 수사할 필요가 없는 경우라면 경찰이 환자와 직접 접촉하는 일은 절대 없도록 했다. 조사의 마지막 단계에서도 사실 확인 절차에 지나치게 집중하기보다는 환자의 보호에 더 중점을 두도록 했다. 그리고 가능하면 이런 경우에도 용의자를 직접 취조하는 대신 그의 주변을 조사하기로 했다.

경찰에게는 불편하고 성가신 계획이었다. 그러나 이제는 초췌한 기색마저 보이는 카잘리스 박사는 경찰청장과 퀸 경감에게, 이 계획이 아니라면 조사에 착수할 방법이 아예 없다고 단호하게 주장했다. 경감은 손을 들었고, 경찰청장은 정중한 태도로 그래도 자신은 이것보다는 좀 더 멋진 방안을 기대했었노라고 말했다.

시장도 같은 생각인 듯했다. 시청에서 열린 회의에서 카잘리스 박사는 완고하게 자신의 의견을 고집했고, 회의 분위기는 어색해졌다. 그는 이제 더 이상 기자회견에 나서지 않을 것이며 그가 제안한 의학적 조사에 협조하기로 한 동료 의사들도 모두 마찬가지라고 했다.

"시장님, 저는 동료들에게 전문가로서 약속했습니다. 만일 환자의 이름이 하나라도 신문에 새어 나간다면 모든 게 끝장입니다."

시장의 대답은 애처로웠다.

"네, 네, 카잘리스 박사님. 그 점은 제가 미처 생각 못 했습니다. 행운을 빕니다. 계속 진행해주십시오."

그러나 정신과 의사가 나가자마자, 시장은 개인 비서에게 씁쓸한 목소리로 말했다.

"이건 빌어먹을 엘러리 퀸 일을 처음부터 다시 하는 것 같군. 그건 그렇고, 버디, 그 친구는 도대체 어떻게 된 거야?"

시장의 특별 수사관은 거리를 돌아다니고 있었다. 지난 며칠 동안 인적이 드문 시간에 아치볼드 더들리 애버네시가 최후를 맞은 이스트 19번가의 아파트 건물 길 건너편이나, 지금은 UN 사무국의 과테말라인 직원 부부가 살고 있는 애버네시의 아파트 밖 복도나, 그래머시파크와 유니언 스퀘어 주위를 방황하는 엘러리의 모습이 여러 번, 그것도 여러 형사들에게 목격되었다. 엘러리는 바이올렛 스미스가 죽음과 조우한 웨스트 44번가의 이탈리아 레스토랑에서 묵묵히 피자를 먹거나 꼭대기 층 복도 난간에 기대어 문 뒤에서 흘러나오는 더듬거리는 피아노 소리를 듣기도 했다. 아파트의 현관문에는 큰 종이가 압정에 박혀 있었다.

그래…… 바로 이거야!!!!

> 샌님들, 시골에서 올라온
> 관광객들, 수다쟁이들,
> 접시닭이, 그리고
> 엿보기쟁이들, 전부 다 비켜!!!
> 작곡가께서 작업 중이시다!!

혹은 라이언 오라일리의 시체가 발견된 첼시의 다세대주택 로비 계단 뒤를 기웃거리거나, 모니카 맥켈의 그림자가 드리워진 셰리든 스퀘어 지하철역 도심 방향 플랫폼 맨 끝의 벤치에 앉아도 보고, 이스트 102번가 뒤뜰의 빨랫줄 아래를 어슬렁거리고(그러나 이제는 자유의 몸이 된 시몬 필립스의 여동생은 우연히라도 마주치는 일이 없었다), 검은 피부의 아이들이 놀고 있는 웨스트 128번가의 현관 앞 놋쇠 난간에 기대서 있기도 하고, 갈색과 노란색 피부의 사람들 틈에 섞여 레녹스 애비뉴를 거닐다가 110번가 입구에서 센트럴파크로 들어가 전에는 바위가 있던, 공원 입구 근처의 비어트리스 윌리킨스가 발견된 현장 옆 벤치에 앉아도 보고, 이스트 84번가를 따라 5번 애비뉴에서 매디슨 애비뉴까지 터덜터덜 걷다가 캐노피가 쳐진 파크레스터 아파트 입구를 지나 매디슨 애비뉴를 따라 올라가다가 다시 블록을 한 바퀴 돌기도 하고, 파크레스터 아파트 옆 건물의 개인용 엘리베이터를 타고 주인이 휴가를 떠나 빈 펜트하우스에 올라가 테라스 난간을 잡고 그 너머 리노어 리처드슨이 《포에버 앰버》를 손에 쥐고 몸부림치며 목 졸려 죽어간 방을 노골적으로 바라보기도 했다.

이런 식으로 외출할 때 엘러리는 거의 누구와도 얘기하지 않왔다.

외출 시각은 낮일 때도 밤일 때도 있었다. 마치 그 장소들을 두 가지 관점에서 모두 보고 싶어 하는 것 같았다.

그는 일곱 군데 현장에 몇 번이고 찾아갔다. 한번은 그를 모르는 형사에게 붙잡혀 근처 지구대 파출소에 '의심스러운 자'로 몇 시간이나 붙잡혀 있다가 퀸 경감이 서둘러 달려와 신원을 확인해준 적도 있었다.

뭘 하고 있었느냐는 질문을 받는다면, 시장의 특별 수사관은 당황하며 뭔가 뜻이 통하는 답을 궁리했을 것이다. 말로 설명하기는 어려운 일이었다. 공포를 어떻게 구체화시킬 수 있을까? 더욱이 범인의 모습을 어떻게 그려볼 수 있을까? 범인의 발은 보도블록 위를 속삭이듯 떠다니고, 먼지 한 점 흩날리지 않는다. 그는 바람을 거슬러 냄새를 맡으며, 헛된 희망을 품고 범인이 남긴 흔적 없는 경로를 따르는 것이다.

그 주에 고양이의 여덟 번째 꼬리, 이제는 낯익은 물음표 모양의 꼬리가 뉴욕의 눈을 사로잡았다.

엘러리는 파크 애비뉴를 걷고 있었다. 리노어 리처드슨이 살해당한 후 첫 번째 토요일 밤이었다. 그는 진공 속을 부유하고 있었다.

도시의 환락은 뒤로했다. 70번가에 길게 늘어선 석조 건물들과, 간혹 눈에 띄는 금장식을 단 경비원들이 그의 동행이 되어주었다.

엘러리는 카잘리스 부부가 사는 78번가의 감청색 차양이 달린 건물 앞에서 멈춰 섰다. 1층은 카잘리스 박사의 아파트였고, 개인 진료실의 출입문은 거리로 직접 통해 있었다. 아파트에는 불이 켜져 있었지만 베네치아 블라인드가 내려져 있었다. 카잘리스 박사와 동료 정신과 의사들이 블라인드 뒤에서 일하고 있는 것일까. 쇠로 된 냄비를 저으며 마법의 물약을 제조하고 있거나, 진실을 포장해 어둠 속에 파묻거나. 그들 마법사들의 비밀스러운 협업으로는 고양이를 절대 찾을 수 없을 것이다. 어떻게 그걸 아는지 이유는 알 수 없지만, 아무튼 그는 알고 있었다.

엘러리는 계속 걸었고, 잠시 후 84번가를 돌았다.

그러나 그는 공허한 리듬을 깨지 않고 파크레스터를 지나쳤다.

84번가와 5번 애비뉴가 만나는 모퉁이에서, 엘러리는 멈췄다. 아직 이른 저녁이었고 그다지 더운 날씨도 아니었지만, 거리는 불안할 만큼 텅 비어 있었다. 토요일 밤에 팔짱을 끼고 걷던 사람들은 다 어디에 있을까? 차도에도 차가 별로 없었다. 끽끽 소리를 내며 지나가는 버스에도 승객이 많지 않았다.

5번 애비뉴 건너에는 어둠 속에서 끈기 있게 앉아 활짝 웃는 노부인 같은 모습으로, 메트로폴리탄 미술관이 서 있었다.

그는 초록 신호등에 길을 건너 노부인의 옆구리를 따라 북쪽을 향해 걷기 시작했다. 미술관 옆으로 어두운 공원이 조용히 펼쳐져 있었다.

사람들은 이제 환한 곳에만 모여 있으려 하는구나. 오, 위안이 죽어버린 밤이여, 지옥의 형상이여. 친밀한 어둠이란 이제 없다. 특히 여기엔. 이곳 정글은 야수가 두 번이나 덮쳤다.

누군가 팔을 건드려서, 그는 거의 비명을 지를 뻔했다.

"······벨리."

"두 블록을 미행하고서야 알아봤어요."

벨리 경사가 보조를 맞추며 말했다.

"오늘 밤 근무예요?"

"아뇨."

"그럼 여기서 뭐 하시는 거예요?"

"뭐······ 그냥 걷고 있죠. 요즘 홀아비 신세가 돼서요."

덩치 큰 경사는 태평스럽게 대답했다.

"왜요? 가족은 어디 있는데요?"

"마누라랑 애들을 장모님 집에 한 달 정도 보냈어요."

"신시내티로? 바버라 앤은?"

"뭐, 바버라 앤은 괜찮아요. 그리고 학교 문제라면 아무 때고 따라잡을 수 있어요. 제 엄마를 닮아 머리가 좋으니까."

벨리가 싸움을 걸듯 말했다.

"네."

두 사람은 말없이 느긋하게 걸었다.

한참 후에 경사가 말했다.

"제가 뭘 방해하거나 하는 건 아니죠?"

"네."

"지금 뭔가를 노리고 배회하는 것 같아서요."

경사가 웃었다.

"고양이의 경로를 따라가는 것뿐이에요. 수도 없이 걸었죠. 지금은 반대로 걷고 있어요. 리처드슨, 리노어에서 윌리킨스, 비어트리스로. 7번에서 6번으로. 이스트 84번가에서 할렘으로. 주님의 축복을 받은 이들로부터 소외된 양들에게로. 이 사이가 약 1.5킬로미터 정도 되는데 고양이는 달을 딛고 그 사이를 도약하죠. 불 있어요?"

두 사람은 가로등 아래 멈춰 섰고 경사는 성냥불을 켰다.

"고양이의 경로에 대해 말이 나와서 말인데요. 아시죠, 마에스트로. 저도 이 사건에 대해서 꽤 생각을 많이 해봤어요."

경사가 말했다.

"불 고마워요, 벨리."

두 사람은 96번가를 건넜다.

"근데 오래전에 포기했습니다."

경사가 말했다.

"이건 그냥 토머스 벨리로서 말하는 겁니다. 이 회전목마를 타고 어딘가에 도착하겠다는 생각은 일찌감치 포기했어요. 제 개인적인 의견인데요. 고양이는 어쩌다 우직한 사람을 찾아오는 행운에 의해서나 잡힐 것 같아요. 어느 신참 경찰이 순찰을 하다가 뭔가 후회하는 것처럼 구부정하게 몸을 숙이고 있는 주정뱅이에게 다가갔는데, 빙고, 그게 사람 목에 매듭을 짓고 있는 고양이더라. 뭐 그런 식으로 말이죠. 하지만 그렇다고 해도, 수사는 철저히 해봐야죠."

"맞아요. 그럴 수밖에 없죠."

엘러리가 말했다.

"이런 얘기를 하면 어떻게 생각할지 모르겠지만……. 아, 물론 이건 전부 비공식적인 얘기입니다. 아무튼, 제가 며칠 전 밤에 우리 집 꼬마의 지리 교과서를 놓고 맨해튼과 그 주변 지역의 지도에 표시를 좀 해봤는데요. 지도 위에 투명 종이를 놓고 사건 현장 일곱 곳의 위치를 점으로 찍어본 겁니다. 그냥 별 생각 없이 장난 삼아서요."

경사가 목소리를 낮췄다.

"그런데 말입니다. 뭔가를 발견한 것 같아요."

"뭔데요?"

엘러리가 물었다. 두 남녀가 지나가고 있었다. 남자는 목소리를 높이며 공원 쪽을 가리켰고 여자는 고개를 저으며 빠른 걸음으로 걸어갔다. 경사가 갑자기 입을 다물었다. 그러나 엘러리가 말했다.

"괜찮아요, 벨리. 토요일 밤의 데이트에서 있을 수 있는 의견 충돌이겠죠."

"그래요. 남자들이란 섹스에 사족을 못 쓰니까."

경사가 현명하게 말했다.

그러나 경사와 엘러리는 남자와 여자가 남쪽으로 향하는 버스에 올라탈 때까지 그 자리에서 움직이지 않고 지켜보았다.

"뭔가 알아냈다고요, 벨리."

"아! 네. 각 현장의 위치를 지도 위에다 진하게 점으로 찍었어요. 보이죠. 첫 번째는…… 애버네시. 이스트 19번가. 여기에 1번이라고 표시했습니다. 두 번째는 바이올렛 스미스예요. 타임스 스퀘어에서 조금 떨어진 웨스트 44번가. 이건 2번입니다. 이런 식으로요."

"벨리나 〈뉴욕 엑스트라〉의 만화가나 생각하는 게 비슷하군요."

엘러리가 말했다.

"이런 식으로 일곱 곳을 모두 표시하고 번호를 매기고, 선으로 이었습니다. 1번에서 2번으로 잇고, 2번에서 3번으로 잇고.

이런 식으로요. 그랬더니 어떻게 됐는지 알아요?"

"어떻게 됐는데요?"

"그럴싸한 모양이 생기더라고요."

"정말요? 아, 잠깐만요, 벨리. 오늘 밤에는 공원에 아무것도 없어요. 시내로 가로질러 걷자고요."

그들은 99번가를 건너 동쪽을 향해 어둡고 조용한 거리를 걷기 시작했다.

"모양이라고요?"

"봐요."

99번가와 매디슨 애비뉴가 만나는 모퉁이에서 벨리 경사는 주머니에서 투명 종이 뭉치를 꺼내 펼쳤다.

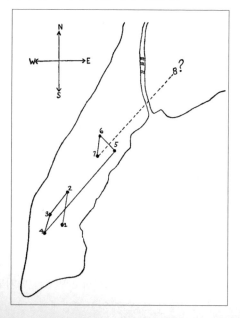

"이건 일종의 이중 원형 운동이에요, 마에스트로. 1번과 2번을 직선으로 잇고, 다시 급격하게 아래쪽으로 꺾어 서쪽 방향으로 2에서 3번, 다시 남서쪽으로 4번, 그다음엔요? 다시 급격하게 위로 꺾입니다. 이번엔 선이 좀 길어서 1, 2번 선과 만나죠. 위로, 아래로, 가로질러, 다시 위로. 이제 보세요! 그리고 처음부터 다시 반복이에요! 아, 물론 각도가 정확히 같지는 않아요. 하지만 모양이 비슷한 게 흥미롭잖아요? 5번에서 6번은 북서쪽 방향으로 갔다가 다시 급하게 꺾여 7번으로 내려가고……."

경사는 잠시 말을 멈췄다.

"제가 뭔가 보여드리죠. 만일 이 모양에 일종의 계획이 있다고 가정한다면, 이 원형 운동이 반복된다면, 우리는 뭘 찾게 될까요?"

경사는 점 찍힌 선을 가리켰다.

"8번이 어디에 나타날지 예측할 수 있는 겁니다! 마에스트로, 다음번 현장은 브롱크스일 거라고 장담합니다."

그는 종이를 접어 다시 조심스럽게 주머니에 집어넣었다. 두 사람은 계속해서 동쪽으로 걸었다.

"아마 그랜드 콩코스 어귀일 것 같아요. 양키 스타디움이나 그런 곳이겠죠."

잠시 후, 경사가 물었다.

"어떻게 생각하십니까?"

엘러리는 눈살을 찌푸렸다.

"루이스 캐럴의 〈스나크 사냥〉이라는 시에 보면 그런 얘기가 나와요, 벨리. 그게 항상 제 머릿속에서 떠나지 않아요.

'그는 바다를 표시하는 커다란 지도를 샀지.

육지는 흔적도 없었다네.

선원들은 기뻐했지.

자신들이 이해할 수 있는 지도를 사서.'"

"무슨 말인지 모르겠는데요."

벨리 경사가 엘러리를 바라보며 말했다.

"우리 모두 자기가 좋아하는 지도를 하나씩 가지고 있다는 거죠. 제게도 최근까지 엄청나게 집착했던 지도가 있었어요, 벨리. 그건 시간 간격 그래프예요. 살인 사건이 일어난 날짜 간격을 표시한 거죠. 그 결과는 거대한 물음표가 바닥에 엎드려 있는 것 같은 모양이었어요. 그 덕에 겸손을 배울 수 있었죠. 나는 그걸 태웠어요. 벨리에게도 그렇게 하라고 권해드릴게요."

그 후, 경사는 간간이 혼잣말을 중얼거리며 그냥 걷기만 했다.

"흠, 우리가 어디에 와 있는지 좀 보세요."

엘러리가 말했다.

그때까지 품위 있게 행동하던 경사는 거리의 표지판을 보고 깜짝 놀랐다.

"보셨죠, 벨리. 탐정은 반드시 범죄 현장에 되돌아온다니까요. 일종의 수평적인 인력에 끌려서."

"내 가터벨트에 끌려서겠죠. 우리가 어디로 오는지 당신은 알고 있었잖아요."

"어쩌면 무의식중에 알았을지도 모르죠. 자, 우리 행운을 밀어붙여봅시다."

"행운 같은 소리 하시네."

경사가 고집스럽게 말했다. 그들은 시끄러운 사람들을 헤치고 102번가로 들어섰다.

"나의 여성 이레귤러 단원은 잘 지내고 있는지 모르겠네요."

"아, 그 얘기 들었습니다. 꽤 영리한 트릭이었어요."

"그렇게 영리한 것도 아니에요. 최단기간에 끝난 공동 작업으로 기록을 남겼죠. ……잠깐만요, 벨리."

엘러리는 갑자기 멈춰 서서 담배를 꺼냈다. 경사는 의무적으로 성냥을 꺼내 불을 붙여주었다.

"어디죠?"

엘러리가 속삭였다.

"내 뒤쪽 문요. 그냥 지나칠 뻔했네요."

성냥불이 꺼지자 벨리 경사가 큰 목소리로 말했다.

"아이쿠, 이런. 어서 갑시다."

그들은 돌멩이 놀이를 하는 아이들을 피해 빙 돌아 건물 쪽으로 향했다. 경사가 웃었다.

"이런, 피고트였군."

벨리 경사는 문 옆에서 성냥을 하나 더 켰고 엘러리는 몸을 굽혔다.

"안녕하세요."

어디선가 피고트 형사의 목소리가 들렸다.

"저쪽 블록에서부터 두 아마추어가 오는 걸 지켜보고 있었습니다."

"그래서, 그게 뭐 범법 행위라도 되나? 오늘 밤엔 무슨 일을 하는 거야, 피고트?"

벨리 경사가 물었다. 그는 엘러리에게서 담배를 건네받았다

"조심해요! 저기 옵니다."

엘러리와 벨리 경사는 재빨리 문 안쪽으로 뛰어들어 피고트 옆에 섰다. 키 큰 남자가 어두운 현관에서 거리로 튀어나왔다. 그는 아이들을 밀치고 나아가기 시작했다.

"밤새 저 남자를 미행하고 있었어요."

피고트가 말했다.

"누구 지시로요?"

"경감님 지시죠."

"언제부터 하고 있었어요?"

"이번 주 내내요. 헤세와 제가 저놈 담당입니다."

"경감님이 집에서 그런 얘긴 안 하십니까?"

벨리 경사가 물었다.

"이번 주에는 아버지를 못 만났거든요."

"이상할 것도 없죠. 납세자들을 만족시켜야 한다고, 경감님은 항상 말씀하시니까요."

피고트 형사가 말했다.

"저 남자는 뭘 하던가요?"

"걷거나 가만히 서 있거나."

"여긴 자주 옵니까?"

"어젯밤까지는 그랬어요."

"오늘 밤엔 저 건물에서 뭘 했죠?"

"길 건너 여자의 집 입구를 바라보더군요."

엘러리는 고개를 끄덕이고는 물었다.

"여자는 집에 있습니까?"

"우리 팀은 30분쯤 전에 여기 와 있었어요. 여자는 42번가 도서관의 참고도서실에서 저녁 시간을 보냈습니다. 그래서 거기에도 가 있었죠. 그랬더니 남자가 여자를 따라 여기로 왔고, 저는 놈을 미행했고, 그래서 여기 와 있는 겁니다."

"놈이 저 안에는 들어갔어요?"

"아뇨."

"여자에게 접근도 안 하고, 말도 안 걸고?"

"네. 여자는 놈이 자기를 따라다니는 것도 몰라요. 꼭 험프리 보가트 영화 같죠. 존슨이 여자를 미행하고 있습니다. 존슨은 우리가 여기 자리 잡은 이후로 계속 길 건너 뒷마당을 지키고 있어요."

"브루클린의 하우스파티 같군."

경사가 갑자기 목소리를 낮춰 말했다.

"피고트, 숨어."

키 큰 남자가 그들이 있는 문 쪽으로 곧장 다가오고 있었다.

"야, 이게 누구야."

엘러리가 한 발 앞으로 나서며 말했다.

"여러분의 노고를 좀 덜어드릴 수 있을 거라 생각했죠."

지미 맥켈이 문 안쪽에 서서, 엘러리와 벨리 경사를 번갈아 바라보았다. 그들 뒤로 출입문 쪽은 텅 비어 있었다.

"무슨 생각인 겁니까?"

"생각?"

엘러리는 신중하게 되물었다.

"두 탐정님이 이 문으로 몰래 들어오는 걸 봤어요. 뭘 하시는 겁니까? 셀레스트 필립스를 염탐하시는 거예요?"

"난 아닌데. 경사님은요?"

엘러리가 말했다.

"난 그런 짓은 안 해요."

경사가 말했다.

"재미있네요."

지미 맥켈은 계속 두 사람을 쳐다보았다.

"내가 여기서 뭘 하고 있는지는 안 물어보세요?"

"좋아, 지미. 여기서 뭘 하고 있는 거지?"

"두 분과 같은 일을 하고 있죠."

지미는 담배를 꺼내 먼지를 털고 입술 사이에 깃발처럼 꽂았다. 그러나 그의 목소리는 쾌활했다.

"다만 제 관점은 두 분과는 좀 다를 겁니다. 이 도시에 사람의 목을 수집하는 놈이 있다고 들었거든요. 이제 저 여자의 목은 기독교인 세계에서 가장 아름다운 머리를 받치고 있으니까, 지켜줘야지요."

지미는 담배에 불을 붙였다.

"여자를 보호한다는 거요? 승산 없는 변명인데, 기자 양반."

경사가 말했다.

"사람들은 저를 2백만 대 1의 맥켈이라고 부르죠."

지미는 성냥을 던졌다. 성냥이 벨리 경사의 귀를 스치고 날아갔다.

"자, 또 만납시다. 그것이 나의 운명이라면."

지미가 걸어가기 시작했다.

"지미, 잠깐만."

엘러리가 말했다.

"왜요?"

"지금 셀레스트를 만나러 간다면 어떨까?"

지미가 천천히 돌아섰다.

"왜요?"

"자네들 두 사람과 얘기를 하고 싶었어."

"왜요?"

"두 사람 다 설명을 들을 권리가 있으니까."

"나한테는 아무것도 설명할 필요 없어요. 내 코가 다 아니까."

"농담 아니야."

"나도 농담 아니에요. 정말로 다 압니다."

"자네가 화를 낸다고 해서 자네를 탓하는 건 아니야……."

"제길, 누가 화를 낸다는 거예요? 일곱 건의 살인 사건의 범인으로 의심받는 사소한 일을 가지고. 친구 사이에 그럴 수도 있잖아요."

지미가 바짝 다가서자 벨리 경사가 움직였다. 지미가 삐죽 입술을 내밀었다.

"퀸, 그건 메디치 시대 이후 가장 위선적이고 치사한 수작이었어요. 나로 하여금 셀레스트를 보고 구역질 나게 만들고, 셀레스트는 날 보고 구역질 나게 만들다니. 당신한테 주먹을 한 방 날려야 하는데."

경사가 경고했다.

"이봐."

"그 햄 덩어리 같은 손 치워."

"괜찮아요, 경사님."

엘러리는 다른 데 정신이 팔려 시무룩해 있었다.

"하지만 지미. 나는 테스트를 해야 했어."

"테스트도 테스트 나름이죠."

"그래. 좀 바보 같긴 했지. 하지만 두 사람은 의심하기 딱 좋은 순간에 날 찾아왔어. 나는 자네 둘 중 하나가 범인일 수 있다는 가능성에 도저히 눈을 감을 수가……."

"우리가 고양이라고요."

지미는 웃었다.

"지금 이건 정상적인 상황이 아니야."

"내가 비정상 같아 보이나요? 셀레스트가요?"

"내가 보기엔 아니야. 하지만 나는 정신의학자의 눈을 가지고 있지 않거든. 그리고, 예를 들어 치매 같은 병은 젊어서도 걸릴 수 있으니까."

엘러리는 웃었다.

"조발성 치매증 맥켈이라. 하긴, 지난번 전쟁에선 더 심하게 부르는 사람도 있었죠."

"지미, 난 자네 두 사람이 고양이라고 정말로 믿지는 않았어. 지금도 안 믿어."

"하지만 언제나 수학적인 가능성은 있는 거죠."

"자, 셀레스트를 만나보자고."

"내가 거부하면 여기 이 유인원 찰리가 날 꼬집겠죠?"

지미는 꼼짝도 하지 않았다.

"물론 내가 꼬집어주지. 제일 아픈 곳으로."

벨리 경사가 말했다.

"보셨죠? 우린 서로 어울리지 않아요."

지미가 씁쓸하게 말했다. 그러고는 노는 아이들을 헤치며 성큼성큼 걸어 나갔고, 아이들은 욕설을 퍼부었다.

"그냥 두세요, 벨리."

잠시 후 피고트 형사의 목소리가 들렸다.

"내 밥줄이 가버렸네요. 전 그럼 이만 실례하겠습니다, 엘크 형제들."

두 사람이 돌아봤을 때 피고트는 가고 없었다.

"그러니까 지미는 고양이로부터 셀레스트를 구하겠다고 계속 감시하고 있었던 거군요."

엘러리가 길을 건너며 말했다.

"말이야 뭔들 못 하겠어요."

"아, 지미는 진심이에요, 벨리. 적어도 자기는 그렇게 하고 있다고 생각하죠."

"저 사람, 머리가 좀 돈 거 아닙니까?"

"그렇진 않아요."

엘러리가 웃었다.

"하지만 심각한 병으로 고통받고 있어요. 우리 친구 카잘리스 박사라면 혼란성 판단 장애라고 부를 겁니다. 저는 좀 의심스럽지만요. 좀 더 일반적인 표현으로는 사랑의 열병이라고도 하죠."

경사는 툴툴거렸다. 그는 다세대주택 앞에 멈춰 서서 가볍게 주위를 둘러보았다.

"제가 지금 무슨 생각을 하는지 아십니까, 마에스트로?"

"그 맨해튼 이중 나선 지도를 만드신 걸 보고 나니 도무지 상상도 안 가는데요."

"놀리지 말고요. 아무래도 제 생각엔 마에스트로가 그 인간의 머릿속에 벌을 한 마리 집어넣은 것 같습니다."

"설명해보세요."

"아무래도 맥퀠은 셀레스트가 고양이일지도 모른다고 생각하는 것 같아요."

엘러리는 처음 만나는 사람을 보듯 거인을 올려다보았다.

"지금 내가 무슨 생각 하는지 알아요, 벨리?"

"뭔데요?"

"그 말이 맞는 것 같아요."

엘러리는 살짝 불쾌한 표정으로 말했다.

"들어갑시다."

복도는 약간 어두침침했고 악취가 진동했다. 엘러리와 벨리가 들어서자 계단 밑 그림자 안에서 엉겨 붙어 있던 소년 소녀가 깜짝 놀라 떨어졌다.

"아, 고마워. 즐거웠어."

소녀는 그렇게 말하고 계단을 달려 올라갔다. 소년은 능글맞게 웃었다.

"나도 딱히 불만 없어, 캐럴."

소년은 구부정하게 일어서서 두 사람에게 윙크를 날렸다.

뒷문이 열려 있었고, 어두운 하늘을 배경으로 빨랫줄이 뻗어 있었다.

"아까 피고트가 저 밖에 존슨이 있다고 했는데요, 마에스트로."

"존슨은 이제 거기 없어요. 여기 낡은 캠핑용 의자를 찾았거든요."

계단 아래쪽에서 목소리가 들렸다.

"어이, 존슨. 어떻게 된 거야?"

경사가 돌아보지 않고 말했다.

"두 비행 청소년들이 있길래 지키고 있었죠. 와, 둘이 아주 엄청나더라고요. 셀레스트 필립스를 만나러 오신 겁니까?"

"아직 안 자나요?"

엘러리는 어둠을 향해 물었다.

"문 밑으로 불빛이 새어 나오고 있습니다, 퀸 씨."

"저기 저 문인가 보군. 혼자 있나, 존슨?"

경사가 말했다.

"네."

하품 소리가 들렸다.

엘러리는 문으로 다가가 노크를 했다. 벨리 경사가 살짝 옆으로 비켜섰다.

잠시 후, 엘러리가 다시 노크했다.

"누구세요?"

여자의 목소리는 겁에 질린 것 같았다.

"엘러리 퀸입니다. 문 열어요, 셀레스트."

안에서 천천히 쇠사슬을 푸는 소리가 났다.

"무슨 일이에요?"

네모난 불빛 안에 선 그녀는 화가 난 듯 태도가 뻣뻣했다. 한 손으로 커다란 책을 가슴에 안고 있었다. 한눈에 봐도 오래된 책이었는데, 그녀는 존경심을 담아 손가락으로 그것을 어루만지고 있었다.

《영문학 개론-1학년 교재》.

이스트 102번가의 토요일 밤. 그녀는 베다 베네라빌리스*와 화끈한 시간을 보내고, 베오울프**와 비밥을 추고, 해클루트***의 《여행에 뛰어들다》와 손을 맞잡은 것이다. 2단 인쇄된 쓸데없이 어려운 이야기와 무릎 높이까지 차오르는 각주를 상대하며.

여자는 엘러리의 앞을 가로막고 섰다. 그는 사진으로 말고는 이 방을 직접 본 적이 없었다.

셀레스트는 주름 잡힌 긴 검은색 스커트에 흰색 맞춤 블라우스를 입고 있었다. 머리카락은 헝클어져 있었는데 책을 읽으면서 손가락으로 헤집어놓은 모양이었다. 손가락에는 파란색 잉크가 묻어 있었다. 엘러리는 그녀의 얼굴을 보고 새삼 놀랐다. 얼굴에는 보라색 얼룩이 번져 있었고 피부는 얼룩덜룩했으며 여드름 같은 것이 솟아 있었다.

"들어가도 될까요?"

엘러리는 미소를 지으며 물었다.

"안 돼요. 무슨 일이에요?"

"이 근방에서는 어차피 도망칠 수도 없습니다, 마에스트로."

벨리 경사가 말했다.

셀레스트는 고개를 내밀고 재빨리 밖을 둘러보고는, 다시 곧장 머리를 집 안으로 들였다.

"저 사람 본 적 있어요."

이 말에 벨리 경사의 몸이 굳었다.

"그만하면 충분히 하지 않았어요?"

---

* 성 비드로 알려진 노섬브리아 출신의 기독교 수도사, 신학자, 역사가, 연대기 학자.

** 영국 서사시에 등장하는 영웅.

*** 영국의 지리학자.

"셀레스트……."

"아니면 혹시 절 체포하러 오신 건가요? 하긴, 그러고도 남을 만한 분이죠. 지미 맥켈과 제가 공범인 거겠죠? 우리 둘이 그 많은 사람들을 함께 목 졸라 죽인 거예요. 두 사람이 실크 끈의 양끝을 각각 잡고."

"셀레스트, 내가 설명해줄게요……."

"당신이 다 망쳤어요. 전부 다."

문이 큰 소리를 내며 면전에서 닫혔다. 문 너머에서 분노에 찬 손길이 열쇠를 돌리고 자물쇠 체인을 잠그는 소리가 났다.

"끈의 양끝을 각각 잡고. 그렇게 이상한 생각은 아닌 것 같은데요? 그걸 생각해본 사람이 있을까요? 범인이 둘이라는 생각 말이에요."

벨리 경사가 생각에 잠겼다.

엘러리가 중얼거렸다.

"둘이 싸웠나 봐요."

"네, 어젯밤에 싸웠습니다. 끔찍했어요."

뒤에서 존슨의 유쾌한 목소리가 들렸다.

"남자가 여자한테 자기를 고양이라고 의심했다고 했고, 여자는 오히려 남자가 자기를 고양이라고 의심하지 않았느냐고 했습니다. 그러면서 둘 다 미친 듯이 자기는 아니라고 부인하더군요. 진짜 맹렬한 기세로 싸웠어요. 저는 뒷마당에 있었는데, 사람들이 몰려들까 봐 다른 곳으로 자리를 피했습니다. 여자는 정말 진심으로 울기 시작했고 남자는 고약한 말을 내뱉으면서 문짝이 부서져라 세차게 닫고 나가버렸습니다."

"사랑이란 젊은이들에겐 멋진 일이지."

경사가 말했다.

"연극일 수도 있었을까? 어쩌면 자네가 잠복한 걸 둘이 눈치 챘을지도 몰라. 이봐요, 마에스트로. 어디 가십니까?"

엘러리는 처량하게 말했다.

"집에요."

그 주 내내 엘러리는 제자리걸음을 하고 있다는 기분이 들었다. 흥미로운 일은 아무것도 일어나지 않았다. 지미 맥켈과 셀레스트 필립스에 관한 보고서를 읽어보면, 그들은 화해했다가 다시 싸웠다가 다시 화해를 했다. 다른 보고서는 이제 거의 나오지 않았다. 어느 날 아침에는 용의자 선별 작업을 보기 위해 경찰서에 들렀다. 오락거리라기엔 우울한 광경이었고 새로 건질 만한 것은 없었지만, 의무를 수행한 인간의 만족감을 경험할 수는 있었다. 그는 다시는 그곳에 가지 않았다. 영악해진 그는 센터 스트리트 아래쪽으로는 가까이 가지 않았고, 선량한 시장은 아예 그의 존재를 잊은 것 같았다. 엘러리는 이에 한없이 감사했다. 한동안 아버지도 거의 만나지 못했고 카잘리스 박사의 조사가 어떻게 진행되고 있는지도 애써 묻지 않았다……. 고양이의 여덟 번째 꼬리는 여전히 〈뉴욕 엑스트라〉 1면에 물음표로 남아 있었다.

신문마저도 제자리걸음을 하는 중이었다.

희한한 일이었다. 미국 신문이 현재 상태에 머물러 있다는 것은 그 자리에 가만히 서 있는 것을 의미하지 않는다. 뒤로 가는 것이었다. 1면에 오르는 기사는 내용이 계속 발전해야 그 자리를 지킬 수 있고, 발전을 멈추면 6면으로 자리를 옮긴다. 이

명백한 절차는 기사가 지면에서 퇴출될 때까지 계속 반복된다. 그러나 고양이 이야기는 이 규칙을 가볍게 깼다. 사건은 발전하지도 않았지만 뒤로 물러나지도 않았다. 그럼에도 이 기사는 1면에 닻을 내리고 정박 중이었다. 뉴스가 아닐 때에도 뉴스였던 것이다.

어떤 면에서 보면, 무슨 일이 있을 때보다 아무 일도 없을 때가 더 뉴스였다. 고양이가 누군가의 목을 사냥하기 위해 걸어 나왔을 때보다 자기 은거지에 누워 낮잠을 잘 때가 더 관심을 끄는 것이다. 그의 활동 중단에 사람들의 이목이 집중되었고, 무시무시한 공포와 긴장감이 고조되었다. 그것은 불길이 치솟는 가운데 잠시 그을음이 앉는 순간 같은 것이었다. 제퍼슨의 말처럼 신문이 '유해가스와 연기를 확산시키는' 존재라 해도, 뉴욕 언론들로서는 시간의 물리적 규칙에 따르는 것 말고는 달리 방법이 없었다.

이 잠복기에 사람들의 불안이 가장 극대화되었다. 기다리는 것은 사건이 닥치는 것보다 더 나쁜 일이었다. 일단 고양이가 사람을 죽이면, 사람들은 반쯤은 히스테리에 빠지면서도 사실상 며칠 동안은 마음을 놓았다. 자신과 자신의 가족들은 이번에도 안전하게 살아남은 것이다. 그러나 두려움은 사라진 것이 아니라 잠시 멈춘 것뿐이었다. 안도감이 잦아들면 곧 긴장감이 다시 수면 위로 떠올랐다. 근심스러운 밤을 보내고, 하루하루 날짜를 세고, 다음은 누구일지를 걱정하며 두려움에 떨었다.

두려워하는 사람들 앞에서 수학적인 확률을 인용하며 괜찮다고 위로하는 것은 아무 소용 없었다. 복권을 지배하는 심리적 법칙이 여기에도 작용했다. 다만 복권과의 유일한 차이점은 상품이 돈이 아니라 죽음이라는 것이었다. 티켓은 뉴욕 시민들 전원에게 공짜로 배부되었고, 사람들은 그것을 손에 쥐고 다음번 뽑기에서는 분명 자신이 당첨될 거라고 절망적으로 확신했다.

그렇게 또 한 주가 흘러갔다.

엘러리는 주말이 온 것이 고마웠다. 토요일쯤 되자 더 이상 견딜 수가 없었던 것이다. 예전에 만들었던 터무니없는 시간 간격 그래프가 끈질기게 그를 사로잡고 놓아주지 않았다. 1번과 2번 희생자 사이는 19일, 2번과 3번 사이는 26일, 3번과 4번 사이는 22일, 4번과 5번, 모니카 맥켈과 시몬 필립스 사이는 알 수 없는 이유로 10일로 줄었고, 5번과 6번 사이는 더 줄어서 6일이었다. 그리고 6번과 7번 사이는 그래프를 상향 곡선으로 바꾸면서 11일로 늘었다. 이것은 새로운 상향 곡선의 시작일까? 간격이 균등해지려는 것일까? 카잘리스 부인의 조카가 살해당한 지 12일째였다.

불확실한 가운데, 매 순간순간이 공포를 자아냈다.

엘러리는 그 주 토요일을 경찰 무선 신호를 추적하며 보냈다. 시장의 특별 수사관 자격으로 그에게 부여된 막연한 권한 중에서 뭔가를 사용해본 것은 이번이 처음이었다. 그게 제대로 먹힐지도 확실히 알 수 없었다. 그러나 경찰 무전기가 달린 차량을 하나 요청하자, 그 즉시 사복형사 두 명이 아무 표식 없는 검은 7인승 리무진을 몰고 나타났다. 순찰을 도는 내내 엘러리는 차 뒷좌석에 주저앉아 끝없이 계속되는 "진짜 당황스러운 사건들"의 이야기를 들었다. 두 형사 모두 벨리 경사만큼 덩치가 컸고 둘 다 지칠 줄 모르는 폐로 담배를 피워댔다.

길고 지루한 그날 하루 동안 아버지는 어떻게 되셨을지 가끔씩 궁금해졌다. 퀸 경감이 어디 있는지 아는 사람은 아무도 없었다. 경감은 아침마다 엘러리가 일어나기 전에 아파트를 나섰고, 경찰 본부에도 없었고, 본부로 전화 연락도 하지 않았다.

그들은 사이렌을 울리며 배터리파크에서 할렘 강으로, 다시 리버사이드 드라이브에서 1번 애비뉴로 달렸다. 그들은 샌후안 힐에서 벌어진 십 대들의 난투극을 말리고 경계심이 강한 요크빌의 어느 약사에게 가짜 처방전을 내밀다 걸린 코카인 중독자를 체포했다. 노상강도나 교통사고, 경미한 폭행 현장에도 들렀다. 채텀 스퀘어의 구경꾼들이 모인 싸움판이나, 헬스키친의 어느 건물 복도에서 일어난 강간 미수 현장에 출동하기도 하고, 3번 애비뉴의 전당포 강도 사건에서 도주하는 차량의 추적 명령을 받기도 했다. 리틀 이탈리아에서 오래전 일어난 살인 사건으로 수배 중이던 갱단 조직원이 무혈 체포되는 현장이나, 리틀 헝가리의 레스토랑에서 리투아니아 요리사가 갑자기 미쳐 날뛰며 탈출하는 것을 목격하기도 했다. 그날 사망 사고는 네 건이 있었다. 하루에 네 건이면 평균을 상회하는 것이라고 형사는 설명했지만, 지금은 고약한 여름이 아니던가. 사망 사고 중 하나는 볼링그린 지하철역에서 일어났는데, 나이 많은 브루클린 주민이 역에 들어오는 IRT 급행열차에 스스로 몸을 던진 것이었다. 또 매사추세츠 치코피폴스에서 사랑 때문에 도피를 한 여자가 헤럴드 스퀘어 호텔에 투숙하다가 객실 창문에서 뛰어내린 사건이 있었다. 리빙턴 스트리트의 다세대주택에서는 엄마가 아기를 데리고 가스 밸브를 열어 자살했다. 네 번째는 웨스트 130번가에서 일어난 사건으로 알코올중독자가 자기 손목을 그은 것이었다. 살인 사건도 두 건이 있었다. 첫 번째는 정오 조금 전에 할렘 당구장에서 칼부림이 난 사건이었고, 두 번째는 6시 30분에 이스트 50번가에서 여자가 남편이 휘두른 파이프 렌치에 맞아 숨진 사건이었다. 두 번째 사건에서 남편은 광고 회사의 간부였고 브로드웨이의 유명 배우도 연루되어 있었다. 흥미를 느낀 형사들은 더 남아 있고 싶어 했지만 엘러리가 손으로 신호를 보냈다.

끈으로든 무엇으로든, 목을 졸린 사람은 없었다.

"또 하루가 지났네요."

차가 87번가로 진입하자 운전대를 잡은 형사가 유감스러운 듯한 목소리로 말했다.

"밤에도 계속 돌아보시는 게 어때요?"

엘러리가 차에서 내리자 다른 형사가 제안했다.

"토요일 밤은 언제나 북적북적하거든요, 퀸 씨. 어쩌면 오늘 밤엔 고양이가 나올지도 모릅니다."

"내 좌심실이 실룩거리는 걸로 봐서는 그렇지 않을 겁니다."

엘러리가 말했다.

"아무튼 상관없어요. 신문을 읽으면 되니까요. 두 분 저랑 같이 한잔 안 하실래요?"

"음, 그럴까요."

운전자가 나섰지만, 다른 형사가 말렸다.

"프랭크, 자네 부인도 좀 쉬게 해줘야지. 죄송합니다, 퀸 씨. 하지만 저는 집이 멀어서요. 록빌 센터까지 가야 하거든요. 아무튼 고맙습니다."

집으로 올라온 엘러리는 아버지가 남긴 쪽지를 발견했다. 쪽지에는 휘갈겨 쓴 글씨로 '7시'라고 적혀 있었다.

엘—5시부터 계속 전화했다. 이 쪽지를 남기려고 급히 집에 들렀어. 들어오면 곧장 카잘리스의 집으로 오거라. 7시 30분부터 회의를 하기로 했다.

7시 35분.
엘러리는 달려 나갔다.

제복을 입은 가정부가 그를 카잘리스 박사의 거실로 안내했다. 제일 먼저 뉴욕 시장이 눈에 들어왔다. 이 고뇌하는 시민의 일꾼은 안락의자에 눕다시피 뒤로 기대어 있었고, 긴 유리잔을 손에 든 채 엘러리의 머리 위로 지그문트 프로이트의 흉상을 노려보고 있었다.

시장 옆에 앉아 있던 경찰청장은 시가에서 피어오르는 연기를 골똘히 쳐다보고 있었다.

카잘리스 박사는 터키식 긴 의자의 베개에 기대앉아 있었다. 그의 아내는 남편의 손을 잡고 있었다.

창가에는 퀸 경감이 말없이 서 있었다.

공기가 냉랭했다.

"대실패라고는 말하지 말아주세요."

엘러리가 말했다. 아무도 대꾸가 없었다. 카잘리스 부인이 일어서서 스카치 소다를 준비했다. 엘러리는 진심으로 감사하며 잔을 받았다.

"엘러리, 오늘 어디 있었니?"

그러나 경감은 아무래도 상관없다는 태도였다.

"밖에서 경찰 무선을 쫓고 있었어요. 오해하지는 마십시오, 시장님. 제가 이 일을 맡은 후 처음이었습니다. 이제부터 특별 수사는 안락의자에 앉아서 하겠습니다. 그러니까, '이제부터' 라는 게 존재하긴 하는 거겠죠?"

시장의 시선이 그를 가볍게 훑었다. 거의 혐오에 가까운 눈 빛이었다.

"앉아요, 퀸."

"아무도 제 질문엔 대답하지 않으시는군요."

"그건 질문이 아니라 진술이죠."

베개에 몸을 기댄 카잘리스 박사가 말했다.

"그것도 사건의 상황을 정확히 서술한 진술이에요."

"앉아요, 퀸."

시장의 목소리가 매서웠다.

"고맙습니다, 시장님. 저는 아버지와 함께 있겠습니다."

엘러리는 카잘리스 박사를 보고 깜짝 놀랐다. 옅은 색 눈이 붉게 충혈되어 있었고 피부는 쟁기로 갈아놓은 듯 골이 패어 있었다. 홍수가 토양을 침식해 그의 얼굴 위로 도랑을 낸 것이 아닐까 하는 생각이 들 정도였다. 그를 덮고 있던 빙하는 사라 졌다. 갑자기 카잘리스 박사가 불면증에 대해 했던 말이 생각 났다.

"박사님, 많이 힘들어 보이는데요."

"네, 상당히 지쳤습니다."

"남편은 완전히 탈진했어요."

카잘리스 부인이 매섭게 말했다.

"본인이 그렇게 스스로를 몰아붙인 거예요. 어린아이만큼도 생각이 없다니까요. 그날 이후로 낮이고 밤이고……."

박사가 부인의 손을 잡았다.

"정신의학적인 전방위 공격은…… 모두 물거품이 됐습니다, 퀸 씨. 한 발짝도 앞으로 나아가지 못했어요."

퀸 경감이 퉁명스럽게 말했다.

"이번 주 내내 카잘리스 박사와 함께 일했다, 엘러리. 오늘 마무리 지었지. 몇 가지 가능성이 있었어. 그 사람들 모두를 하나하나 조사했다."

"은밀하게. 누구의 발도 밟지 않고. 신문에 한 마디도 흘리지 않고."

시장이 씁쓸하게 말했다.

"뭐, 기껏해야 가능성이 희박한 도박이었습니다. 전적으로 제 잘못입니다. 그 당시에는 괜찮은 생각처럼 보였거든요."

카잘리스가 말했다.

"당시라뇨, 에드워드? 지금은 안 그래요?"

카잘리스 부인이 의아한 표정으로 남편을 바라보았다.

"가망 없는 일이야, 여보."

"전 이해가 안 가요."

"퀸 씨는, 아직 1루에도 못 나간 건가요?"

시장이 물었다.

"아직 방망이를 휘두르지도 않았습니다, 시장님."

"그렇군요."

자, 이제 특별 수사관이 출동하신다. 엘러리는 속으로 생각했다.

"퀸 경감, 경감 생각은 어때요?"

"무척 어려운 사건입니다, 시장님. 일반적인 살인 사건의 경우, 용의자의 범위는 한정되어 있습니다. 남편, 친구, 잡역부, 경쟁자, 적, 그런 사람들이죠. 동기는 눈에 뻔히 보이고요. 범위가 좁혀집니다. 범행 기회의 가능성을 따지면 범위는 더 좁혀집니다. 인적 자료도 확보할 수 있습니다. 그러면 아무리 복잡한 사건이라고 해도 이르든 늦든 범인을 찾아내죠. 하지만 이 사건은…… 범위를 어떻게 좁힐 수 있을까요? 어디에서 시작해야 할까요? 희생자들 사이에는 아무런 상관관계도 없습니다. 용의자도, 단서도 없습니다. 살인 한 건 한 건이 모두 막다른 곳에서 끝납니다. 뉴욕에 사는 누구라도 고양이가 될 수 있어요."

"아직도 그런 얘기를 하는 거요, 경감? 벌써 몇 주가 지났는데?"

시장이 외쳤다.

경감이 입술을 깨물었다.

"지금 당장이라도 경찰 배지를 반납할 준비가 되어 있습니다."

"아니, 그건 아니오, 경감. 그냥 생각이 입 밖으로 나온 거요."

시장은 경찰청장을 힐긋 쳐다보았다.

"음, 바니. 앞으로 어떻게 해야 할까?"

경찰청장은 긴 담뱃재를 매우 조심스럽게 재떨이에 떨었다.

"솔직히 말해서 지금은 방법이 없네. 우린 가능한 방법을 모두 동원했고 지금도 동원하고 있어. 새로운 경찰청장을 제안할 수도 있겠지만, 잭, 그래봤자 〈뉴욕 엑스트라〉와 일부 군중들 말고 과연 누굴 만족시킬 수 있을지 의문이야. 그런다고 고양이를 꼭 잡을 수 있을 것 같지도 않고."

시장은 성급하게 손을 내저었다.

"문제는 우리가 정말로 가능한 방법을 전부 다 동원하고 있느냐 하는 거야. 내가 이해하기로 우리는 고양이가 뉴욕 시민일 거라는 가정에서부터 출발했어. 고양이가 베이욘 주민이라면 어때? 아니면 스탬퍼드? 용커스? 어쩌면 뉴욕으로 출퇴근을 하는……."

"아니면 캘리포니아 주민이거나."

엘러리가 말했다.

"뭐라고? 그게 무슨 말이오?"

시장이 외쳤다.

"캘리포니아 주민이거나, 일리노이 주민이거나, 하와이 사람이거나."

시장은 화를 내며 말했다.

"퀸, 그런 식으로 말해서 무슨 소득이 있는지 모르겠소. 아무튼 바니, 내 말의 요점은 뉴욕 바깥에서도 수사를 했는가 하는 걸세."

"할 수 있는 건 다 했지."

"지난 6주간 뉴욕에서 반경 80킬로미터 안의 모든 지자체들에게 경계 태세에 돌입하도록 지시했습니다."

경감이 말했다.

"애초부터 각 지자체들에게 사이코패스들을 주시하도록 요청했고요. 하지만 지금까지…….”

“잭, 달리 뚜렷한 이유가 없는 한, 맨해튼에 집중한다고 해서 누구도 우리를 비난할 수는 없어.”

경찰청장이 말했다.

“저 개인적으로는 그동안 내내 고양이가 맨해튼 사람일 거라고 생각해왔습니다. 이곳 사람이라는 냄새가 나요.”

경감이 끼어들었다.

“뿐만 아니라, 잭, 어차피 우리 관할구역은 시 경계에서 끝나. 그 너머에서는 손에 깡통을 들고 남들의 자비를 구걸해야 하는 신세야.”

경찰청장은 무미건조한 말투로 말했다.

시장은 들고 있던 잔을 다소 요란스럽게 내려놓고 벽난로로 걸어갔다. 엘러리는 멍한 표정으로 스카치위스키 잔을 입술에 대고 문질렀고, 경찰청장은 다시 시가 연기를 쳐다보기 시작했다. 방의 반대편에 있는 카잘리스 박사와 퀸 경감은 졸음을 쫓으려 서로를 바라보며 눈을 깜박이고 있었다. 카잘리스 부인은 영국 근위 보병처럼 꼿꼿이 앉아 있었다.

시장이 갑자기 돌아섰다.

“카잘리스 박사님. 박사님의 그 정신의학적 조사를 뉴욕 시 전역으로 확대하는 건 불가능할까요?”

“중심점은 맨해튼입니다.”

“하지만 외곽 지역에도 정신과 의사들이 있지요?”

“아, 그럼요.”

“그분들을 포함시키면요?”

“글쎄요……. 몇 달은 걸리겠지요. 그래도 만족스러운 조사

는 어려울 겁니다. 사건의 심장부인 이곳에서도, 제 직업적 영
향력이 상당한 힘을 발휘하는 곳인데도, 이 일에 협조한 사람
은 65에서 70퍼센트밖에 되지 않았어요. 만일 웨스트체스터,
롱아일랜드, 코네티컷, 뉴저지로 조사를 확대한다면······."

카잘리스 박사는 고개를 저었다.

"저로서는 감당할 방법이 없습니다, 시장님. 저는 그런 규모
의 프로젝트를 처리할 능력도 시간도 없습니다."

카잘리스 부인의 입이 벌어졌다.

"하다못해 맨해튼만이라도 계속 맡아주시지 않겠습니까, 카
잘리스 박사님? 어쩌면 지금 말씀하신 협조를 거부한 그 30에
서 35퍼센트 중 한 사람의 진료 기록에 우리가 찾는 답이 있을
지도 모르잖습니까. 그 사람들을 계속 설득해주시겠습니까?"

카잘리스 박사의 손가락이 빠르게 까딱거렸다.

"그게······ 저도 그렇게 바랐습니다만······."

"에드워드. 포기하는 건 안 돼요! 포기하지 말아요!"

"당신까지? 내가 어린아이만큼도 생각이 없는 사람인 줄 알
았는데."

"그건 당신이 자기 몸을 돌보지 않으니까 그런 거죠. 에드,
어떻게 전부 그만둘 수가 있어요? 지금에 와서?"

"어떻게냐고? 그냥 그만두면 돼. 애초에 내가 너무 집착했던
것 같아."

부인이 낮은 목소리로 뭐라 중얼거렸고 카잘리스 박사가 물
었다.

"뭐라고, 여보?"

"리노어는 어떻게 하느냐고요!"

부인이 자리에서 일어섰다.

"여보."

카잘리스 박사는 소파에서 휘청거리며 일어섰다.

"오늘 밤 일 때문에 당신 신경이 좀 곤두선 것 같은데……."

"오늘 밤? 어제는 신경이 곤두서지 않았을 것 같아요? 그저께는요?"

그녀는 손에 얼굴을 묻고 흐느껴 울었다.

"만일 리노어가 당신 누이의 딸이었다면……. 그랬다면 당신이 그 애를 지금보다 훨씬 더 소중하게 여겼을 텐데……."

"자, 자, 여러분. 우리가 카잘리스 부인의 호의에 너무 오랫동안 기댔던 것 같군요."

시장이 눈치 빠르게 말했다.

"죄송해요!"

부인은 억지로 울음을 그치려 했다.

"미안해요. 에드워드, 전 나갈게요. 제발. 저는…… 뭘 좀 먹어야겠어요."

"이건 어떨까, 여보. 날 스물네 시간 동안 푹 자게 해주고, 내가 일어나면 두께 5센티미터짜리 티본스테이크를 가져다줘. 그러면 중단했던 일을 다시 시작하지. 좋지?"

부인이 갑자기 박사에게 키스를 했다. 그러더니, 무슨 말을 중얼거리며 서둘러 나갔다.

"신사 여러분. 저는 카잘리스 부인에게 장미 꽃다발을 바쳐야 한다고 제안하는 바입니다."

시장이 말했다.

정신과 의사가 웃으며 말했다.

"제 약점은 여성의 눈물샘 분비 작용에 도저히 저항하지 못한다는 겁니다."

"그렇다면 한동안 괴로운 시간을 보내시게 될 겁니다, 박사님."

엘러리가 말했다.

"왜 그렇죠, 퀸 씨?"

"일곱 희생자들의 나이를 조사해보시면 항상 이전 희생자의 나이보다 어리다는 걸 알게 되실 겁니다."

경찰청장의 입에 물려 있던 시가가 떨어질 뻔했다.

시장의 얼굴은 벽돌색으로 붉어졌다.

"일곱 번째 희생자는, 박사님 부인의 조카죠. 스물다섯 살이었습니다. 이 사건에서 예측이라는 게 가능하다면, 가능한 예측은 단 하나, 8번 희생자가 스물다섯 살 이하일 거라는 점뿐입니다. 박사님이 성공을 거두지 못한다면, 우리가 성공하지 못한다면, 우리는 곧 어린이 피살 사건을 수사하게 될 겁니다."

엘러리는 유리잔을 내려놓았다.

"카잘리스 부인에게 저 대신 밤 인사를 전해주시겠습니까?"

7

9월 22일부터 23일까지 이틀에 걸쳐 일어난 이른바 '고양이 폭동'은 약 15년 전 발생한 할렘 인종 폭동 이후 뉴욕 시 최초의 '들끓는 군중들'의 무시무시한 출현으로 기록되었다. 그러나 이번 폭동에서 군중은 대부분 백인이었다. 지난달 새벽 기자회견에서의 시장의 발언을 옹호하기라도 하듯, 여기에는 어떠한 인종적 관점도 없었다. 인종과 관련된 문제라면 단 하나, 모든 인종이 원초적 공포에 떨게 되었다는 것뿐이었다.

　군중심리를 연구하는 사람들은 고양이 폭동에 흥미를 보였다. 메트로폴 홀에서 히스테리 발작을 일으켜 공황 상태를 촉발시킨 그 여자를 군중의 폭동을 주도한 선동가로 간주하고, 여자의 발작이 폭발의 도화선과 같은 역할을 했다고 본다면, 그 이전에 도화선에 불을 붙인 주체는 '시민 행동대'라고 할 수 있었다. 시민 행동대는 그 '나흘간'이 있기 전 뉴욕 시와 외곽 지역에서 자발적으로 출현했고, 결국 그녀가 메트로폴 홀에 오게 된 이유는 이들 시민 행동대 때문이었던 것이다. 누가 맨 처음 그런 단체들을 결성할 생각을 했는지는 영영 밝혀지지 않았다. 적어도 개인 한두 명의 책임이 아닌 것은 확실했다.

　(비록 모든 사건의 발단부터 폭동의 절정까지는 엿새가 걸렸

지만) '나흘간'으로 알려진 이 짧은 기간의 운동이 처음으로 사람들에게 알려진 것은 9월 19일 월요일 아침, 조간신문의 마지막 판을 통해서였다.

그 전주 주말에 로어 이스트 사이드의 디비전 스트리트에서는 '자율 방범대'라는 이름의 주민 연대가 결성되었다. 토요일 밤에 열린 출범식에서 선언의 형태로 일련의 결의안들이 나왔고, 다음 날 오후 만장일치로 승인되었다. 선언문의 서문에서는 '공권력이 실패를 거듭하는 가운데 법을 준수하는 미국 시민들이' 연합하여 공공의 안전을 보장할 '권리'를 주장했다. 해당 구역에 거주하는 자는 누구나 참여할 수 있으며, 특히 제2차 세계대전 참전 용사의 참여를 적극 권장했다. 단체 내에는 거리 순찰대, 옥상 순찰대, 골목 순찰대 같은 다양한 산하 순찰대와, 거주 구역이나 상업용 빌딩들을 대상으로 하는 소규모 순찰대가 결성되었다. 순찰대의 역할은 '뉴욕 시를 위협하는 약탈자에 맞서 우리의 재산과 가족의 안전을 지키는 것'이었다. (조직 내부에서는 지나치게 거창한 말을 쓰는 데 반기를 드는 사람도 있었다. 그러나 결의안 위원회가 '디비전 스트리트 일대에서 우리는 한 무리의 돼지*가 되어야 한다'고 지적하자 그대로 사용하기로 하고 넘어갔다.) 규율은 군대식이었다. 순찰대원은 손전등과 완장을 소지하고, '방어용 무기'로 무장하도록 했다. 밤 9시부터 어린이들의 통행이 금지되었다. 건물 1층의 조명은 날이 밝을 때까지 켜두기로 하고 주택과 상점 주인들의 협조를 구했다.

이와 비슷한 조직이 세 지역에서 동시다발적으로 결성되었

---

* 경찰을 가리키는 은어.

다는 뉴스가 들렸다. '디비전 스트리트 주민 연대'와는 아무 연관이 없었고, 단체들끼리도 서로 아는 바 없이 결성된 것이었다. 머리힐 구역의 조직에는 '머리힐 안전 위원회'라는 명칭이 붙었다. 웨스트 72번가와 웨스트 79번가 사이의 구역에서 결성된 단체의 이름은 '웨스트엔드 민병대'였다. 마지막 세 번째 단체는 워싱턴 스퀘어를 중심으로 모인 '마을 방범대'였다.

세 지역의 문화적, 사회적, 경제적 여건이 다르다는 점을 고려하면, 각 단체가 공언하는 목적과 활동 방법은 '주민 연대'와 놀랄 만큼 비슷했다.

그날 아침 어느 신문의 사설에서는 '같은 날 여러 지역에서 같은 목적의 단체들이 산발적으로 조직된 우연의 일치'에 대해 논평하면서, 그것이 '겉보기처럼 정말로 우연의 일치인지' 질문을 던졌다. 야당 계열 신문에서는 '전통적인 미국식 방법'과 '미국의 가정을 방어할 권리' 같은 문구를 사용해 시장과 경찰청장을 비난했다. 책임감 있는 신문과 잡지들은 이러한 움직임을 개탄했고, '전통적으로 유머 감각이 있는 뉴욕 시민들은 좋은 의도로 웃어넘길 테지만, 지나치게 과열된 사람들은 곧 정신을 차릴 것으로 확신한다'고 말했다. 진보 성향 유력 일간지의 논설위원인 맥스 스톤은 '뉴욕 거리의 파시즘'이라고 썼다.

월요일 오후 6시 뉴스에서는 '오늘 아침 디비전 스트리트, 머리힐, 웨스트엔드 애비뉴, 그리니치빌리지의 주민 연대 결성 소식이 알려진 이후 다섯 개 구역에서 최소 서른여섯 개의 행동 단체들이 산발적으로 결성되었다'는 내용이 보도되었다.

석간 마지막 판에서는 '현재 이 아이디어는 초원에 번지는 들불처럼 확산되고 있다. 본지 마감 시간까지 연대 조직의 수는 백 개를 넘어섰다'고 전했다. 화요일 아침 그 수는 수백으로 늘었다. '시민 행동대'라는 용어는 화요일 자 〈뉴욕 엑스트라〉의 '시 전역에서 벌어지는 놀라운 현상'이라는 제목을 단 기사에서 처음 등장했던 것 같다. 지미 레깃 기자가 작성한 기사였다. 이후 윈첼, 라이언스, 윌슨, 설리번이 자신의 칼럼에서 시민 행동대의 첫 글자를 모으면 '고양이(CAT)'가 된다고 언급하면서 이 같은 성격의 단체는 모두 'CAT'이라고 불리게 되었다.

월요일 밤에 시장실에서 열린 비상 회의에서, 경찰청장은 이렇게 말했다.

"난 강력한 경찰력을 동원하여 전부 끝장을 보자는 의견일세. 마을의 온갖 어중이떠중이들이 경찰을 자처하며 돌아다니게 둘 수는 없어. 이건 무정부 상태야, 잭!"

그러나 시장은 고개를 저었다.

"조직 결성을 금지하는 법안을 통과시켜 불을 끄자는 생각은 아니겠지, 바니. 이런 움직임을 강제로 막을 순 없어. 생각하고 말고 할 필요도 없는 일이야. 우리가 할 수 있는 일은 시민의 움직임을 통제 관리하는 것뿐이야."

화요일 아침 기자회견에서 시장은 미소 띤 얼굴로 말했다.

"다시 한 번 말씀드리지만, 이번 고양이 사건은 실제보다 그 심각성이 다소 과장되어 있으며 경찰이 불철주야 수사하고 있으니 공연히 공포에 떨 이유는 전혀 없습니다. 지역 민간 방위 단체들은 공공기관의 지시와 도움을 받을 때 비로소 공공의 이익 달성이라는 본연의 기능을 수행할 수 있을 것입니다. 경찰청장과 부서장들은 이러한 단체의 대표자들을 만나기 위해 언제든 대기하고 있습니다. 우리는 전쟁 때 민방위대가 보여준 놀라운 활약을 기억하고 있습니다. 이 위대한 전통을 이어받아, 민간 방위 단체들이 체계적이고 조직적으로 활동할 수 있도록 적극 협조하겠습니다."

그러나 당혹스럽게도, 단체들은 이 제안을 받아들인 것 같지 않았다.

화요일 밤 시장은 방송에 출연해서, 시민들이 가정을 방어하기 위해 직접 단체를 결성하는 선의의 진실성은 조금도 의심하지 않지만, 아무리 그 의도가 정직하고 선량한 것이라 해도 세계에서 가장 큰 도시의 경찰력이 공권력에 대항하는 시민들에 의해 위협받는 상황은 허용할 수 없으며, 합리적인 사고방식을 지닌 사람이라면 모두 이에 동의할 것이라고 말했다.

"20세기가 시작되고도 50년이나 지난 지금, 뉴욕이 서부 개척 시대에나 볼 수 있었던 방범단에 의존해야 한다고는 생각지 않습니다."

이 같은 단체들이 활약할 때 예견되는 위험은 모두가 잘 알고 있으며, 이 위험은 정신병자인 살인마 한 사람이 주는 위협보다 훨씬 더 크다고 시장은 강조했다.

"공적인 경찰 시스템이 구축되기 한참 전에는 강도나 살인 같은 각종 범죄로부터 지역사회를 지키기 위해 시민 야경대원들의 활약이 절대적으로 필요했고, 이는 부인할 수 없는 사실입니다. 하지만 오늘날, 그 누구보다도 우수한 뉴욕 경찰을 두고 이런 방범대가 굳이 존재해야 할 까닭은 무엇입니까?"

시장은 공공의 이익을 위해 본질적인 해결 방안이 아닌 대응책에 의존하는 것은 유감스러운 일이며, 이러한 과정이 불필요하다는 사실이 곧 입증될 것이라고 했다.

"이미 결성된 단체들과 현재 결성 중인 단체들은 즉시 관할 구역의 경찰서를 방문해 단체의 활동에 관해 경찰과 협의할 것을 강력히 촉구합니다."

수요일 아침이 되자 시장의 라디오 출연이 헛수고였음은 명백해졌다. 무책임한 소문들이 시 전역에 퍼졌다. 주 방위군이 출동했고, 시장은 급히 비행기를 타고 백악관으로 날아가 트루먼 대통령을 독대해 호소했으며, 경찰청장은 사임했고, 워싱턴 하이츠 CAT 방범대와 경찰 간의 충돌에서 두 명이 죽고 아홉 명이 부상을 당했다는 등의 내용이었다. 시장은 모든 일정을 취소하고 마라톤 회의에 참석했다. 경찰 고위 간부들은 CAT 단체들에게 모두 해산하지 않으면 체포하겠다는 최후통첩을 보내자는 데 만장일치로 찬성했다. 그러나 시장은 승인을 거부했다. 아직까지 무질서한 행동이 보고되지 않았다는 것이 거부의 이유였다. 단체들은 내부 강령을 엄격히 지키고 있으며 단체의 설립 취지에 부합하는 활동만 수행하고 있다는 것이었다. 뿐만 아니라 이제는 너무 많은 사람들이 참여하고 있어 단체에 제재를 가하는 것 자체가 무리인 상황이었다.

"활동에 제재를 가하면 물리적 충돌로 이어져 도시 전체에 폭동이 발생할 겁니다. 그럼 군대를 동원해야 해요. 나는 시장으로서 모든 평화적 수단을 동원해 그런 사태에 이르는 것을 막을 겁니다."

수요일 오후가 되자 '뉴욕 시 시민 행동대 연합'의 중앙위원회가 목요일 밤 대중 집회를 위해 8번 애비뉴에 있는 메트로폴 홀을 빌렸다는 말이 나왔다. 그 직후, 시장의 비서가 위원회의 사절단이 찾아왔음을 시장에게 알렸다.

줄지어 입장한 사절단은 다소 신경이 곤두서 있었지만 고집스러운 표정을 띠고 있었다. 시장과 시의원들은 호기심 어린 눈으로 사절단을 바라보았다. 그들은 뉴욕 시민들의 견본 같았다. 날카롭거나 그늘진 얼굴은 없었다. 대변인은 삼십 대쯤 되어 보이는 정비공 같은 인상의 키 큰 남자였는데, 자신을 "참전 용사인 제롬 K. 프랭크버너"라고 소개했다.

"시장님, 우리가 이곳에 온 것은 시장님을 내일 밤에 있을 우리의 대중 집회에 연사로 초청하기 위해서입니다. 메트로폴 홀은 2만 명을 수용할 수 있는 극장이고, 라디오와 텔레비전 방송국에도 연락해두었습니다. 뉴욕 시민이 모두 참석할 겁니다. 이것이 민주주의이고, 이것이 미국의 방식입니다. 시장님이 오셔서 해주실 말씀은, 시 당국이 고양이를 막기 위해 지금까지 무슨 일을 했는지, 앞으로 시장님과 공무원들이 어떤 계획을 가지고 있는지 하는 것입니다. 시장님의 말씀이 타당하고 솔직하게 여겨진다면 금요일 오전까지는 CAT을 해산시킬 것을 약속합니다. 참석하시겠습니까?"

시장이 말했다.

"여기서 잠시 기다려주시겠소?"

그리고 그는 의원들을 데리고 옆방의 개인 사무실로 들어갔다.

"잭, 가지 말게!"

"왜, 바니?"

"지금까지 저 사람들에게 수백 번도 더 말했어. 또 뭘 더 말할 게 있나? 그냥 집회를 금지시키자고. 만일 문제가 생기면 단체 지도자들을 엄중 단속하고."

"글쎄요. 하지만…… 이들은 불량배가 아니오. 이 사람들은

수많은 유권자들을 대표하는 겁니다. 너무 심하게 굴지 않는
게 좋아요."

시장의 자문이자 당의 실세 중 한 사람이 말했다.

다른 의견을 표명하는 이가 있었고, 일부는 경찰청장 편을,
일부는 당의 실세 편을 들었다.

"지금까지 아무 말도 안 했군요, 퀸 경감. 경감 의견은 어때
요?"

시장이 불쑥 말했다.

"제 생각에 고양이가 그 집회를 모른 척하기란 대단히 어려
울 것이라고 봅니다."

경감이 대답했다.

"다시 말하자면 이런 거지요. 물론 그것도 값진 의견이긴 하
지만, 나는 시민의 손에 의해 선출된 사람이고 이 자리에 계속
남아 있을 생각이니까요."

시장이 말했다.

그는 문을 열고 사절단에게 말했다.

"집회에 참석하겠습니다, 여러분."

9월 22일 밤의 행사는 진지하고 무거운 분위기에서 시작되었
다. 메트로폴 홀은 7시에 벌써 가득 찼고 입장하지 못한 사람
들이 수천 명이나 되었다. 그러나 질서는 모범적으로 유지되었
고, 출동한 경찰 병력은 달리 할 일이 없었다. 집회가 있을 때
면 항상 나타나는 장사꾼들은 끝에 판지로 만든 고양이의 머리
가 달린 커다란 CAT 배지와, 누가 봐도 핼러윈을 대비해 제작
한 상품이라는 게 뻔한 오렌지색과 검은색의 소름 끼치는 고양

이 머리를 들고 나와 팔았다. 그러나 이런 것을 사는 사람은 많지 않았고 경찰은 잡상인들을 밀어냈다. 아이들은 거의 없었고 소동도 거의 일지 않았다. 메트로폴 홀 안에 있는 사람들은 조용했고 말을 하더라도 속삭이듯 했다. 메트로폴 홀 주위의 거리에 모인 사람들은 인내심을 갖고 올바르게 행동했다. 그러나 교통 분과에서 잔뼈가 굵은 경관은 사람들이 지나치게 인내심을 보이며 지나치게 올바르다고 했다. 평소 같았다면 술 취한 사람도 열댓 명 정도는 있을 법하고 주먹다짐도 한두 건 정도 발생할 수 있고 공산주의자들의 피켓 시위 행렬도 있을 만한 상황이었다. 그러나 주정뱅이도 눈에 띄지 않았고 사람들은 이상할 정도로 수동적이었다. 행여 그중에 공산주의자가 있었다 해도 그들도 개인 자격으로 참석한 것이었다.

경찰 교통과장은 동향을 살핀 후 전화로 기마경찰과 무전 순찰 차량의 충원을 지시했다.

8시가 되자 올가미가 조용히 주변 영역을 에워싸기 시작했다. 51번가와 57번가 사이 남북 방향, 그리고 7번 애비뉴와 9번 애비뉴의 동서 방향으로 경찰 통제선이 등장해 각 교차로를 차단했다. 도로의 자동차들은 우회 도로로 유도되었다. 보행자들은 경찰 통제선을 지나 통제구역을 통행하는 것이 허용되었지만, 한 사람도 빠짐없이 신분을 확인하고 경찰의 질문에 대답해야 했다.

통제구역 안에는 수백 명의 사복경찰이 순회하고 있었다.

메트로폴 홀 내부에도 수백 명의 사복경찰이 있었다.

그들 가운데 엘러리 퀸이 있었다.

무대 위에는 뉴욕 CAT 연합팀 중앙위원들이 앉아 있었다.

다양한 성격의 단체들이 모여 있었지만 두드러지게 눈에 띄는 얼굴은 없었다. 마치 법원의 배심원처럼 사건에 열중은 하면서도 남의 시선을 의식하며 표정을 감추고 있었다. 시장과 고위 공무원들은 주빈석에 앉아 있었다. ("그 말인즉슨 그들이 우리를 지켜볼 수 있다는 뜻이죠." 시장이 손으로 입을 가리고 에드워드 카잘리스 박사에게 말했다.) 미국 국기로 뒤덮인 연단 앞에는 수많은 라디오 녹음용 마이크와 장내용 마이크가 빼곡히 놓여 있었다. 텔레비전 방송국 사람들은 장비 설치를 마치고 기다리고 있었다.

9시에 제롬 K. 프랭크버너가 개회를 선언했다. 그가 오늘 밤의 임시 의장이었다. 프랭크버너는 군복을 입고 나왔다. 제복의 가슴에는 훈장이 여러 개 빛났고, 소매에는 해외 파병 경력을 표시하는 수장*이 묵직하게 달려 있었다. 얼굴에는 엄숙한 표정이 떠올라 있었다. 그는 메모도 들고 있지 않았다.

"이것은 뉴욕 시민들의 목소리입니다."

프랭크버너가 입을 열었다.

"제 이름이 무엇인지 제가 어디 사는지는 중요하지 않습니다. 저는 우리 도시에 만연한 위협으로부터 우리 가족과 이웃의 가족들을 지키기 위해 결성된 수백만의 뉴욕 지역 단체들을 대표해 말하는 것입니다. 지난 전쟁에 나가 싸웠던 수많은 용사들도 우리와 같은 생각이었습니다. 우리는 모두 법을 수호하는 미국인들입니다. 우리는 이기적인 단체가 아닙니다. 우리에게는 다른 속셈이 없습니다. 우리 단체에서는 사기꾼도, 협잡꾼도, 공산주의자도 찾지 못할 것입니다. 우리는 민주당원이

---

* 제복 소매에 달아 계급을 나타내는 표장.

고, 공화당원이고, 무당파이고, 진보당원이며 사회당원입니다. 우리는 개신교 신자, 가톨릭 신자, 유대교 신자입니다. 우리는 백인이며 또한 흑인입니다. 우리는 사업가, 화이트칼라, 노동자, 전문직 종사자입니다. 우리는 2세대 미국인이며 4세대 미국인입니다. 우리는 뉴욕입니다.

저는 연설을 하려는 것이 아닙니다. 여러분도 제 얘기를 듣자고 여기 모인 것이 아닙니다. 저는 다만 몇 가지 질문을 던지려는 것입니다.

시장님, 사방에서 사람들이 어떤 미치광이의 손에 살해당하고 있습니다. 고양이가 움직인 지 거의 넉 달이 되었고 그는 여전히 돌아다니고 있습니다. 좋습니다, 시장님은 그를 잡지 못했고 적어도 지금까지는 잡을 능력이 없었습니다. 그러는 동안 우리는 어떻게 보호받고 있었습니까? 경찰을 나쁘다고 말하려는 것이 아닙니다. 경찰관도 우리와 마찬가지로 열심히 일하는 사람들입니다. 그러나 뉴욕의 시민들이 시장님께 묻습니다. 경찰은 지금까지 무얼 하고 있었습니까?"

하나의 소리가 홀의 내부를 관통해 바깥에서 인 다른 소리와 만났다. 그것은 아주 작은, 멀리서 울리는 천둥소리였지만, 메트로폴 홀 안과 주위의 거리 전역에서 경찰들은 신경질적으로 곤봉을 어루만지며 자세를 바로잡았다. 무대 위 연사 옆의 시장과 경찰청장의 얼굴이 약간 창백해지는 것이 보였다.

프랭크버너는 감정이 실린 목소리로 계속 말을 이어갔다.

"사실 우리들 한 사람 한 사람은 전부 자율 방범단에 반대합니다. 하지만 우리는 시장님께 묻고 싶습니다. 우리에게 달리 무슨 방법이 있을까요? 지금 이 순간에도 어디선가 우리의 아내 혹은 어머니의 목에 실크 끈이 감기고 있을지도 모릅니다. 그리고 모든 것이 끝나고 장례 절차가 준비될 때까지 경찰은 나타나지도 않을 겁니다.

시장님, 우리가 오늘 밤 시장님을 이곳에 초대한 이유는 시장님께서 앞으로 어떤 계획을 가지고 있는지, 어떤 방법으로 우리를 보호해주실 것인지를 밝혀주셨으면 해서입니다. 지금까지로 봐서는 그런 계획이 없는 것 같아 보이지만 말입니다.

여러분, 뉴욕 시장님을 모시겠습니다."

시장의 연설은 오랫동안 이어졌다. 그는 냉정하면서도 친근한 태도로 자신이 가진 매력을 십분 발휘하며 뉴욕 시와 시민들에 관한 지식을 과시했고, 뉴욕 경찰청의 역사를 거슬러 올라가며 거대한 조직의 성장과 복잡한 여러 특징들을 열거했다. 그는 법을 준수하며 질서를 유지하는 1만8천 명의 경찰관의 실적을 인용하고, 듣기만 해도 마음이 놓이는 강력 범죄 해결률과 유죄 판결의 통계자료를 제시했다. 이어 법적 사회적 측면에서 바라보는 자율 방범단의 특징과 민주 사회에서 자율 방범단이 갖는 위험성을 분석하고, 일부 폭도들에 의해 본래의 고귀한 의도가 훼손되고 비열한 사람들의 비뚤어진 욕망을 만족시키는 수단으로 전락할 가능성을 지적했다. 결국 자율 방범단은 폭력이 폭력을 낳고, 군대가 개입하고, 계엄령이 발동되고, 시민의 자유가 억압되는 상황으로 이어지는, "파시즘과 전체주의로 향하는 첫 단계"가 될 수 있다고 주장했다.

"그리고 이 모든 일은 750만 시민이 거주하는 뉴욕이라는 건초 더미에 숨은 단 한 명의 미치광이를 잠시 동안 찾지 못해 시작된 것입니다."

시장은 가벼운 말투로 말했다.

그러나 시장의 연설이 이해하기 쉽고 합리적이고 설득력이 있었음에도 불구하고, 청중들에게서는 연설의 성패를 가늠할 수 있는 어떠한 반응도 나오지 않았다. 청중들은 아예 아무런 반응도 보이지 않았다. 그들은 그냥 앉아서, 또는 서서, 듣고 있었다. 숨을 죽인 채 미동조차 하지 않는 청중들은 한 덩어리가 되어 무언가를…… 이런 상태에서 깨어나게 해줄 말을 기다리고 있었다.

시장도 그것을 알았다. 그의 목소리에 긴장이 묻어났다.

무대 위 사람들도 그것을 알았다. 그들은 사람들의 눈과 텔레비전 카메라를 의식하고, 과장되게 편안한 자세로 옆 사람과 속삭이며 대화를 나눴다.

시장은 다소 갑작스럽게 고양이의 체포를 위해 현재 진행 중인 특별 조치와 앞으로의 계획에 대해 설명해줄 것을 경찰청장에게 요청했다.

경찰청장이 연단으로 향하자, 청중 가운데 있던 엘러리는 일어서서 사람들의 머리를 훑어보며 중앙 통로를 통해 기자석으로 다가갔다.

청장이 연설을 시작하고 나서 곧 지미 맥켈이 눈에 띄었다.

맥켈은 자리에서 몸을 비틀어, 세 줄 뒤에 앉은 여자를 보고 있었다. 여자는 냉정한 표정으로 경찰청장을 쳐다보고 있었다.

셀레스트 필립스였다.

엘러리는 자신이 그 자리에 계속 서 있었던 것이 무슨 생각,

느낌, 직감 때문이었는지 알 수 없었다. 어쩌면 그저 단순히 낯익은 얼굴들을 보아서 그런 것일지도 몰랐다.

그는 셀레스트가 앉은 줄의 통로 끝에 쭈그려 앉았다.

불편했다. 메트로폴 홀의 공기에 뭔가 묘하게 그를 불쾌하게 하는 것이 있었다. 다른 사람들도 마찬가지로 불안감에 사로잡혀 있는 것을 보았다. 일종의 집단 자가중독이다. 군중들은 스스로가 내뿜는 독을 들이마시고 있었다.

불현듯, 그는 그것이 무엇인지 깨달았다.

공포.

군중들은 자신의 공포를 숨 쉬고 있었다. 그것은 보이지 않는 포말의 형태로 사람들에게서 흘러나와 공기에 녹아들었다.

사람들이 보여준 인내심, 수동성, 기대감 같은 것은…… 바로 공포였다.

사람들은 연단 위 연사의 목소리를 듣고 있지 않았다.

사람들은 내면의 공포의 목소리를 듣고 있었다.

"고양이!"

경찰청장이 침묵 속에서 메모 노트의 페이지를 넘길 때, 사람들 사이에서 비명이 터져 나왔다.

청장은 재빨리 고개를 들었다.

시장과 카잘리스 박사가 엉거주춤 일어섰다.

2만 명의 고개가 동시에 돌아갔다.

그것은 여자의 비명이었고, 들어본 적 없는 째지는 고음이 한동안 울렸다. 소름 끼치는 소리였다.

한 무리의 남자들이 홀 뒤쪽에 서 있는 사람들을 밀치며 달려갔다.

경찰청장이 입을 열었다.

"누가 저 여자분 좀 진정시켜……."

"고양이!"

웅성거리는 소리가 작게 소용돌이치기 시작했다. 또 하나. 또 하나가. 남자 하나가 자리에서 일어섰고, 여자가, 남녀 한 쌍이, 무리가 일어섰다. 사람들은 목을 길게 뺐다.

"신사 숙녀 여러분, 자리에 앉으십시오. 저건 단지 히스테리……."

"고양이!"

"여러분! 제발! 침착하세요!"

경찰청장 옆 연단 위에 있던 시장이 말했다.

사람들은 복도를 따라 뛰고 있었다.

뒤쪽에서는 싸움이 벌어지고 있었다.

"고양이!"

2층 어디선가 남자의 목소리가 터져 나왔다. 목이 졸린 것 같은 소리였다. 남자가 목이 졸리고 있는 것 같았다.

"모두 자리에 앉아요! 경관!"

금세 푸른 제복이 강당 안을 전부 메웠다.

뒤쪽에서 일던 소동은 이제 효모처럼 부풀어 올라 중앙 통로를 집어삼켰고, 좌석들을 향해 번지기 시작했다.

"고양이!"

십여 명의 여자들이 비명을 지르기 시작했다.

"고양이가 여기 있어요!"

이 말은 돌멩이처럼 청중이라는 거대한 거울에 던져졌고 청중들은 몸을 떨며 파열했다. 작은 틈새가 마술처럼 벌어졌다.

군중이 앉거나 서 있던 곳에 그 틈이 생겨났고, 급속도로 벌어지고, 미친 듯이 사방으로 갈라져나갔다. 남자들은 주먹을 휘두르며 좌석 위로 기어 올라가기 시작했다. 사람들이 쓰러졌다. 경찰은 파묻혔다. 비명의 조각들이 합쳐졌다. 메트로폴 홀은 사람들의 소리를 삼키는 거대한 폭포가 되었다.

무대 위에서는 시장과 프랭크버너, 경찰청장이 서로를 밀치며 장내용 마이크에 소리를 지르고 있었다. 그들의 목소리가 한데 뒤섞였다. 뒤섞인 목소리는 희미해져 군중의 포효에 파묻혔다.

꽉 막힌 복도에서 사람들은 주먹을 날리고, 넘어지고, 사지가 꺾이고, 출구를 향해 몰려갔다.

머리 위 발코니의 난간이 부서졌다. 2층에 있던 남자가 오케스트라석으로 떨어졌다. 사람들은 발코니 계단으로 휩쓸려 내려왔다. 일부는 넘어졌고, 일부는 사람들의 발밑으로 사라졌다. 2층의 화재 비상구에는 살아 움직이며 비명을 지르는 카펫 위에서 사람들이 몸부림쳤다.

한데 엉켜 있던 군중이 눈앞에 나타난 통풍구를 통해 거리로 쏟아져 나왔다. 거리에 얼어붙어 있던 수천 명의 인파는 순간적으로 끓어올라 광란했고, 메트로폴 홀 주위는 거대한 프라이팬으로 돌변했다. 프라이팬에 쏟아부은 재료는 경찰 통제선을 넘어 끓어 넘쳤고, 사람과 말과 자동차가 한데 녹아들어 교차로를 넘어 브로드웨이와 9번 애비뉴 방향의 도심으로 퍼져나갔다. 모든 것이 뒤섞인 덩어리는 용암처럼 휩쓸고 지나가면서 주위에 있는 모든 것을 태워버렸다.

엘러리는 군중이 가축처럼 우르르 몰려나오자 지미 맥켈의 이

름을 외쳤던 것이 기억났고, 얼어붙은 듯 서 있던 셀레스트 필
립스를 가리키며 그의 뒤에서 밀려드는 인간 장벽에 맞서 저항
하던 기억이 났다. 그는 간신히 좌석 하나에 몸부림쳐 기어 올
라가 그곳을 디디고 일어섰다. 그는 지미가 힘겹게 사람들을
헤치며 세 개 줄을 뚫고 나가, 겁에 질린 여자에게 다가가 품에
안는 것까지 보았다. 그러고 나서 두 사람은 인파 속으로 빨려
들어갔고 엘러리는 그들을 놓쳤다.

　　그다음부터는 넘어지지 않기 위해 사력을 다했다.

　　한참 후 엘러리는 시장과 경찰청장이 벌이는 구조 작전을 돕
고 있는 아버지를 발견했다. 몇 마디 나눌 시간도 없었다. 경감
과 엘러리의 모자는 모두 사라졌고, 옷은 다 찢어졌고, 피를 흘
리고 있었다. 경감의 재킷은 오른쪽 소매만 남아 있었다. 경감
은 맥켈이나 필립스 양도 카잘리스 박사도 보지 못했다고 말했
다. 말하는 동안에도 경감의 시선은 질서 정연하게 늘어놓은
사망자들에게로 힐금힐금 향했다. 그러고 나서 경감은 누군가
가 부르는 소리에 그쪽으로 가버렸고 엘러리는 부상자들을 도
우러 다시 메트로폴 홀로 돌아갔다. 그는 경찰, 소방관, 구급차
의사, 적십자 직원, 거리에서 나선 자원봉사자들로 급조된 구
조대의 일원이 되었다. 사이렌이 끊임없이 울려대면서 부상당
한 이들의 신음 소리를 삼켰다.

　　뉴스가 쏟아져 들어오면서 또 다른 형태의 공포가 엄습했다.
사방으로 달아나던 사람들 때문에 8번 애비뉴와 브로드웨이
사이 거리의 상점 유리창이 우연히 깨졌고, 불량배, 노숙자, 비
행 청소년들에 의해 약탈이 시작되었다. 이들을 말리려던 행인
들은 구타를 당했다. 상점 주인은 공격을 당했고 칼에 찔리는

경우도 있었다. 약탈은 오랫동안 계속되었고, 급기야 감당할 수 없는 지경에까지 이르렀다. 브로드웨이 극장가의 공연이 끝날 시간이 되어 관객들까지 쏟아져 나오자 혼란은 더욱 가중되었다. 호텔은 문을 걸어 잠갔다. 그러나 경찰이 순찰 차량을 몰아 사람들 속으로 진입하고, 기마경찰이 몰려 있던 폭도들에게 돌진하자, 군중은 서서히 흩어졌다. 남쪽으로 42번가까지 수백 개의 상점이 유리창이 깨지고 물건을 약탈당하는 피해를 입었다. 종합병원은 부상자들로 복도까지 가득 찼다. 적십자 비상 응급 구호소가 타임스 스퀘어 전역에 설치되었다. 구급차는 북쪽 포드햄 병원까지 종횡무진 달렸다. 근처의 린디, 투츠 쇼어, 잭 뎀시 같은 레스토랑들은 구조대원들에게 커피와 샌드위치를 제공했다.

새벽 4시 45분, 변호사인 에바츠 존스가 언론에 다음과 같은 성명서를 보냈다.

> 저는 대재앙으로 끝난 어제 집회의 의장인 제롬 K. 프랭크버너와 뉴욕 시의 *CAT* 중앙위원들로부터 위임을 받아 이 시간 이후 모든 자율 방범단이 즉시 해산할 것이며 조직적인 순찰 활동도 중단할 것임을 선언합니다.
> 프랭크버너 씨 이하 위원들은 선한 의도로 모였으나 무분별한 집단행동을 벌인 시민들을 대신해 어젯밤 메트로폴 홀에서 일어난 사건에 대하여 깊은 슬픔과 유감을 표하는 바입니다.

기자들이 개인 자격의 성명을 요구하자, 프랭크버너는 고개를 저었다.

"지금은 너무 큰 충격을 받아 뭐라 드릴 말씀이 없습니다. 이런 상황에서 누가 무슨 말을 할 수 있겠습니까? 우리가 틀렸던 겁니다. 시장이 옳았고요."

새벽녘에 고양이 폭동은 진압되었고 '나흘간'은 앞으로 작성될 연감의 한 페이지를 피로 물들일 예정이었다.

상황이 진정된 후, 시장은 아무 말 없이 그날 밤의 무질서를 보여주는 통계자료를 언론에 배포했다.

사망자

여자	19
남자	14
어린이	6
합계	39

중상자

여자	68
남자	34
어린이	13
합계	115

경상자, 골절, 찰과상 등

여자	189
남자	152
어린이	10
합계	351

약탈, 불법 집회, 폭력 행위 선동 등으로 체포된 자

127명 (미성년자 포함)

재산 피해 액수 (추정)

450만 달러

시장은 비명을 질러 공황 상태와 폭동을 일으켰던 여인은 사람들의 발에 밟혀 죽었다고 발표했다. 사망한 여성의 이름은 메이벨 레곤츠였고, 마흔여덟 살의 아이 없는 과부였다. 새벽 2시 38분에 웨스트 65번가 421번지에 사는 배관공 스티븐 코럼코프스키가 누나인 레곤츠 부인의 시신을 확인했다. 레곤츠 부인 근처에 있던 사람들은 최대한 기억을 긁어모아 그녀가 누군가에게 공격을 받거나 성추행을 당한 일은 없었다고 증언했다. 그러나 사람들이 모두 몸을 밀착하고 빽빽이 서 있었기 때문에 옆 사람이 우연히 툭 건드리면서 부인의 신경질적인 공포가 폭발했을 것이라고 했다.

레곤츠 부인은 신경쇠약으로 진료를 받은 기록이 있었는데, 증상이 처음 나타난 것은 해저 공사장에서 일하던 남편이 이른바 '잠수병'으로 알려진 감압증으로 사망하면서부터였다.

그녀가 고양이였을 가능성은 전혀 없었다.

시장은 이후 기자들에게, 이번 사태는 뉴욕 역사상 최악의 소요 사태 중 하나이며, 아마도 1863년 징집 반대 폭동* 이후 최악의 재앙일 것이라는 의견을 밝혔다.

---

* 남북전쟁 당시 빈민 대상의 징집에 반대해 뉴욕에서 일어난 폭동.

희붐한 어둠 속에서 엘러리는 록펠러 플라자의 벤치에 앉아 있었다. 주위에는 아무도 없었고 그의 옆에는 프로메테우스뿐이었다. 머릿속이 어지러웠다. 새벽녘의 찬바람이 손과 얼굴의 쓸린 상처를 어루만지면서 은밀하고 달콤하게 그의 의식을 깨웠다.

물에 잠긴 분수대 위에 앉아 있던 프로메테우스가 그에게 말을 걸어왔다. 그와 함께 있다는 사실이 어쩐지 위로가 되었다.

'어떻게 이런 일이 생길 수 있을까 궁금하지. 너희가 고양이라 부르는, 인간의 형상을 한 야수의 이름을 크게 외친 것만으로 어떻게 그토록 많은 사람들이 혼란에 빠지고 겁에 질린 짐승처럼 개죽음을 당하게 되었는지 말이야.

나는 너무 늙어서 내가 어디에서 왔는지 기억하지 못해. 여인의 몸에서 태어나지 않았다는 정도만 알고 있지. 잘 납득이 가지 않긴 하지만 말이야. 그러나 사람들에게 불의 선물을 가져다줘야 한다고 생각했던 것은 기억하고 있다. 실제로 내가 그렇게 했다면, 나는 문명의 창시자인 셈이지. 그러므로 이번에 일어난 불쾌한 일에 대해서 한마디 할 자격이 있다고 생각한다.

내가 너에게 말해줄 진실은, 어젯밤 그 일은 고양이와 전혀 관계가 없다는 거다.

오늘날의 세계를 보면 아주 오래전, 종교가 태어났을 무렵의 세상이 생각나. 현대사회는 원시사회와 놀라우리만치 닮아 있다. 너희가 말하는 민주 정부에도 원시시대와 똑같은 권력 집중 현상이 있지. 고위층과 연줄이 있다고 주장하는 놈들은 꼭대기로 기어 올라가 통치하려 하고. 흔한 이름과 흔한 혈통에 그럴듯한 헛소리를 덧입혀서 새로운 가치를 만들어내려 하고 있어. 성의 문제에서도 마찬가지야. 너희 여자들은 과도한 존경을 한 몸에 받으며 여성의 신성화라는 편리한 감옥 안에 갇혀 있고, 그러는 동안 중요한 문제는 남자들에게 강탈당했지. 심지어 식이요법과 비타민을 숭배하며 그 옛날 음식에 대한 금기마저도 그대로 답습하고 있어.'

프로메테우스는 멈추지 않았다. 몸을 떨고 있는 엘러리와는 달리 차가운 새벽바람이 그에게는 별다른 영향을 미치지 않는 것 같았다.

'그러나 내가 보는 가장 흥미로운 유사성은, 환경에 반응하는 너희의 방식이다. 군중은 개인이 아닌 군중 자체로서 하나의 생각하는 단위야. 그리고 군중의 사고력은 어젯밤의 불행한 사건에서도 확인했듯이 극히 급이 낮아. 너희는 무지로 가득 차 있고, 무지는 극심한 공포를 낳지. 너희는 모든 것을 다 두려워하지만, 그중에서도 가장 두려워하는 것은 시대 문제와 개인적으로 직접 접촉하는 것이야. 그래서 너희는 미지의 것을 통제할 권한을 지도자들의 손에 넘겨주고 높은 마법의 벽 안에 숨어 옹송그리고 모여 앉아 행복해하는 거다. 지도자들은 너희와 미지의 공포 사이에 자리 잡고 있어.

그러나 가끔씩 권력의 사제들이 너희를 저버리면, 너희는 순식간에 미지의 것과 곧장 대면하게 되지. 너희에게 구원과 행운을 가져다줄 것이라 여겼던 지도자들이, 너희를 알 수 없는 삶과 죽음의 신비로부터 보호해줄 지도자들이, 더 이상 너희와 끔찍한 어둠 사이에 서서 지켜주지 않게 되는 거야. 마법의 벽이 너희 세상 위로 무너져 내리면, 너희는 두려움에 몸이 굳은 채 구덩이의 가장자리에 버려지는 거다.

이런 상황에서 히스테릭한 비명 소리에, 오직 단 한 사람의 바보 같은 비명 소리에 수천 명이 공포에 떨며 아수라장을 벌였다는 사실을 의아해할 일이 있을까?'

엘러리는 벤치 위에서 통증을 느끼며 정신을 차렸다. 이른 아침의 태양이 그의 스승을 눈부시게 비추고 있었다. 록펠러 플라자에는 사람들이 있었고 자동차들이 그 옆을 달리고 있었다. 누군가 지나치게 시끄럽게 굴고 있는 것 같았다. 그는 화가 나서 일어섰다.

고함 소리는 서쪽에서 들려오고 있었다. 거칠고 의기양양한 목소리였다.

소년의 목소리다. 건물 사이 협곡에서 울려 퍼지고 있다.

엘러리는 절룩거리며 계단을 올라 길을 건너, 뻣뻣한 걸음걸이로 6번 애비뉴로 향했다.

서두를 필요는 없다고 생각했다. 소년들은 CAT의 부고 기사를 팔고 있었다. 사망자 다수, 부상자 다수, 재산 피해 막대. 자, 전부 읽어보세요.

아니, 됐어. 차라리 뜨거운 커피가 낫겠어.

엘러리는 생각하지 않으려 애쓰며 절룩절룩 걸었다.

그러나 속에서 거품이 계속 끓어올랐다.

캣의 부고. 고양이의 부고……. 뭔가 있다. 고양이의 부고. 마침내 일곱.

해가 기울면 그림자처럼 우리의 희망도 길어진다.*

---

* 에드워드 영의 말에서 인용하였다.

엘러리는 웃었다.

아니면 어느 다른 불멸의 현자의 말처럼, 애초에 침대에서 나오지 말았어야 했나.

퀸, 넌 끝났다. 그러나 넌 죽은 자들 사이에서 일어서야 했다. 고양이를 쫓기 위해.

다음은 뭘까?

뭘 하지?

어디를 봐야 하지?

어떻게 찾아야 하지?

신선한 아침 햇살 아래 뮤직홀의 대형 천막이 드리운 그림자 안에서 눈이 툭 튀어나온 소년의 입이 바삐 움직이고 있었다.

절대 불황이라고는 말 못 하겠군. 엘러리는 신문 뭉치가 줄어드는 것을 바라보며 생각했다.

그리고 그는 신문팔이 소년을 지나 커피를 사기 위해 6번 애비뉴를 건넜다. 그때 아까 들었던 비명 한 마디가 지닌 의미가 머릿속에 스며들었고, 신문 뭉치 맨 위의 글자가 날아와 그의 눈을 지나 머리를 관통했다.

엘러리는 주머니를 뒤져 동전을 꺼냈다. 동전이 차가웠다.

"〈뉴욕 엑스트라〉 하나."

그는 사방에서 몰려오는 사람들에게 부딪치며 그 자리에 우뚝 섰다.

낯익은 고양이가 있었다. 그러나 고양이에게 달린 여덟 번째 꼬리는 물음표가 아니었다.

8

그녀의 이름은 스텔라 페트루치였다. 그녀는 워싱턴 스퀘어에서 8백 미터도 떨어져 있지 않은 톰슨 스트리트에서 가족과 함께 살고 있었다. 나이는 스물두 살이었고, 부모님은 이탈리아 이민자 출신으로 가톨릭 신자였다.

스텔라 페트루치는 지난 5년간 매디슨 애비뉴와 40번가가 만나는 곳에 있는 법률 사무소에서 속기사로 근무했다.

아버지는 45년 전에 미국으로 이주했다. 그는 리보르노 출신으로, 지금은 풀턴 마켓의 생선 도매상으로 일하고 있었다. 스텔라의 어머니 역시 토스카나의 어느 지방 출신이었다.

스텔라는 일곱 남매 중 여섯째였다. 남자 형제 셋 중 하나는 신부였고 나머지 둘은 아버지 조지 페트루치와 함께 상점을 운영하고 있었다. 자매 셋 중 가장 큰 언니는 가르멜 수도회의 수녀였고, 둘째는 이탈리아 치즈와 올리브유를 수입하는 업자와 결혼했고, 셋째는 헌터 대학의 학생이었다. 제일 나이 많은 성직자 맏이를 제외하고 나머지 아이들은 모두 뉴욕 시에서 태어났다.

처음에 사람들은 메트로폴 홀 근처에 쓰러져 있던 스텔라를 거리 청소 때 미처 치우지 못한 쓰레기 더미로 생각했다. 그러나 그녀의 검은 머리카락을 뒤로 넘기고 고개를 젖히자, 실크 끈이 감긴 목이 드러나면서 고양이의 희생자임이 밝혀졌다.

순찰 경관 두 명이 메트로폴 홀에서 한 블록 반 떨어진 곳에서 그녀의 시신을 발견했다. 시장이 기자들에게 대학살의 통계 자료를 건네주던 때였다. 시체는 두 상점 사이의 시멘트 골목길 위에 누워 있었는데, 8번 애비뉴의 인도에서 3미터 정도 떨어진 곳이었다.

검시관의 소견에 따르면 자정 조금 전에 목 졸려 살해당했다고 했다.

오빠인 페트루치 신부와 언니 테레사 바스칼로네 부인이 시체를 확인했다. 조지 페트루치 부부는 비극적인 소식을 전해 듣고 그 자리에서 쓰러졌다.

이와 관련해 하워드 휘태커(32세, 웨스트 4번가 거주)가 밀착 취조를 당했다.

휘태커는 키가 무척 크고 마른 체구의 남자였다. 검은 머리카락에 다이아몬드 같은 검은 눈이 가운데 몰린 것이 특이했다. 피부에는 각질이 일어나 있었고, 광대뼈가 두드러진 얼굴이었다. 그는 나이보다 한참 더 늙어 보였다.

직업은 '성공하지 못한 시인'이라고 밝혔다. 계속 추궁을 받자, 그는 그리니치 애비뉴의 카페에서 점원으로 일하며 "간신히 연명하고 있다"고 마지못해 인정했다.

휘태커는 스텔라 페트루치를 알고 지낸 지 16개월 정도 되었다고 말했다. 두 사람은 지난봄 어느 늦은 밤에 카페에서 만났다. 데이트 중이던 그녀는 동행인과 함께 새벽 2시쯤 그곳에 들렀다. 남자는 '손으로 그린 인어공주 무늬가 새겨진 넥타이

를 맨 브롱크스 토박이'였는데, 휘태커의 중서부 지역 사투리
를 비웃었다. 휘태커는 카운터에 놓여 있던 구운 사과를 집어
들고 남자의 건방진 입에 쑤셔 넣었다.

"그 이후 스텔라는 거의 매일 카페에 들렀고 우리는 친해졌
어요."

스텔라와 성적인 관계가 있었는지 문자 그는 격분하며 부인
했다. 끈질기게 질문하자 그는 걷잡을 수 없이 난폭해져 사람
들이 그를 달래야 했다.

"그녀는 순수하고 사랑스러운 영혼이었어요. 그녀와의 섹스
라니, 그런 건 아예 불가능한 일이에요!"

휘태커는 그렇게 외쳤다.

자신의 배경을 설명할 때 휘태커는 조금 주저했다. 그는 네
브래스카 주 비어트리스의 농부 집안 출신이었다. 원래는 스코
틀랜드 혈통이고, 증조부가 1829년 캠벨 교도의 일원으로 켄
터키에서 이주했다. 조상 중에는 인디언인 포니 족도 있었고,
보헤미아와 덴마크 혈통도 조금 섞여 있었다.

"전 여러 핏줄이 섞인 미국인이에요. 잡다한 민족의 피가 소
수점의 비율로 섞여 있죠. 무슨 말인지 아시겠죠?"

고향에 있을 때는 사도 교회*에 다녔다고 했다.

그는 네브래스카 대학을 졸업했다.

전쟁이 시작되었을 때는 해군에 입대했다.

"군 생활은 태평양에서 끝났어요. 가미가제 특공대가 날아드
는 바람에 바다에 빠졌는데, 아슬아슬하게 끝장날 뻔했죠. 아
직도 가끔 이명이 울려요. 그 사건이 제 시에 결정적인 영향을

---

* 캠벨 부자가 1809년 미국에 세운 개신교 교파.

미쳤어요."

전쟁이 끝나고, 비어트리스가 너무 좁다고 느낀 그는 뉴욕으로 왔다.

"돈은 제 형 더긴이 대주었어요. 형은 제가 시인으로서 네브래스카 주 게이지 카운티의 보배 같은 존재라고 생각하거든요."

뉴욕에 도착한 후 유일하게 출간된 책은 2년 전 나온 《산호초 안의 옥수수》라는 제목의 시집이었다. 이 책은 1947년 봄 그리니치빌리지의 신문인 〈더 빌리저〉에 소개되었다. 휘태커는 이를 증명하기 위해 기름때 절은 신문지 조각을 내밀었다.

"더긴 형도 이제는 제가 제2의 존 나이하트*는 아니라고 생각하고 있어요. 하지만 빌리지에 있는 동료 시인들에게는 엄청난 격려를 받았고, 당연히 스텔라도 저에게 반했었다고요. 우리는 카페에서 새벽 3시의 시 낭독 모임을 정기적으로 열었어요. 저는 스파르타식으로 검소하고 엄격하게 살고 있습니다. 스텔라 페트루치의 죽음으로 말미암아 제 마음에는 큰 구멍이 뚫렸습니다. 그녀는 영리하지는 않았지만 사랑스러운 여자였다고요."

그는 그녀에게서 돈을 받았느냐는 질문에 분개하며 부인했다.

9월 22일 밤에 있었던 일에 대해, 휘태커는 목요일 밤은 쉬는 날이라서 스텔라의 사무실 건물 앞에서 만나 그녀를 메트로폴 홀 대중 집회에 데리고 갔다고 진술했다.

"고양이에 관한 시가 얼마 전부터 제 마음속에서 구체적인 형태로 떠오르고 있었습니다. 그 집회에 참석하는 건 저에겐

* 미국의 시인.

중요한 일이었어요. 스텔라도 목요일 밤이면 항상 저와 데이트를 하고 싶어 했고요."

그가 설명했다.

그들은 시내를 걷다가 8번 애비뉴의 스파게티 집에 들렀다.

"스텔라의 아버지의 사촌인 이냐치오 페리콴치 씨가 운영하는 곳이에요. 저는 시민 행동대 운동에 관해 페리콴치 씨와 토론을 했는데, 스텔라가 그 주제를 무척 민감하게 받아들이는 걸 보고 페리콴치 씨도 저도 깜짝 놀랐죠. 페리콴치 씨는 스텔라가 그런 식으로 생각한다면 집회에 가지 말아야 한다고 했고 저도 혼자 가겠다고 했습니다. 하지만 스텔라는 아니라고, 자기도 가고 싶다고, 적어도 누군가는 살인에 대해 뭔가 행동해야 한다고 말했어요. 그녀는 매일 밤 성모님에게 자기가 아는 모든 사람들을 안전하게 지켜달라고 기도한다고 했어요."

두 사람은 결국 메트로폴 홀에 도착했고 아래층 연단 바로 앞자리에 앉았다.

"폭동이 시작됐을 때, 스텔라와 저는 서로를 붙잡으려고 안간힘을 썼어요. 하지만 그 빌어먹을 인간 가축 떼가 우리를 갈라놓았습니다. 마지막으로 본 스텔라는 광분한 군중들에 휩쓸려 나가면서, 저에게 뭐라고 소리를 지르고 있었어요. 하지만 무슨 말인지는 듣지 못했습니다. 그 이후로 살아 있는 스텔라의 모습을 보지 못했어요."

휘태커는 운이 좋았다. 주머니가 좀 찢어지고 몇 대 얻어맞은 것 말고는 피해를 입지 않았다.

"저는 몇몇 사람들과 함께 메트로폴 홀 건너편 어느 문 앞에 피해 있었어요. 최악의 상황이 끝났을 때 스텔라를 찾아다니기 시작했죠. 메트로폴 홀에 있는 사망자와 부상자들 중에서 스텔라를 찾을 수가 없어서 8번 애비뉴랑 여기저기 골목길이랑 브로드웨이를 따라가며 찾아다녔어요. 밤새 헤매고 돌아다녔습니다."

왜 페트루치 가족에게 전화하지 않았느냐는 질문이 나왔다. 가족은 스텔라가 집에 오지 않아 밤새 걱정하고 있었다. 그들은 스텔라가 휘태커와 약속이 있었다는 사실을 모르고 있었다.

"그게 이유였어요. 그분들은 저에 대해서 모르시거든요. 스텔라가 그렇게 하는 편이 낫다고 해서요. 스텔라의 부모님은 엄격한 가톨릭 신자들이라 자기 딸이 신자가 아닌 남자와 사귀고 있다는 걸 알면 야단법석이 일어날 거라고 했습니다. 이냐치오 페리콴치 씨가 우리 일을 아는 건 상관없다고 했어요. 페리콴치 씨는 반교황주의자였고 페트루치 가족 중 어느 누구도 그와 만나지 않았거든요."

아침 7시 30분, 휘태커는 스텔라를 찾아 메트로폴 홀로 돌아왔다. 만일 이번에도 스텔라를 찾지 못하면 '종교적 갈등을 무릅쓰고' 페트루치 씨 댁에 전화를 걸 생각이었다.

경찰을 붙잡고 스텔라를 본 적 없느냐고 처음으로 물었는데, 그 길로 바로 체포됐다.

"그 밤에 그 골목 입구는 열 번도 넘게 지나다녔을 겁니다. 하지만 그 캄캄한 데서 스텔라가 거기 누워 있는 걸 어떻게 알았겠습니까?"

휘태커는 '추가 질문'을 위해 구금되었다.

"아니요. 특이한 점은 전혀 없습니다. 다만 휘태커 씨의 진술의 진위를 확인하고, 이런저런 것들도 확인하려는 것이지요."

퀸 경감이 기자들에게 말했다.

기자들은 이 '이런저런 것'이라는 말을 최근의 사건들과 관련된 사항, 그리고 흥미를 유발시키는 스텔라 페트루치의 남자 친구의 흉포한 눈빛, 태도, 말투를 가리키는 것으로 해석했다.

강간이나 강간 미수를 가리키는 의학적 증거는 없었다.

여자의 핸드백이 없어졌다. 그러나 핸드백은 나중에 메트로폴 홀의 잔해 속에서 발견되었고, 내용물은 그대로 있었다. 가느다란 금목걸이 줄에 걸린 성모 메달도 건드리지 않은 상태였다.

목을 조른 끈은 낯익은 터서 실크였고, 연분홍색으로 염색된 것이었다. 앞선 사건에서와 마찬가지로 목 뒤쪽에 매듭이 지어져 있었다. 검사 결과 끈에서 특별한 것은 발견되지 않았다.

스텔라 페트루치가 메트로폴 홀의 군중에게 휩쓸려 거리로 나간 후 골목으로 피해 달아난 것은 확실했다. 그러나 고양이가 골목에서 그녀를 기다리고 있었는지, 아니면 그녀와 함께 골목길로 들어갔는지, 아니면 그녀를 쫓아간 것인지는 알 방법이 없었다.

한 가지 추측할 수 있는 것은 실크 끈으로 목을 조일 때까지 스텔라는 아무것도 의심하지 않았으리라는 것이었다. 고양이가 그녀를 따라와 폭도들로부터 안전하게 '지켜주겠다'고 제안했다면, 그녀는 고양이의 초대를 받아 순순히 골목길로 들어갔을 수도 있었다.

늘 그렇듯, 고양이는 흔적을 남기지 않았다.

엘러리가 아파트 계단을 올라 현관문이 잠겨 있지 않은 것을 발견했을 때는 이미 정오가 지나 있었다. 그는 궁금해하며 안으로 들어갔다. 침실에 들어서자 제일 먼저 눈에 들어온 것은 사다리 모양 의자 등받이부터 방석까지 늘어져 걸린 찢어진 나일론 스타킹과 흰색 브래지어였다.

그는 침대 위로 몸을 굽혀 여자를 흔들었다.

여자가 눈을 번쩍 떴다.

"무사했군요."

셀레스트가 화들짝 놀라 몸서리를 쳤다.

"다시는 이러지 말아요! 잠깐이지만 고양이인 줄 알았다고요."

"지미는……?"

"지미도 괜찮아요."

엘러리는 자기 침대의 끄트머리에 걸터앉았다. 목 뒤쪽이 다시 욱신거렸다.

"이런 상황은 자주 꿈꿔왔는데."

그는 목을 문지르며 말했다.

"어떤 상황요? ……아, 아파."

그녀는 시트 아래에서 뻣뻣한 긴 다리를 죽 뻗으며 신음했다.

"맞아요. 피터 아노의 만화에 이와 똑같은 상황이 있었죠."

"뭐라고요?"

셀레스트가 졸린 듯 말했다.

"지금은 아직 오늘인가요?"

그녀의 검은 머리카락이 시적으로 달콤하게 그의 베개 위로 흘러갔다.

"하지만 피로는 시의 적이지."

엘러리가 중얼거렸다.

"네? 당신도 쓰러지기 직전인 것 같은데요. 괜찮아요?"

"다시 잠자는 법만 배울 수 있다면 괜찮아질 거예요."

"어머, 미안해요!"

셀레스트는 시트를 움켜잡고 벌떡 일어나 앉았다.

"아직 잠이 다 안 깬 거였어요. 저기…… 저는 그러니까……
제 말은…… 여기 옷장을 뒤지고 싶지는 않아서……."

"이 비열한 사람 같으니."

뒤쪽에서 단호한 목소리가 들려왔다.

"옷도 제대로 갖춰 입지 못한 여자를 쫓아내려는 겁니까?"

"지미!"

셀레스트의 목소리가 행복하게 들렸다.

지미 맥켈이 침실 문 앞에 서 있었다. 한쪽 팔에는 정체를 알
수 없는 커다란 종이봉투가 들려 있었다.

"흠. 불멸의 맥켈이신가."

"당신도 무사했군요, 엘러리."

그들은 서로 마주 보며 웃었다. 지미는 엘러리가 가장 소중
히 여기는 스포츠 재킷을 입고 있었는데, 품이 많이 작은 듯했
다. 그는 엘러리의 새 넥타이까지 매고 있었다.

"제 건 전부 찢어져서 말이죠. 기분은 좀 어때요, 아가씨?"

"미국 재향군인회 대회에서 맞는 9월 아침 같아요. 두 분 다
옆방으로 가주시겠어요?"

거실에서 지미가 엘러리를 훑어보았다.

"피곤해서 금방이라도 돌아가실 것처럼 보이는데요, 아저씨.
페트루치 사건은 어때요?"

"아, 알고 있었군."

"오늘 아침 여기 라디오로 들었죠."

지미가 종이봉투를 내려놓았다.

"그 안엔 뭐가 들었나?"

"건빵이랑 페미컨요. 식품 저장실이 텅 비었던데요. 뭐 좀 먹었어요?"

"아니."

"우리도 못 먹었어요. 어이, 셀레스트! 꽃단장할 필요 없어. 우리 아침 식사 좀 만들어줘요!"

엘러리의 욕실에서 셀레스트의 웃음소리가 들려왔다.

"두 사람 꽤 즐거워 보이는군."

엘러리가 안락의자를 더듬으며 말했다.

"사람이 어떻게 깨달음을 얻게 되는지, 생각해보면 재미있어요."

지미도 웃었다.

"어젯밤의 난리법석에 휘말리다 보니 갑자기 모든 게 제자리를 잡게 되더라고요. 어리석음마저도요. 봐야 할 건 태평양에서 전부 다 봤다고 생각했는데, 실은 다 보지 못했던 거예요. 전쟁은 살인이에요. 그건 맞아요. 하지만 조직적인 살인이죠. 제복을 입고, 총을 들고, 거대한 명령을 받고, 누군가 내가 먹을 것을 만들어주고, 남을 죽이거나 죽음을 당하죠. 전부 엄격한 규칙에 따라서요. 하지만 어젯밤은…… 본능 그 자체였어요. 사람들은 모든 걸 벗어던지고 뼈만 남았죠. 부족사회는 붕괴되었어요. 동료 식인종들은 모두 나의 적이었고. 살아남으니 좋군요. 그게 전부예요."

"아, 셀레스트."

엘러리가 말했다.

그녀의 옷은 모두 젖어 있었다. 솔질을 하고 안쪽에 핀을 꽂아 모양을 잡아도 옷은 굳은 용암처럼 보였다. 그녀의 다리는 붉게 성이 나 있었지만, 스타킹은 신지 않고 손에 들고 있었다.

"여기에 나일론 스타킹이 있긴 않겠죠, 퀸 씨?"

"없어요. 아버지랑 함께 사니까."

엘러리가 진지하게 대답했다.

"아, 맙소사. 그렇지! 이 안에 든 걸로 뭘 좀 만들어드릴게요."

셀레스트는 종이봉투를 들고 부엌으로 갔다.

"멋지죠?"

지미는 흔들리는 부엌문을 바라보았다.

"보셨죠, 퀸 형제여. 저 여인은 자기 모습에 대해 양해를 구하지도 않아요. 정말이지 멋진 여자예요."

"두 사람은 어젯밤에 어떻게 함께 있을 수 있었지?"

엘러리가 눈을 감으며 물었다.

"우리도 있는데 잠들지 말아요, 엘러리."

지미는 테이블의 보조판을 펴기 시작했다.

"그게, 실은 같이 있지 않았어요."

"그래?"

엘러리가 눈을 떴다.

"셀레스트에게 다가갔다고 생각했는데 곧바로 놓쳤어요. 셀레스트는 거길 어떻게 빠져나왔는지 기억하지 못해요. 나도 마찬가지고요. 우리는 밤새 서로를 찾아다녔어요. 5시쯤 셀레스트를 찾았는데, 종합병원 계단에 앉아서 큰 소리로 울고 있더라고요."

엘러리는 눈을 감았다.

"베이컨은 어떻게 요리해드릴까요, 퀸 씨?"

셀레스트가 물었다.

"우리 얘기 듣고 있었어?"

지미가 외쳤다.

엘러리가 뭐라고 중얼거렸다.

"엘러리는 구불구불하고 촉촉하게 구워달래! ……어디까지 얘기했죠, 엘러리?"

"마지막에, '큰 소리로 울고 있었다'고 말했지."

"눈알이 튀어나올 정도로요. 정말 딱했어요. 아무튼, 우리는 밤새 문을 여는 음식점에서 커피를 마셨고, 그다음엔 당신을 찾으러 다녔어요. 못 찾겠더라고요. 우리는 당신이 무사히 빠져나가 집으로 갔을 거라고 생각했어요. 그래서 이곳으로 온 거죠. 집에 아무도 없길래 엘러리는 신경 쓰지 않을 거라고 셀레스트를 안심시키고, 화재 비상구로 기어 올라왔어요. 그런데 이 집은 창문 쪽 보안이 아주 허술하더군요."

"계속해."

지미가 입을 다물자 엘러리가 말했다.

"설명할 수 있을지 모르겠네요. 우리가 왜 여기 왔는지 말이에요. 셀레스트와 난 오늘 아침 날이 밝은 후 서로 스무 마디도 나누지 않은 것 같아요. 우리 둘 다 처음으로 당신의 입장을 깨달았던 것 같아요. 그래서 당신에게 우리가 한 쌍의 일급 얼간이들이고 뭘 어떻게 해야 하는지 잘 몰랐다고 말하고 싶었죠."

지미는 숟가락을 똑바로 놓았다.

"엄청난 사건이었어요."

지미는 한동안 숟가락을 바라보다가 말했다.

"여기저기서 또다시 전쟁이 일어난 겁니다. 다른 형태로. 개개인 따위는 상관없어요. 인간의 존엄성은 변기 물을 타고 흘러 내려가버렸죠. 존엄성을 지키려면 이 진창에서 팔꿈치를 짚고 일어서야 해요. 그걸 어젯밤까지 모르고 있었어요, 엘러리."

"나도 그래요."

셀레스트가 부엌문 앞에서 한 손에는 토스트를, 다른 손에는 버터 바르는 칼을 들고 서 있었다. 엘러리는 어젯밤 피고트와 존슨이 두 사람을 놓쳤던 거라고 생각했다. 분명 그랬을 것이다.

"당신 말이 옳았어요, 퀸 씨. 어젯밤 그걸 보고 나서 당신이 옳았다는 걸 알았어요."

"뭐가요, 셀레스트?"

"지미와 저를 의심한 것 말이에요. 지미와 저 또는 누구라도."

"어쩌면 우리가 당신에게 듣고 싶었던 말은 '돌아와, 다 용서해줄 테니'였던 것 같아요."

지미가 웃었다. 그러나 곧 그는 다시 그릇들을 가지런히 정돈하기 시작했다.

"그래서 여기서 날 기다렸단 말이로군."

"뉴스를 듣고 당신이 뭘 하고 있는지 알았어요. 그래서 셀레스트에게 당신 침대에 누우라고 했죠. 금방이라도 쓰러질 것처럼 지쳐 있었거든요. 저는 여기 소파에서 잤고요. 스텔라 페트루치와 다른 희생자들 사이에 상관관계는 있어요?"

"아니."

"그 네브래스카의 농부 출신 시인은요? 그 사람 이름이 뭐죠?"

"휘태커?"

엘러리는 어깨를 으쓱했다.

"카잘리스 박사가 그 사람한테 관심이 있는 것 같던데. 아마 집중적으로 조사하겠지."

"나는 빌어먹을 신문기자라고요."

지미는 탕 소리가 나게 숟가락을 내려놓았다.

"좋아요. 말하죠. 우리가 돌아오길 바라나요?"

"자네가 해줬으면 하는 일은 없어, 지미."

"저도요?"

셀레스트가 외쳤다.

"그래요, 당신도."

"우리가 돌아오길 바라지 않는군요."

"아니, 바라고 있어. 하지만 시킬 일이 없지."

엘러리는 일어서서 손을 뻗어 담배를 찾았다. 그러나 손은 금세 축 늘어졌다.

"어째야 좋을지 모르겠어. 이게 진실이야. 난 너무 혼란스러워."

지미와 셀레스트는 재빨리 시선을 교환했다. 그러다 지미가 말했다.

"게다가 완전히 지치기도 했죠. 지금 당신에게 필요한 건 얇은 청어 슬라이스와 잠의 신 모르페우스예요. 자, 셀레스트! 커피 좀!"

큰 목소리에 엘러리는 잠에서 깼다.

스탠드를 켰다.

8시 12분.

목소리는 무척 컸다. 엘러리는 침대에서 기어 나와 가운을 걸치고 슬리퍼를 신은 다음 서둘러 거실로 나갔다.

그 목소리는 라디오에서 흘러나오고 있었다. 아버지가 안락의자에 기대앉아 있었고, 지미와 셀레스트는 소파 위 신문 더미 안에 웅크리고 앉아 있었다.

"두 사람 아직도 안 갔어?"

지미가 툴툴거렸다. 그는 긴 턱을 가슴에 비비고 있었고 셀레스트는 맨 다리를 끌어안고 위로하듯 문지르고 있었다.

뼈만 남은 경감은 회색빛으로 풀이 죽어 있었다.

"아버지······."

"들어봐라."

"······오늘 밤 발표했습니다."

목소리가 말하고 있었다.

"캐널 스트리트의 BMT 지하철 노선에서 송전용 회로가 단락되면서 시민들이 공포에 떨고 마흔여섯 명이 다치는 사고가 발생했습니다. 중앙역과 펜실베이니아 역을 출발하는 열차는 한 시간 반에서 두 시간가량 지연 운행되고 있습니다. 시 외곽의 도로들에서는 그리니치와 화이트 플레인스까지 두 줄로 늘어선 차들이 오도 가도 못 하고 있습니다. 홀랜드 터널과 링컨 터널, 조지 워싱턴 다리로 접근하는 맨해튼 주변 지역의 교통도 정체 상황입니다. 낫소 카운티 당국은 롱아일랜드 도로의 교통 상황이 통제 불능이라고 발표했습니다. 뉴저지, 코네티컷과 뉴욕 북부 지역 경찰은……."

엘러리는 라디오를 껐다.

"이건 뭔가요? 전쟁이라도 났나요?"

그는 거칠게 물었다. 그의 시선이 창가로 향했다. 마치 불타 오르는 하늘을 기대하기라도 하는 것 같았다.

"뉴욕이 말레이 반도로 변한 겁니다."

지미가 웃으며 말했다.

"아모크* 말이에요. 이제 심리학 책을 다시 써야 할 겁니다."

지미가 일어서려 했지만 셀레스트가 그를 잡아당겼다.

"싸움인가요? 아니면 집단 공황인가?"

"어젯밤 메트로폴 홀 사건은 단지 시작에 불과했다, 엘러리."

경감은 무언가와 싸우고 있었다. 메스꺼움 혹은 분노와.

"핵심을 건드린 거야. 이제 연쇄반응이 시작됐어. 아니, 어쩌면 페트루치 살인 사건이 공포와 폭동을 가중시켜서 그런 것일지도……. 타이밍이 나빴어. 아무튼, 이제는 시 전역에 퍼졌다. 하루 종일 확산되고 있어."

"다들 달아나고 있어요. 모두들 달아나고 있어요."

셀레스트가 말했다.

"어디로?"

"아무도 모르는 것 같아요. 그냥 무작정 뛰고 있어요."

"흑사병이 다시 퍼지고 있는 거죠. 모르셨어요? 우리는 중세로 돌아갔어요. 뉴욕은 이제 서구의 전염병 소굴이 되었습니

---

* 말레이인에서 유래한 급성착란의 명칭. 급격하게 흥분해 폭행 살인 등을 범하게 되고, 뒤에는 피로와 기억상실을 남긴다.

다. 2주만 더 있으면 메이시 백화점 지하에서 하이에나를 사냥할 수도 있을 거예요."

지미 맥켈이 말했다.

"입 닥쳐, 맥켈."

의자 등받이에 머리를 기댄 경감이 고개를 저었다.

"도처에 무질서다, 엘러리. 그것도 아주 심각해. 약탈에, 총기 강도에……. 5번 애비뉴, 86번가 인근 렉싱턴 지역, 125번가, 어퍼 브로드웨이, 메이든 레인 주위 도심 지역이 특히 심해. 그리고 교통사고도 빈번해. 수백 건은 일어나고 있어. 이런 일은 본 적이 없다. 적어도 뉴욕에서는."

엘러리는 창문으로 다가갔다. 거리는 텅 비어 있었다. 소방차가 어디선가 비명을 질렀다. 남서쪽 하늘이 붉게 물들고 있었다.

"들리는 말로는……."

셀레스트가 입을 열었다.

"누구에게 무슨 말을 들어?"

지미는 다시 웃었다.

"바로 그게 문제지. 친구들. 그래서 나는 내가 조직적인 여론 순환 시스템 가운데 한 가닥 모세혈관이 된 것이 무척이나 자랑스럽습니다. 이번엔 우리가 정말로 잘해냈어요. 안 그런가요, 동무들."

그는 축 늘어진 신문을 걷어찼다.

"책임감 있는 언론! 그리고 축복받은 라디오는……."

"지미."

셀레스트가 말했다.

"뭐, 늙은 립 밴 윙클 할아버지도 뉴스는 들어야 하잖아. 안 그래? 그 할아버지는 인류 역사가 진행되는 내내 잠들어 있었답니다, 필립스 양. 그건 아셨어요, 경감님? 시 전역이 격리되고 있다는 거요. 사실이 그렇죠. 아니, 과연 사실일까요? 모든 학교가 무기한 휴교령을 내렸다는 건요? 애들 입장에선 오 해피데이인가요? 니커보커 신부님의 아이들이 메트로폴리탄 외곽 지역의 캠프로 소개된 건 알고 계시나요? 라과디아, 뉴어크, 아이들와일드* 공항에서 이착륙이 전면 금지된 것도? 고양이가 생치즈**로 만들어졌다는 것도요?"

엘러리는 아무 말이 없었다.

"소문에 따르면 시장도 고양이에게 공격을 받았고, FBI는 경찰 수사본부의 권한을 넘겨받았다고도 해요. 증권거래소는 내일 문을 열지 않을 거라고 하고요. 아, 이건 사실이네요. 내일은 토요일이니까."

지미는 이야기를 계속했다.

"엘러리, 오늘 오후에 경찰 본부에 갔었어요. 거긴 완전 정신병원이에요. 모두들 작은 비버처럼 이 소문은 부정하고 저 소문은 믿고, 아주 정신이 없던걸요. 돌아오는 길에는 부모님이 평정을 유지하고 있는지 살펴보려고 집에 들렀는데, 어땠는지 알아요? 파크 애비뉴의 수위가 히스테리 발작을 일으키더라고요. 오 형제여, 이건 세상의 종말이에요."

그는 손등으로 코를 문지르며 눈을 부라렸다.

"이 정도면 난 인류의 일원으로 부여받은 자격을 반납하고

* 케네디 공항의 옛 이름.
** '터무니없는 말'이라는 의미도 있다.

싶어요. 자, 모두 마시고 취합시다."

"고양이는요?"

엘러리가 아버지에게 물었다.

"새로운 소식은 없어."

"휘태커는?"

"카잘리스 박사와 의사들이 하루 종일 그 사람을 붙들고 있다. 내가 알기로는 지금까지도 붙들고 있어. 하지만 특별한 건 없었다. 웨스트 4번가의 싸구려 숙소에서도 아무것도 찾아내지 못했고."

"이걸 혼자 다 마셔야 합니까? 셀레스트, 당신 건 없어"

지미가 스카치위스키를 따르며 말했다.

"경감님, 이제 어떻게 되는 거죠?"

셀레스트가 물었다.

"나도 모르겠소. 그리고 말이지, 필립스 양. 이젠 나도 상관하지 않아요. 엘러리, 만일 본부에서 전화가 오면 나는 자러 들어갔다고 전해라."

경감은 발을 끌며 나갔다.

"고양이를 위해. 그의 내장이 다 시들어버리기를."

지미는 술잔을 쳐들며 말했다.

"술을 마실 생각이라면, 지미, 난 집에 갈래. 아니, 아무튼 집에 가겠어요."

셀레스트가 말했다.

"좋아. 그럼 우리 집으로 갑시다."

"당신 집?"

"그런 빈민가의 허름한 집에서 혼자 있으면 안 돼. 그리고 이제는 아버지를 만나서 끝장을 보는 것도 좋겠지. 물론 어머니는 좋아하실 거야."

"친절한 말이네, 지미. 하지만 그건 불가능해."

셀레스트의 얼굴이 분홍빛으로 물들었다.

"퀸의 침대에서는 잘 수 있지만 내 침대에서는 잘 수 없단 말인가! 이게 뭐야 도대체!"

그녀는 웃고 있었지만 눈은 화가 나 있었다.

"지난 스물네 시간은 내 인생에서 가장 무시무시하고 가장 놀라운 시간이었어. 그걸 망치지 말아줘."

"망친다고! 이 프롤레타리아적 속물!"

"당신 부모님 앞에 꿈도 희망도 없는 거리의 부랑아 같은 모습으로 나타날 순 없어."

"당신은 속물이야."

"지미."

벽난로를 바라보던 엘러리가 고개를 돌리고 말했다.

"지금 고양이 때문에 걱정하는 건가?"

"항상 그렇죠. 하지만 이번엔 여기 이 토끼도 걱정하고 있어요. 좀 사나운 종이라서."

"아무튼 고양이 걱정은 안 해도 돼. 셀레스트는 안전해."

셀레스트는 어리둥절한 얼굴이었다.

지미가 말했다.

"설마 그럴 리가요."

"그 문제에 있어서는 자네도 마찬가지야."

엘러리는 피해자의 나이가 줄어드는 패턴에 대해 설명했다. 설명을 마친 후 그는 파이프를 채우고 불을 붙이며 두 사람을 관찰했다. 두 사람은 엘러리가 작은 기적이라도 행하고 있는 것처럼 그를 바라보고 있었다.

"아무도 그걸 몰랐네. 아무도."

지미가 중얼거렸다.

"그런데 그게 무슨 의미일까요?"

셀레스트가 외쳤다.

"그건 나도 몰라요. 하지만 어쨌든 스텔라 페트루치는 스물두 살이었지. 당신과 지미는 그보다 나이가 많고. 당신들 연령대는 지나갔어요."

두 사람의 감정은 단순한 안도감이라고, 그는 생각했다. 그리고 왜 그는 그걸 보며 실망하는 걸까 속으로 궁금해했다.

"그거 기사로 내도 됩니까, 엘러리?"

지미의 얼굴이 어두워졌다.

"아, 잊었군요. 노블레스 오블리주. 귀족의 의무를 지켜야 하니까."

"저, 제 생각에는…… 사람들도 이 얘기를 알아야 해요, 퀸 씨. 특히 사람들이 지금처럼 겁에 질려 있을 때는요."

셀레스트가 도전적으로 말했다.

엘러리가 셀레스트를 바라보았다.

"잠깐 기다려요."

그는 서재로 들어갔다.

그러더니 다시 돌아와 말했다.

"시장님도 같은 생각이에요, 셀레스트. 상황이 너무 나빠서……. 오늘 밤 10시에 기자회견을 잡아놨어요. 10시 30분에 시장과 함께 방송에 나갈 겁니다. 시청사에서. 지미, 날 배신하지 마."

"고마워요, 친구. 그 나이가 감소하는 문제 말이죠?"

"그래. 셀레스트 말대로 어느 정도는 공포를 잠재워야 하니까."

"별로 희망적으로 들리지는 않는데요."

"더 무서울 수도 있는 문제야. 자신이 위험한가 아니면 아이들이 위험한가의 문제지."

"무슨 말인지 알겠어요. 곧 돌아올게요, 엘러리. 자, 셀레스트, 나가지."

지미는 셀레스트의 팔을 잡았다.

"그냥 택시만 잡아줘."

"또 고집 부리는 거야?"

"102번가도 파크 애비뉴만큼이나 안전해."

"그럼 타협을 하는 게 어때…… 어디 호텔 같은 곳으로?"

"지미, 지금 퀸 씨를 성가시게 하고 있잖아."

"저 좀 기다려주세요, 엘러리. 경찰서에 같이 갈 테니까요."

두 사람은 나갔다. 지미는 여전히 언성을 높이고 있었다.

엘러리는 두 사람이 나간 뒤 조심스럽게 문을 닫았다. 그러고 나서 라디오를 켜고 의자 끄트머리에 청중처럼 앉았다.

그러나 뉴스 진행자의 요란한 첫마디에 그는 벌떡 일어나 라디오를 끄고 방으로 갔다.

나중에 알게 된 일이지만, 모든 것이 뒤죽박죽이던 9월 23일 금요일 밤, 시장 직속 특별 수사관의 기자회견과 라디오 방송이 나간 후 몇 시간 만에 시민들의 탈출 행렬에는 브레이크가 걸리고 집단 공황 사태는 완전히 중단되었다. 그날 밤의 위기는 성공적으로 넘겼고 그 후 다시 절정까지 치닫는 일은 없었다. 그러나 그동안 복잡한 군중심리를 예의 주시하던 소수의 전문가들도 이 같은 상황이 그다지 나을 것 없는 무언가가 공황 상태를 대체한 것뿐이라는 사실은 깨닫지 못했다.

다음 날부터 도시로 돌아온 시민들은 더 이상 고양이 사건에 관심이 없는 듯했다. 지난 4개월간 시청, 경찰 본부, 시 전역의 관공서에 물밀듯이 찾아오던 사람들과 폭주하던 전화는 썰물처럼 사그라졌다. 유권자들에게 연속 포격을 당하던 공무원들은 자신들도 모르는 새 포위망이 풀린 것을 깨달았다. 지역 시의원들도 처음으로 지역 내 클럽하우스가 빈 것을 보고 안도감을 느꼈다. 신문의 독자 투고란을 통해 고함을 질러대던 여론도 이제는 작은 속삭임으로 가라앉아 있었다.

이보다 더 주목할 만한 현상도 관찰되었다.

9월 25일 일요일, 시내 모든 교파의 교회에서 예배에 참석한 신도 수가 확연히 줄어 있었다. 신도들의 타락에 대해 성직자들은 개탄했지만, 일반 평론가들은 '최근의 사건'을 감안하면 이 정도는 용납할 수 있는 수준의 악이라고 옹호해주었다. (이미 공황 사태에 대한 기억은 뉴욕 역사의 각주 한 줄 정도로 중요도가 낮아져 있었다. 그 정도로 극적인 변화였다.) 평론가들은 또 지난여름 동안 특이할 정도로 교회 출석률이 높았는데, 이는 고양이로 인한 공포를 다스리고 영적인 위안을 얻기 위한 탈출구 같은 것이었다고 지적했다. 사람들의 갑작스러운 변절은 단지 공황 상태가 끝났다는 것을 의미하며, 주기적으로 운동하는 진자가 한쪽 끝에서 다른 쪽 끝으로 이동한 것에 불과하므로 조만간 신도들의 예배 출석률은 다시 정상적인 리듬으로 돌아올 것이라고 해석했다.

각 분야의 책임자들은 모든 것이 정상으로 돌아온 데 대해 서로 축하를 건넸고 도시 전체에도 축하의 메시지를 전했다. 물론 긴장을 늦춰서는 안 되고 특히 젊은이들이 받게 될 위협에 대비하기 위해 특별 대책이 논의되었지만, 모두들, 적어도 공공기관 쪽에서는 최악의 상황은 지나갔다고 느끼는 것 같았다.

고양이가 잡히기라도 한 것 같았다.

그러나 이런 안도감에 눈이 멀지 않은 이들에게는 반대의 징후도 보였다.

9월 24일 토요일부터 일주일간,《버라이어티》지와 브로드웨이의 칼럼니스트들은 나이트클럽 손님과 극장 관객들이 눈에 띄게 증가했음을 지적했다. 이러한 증가는 계절 변화만으로는 설명할 수 없었다. 너무나도 갑작스러웠기 때문이다. 여름 내내 만원인 적이 없던 극장은 즐거운 비명을 지르며 해고했던 좌석 안내원들을 다시 고용했고, '입석만 가능'이라는 표지판을 내걸었다. 경제적으로 큰 타격을 입었던 클럽 업주들도 놀라움에 찬 눈으로 북적이는 댄스플로어를 바라보았고, 유명한 클럽은 몰려드는 손님들을 돌려보낼 정도로 오만한 태도를 되찾았다. 브로드웨이의 술집과 식당들에서는 활기가 넘쳤다. 꽃집, 사탕 가게, 담배 가게도 사람들로 북적였다. 주류 판매점의 매상은 세 배로 올랐다. 암표상, 호객꾼, 바람잡이들도 다시 미소를 짓기 시작했다. 마권업자들은 물밀듯 밀려드는 내기에 눈을 비볐다. 스포츠 경기장과 스타디움은 수입과 관중 수에서 연이어 신기록을 갱신하고 있었다. 당구장과 볼링장도 추가로 직원을 고용했다. 브로드웨이, 42번가, 6번 애비뉴의 사격장에도 손님이 넘쳐났다.

쇼 비즈니스와 관련 사업들은 하룻밤 사이에 호황기로 넘어간 듯했다. 타임스 스퀘어는 해 질 녘부터 새벽 3시까지 북적거리는 통에 지나다닐 수가 없을 정도였다. 택시 기사들은 "다시 전쟁이 시작된 것 같다"고 입을 모았다.

이런 현상은 맨해튼 중심지에만 국한된 것이 아니었다. 브루클린, 브롱크스의 포드햄 로드 같은 주요 도심 지역의 유흥 구역과 다섯 개 구 지역에서도 상황은 마찬가지였다.

같은 주에, 광고 회사 간부들은 라디오 청취율 중간보고를 받고 당혹감을 감추지 못했다. 주요 라디오 프로그램들은 가을과 겨울 시즌을 맞아 새로운 에피소드들을 내보내고 이에 따라 청취율도 뚜렷하게 증가하는데, 어찌 된 일인지 뉴욕 중심지의 청취율은 떨어져 있었다. 어느 방송사라 할 것 없이 전부 다 같은 상황이었다. 영세 지역 방송국은 청취율 조사 기관인 펄스 사와 BMB 사에 조사를 의뢰하여 긴급 특별 보고서를 작성했는데, 프로그램에 대한 반응과 청취자 수 모두 최저치를 경신한 것으로 나타났다. 가장 놀라운 데이터는 청취율이었다. 청취율은 유례를 찾아보기 힘들 정도로 낮은 수치였다.

텔레비전의 시청률 조사에서도 마찬가지 결과가 나타났다.

뉴욕 시민들은 라디오도 듣지 않고 텔레비전도 보지 않았던 것이다.

광고 회사 간부들과 방송사의 부사장들은 마조히즘의 성향이 있는 고객들에게 이러한 현상을 설명하기 위해 고심했다. 그러나 그들 중 누구도 사태의 원인을 제대로 파악하지 못하는 것 같았다. 실상은 단순했다. 집에 있는 라디오와 텔레비전 세트의 전원을 켤 사람들이 없었던 것이다. 사람들은 집에 머물러 있지 않았고, 혹 집에 있더라도 뭔가를 듣거나 보기에는 정신적으로 공허한 상태였다.

경찰은 갑자기 늘어난 주취자와 무질서 행위에 난감해했다. 도박장의 정기 단속에서는 엄청난 액수의 판돈을 수거했고, 평소 같으면 허튼 돈을 낭비하지 않을 선량한 시민들까지 여럿 잡았다. 마리화나와 마약 사건도 당혹스러울 정도로 늘었다. 풍기 문란 단속반은 매춘 행위의 급작스러운 확산과 증가 추세를 막기 위해 일제 단속에 나섰다. 노상강도, 차량 도난, 강도, 일반 폭행, 성범죄 등도 급증했다. 비행 청소년의 범죄 증가는 특히 놀라웠다.

그리고 유독 흥미를 끌었던 것은 시 전역에서 목이 졸려 죽은 길고양이 사체가 다시 등장한 것이었다.

뉴욕 시민들이 고양이 사건에 대해 관심을 갖지 않게 된 것이 얼핏 보기엔 바람직해 보였지만 깊이 생각해보면 실상은 전혀 그렇지 않았다. 공포는 죽지 않았고, 도시에는 여전히 폭동의 기운이 도사리고 있었다. 군중들은 심리적으로 공황 상태에 있었지만, 그것이 새로운 형태를 띠고 다른 방향을 향하게 된 것이었다. 사람들은 이제 물리적 차원이 아닌 심리적 차원에서 현실을 도피하고 있었다. 그들은 여전히 달아나고 있었다.

10월 2일 일요일, 수많은 성직자들이 그날의 설교 주제로 〈창세기〉 19장 24절에서 25절을 선택한 것은 놀랄 일이 아니었다. 그 무렵의 뉴욕을 소돔과 고모라에 빗대는 것은 대단히 자연스러웠으며, 그대로 지속되면 유황불이 쏟아져 내리는 것

도 시간문제였다. 도덕은 무너져 내려 도가니 안에서 전부 녹
아버렸고, 거품을 일으키며 끓으려 하고 있었다. 그러나 문제
는 설교를 듣고 깨우쳐야 할 사람들이 교회 밖에서 자신의 사
악함을 경건하지 못한 방법으로 속죄하고 있다는 것이었다.

아이러니하게도 고양이의 아홉 번째 목숨*이 결정타가 되었다.
　이 아홉 번째 살인으로 첫 득점을 얻을 수 있었기 때문이다.
　시체는 9월 29일에서 30일로 넘어가는 새벽, 1시가 조금 지
난 시각에 발견되었다. 고양이 폭동이 일어난 지 정확히 일주
일 후였고, 위치는 스텔라 페트루치가 죽은 현장에서 3킬로미
터 정도 떨어진 곳이었다. 시체는 77번가와 센트럴파크 웨스트
에 있는 미국 자연사 박물관의 계단 위 짙은 그림자 안에 사지
를 늘어뜨리고 누워 있었다. 관찰력이 뛰어난 순찰 경관이 순
찰을 돌던 중 시체를 발견했다.
　사인은 교살이었다. 터서 실크 끈을 사용했고, 아치볼드 더
들리 애버네시와 라이언 오라일리의 사건에서처럼 파란색으로
염색된 것이었다.
　지갑에는 손댄 흔적이 없었다. 지갑 속에 있던 운전면허증으
로 시체의 신원을 확인했는데, 이름은 도널드 캐츠였다. 스물
한 살이었고, 웨스트 81번가에서 살고 있었다. 주소를 확인한
결과 센트럴파크 웨스트와 컬럼버스 애비뉴 사이의 아파트였
다. 아버지는 치과의사였고, 셔먼 스퀘어 근처 암스테르담 애
비뉴와 웨스트 71번가에서 병원을 운영하고 있었다. 가족은 유
대교 신자였다. 누나가 하나 있었는데, 결혼해서 브롱크스에서

* 고양이는 아홉 개의 목숨을 가지고 있다고 알려져 있다.

살고 있었다. 도널드는 대학의 공개강좌로 라디오와 텔레비전 엔지니어링을 공부하고 있었다. 그는 영민한 돈키호테 같은 소년으로 금방 열의를 보였다가 금방 싫증을 내는 스타일이었다. 아는 사람은 많았지만 친구는 거의 없었다.

아버지인 모빈 캐츠가 공식적으로 신원을 확인했다.

경찰은 모빈 캐츠 박사를 통해 그날 저녁 도널드가 여자와 외출했다는 사실을 알게 되었다. 여자 친구는 열아홉 살의 네이딘 커틀러였고, 브루클린의 버로우파크에 살고 있었다. 그녀는 뉴욕 아트 스튜던트 리그의 학생이었다. 브루클린의 형사들이 그날 밤 그녀를 찾아 맨해튼으로 동행해 조사를 했다.

그녀는 시체를 보고 기절했다. 정신을 차리고 제대로 진술할 수 있게 되기까지는 시간이 좀 걸렸다.

네이딘 커틀러는 도널드 캐츠를 알고 지낸 지 2년 정도 되었다고 했다.

"팔레스타인 집회에서 처음 만났어요."

두 사람은 작년에 '암묵적 합의'를 했고, 이후 일주일에 서너 번 정도 만났다.

"우리는 공통점이 거의 없었어요. 도널드는 과학과 기술에 관심이 많았고 저는 예술에 관심이 있었어요. 그는 정치적으로는 미성숙했고, 심지어는 전쟁을 통해서도 깨달은 게 아무것도 없었어요. 팔레스타인 사태에 대해서도 의견이 달랐어요. 저도 왜 우리가 사랑에 빠졌는지 모르겠어요."

그 전날 밤, 커틀러 양의 진술에 따르면 도널드 캐츠는 아트 스튜던트 리그에서 강의를 듣고 나온 그녀를 만나 57번가에서부터 7번 애비뉴의 럼퐁 식당까지 함께 걸어갔고, 그곳에서 차

우멘으로 저녁 식사를 했다.

"그리고 계산 문제로 싸웠죠. 도널드는 돈 계산은 남자들이 해야 할 일이라는 미숙한 생각을 가지고 있었어요. 여자는 집에서 아이를 키우고 남편이 힘든 하루를 보내고 집에 오면 편안하게 맞이해야 하고, 뭐 그런 식으로요. 도널드에게 이번엔 내가 돈을 낼 차례라고 말했고 그는 무척 화를 냈어요. 결국 사람들 앞에서 소란을 일으키기 싫어서 그이더러 돈을 내라고 했죠."

그 후 두 사람은 52번가의 21 클럽과 레옹 앤드 에디 건너편에 있는 '야르'라는 작은 러시아 나이트클럽에서 춤을 추었다.

"우리는 거길 무척 좋아해서 자주 갔어요. 그곳 사람들도 우리를 잘 알고요. 그곳의 마리아, 로냐, 티나 같은 사람들하고 친하게 지내요. 하지만 어젯밤에는 사람이 너무 많아서 잠깐 있다 나왔어요. 도널드는 보드카를 넉 잔 마셨고 자쿠스키*에는 손도 대지 않았어요. 그래서 밖에 나와 찬 공기를 맞으니 그가 조금 어지러워하더라고요. 그는 다른 클럽에 가자고 했지만 저는 그럴 기분이 아니라고 했고, 그 대신 5번 애비뉴를 따라 북쪽으로 다시 걸어왔어요. 5번 애비뉴와 59번가에 도착했는데 도널드가 공원으로 들어가자는 거예요. 그이는 기분이 아주…… 유쾌했어요. 술기운이 아직 가시지 않았거든요. 하지만 그 안은 너무 어두웠고, 고양이가……."

이 대목에서 네이딘은 울음을 터뜨렸다.

다시 말을 할 수 있게 되자, 그녀가 말했다.

"저는 너무 긴장됐었어요. 왜인지는 모르겠어요. 고양이 살

---

* 러시아의 전채 요리.

인 사건에 대해서는 둘이 자주 얘기했는데, 둘 다 특별히 위험하다고는 느끼지 않았거든요. 그건 확실해요. 우린 그냥 그걸 심각하게 받아들이지 못했던 것 같아요. 제 말은, 진짜 심각하게 말이에요. 도널드는 항상 고양이가 반유대주의자인 것 같다고 말했어요. 유대인 주민 비율이 가장 높은 도시에서 유대인을 한 명도 죽이지 않은 걸 보면 그렇다는 거예요. 그러고는 또 웃으면서 아니라고, 바로 그 사실 때문에 고양이가 유대인일 거라고 했죠. 그건 우리 사이의 농담 같은 거였는데 저는 전혀 재미있다고 생각하지 않았어요. 하지만 도널드한테는 화를 낼 수가 없어요. 정말로요. 그는……."

형사가 원래 하던 얘기를 다시 하라고 지시했다.

"그래서 공원에는 들어가지 않았어요. 시내를 가로질러 센트럴파크 사우스로 갔죠. 건물들이 있는 큰길을 따라서요. 도중에 도널드가 약간 술이 깬 것 같았어요. 우리는 지난주에 있었던 스텔라 페트루치 살인 사건이랑 고양이 폭동이랑 도시의 폭도들에 대해 얘기를 나눴고, 항상 위기가 닥치면 나이 많은 사람들이 이성을 잃고 정작 잃을 게 많은 젊은 사람들은 정신을 똑바로 차리는 게 우습다는 얘기를 했어요……. 그러다가 컬럼버스 서클까지 와서 또 싸웠죠."

도널드는 그녀를 집에 데려다주고 싶어 했다.

"주중에 데이트를 할 때는 저 혼자 브루클린으로 돌아가겠다고 몇 달 동안이나 단단히 약속을 했었는데도 말이에요. 저는 정말로 그이에게 화가 났어요. 도널드의 어머니는 그이가 늦게 들어오는 걸 싫어하세요. 사실 절 바래다주지 않겠다는 그 약속 때문에 평일에 그이를 그렇게 자주 만날 수 있었던 거였어요. 그때 왜 그냥 절 바래다주게 놔두지 않았을까요? 왜 그냥 두지 않았을까요?"

네이딘 커틀러는 다시 울음을 터뜨렸고 캐츠 박사가 그녀를 진정시켰다. 박사는 네이딘에게 그녀가 비난받을 일은 아무것도 하지 않았으며, 고양이의 희생자가 되는 것은 도널드의 운명이었고 그 무엇도 결과를 바꿀 수는 없었을 거라고 말했다. 소녀는 캐츠 박사의 손을 꼭 잡았다.

그녀의 진술에서는 더 이상 건질 것이 없었다. 그녀는 도널드가 브루클린까지 바래다주겠다는 것을 거절했고 도널드에게 택시를 타고 곧장 집으로 가라고 명령하다시피 말했다.

"얼굴이 안 좋아 보였거든요. 게다가 그런 상태로 그이 혼자 길거리를 돌아다니는 게 싫었어요. 그래서 그이가 더 화를 냈죠. 심지어는…… 저에게 키스도 하지 않았어요. 지하철역 계단을 내려가면서 본 그의 모습이 마지막이 되었네요. 그는 거리에 서서 누군가와 얘기를 하고 있었어요. 아마 택시 기사였을 거예요. 그때가 대략 10시 반 정도였어요."

택시 기사는 금방 찾아낼 수 있었다. 그는 말다툼을 하던 젊은 연인을 기억했다.

"여자애가 계단으로 쌩 내려가기에 제가 남자애에게 문을 열고 말했죠. '다음엔 잘될 거야, 카사노바. 얼른 타요. 내가 집까지 데려다줄 테니.' 하지만 남자애는 잔뜩 화가 나 있었어요. '택시 몰고 썩 꺼져버려요. 난 걸어갈 거니까.' 그렇게 말하더군요. 그러더니 컬럼버스 서클을 건너 센트럴파크 웨스트로 갔죠. 북쪽으로요. 걷는데 꽤 휘청대더라고요."

도널드 캐츠가 집까지 걸어가겠다는 결심을 관철시키려 했다는 것은 분명해 보였다. 그는 컬럼버스 서클부터 북쪽으로 센트럴파크 웨스트의 서쪽 길을 따라 거의 1.6킬로미터를 걸어 77번가까지 갔다. 그의 집에서 네 블록밖에 떨어지지 않은 곳이었다. 그동안 내내 고양이가 그의 뒤를 쫓아온 것이 확실해 보였고, 어쩌면 밤새 두 연인을 뒤쫓았을 수도 있었다. 그러나 럼퐁 식당과 야르 클럽을 조사한 결과 아무것도 나오지 않았고 택시 기사는 도널드 캐츠가 떠난 후 수상한 행동을 하는 사람을 보지 못했다고 했다. 고양이는 때를 기다렸고, 덮칠 기회를 노렸다. 기회는 77번가에서 찾아왔다. 박물관 계단 위, 도널드가 발견된 곳에 토사물의 흔적이 있었다. 그중 일부는 도널드의 외투에도 묻어 있었다. 박물관 앞에서 술 때문에 속이 메스꺼워진 도널드는 구토를 하고 어두운 계단에 주저앉았을 것이다.

그리고 고양이는 옆쪽에서 그에게 다가가 구역질을 하는 그의 뒤로 돌아갔다.

그는 격렬히 반항했다.

사망 시각은 11시에서 자정 사이라고 검시관이 말했다.

누구도 비명 소리나 목 졸린 외침은 듣지 못했다.

시체, 옷, 목을 조른 끈을 정밀 조사했지만, 현장이나 어디에서도 중요한 것은 나오지 않았다.

"늘 그렇듯, 고양이는 아무 단서도 남기지 않았어."

이른 아침의 햇살 속에서 퀸 경감이 말했다.

그러나 단서가 있었다.

그 운명적인 사실이 희미하게 수면 위로 떠오른 것은 30일 아침, 웨스트 81번가 캐츠 가족의 아파트에서였다.

　형사들은 가족에게 질문을 던지며 도널드 캐츠와 앞선 여덟 건의 살인 사건에서 희생된 사람들과의 연관성을 찾는 낯익은 모습을 연출하고 있었다.

　그 자리에는 도널드의 어머니와 아버지, 누나인 진 이머슨 부인, 그리고 누나의 남편인 필버트 이머슨이 있었다. 캐츠 부인은 호리호리한 체형에 갈색 눈을 갖고 있었고, 다소 강한 기질을 지닌 여자였다. 화장은 눈물로 얼룩져 있었다. 이머슨 부인은 통통한 젊은 여인이었는데, 어머니의 패기는 물려받지 못한 것 같았다. 그녀는 조사 내내 흐느껴 울었다. 엘러리는 이머슨 부인의 이야기를 들으며 그녀가 남동생과 그다지 사이가 좋지 않았음을 눈치챘다. 캐츠 박사는 3주 반 전에 센트럴파크 건너편 아파트의 재커리 리처드슨이 그랬던 것처럼 구석에 혼자 앉아 있었다. 도널드의 매형은 머리가 벗어지고 붉은색 콧수염이 난 젊은 남자였고, 날렵한 회색 정장을 입고 있었다. 그는 사람들의 시선을 피하려는 듯 외떨어진 곳에 우두커니 서 있었다. 갓 면도를 했는지 통통한 볼에 탤컴파우더가 묻어 있었고, 그 위로 땀이 배어 올라왔다.

　엘러리는 기계적인 질문과 과잉 감정이 실린 대답에는 별로 집중하지 않았다. 요즘 그는 기분이 가라앉아 있었고 그날 밤은 특히 더 지쳐 있었다. 여기에서도 이전과 마찬가지로 아무것도 나오지 않을 거라고 그는 생각했다. 패턴에는 약간의 변화가 있었다. 기독교도가 아닌 유대교 신자, 이전 사건의 간격인 17일, 11일, 6일이 아닌 7일……. 그러나 전반적인 특징은 같았다. 목을 조른 끈은 터서 실크였고, 남자는 파란색, 여자는 연분홍색. 희생자는 미혼(라이언 오라일리의 경우는 여전히 난

감한 예외였다). 희생자의 이름은 전화번호부에 기재되어 있었다. 그 사실은 제일 먼저 확인했다. 그리고 아홉 번째 희생자는 여덟 번째 희생자보다 어리고, 여덟 번째는 일곱 번째보다 어리고…….

"……아뇨. 그 아이는 그런 사람은 전혀 몰랐습니다."

정신과 의사들을 끈질기게 실망시켰던 하워드 휘태커에 관해 퀸 경감이 집요하게 묻자 캐츠 부인이 대답하고 있었다.

"하지만, 혹시 도널드가 그 휘태커라는 사람을 훈련소에서 만났을지도 모르겠네요."

"전쟁 중에 말입니까?"

경감이 물었다.

"네."

"아드님이 전쟁 때 입대를 했다고요, 캐츠 부인? 너무 어리지 않았습니까?"

"아뇨. 도널드는 열여덟 살 생일에 입대했어요. 전쟁이 그때까지도 계속되고 있었으니까요."

경감은 놀란 얼굴이었다.

"제가 알기로 독일은 1945년 5월에 항복했습니다. 일본은 8월인가 9월이었고요. 1945년에 도널드는 열일곱 살 아니었습니까?"

"제 아들 나이는 제가 잘 알지 않겠어요!"

"필, 운전면허증 때문일 거야."

구석에 있던 캐츠 박사가 아내에게 말했다.

퀸 부자는 둘 다 조금 앞으로 몸을 내밀었다.

"캐츠 씨, 저희는 아드님의 운전면허증으로 아드님의 생일이

1928년 3월 10일인 것을 확인했습니다."

"그건 실수입니다, 퀸 경감님. 아들이 면허증 신청서에 생년월일을 적으면서 실수를 했는데 굳이 정정하지 않았던 겁니다."

"그럼 그 말은······."

엘러리는 문득 자신이 목청을 가다듬고 있는 것을 깨달았다.

"그 말은 도널드가 스물한 살이 아니란 말입니까, 캐츠 씨?"

"도널드는 스물두 살이에요. 그 애는 1927년 3월 10일에 태어났습니다."

"스물둘."

엘러리가 말했다.

"스물둘?"

경감의 목소리도 쉬어 있었다.

"엘러리. 스텔라 페트루치는······."

에버네시, 44세. 바이올렛 스미스, 42세. 라이언 오라일리, 40세. 모니카 맥켈, 37세. 시몬 필립스, 35세. 비어트리스 윌리킨스, 32세. 리노어 리처드슨, 25세. 스텔라 페트루치, 22세. 도널드 캐츠······ 22세.

처음으로 나이 감소 수열이 깨졌다.

아니, 정말 깨진 걸까?

복도에서 엘러리는 몹시 흥분한 채 말했다.

"그래요. 지금까지는 나이가 연 단위로 감소했습니다. 하지만 만일······."

"그러니까 도널드 캐츠가 여전히 스텔라 페트루치보다 어릴 수 있다는 거지?"

아버지가 중얼거렸다.

"개월 수로 따지면요. 예를 들어 페트루치가 1927년 1월에 태어났다고 해보죠. 그러면 도널드 캐츠는 두 달 어린 것이 됩니다."

"만일 스텔라 페트루치가 1927년 5월생이라면. 그럼 도널드 캐츠보다 두 달 늦게 태어난 거지."

"그건 생각하고 싶지 않아요. 그건……. 페트루치의 생일이 며칠이죠?"

"모른다."

"보고서에서 그녀의 정확한 생일을 본 기억이 없어요."

"잠깐 기다려라!"

경감이 달려 나갔다.

엘러리는 담배를 조각조각 뜯고 있었다. 이건 도저히 말도 안 된다. 여기엔 엄청난 의미가 있다. 그는 그걸 알았다.

비밀이 여기에 숨어 있다.

하지만 무슨 비밀이?

기다리면서 엘러리는 애써 흥분을 억눌렀다. 어디선가 경감의 굵은 목소리가 들려왔다. 알렉산더 그레이엄 벨의 유령에게 신의 축복이 있기를. 무슨 비밀일까?

도널드 캐츠가 스텔라 페트루치보다 일찍 태어났다고 가정하면. 단 하루라도 일찍 태어났다면. 가정해보자. 그게 무슨 의미일까? 무슨 의미일까?

"엘러리."

"네!"

"1927년 3월 10일이다."

"네?"

"페트루치 신부 말이 스텔라는 1927년 3월 10일에 태어났다
는구나."

"같은 날이라고요?"

두 사람은 서로를 쳐다보았다.

후에 두 사람은 그들의 작업이 반사작용이었다고 회고했다. 어
떤 성과를 얻게 될지는 전혀 알 수 없었다. 그들의 조사는 일종
의 조건반사였으며, 새로운 사실에 탐정의 본능이 자극을 받으
면서 반사적으로 몸이 움직인 것이었다. '생일이 같다'는 사실
에 매달려봤자 헛수고가 되리라는 것은 고통스러울 만큼 분명
했다. 퀸 부자는 사실을 설명하기 위해 아무리 그럴싸하다 하더
라도 섣불리 가설을 세우려 들지 않고 기본으로 돌아갔다. 사실
이 지니는 의미는 신경 쓰지 말자. 일단, 그 사실은 맞는 걸까?

"지금 당장 확인해보죠."

엘러리가 아버지에게 말했다. 경감은 고개를 끄덕였고, 두
사람은 거리로 나가 경감의 차에 올라탔다. 벨리 경사가 운전
대를 잡고 보건부 자료 통계실 맨해튼 지부로 향했다.

시내로 가는 차 안에서는 아무도 입을 열지 않았다.

엘러리는 머리가 아팠다. 수천 개의 기어가 간신히 들어맞으
려는 것 같은데 잘 되지 않았다. 화가 날 지경이었다. 이 모든
게 사실은 매우 간단할 것 같다는 기분을 떨칠 수가 없었기 때
문이다. 몇몇 사실들 사이의 관련성에서 뭔가 리듬이 느껴졌지
만, 그의 사고 기계가 바보처럼 짜증나는 고장을 일으킨 탓에

제대로 작동하지 못하고 있음이 분명했다.

결국, 그는 두뇌의 전원을 끄고 멍한 상태로 목적지까지 갔다.

"출생 증명서 원본을 보여줘요."

경감이 기록실 직원에게 말했다.

"아니, 서류 번호는 없습니다. 이름은 스텔라 페트루치, 여성, 그리고 도널드 캐츠, 남성입니다. 우리가 알기로 두 사람의 생년월일은 1927년 3월 10일이고요. 자, 여기 이름을 써 왔어요."

"두 사람 다 맨해튼에서 태어난 게 확실합니까, 경감님?"

"그래요."

기록실 직원은 흥미로운 표정으로 돌아왔다.

"두 사람이 생일만 같은 게 아니었네요……."

"1927년 3월 10일 맞아요? 둘 다?"

"네."

"잠깐만요, 아버지. 생일만 같은 게 아니면, 또 뭐가 같다는 거죠?"

"출산 담당 의사도 같은데요."

엘러리가 눈을 깜박거렸다.

"같은…… 의사가 두 사람을 받았다고?"

경감이 말했다.

"그 증명서 좀 볼 수 있을까요?"

엘러리의 목소리가 다시 갈라졌다.

두 사람은 서명을 노려보았다. 똑같은 필체였다. 두 서류에 적힌 서명은…….

의학박사 에드워드 카잘리스.

"자, 애야. 진정해라."

경감은 수화기를 손으로 막고 엘러리에게 말했다.

"그렇게 날뛰지 마. 아직은 아무것도 몰라. 그냥 갈팡질팡하며 조금씩 나아가고 있는 거야. 서두르지 말고 천천히 가야 한다."

"서두르든 천천히든 내 맘대로 갈 거예요. 목록은 어딨어요?"

"지금 가져오고 있어. 부하들에게 갖다 달라고……."

"카잘리스, 카잘리스……. 여기 있어요! 에드워드 카잘리스. 제가 같은 사람이라고 말했잖아요!"

"그가 분만도 했다고? 내가 알기론……."

"의사 경력은 산부인과로 시작했어요. 그의 경력이 뭔가 남다르다는 건 알고 있었죠."

"1927년. 그 사람이 1927년에도 산부인과 의사였었단 말이냐?"

"그 이후에도요! 자, 여기 보세요……."

"잠깐만…… 그래, 찰리!"

엘러리는 의료인 명부를 내려놓았다. 아버지는 전화기 너머 찰리가 불러주는 대로 적고 있었다. 그는 쓰고 또 썼다. 영원히 멈추지 않을 것처럼.

마침내, 경감이 펜을 내려놓았다.

"다 받아 적으셨어요?"

"엘러리, 이 사람들이 전부 다 그렇다는 건 말이 안 되는데……."

"여기 적힌 사람들의 출생 증명서 원본을 갖다 주십시오."

엘러리는 호적 담당자에게 경감이 적은 종이를 내밀었다.

"생년월일이랑…… 모두 맨해튼에서 태어났습니까?"

호적 담당자는 목록을 훑어보았다.

"대부분은요. 아마 전부 다 그럴 겁니다. 그래요……. 모두
다 그럴 것 같습니다. 확신해요."

엘러리가 말했다.

"그걸 어떻게 확신할 수가 있어?"

뒤에서 경감이 으르렁거렸다.

"확신한다는 게 무슨 의미냐? 그들 중 몇 명은 그렇겠지. 하
지만……."

"전 확신해요. 모두 맨해튼에서 태어났어요. 한 사람도 빠짐
없이. 제가 틀렸나 한번 보세요."

호적 담당자가 자리를 떴다.

두 사람은 두 마리의 개처럼 서로의 주위를 어슬렁거렸다.

벽에 걸린 시계가 조용히 돌았다.

한번은 경감이 중얼거리듯 말했다.

"이건…… 이게 의미할 수 있는 건……."

엘러리가 위협적인 표정으로 돌아보았다.

"저는 이것이 '의미할 수 있는' 건 알고 싶지 않아요. '가능
성'을 따지는 데는 질렸어요. 제일 중요한 걸 제일 먼저 하자,
그게 제 모토예요. 방금 만든 모토죠. 한 번에 하나씩, 단계별
로. B는 A 다음에. C는 B 다음에. 하나에 하나를 더하면 둘이
되고, 여기까지가 제 산수의 한계예요. 그다음에 다시 둘을 더
하기 전까지는요."

"알았다, 얘야, 알았어."

그다음부터는 경감은 그냥 속으로만 중얼거렸다.

호적 담당자가 돌아왔다.

당황스럽고, 궁금하고, 어딘지 불편해 보이는 기색이었다.

엘러리는 사무실 문에 등을 기댔다.

"천천히 저에게 주세요. 한 번에 한 장씩요. 애버네시부터 시작합시다. 아치볼드 더들리 애버네시……."

"1905년 5월 24일 출생."

호적 담당자가 말했다. 그리고는 덧붙였다.

"의학박사 에드워드 카잘리스."

"재미있어. 재미있어요!"

엘러리가 말했다.

"스미스는요? 바이올렛 스미스."

"1907년 2월 13일 출생. 의학박사 에드워드 카잘리스."

호적 담당자가 말했다.

"그럼 모니카 맥켈은?"

"1912년 7월 2일생. 의학박사 에드워드 카잘리스. 이봐요, 퀸 씨……."

"시몬 필립스요."

"1913년 10월 11일. 카잘리스."

"그냥 카잘리스예요?"

"아, 물론 아니죠."

호적 담당자가 쏘아붙였다.

"의학박사 에드워드 카잘리스. 저기, 이보세요. 이런 식으로 계속 기록들을 읽는 게 무슨 의미가 있는지 모르겠습니다, 퀸 경감님. 아까도 말했지만 이건……."

"저 사람이 하라는 대로 해줘요. 저 애는 지금까지 오랫동안 참고 있었다고."

경감이 말했다.

"비어트리스 윌리킨스요. 저는 특히 비어트리스 윌리킨스에게 관심이 있었어요. 그때 알았어야 했는데. 탄생은 죽음과 마찬가지로 모든 인간에게 적용되는 경험이죠. 탄생과 죽음은 언제나 신의 테이블 아래에서 서로 발을 간질이며 놀고 있었어요. 왜 그걸 곧바로 알지 못했을까요? 비어트리스 윌리킨스 읽어주세요."

엘러리가 말했다.

"1917년 4월 7일. 의사는 같아요."

"같은 의사."

엘러리가 고개를 끄덕였다. 그는 미소를 짓고 있었다. 으스스한 미소였다.

"흑인 아기였고, 같은 의사였죠. 카잘리스. 히포크라테스 정신을 지키는 의사. 격주 수요일마다 분만실을 지키는 신이었겠죠. 임신한 이들이여, 피부색, 종교에 상관없이 모두 내게 오시오. 병원비는 낼 수 있는 만큼 조정해줄 테니. 리노어 리처드슨은요?"

"1924년 1월 29일. 의학박사 에드워드 카잘리스."

"이번엔 부유층 손님이었군요. 고맙습니다. 그걸로 끝인 것 같아요. 이 출생 증명서들은 뉴욕 시 보건부의 열람 불가 문서이겠지요?"

"그렇습니다."

"만일 이 서류에 무슨 일이라도 생기면 권총을 들고 와서 당

신을 쏴 죽이겠습니다. 당분간 이 얘기는 한 마디도 새어 나가
서는 안 돼요. 음절 하나를 속삭이는 것도 안 됩니다. 잘 아시
겠습니까?"

호적 담당자가 불쾌한 듯 말했다.

"당신 말투나 태도가 영 마음에 들지 않는군요. 게다
가……."

"이봐요, 지금 당신 눈앞에 있는 사람은 시장의 특별 수사관
입니다. 미안하지만 난 저 하늘 높이 떠오른 연보다도 더 높은
사람이라고요. 잠깐 여기 전화를 사용할 수 있을까요? 그동안
밖에 좀 나가 계시죠."

호적 담당자는 쾅 소리가 나게 문을 닫고 밖으로 나갔다.

그러나 곧 다시 문이 열리더니 호적 담당자가 조심스럽게 들
어와 문을 닫고, 낮은 목소리로 말했다.

"자기가 세상에 내보낸 사람들을 죽여서 저세상으로 보내는
의사라니……. 와, 이건 정말. 진짜 미치광이잖아요. 어쩌다
그런 놈을 수사에 끌어들였습니까?"

그 말을 남기고 호적 담당자는 밖으로 나가버렸다.

"쉽지 않을 거다."

경감이 말했다.

"그래요."

"증거가 없어."

엘러리는 호적 담당자의 책상 앞에 앉아 엄지손톱을 물어뜯
고 있었다.

"밤이고 낮이고 지켜봐야 할 거야. 스물네 시간 중에 스물네

시간을. 하루 종일 한순간도 빠짐없이 그가 뭘 하는지 지켜봐야 해."

엘러리는 계속 손톱만 깨물었다.

"열 번째는 없어야 한다."

경감은 무언가 난해하고 비밀스러운, 그리고 전 지구적으로 중요한 문제를 설명하듯 말하다가, 웃었다.

"〈뉴욕 엑스트라〉의 만화가는 모르겠지만, 고양이는 이제 꼬리가 다 떨어졌어. 그 전화기 좀 이리 줘봐라, 엘러리."

"아버지."

"왜?"

"카잘리스의 아파트를 몇 시간 동안 수색해야겠어요."

엘러리는 담배를 꺼냈다.

"영장 없이?"

"그에게 알리시려고요?"

경감은 눈살을 찌푸렸다.

"가정부를 내보내는 건 문제가 안 돼요. 가정부가 쉬는 날을 고르면 되니까. 아니, 오늘은 금요일이니까 가정부는 다음 주 중까지는 쉬지 않을 거예요. 그렇게 오래 기다릴 수는 없어요. 그 가정부가 입주 가정부인가요?"

"모르겠다."

"가능하다면 주말에 들어가고 싶어요. 카잘리스 부부가 교회에 다니나요?"

"그걸 내가 어떻게 알아? 그 담배는 빨아봐야 소용없다, 엘러리. 불을 안 붙였잖니. 전화기나 좀 건네줘."

엘러리는 전화기를 건네주었다.

"누구를 붙이시게요?"

"헤스. 맥. 골드버그."

"좋아요."

"아, 교환. 경찰 본부 연결해줘요."

"하지만 전 이 일을 혼자만 알고 있고 싶어요. 아버지 힘닿는 데까지 최대한 경찰 본부에서 모르게 진행해주세요."

엘러리는 담배를 주머니에 도로 집어넣었다.

아버지가 그를 바라보았다.

"우린 정말로 아는 게 하나도 없어요……. 아버지."

"왜?"

엘러리는 책상에서 일어섰다.

"집으로 바로 오세요."

"집에 가는 거냐?"

그러나 엘러리는 이미 문을 닫고 나간 뒤였다.

퀸 경감이 현관에 들어서며 말했다.

"엘러리?"

"네."

"자, 준비는 다 됐어……."

경감은 입을 다물었다.

셀레스트와 지미가 소파에 앉아 있었다.

"어이, 안녕들 하신가."

"기다리고 있었어요. 아버지."

경감이 그를 바라보았다.

"아뇨, 아직은 얘기 안 했어요."

"무슨 얘기요?"

지미가 물었다.

"캐츠 씨 소식은 들었어요. 그런데…….."

셀레스트가 입을 열었다.

"아니면 고양이가 또 걸어 나온 건가요?"

"아니."

엘러리는 두 사람을 꼼꼼히 훑어보았다.

"난 준비됐어. 자네들은 어때?"

"무슨 준비요?"

"일할 준비요, 셀레스트."

지미가 일어섰다.

"앉아, 지미. 이번엔 진짜야."

지미가 앉았다.

셀레스트의 얼굴이 창백해졌다.

"지금 뭔가를 뒤쫓고 있어. 정확히 무엇인지는 아직 확실치 않아. 하지만 고양이가 움직이기 시작한 이후 처음으로 해볼 만한 게 생겼다고 할 수 있지."

엘러리가 말했다.

"제가 뭘 하면 될까요?"

지미가 물었다.

"엘러리."

경감이 말했다.

"아뇨, 아버지. 이 편이 더 안전해요. 오랫동안 신중하게 생각한 겁니다."

"제가 뭘 하면 될까요?"

지미가 다시 물었다.

"에드워드 카잘리스에 관한 자료를 하나도 빠짐없이 수집해 줘."

"카잘리스?"

"카잘리스 박사님요? 그 말은……."

셀레스트는 당황했다.

엘러리는 그녀를 뚫어지게 바라보았다.

"미안해요!"

"카잘리스에 관한 자료. 그다음엔요?"

지미가 말했다.

"결론으로 도약하지 마. 아까 말했듯이 지금 당장은 이게 뭔지 알 수 없어……. 지미, 내가 원하는 건 그의 인생에 대한 상세한 스케치야. 사소한 내용까지 전부 얻어 와야 해. 단순히 인명사전 기록을 찾아 오라는 게 아니야. 그런 거라면 내가 직접 할 수 있어. 자네는 신문기자로서 남들의 의심을 사지 않고 내가 원하는 걸 파헤칠 수 있는 적임자야."

"네."

"조사 내용은 그 누구에게도 흘려선 안 돼. 특히 〈뉴욕 엑스트라〉 동료들에게. 언제부터 시작할 수 있지?"

"당장이라도 할 수 있어요."

"얼마나 걸리겠어?"

"모르겠어요. 오래 걸리진 않겠죠."

"일단 연습 차원으로…… 어디 보자……. 내일 밤이면 괜찮을까?"

"해볼게요."

지미가 일어섰다.

"그건 그렇고, 카잘리스에게 직접 접근하진 마."

"네."

"그의 주위 사람들에게도. 카잘리스에 대해 물었을 때 말이 샐 만한 사람에게도 접근해선 안 돼."

"알겠습니다."

지미는 그 자리에서 머뭇거렸다.

"왜?"

"셀레스트는요?"

엘러리는 미소를 지었다.

지미는 얼굴을 붉혔다.

"알았습니다, 알았어요. 자, 그러면 친구들······."

"셀레스트는 아직 할 일이 없어, 지미. 하지만, 셀레스트는 지금 집에 가서 짐을 싸서 이곳으로 옮기면 좋겠어요."

"뭐라고?"

경감과 지미가 동시에 말했다.

"말한 대로예요, 아버지. 아버지가 반대만 안 하신다면."

"어, 그래. 전혀 반대하지 않아. 함께 지내게 돼서 기뻐요, 필립스 양. 다만······ 좀 쉬려면 지금 당장 내 침대를 확보해야 되겠구나. 엘러리, 만일 전화가 오면, 무슨 용건이든 상관없이 날 꼭 깨워라."

경감은 허둥지둥 침실로 들어갔다.

"셀레스트가 여기서 지낸다고요?"

지미가 말했다.

"그래."

"거참 흥미를 돋우는 얘기로군요. 그런데 그거 유대교 율법에는 맞는 건가요?"

"저, 퀸 씨……."

셀레스트가 주저하며 입을 열었다.

"잠깐. 다시 생각해보니, 이건 굉장히 미묘한 상황인데요. 온갖 갈등과 문제가 다 일어날 거예요."

지미가 말했다.

"앞으로 당신이 필요할 거예요, 셀레스트. 그리고 그런 경우가 생긴다면 아주 급하게 필요하겠죠."

엘러리는 눈살을 찌푸렸다.

"그게 언제가 될지는 예측 못 해요. 만일 늦은 밤에 그런 일이 벌어지고 당신과 연락이 안 된다면……."

"그건 아니죠, 선생님. 제가 그런 상황을 두 손 들어 환영한다고는 말할 수 없겠는데요."

지미가 말했다.

"생각 좀 하게 조용히 해줄래?"

셀레스트가 외쳤다.

"그리고 상당히 위험할 수 있다는 말도 해야겠군."

엘러리가 말했다.

"이 모든 점들을 고려할 때 아주 멋진 아이디어라고는 생각되지 않아. 셀레스트, 당신 생각은 어때?"

지미가 말했다.

셀레스트는 지미의 말을 묵살했다.

"위험하다잖아! 게다가 비도덕적이기도 하고! 사람들이 뭐라고 생각하겠어?"

"조용히 좀 해, 지미."

엘러리가 말했다.

"셀레스트, 만일 내 계획이 제대로 된다면 곧 위험에 처하게 될 거예요. 위기일발의 상황이 오겠죠. 지금이 이 일에서 손을 뗄 마지막 기회예요. 손을 뗄 생각이 있다면."

셀레스트가 일어섰다.

"언제 짐을 옮길까요?"

엘러리는 씩 웃었다.

"일요일 밤이 좋겠어요."

"그때 올게요."

"내 방을 써요. 내 침대는 서재로 옮길 테니."

"두 분 행복하길 빌어요."

지미가 쓸쓸하게 말했다.

엘러리는 지미가 셀레스트를 거칠게 택시에 태워 보내고는 화가 난 듯 어기적거리며 거리를 걸어가는 것을 지켜보았다.

그는 거실을 서성거리기 시작했다.

흥분을 감출 수가 없었다. 조마조마한 마음이었다.

마침내, 그는 안락의자에 주저앉았다.

탯줄을 자른 손.

그 손이 끈을 조였다.

우리는 태어나는 순간부터 죽기 시작한다.

편집증 환자의 돌고 도는 광기.

손가락 끝에 군림한 신.

그게 가능할까?

엘러리는 광활한 평화의 경계 위에 앉아 있는 기분이었다.

그러나 기다려야 한다.

기다리기 위한 자제력을 최대한 이끌어내야 한다.

9

토요일 정오가 조금 지났을 때, 퀸 경감은 집으로 전화를 걸어 다음 날을 위한 모든 준비가 끝났다고 알렸다.

"시간은 얼마나 있을까요?"

"충분해."

"가정부는?"

"집에 없을 거야."

"어떻게 하신 거예요?"

"시장을 이용했지. 카잘리스를 일요일에 집으로 초대하라고 했다."

엘러리가 외쳤다.

"시장에게 얼마나 많이 말씀하셨어요?"

"많이 얘기한 건 아니야. 주로 텔레파시로 대화를 나눴지. 하지만 시장이 내일 저녁 브랜디를 마시고 나서도 우리의 친구를 너무 빨리 돌려보내선 안 된다는 걸 간파한 것 같아. 점심 만찬은 오후 2시 30분부터 시작될 거고 이후에는 거물급 손님들이 계속 올 거야. 일단 들어오면 한동안은 나가지 못할 거라고 시장이 말하더군."

"어떻게 진행되나요?"

"카잘리스가 시장의 집 현관에 발을 들이는 순간 신호가 올 거야. 그 신호에 따라 우리는 아파트로 출동해서 뒤뜰 쪽 지하 실을 통해 뒷문으로 들어가는 거지. 벨리가 내일 아침까지 열 쇠를 복사해놓을 거고. 가정부는 밤늦게까지 돌아오지 않을 거다. 격주 일요일에 쉬는데 마침 내일이 쉬는 일요일이거든. 아 파트 직원들은 손을 써놓을 거고. 아무에게도 들키지 않고 들 어갔다 나오는 거다. 지미 맥켈에게선 무슨 소식이라도?"

"9시쯤 올 거예요."

9시쯤 나타난 지미는 면도와 깨끗한 셔츠, 술 한 잔이 절실 히 필요해 보였다.

"하지만 처음 두 가지는 없어도 됩니다. 세 번째 품목만 지금 당장 제공받을 수 있다면 말이죠."

이 말에 엘러리는 디캔터와 탄산수 병, 술잔을 지미의 팔꿈 치 옆에 가져다 놓았고, 대략 10초 정도 기다렸다가 보고를 재 촉했다.

"장담하건대 지금 포드햄 대학교의 지진계가 난리가 났을 겁 니다. 어디부터 시작할까요?"

지미가 말했다.

"아무 데서나."

"흠."

지미는 불빛에 비친 술잔을 바라보며 말했다.

"에드워드 카잘리스의 이야기는 약간 들쭉날쭉해요. 가족의 배경과 어린 시절에 대해서는 많이 캐지 못했고, 간단한 이야 기 몇 가지만 알아냈죠. 어려서 집을 나온 것 같은데……."

"오하이오 출신인 것 같던데?"

경감이 말했다. 그는 아이리시 위스키를 조심스럽게 따르고 있었다.

"오하이오 주 아이언턴에서 1882년에 태어났습니다."

지미 맥켈이 고개를 끄덕였다.

"아버지는 노동자였고……."

"철공소 직원이었지."

경감이 말했다.

"지금 누가 보고하는 겁니까? 아니면 제가 지금 테스트를 받고 있는 건가요?"

"어쩌다 보니 몇 가지를 알게 된 것뿐이야."

경감이 말했다. 그도 불빛에 술잔을 비추고 있었다.

"계속하게, 맥켈."

"아무튼, 카잘리스의 아버지는 프렌치-인디언 전쟁* 때 오하이오 주에 정착한 프랑스 군인의 후손이라고 합니다. 어머니에 대해서는 알아내지 못했어요."

지미는 공격적인 시선으로 경감을 바라보았다. 그러나 경감이 아무 말 없이 위스키를 마시자 지미는 말을 이었다.

"여러분의 영웅인 카잘리스는 형제 열네 명 가운데 막내로 제대로 못 먹고 못 입던, 낡은 집에 사는 아이였어요. 꽤 많은 형제가 어려서 죽었고요. 살아남은 형제들과 조카들은 중서부 지역에 흩어져서 살고 있습니다. 제가 확인한 바로는 에드워드 카잘리스가 그중에서 자수성가한 유일한 사람이에요."

"가족 중 범죄자는?"

엘러리가 물었다.

* 1754년부터 1763년까지 미국 대륙에서 영국과 프랑스가 식민지를 놓고 싸운 전쟁

"선생님, 우리의 빛나는 유산인 서민 계층을 욕보이지 말아 주세요."

지미가 자신을 위해 한 잔 더 따르며 말했다.

"아니면 단기 재교육으로 사회학을 공부하시는 겁니까? 그 가족에게서 특별한 점은 찾지 못했어요."

지미가 갑자기 말했다.

"지금 뭘 알아내려고 하는 거죠?"

"계속해, 지미."

"흠, 에드워드는 꽤 똑똑한 아이였던 것 같아요. 영재는 아니고요. 아시겠지만. 조숙한 아이였죠. 야망이 컸고요. 가난하지만 정직했던 그는 밤새 공부를 하고, 낮에는 몸에 뼈만 남을 때까지 일을 했어요. 그러다 오하이오 남부의 철물 재벌이 그에게 반해버린 거죠. 결국 카잘리스는 이 재벌의 피후견인이 되었어요. 허레이쇼 앨저*의 책에 나오는 주인공인 셈이죠. 어느 시기까지는 그랬어요."

"그게 무슨 뜻이지?"

"흠, 이 이야기의 어린 에두아르도는 다소 비열한 놈이었어요. 부자 속물보다 더 나쁜 게 있다면 그건 가난한 속물이죠. 철물왕 윌리엄 발데마르 게켈은 이 녀석을 그 형편없는 환경에서 건져내 깨끗이 씻어주고, 좋은 옷도 사주고, 미시간에 있는 근사한 예비학교에도 보내주었습니다……. 하지만 카잘리스가 이후 아이언턴에 돌아갔다는 기록은 없어요. 심지어 잠깐 방문한 적조차 없습니다. 그는 부모를 저버리고, 테시, 스티브, 그리고 그 밖에도 수두룩한 형제자매를 모두 등졌어요. 늙은

---

* 미국의 아동 문학가. 가난한 소년이 근검과 절약, 정직을 바탕으로 성공하는 내용의 소설을 주로 썼다.

게켈은 그를 자랑스러워하며 뉴욕에 보내 의학 공부까지 시켜 줬는데 게켈도 저버렸죠. 어쩌면 게켈 씨가 카잘리스의 인간성 을 깨달은 것일 수도 있겠지만요. 아무튼, 그 둘은 더 이상 아 무런 관계도 없었습니다. 카잘리스는 1903년에 컬럼비아 의대 에서 학위를 땄고요."

"1903년. 스물한 살 때로군. 형제 열넷 중 하나. 그리고 그는 산과에 관심을 갖게 되었어."

엘러리가 중얼거렸다.

"매우 흥미롭죠."

지미가 씩 웃었다.

"매우는 아니야."

엘러리의 목소리는 냉랭했다.

"산과 전공에 관해서는 특별한 정보가 있나?"

지미 맥켈은 호기심 어린 표정으로 고개를 끄덕였다.

"들어보지."

지미는 얼룩이 묻은 봉투의 뒷면을 보았다.

"그 당시 의대 과정은 표준화되어 있었던 것 같진 않아요. 어 디는 2년 과정이고, 어디는 4년이고, 산과와 부인과의 인턴십 이나 레지던트 과정 같은 것도 없었어요……. 여기 적힌 내용 이 그래요. 산과나 부인과만 단독으로 전공한 사람은 아주 드 물었고, 그런 사람들은 대부분 수련의 과정을 거쳐 전문의가 되었어요. 카잘리스는 컬럼비아 의대를 우등으로 졸업하고 라 클랜드라는 뉴욕의 개업의 밑으로 들어갔습니다……."

"존 F. 라클랜드."

경감이 말했다.

"맞아요."

지미가 고개를 끄덕였다.

"이스트 20번가 어디쯤일 거예요. 라클랜드 박사는 산부인과 말고 다른 과 진료도 보았지만 카잘리스가 산부인과 전문의로 1년 반 정도 훈련받기에는 충분한 규모였죠. 그러다 1905년에 카잘리스는 독립해서 개업하게 됩니다……."

"정확히 1905년 언제?"

"2월요. 라클랜드가 그달에 암으로 죽었고, 카잘리스가 병원을 물려받은 거죠."

그렇다면 아치볼드 더들리 애버네시의 어머니는 라클랜드 박사의 환자였다가 젊은 카잘리스에게 인계된 것이겠군. 엘러리는 마음이 놓였다. 성직자의 아내가 스물세 살 젊은 의사의 진찰을 받는 것은 1905년에는 매우 특별한 경우였다.

"몇 년 안에 카잘리스는 동부 지역에서 잘나가는 전문의가 됩니다. 이후 기반을 잘 닦아나가다가 1911년 또는 1912년에, 그 무렵이 전문의 과정이 정식으로 생겼을 때인데, 뉴욕에서 가장 큰 개인 병원을 갖게 되었죠. 그는 돈을 많이 벌었지만 악착같이 돈을 모으는 사람은 아니었어요. 그는 항상 자기 직업이 지닌 창조적인 측면에 관심을 보였고, 새로운 기술도 한두 건 정도 개척했습니다. 진료도 많이 봤고요. 뭐 그런 식이었죠. 그가 이룬 과학적 성취에 대해서는 여기 자료를 많이 가지고 왔는데……."

"그건 넘어가지. 다른 건?"

"음……. 전쟁 때 입대한 기록이 있어요."

"제1차 세계대전 말이지."

"네."

"언제 입대했지?"

"1917년 여름에요."

"흥미롭군. 아버지, 비어트리스 윌리킨스가 1917년 4월 7일에 태어났어요. 의회가 독일에 전쟁을 선포한 다음 날이죠. 카잘리스가 군복을 입기 전 거의 마지막 출산이었을 거예요."

경감은 아무 말도 하지 않았다.

"군 복무 기록은 어때?"

"최고입니다. 의무대 대위로 입대해서 대령으로 만기 제대했어요. 최전선에서 수술을……."

"부상을 입은 적은?"

"없어요. 하지만 1918년에 프랑스의 후방에서 몇 개월 보낸 적은 있습니다. 그리고 1919년 초에 전쟁이 끝난 후에도요. 그대로 인용하자면…… '피로 및 전쟁으로 인한 정신적 외상'의 치료라고 돼 있습니다."

엘러리는 아버지를 곁눈질했다. 그러나 경감은 네 번째, 다섯 번째, 여섯 번째 위스키를 따르고 있었다.

"확실히 심각한 건 아니었어요."

지미는 다시 봉투를 곁눈질했다.

"그는 완전히 새사람이 되어 프랑스에서 귀국했고 제대했을 때는……."

"1919년이지."

"제대 후 다시 전문의가 되었죠. 1920년 말에는 다시 병원을 열었고 대성공을 거두었습니다."

"여전히 산부인과 진료만 했나?"

"맞습니다. 그때는 삼십 대 후반이었고, 전성기를 향해 달려가고 있었죠. 그리고 이후 5년간은 정말로 최정상에 도달한 시기였어요."

지미는 다른 봉투를 꺼냈다.

"봅시다……. 그래요, 1926년. 1926년에 그는 리처드슨 부인의 소개로 카잘리스 부인을 만났고, 결혼을 했죠. 부인은 뱅거의 메리그루 집안 출신입니다. 뉴잉글랜드의 유서 깊은 가문이죠. 순수 혈통에 파란 눈을 가진 도도한 가문인데, 제가 듣기로 그녀는 유전적 돌연변이라서 매우 예쁘고 드레스덴 도자기 같은 자태를 지녔었다고 합니다. 카잘리스는 마흔네 살이었고 신부는 겨우 열아홉 살이었어요. 하지만 그는 확실히 그 드레스덴 도자기 같은 아가씨를 좋아했어요. 무척이나 서사적인 로맨스였던 것 같아요. 두 사람은 메인 주에서 환상적인 결혼식을 올리고 긴 신혼여행을 떠났어요. 파리, 빈, 로마로요.

제가 조사한 범위 내에서 카잘리스 부부가 행복하지 않은 결혼생활을 했다는 근거는 전혀 찾지 못했습니다. 혹시 궁금하실까 봐 말씀드리는 거예요. 의사로 일하면서 여성들만 상대했는데도 불미스러운 소문 한번 난 적이 없습니다. 카잘리스 부인은 남편 말고 다른 남자는 아예 만난 적이 없었고요.

하지만 곧 불행이 닥쳤습니다. 1927년에 카잘리스 부인은 첫아이를 가졌고 1930년 초에 둘째를……."

"그리고 둘 다 분만실에서 잃었지."

엘러리는 고개를 끄덕였다.

"처음 카잘리스를 만났을 때 그 얘기를 들었어."

"그 일로 굉장히 충격을 받았다고 들었어요. 두 번의 임신 기간 동안 아내를 끔찍이 보살폈고 분만도 직접 진행했는데……. 네? 뭐라고요?"

"카잘리스가 아내의 주치의였다고?"

"네."

지미는 두 사람을 바라보았다. 퀸 경감은 뒷짐을 지고 창가에 서서 손가락을 잡아당기고 있었다.

"그건 비윤리적인 거 아닌가? 의사가 자기 아이를 받는 게?"

경감이 무심히 물었다.

"아뇨, 전혀요. 의사들이 그렇게 하지 않는 건 출산을 하는 여성에게 감정적으로 몰입이 되기 때문이죠. 그건 그러니까…… 어디 적어놨더라? '객관성을 유지하고 한 걸음 물러서서 직업적 태도를 견지할 능력'에 의심이 가기 때문이랍니다. 하지만 많은 의사들이 그렇게 하고 있어요. 그리고 '광란의 1920년대'를 보내던 에드워드 카잘리스 박사도 그중 하나였던 거고요."

"결국 그는 자기 분야에선 전문가였으니까."

경감은 마치 엘러리가 처음 그 점을 문제 삼기라도 했던 것처럼 엘러리에게 말했다.

"전형적인 사람이죠. 극도로 자기중심적인 사람이고요. 그래서 정신과 의사가 된 거겠죠?"

"그런 말은 정신과 의사들에겐 실례가 될 것 같은데."

엘러리가 웃었다.

"사망한 두 아이에 대한 자료는?"

"제가 아는 건 두 번 다 난산이었고 둘째 이후 카잘리스 부인은 더 이상 아이를 가질 수 없었다는 것뿐입니다. 두 아이 다

역아였다고 하더군요."

"계속해."

경감이 술병을 들고 자리에 돌아와 앉았다.

"1930년에, 두 번째 아이를 잃고 몇 달 지나서, 카잘리스는 신경쇠약에 걸립니다."

"신경쇠약?"

엘러리가 말했다.

"신경쇠약이라고?"

경감이 말했다.

"네. 스스로를 혹사시킨 거죠. 당시 나이는 마흔여덟 살이었어요. 신경쇠약의 원인은 과로였고요. 그때는 산부인과 전문의로 일한 지 25년이 넘었고 부자가 되어 있었습니다. 그래서 병원 일을 접게 되었죠. 카잘리스 부인은 남편을 데리고 여행을 떠났어요. 세계 일주를 하는 크루즈를 탄 겁니다. 왜 그런 거 아시죠. 파나마 운하를 지나 시애틀에 들렀다가 태평양을 건너고…… 유럽에 도착할 무렵 카잘리스는 거의 회복이 되었습니다. 그런데 완전히 회복된 건 아니었던 모양이에요. 빈에 갔을 때, 이때가 1931년 초였는데, 병이 재발했거든요."

"재발? 신경쇠약이 도졌다는 건가?"

엘러리가 날카롭게 물었다.

"'재발'이라고만 쓰여 있어요. 신경계통 이상이거나 우울증이거나 그런 거였겠죠. 아무튼, 빈에 머무는 동안 그는 벨라 셀리그먼을 만났고……."

"벨라 셀리그먼이 누구야?"

퀸 경감이 물었다.

"벨라 셀리그먼이 누구냐고요? 벨라 셀리그먼을 모르시다니……."

"전에는 프로이트가 있었죠. 지금은 융과 셀리그먼이에요. 융처럼 셀리그먼도 현역으로 활동 중이고요."

엘러리가 말했다.

"맞아요. 아직 활동 중이죠. 셀리그먼은 오스트리아가 독일에 합병되기 직전에 오스트리아를 빠져나와 영국으로 건너갔고, 그곳에서 모국이 사라지는 걸 지켜봤어요. 하지만 베를린 수상 관저에서 히틀러의 조촐한 화장식이 있은 후 빈으로 돌아왔습니다. 지금도 거기 살고 있을 겁니다. 여든이 넘은 나이인데, 1931년에는 전성기였어요. 흠……. 셀리그먼은 카잘리스에게 상당히 흥미를 느꼈던 것 같습니다. 카잘리스의 문제가 뭐였는지는 몰라도 그걸 치료해주고 그 사람의 야망을 일깨워서 정신과 의사가 되도록 해주었거든요."

"카잘리스가 셀리그먼의 제자였단 말이야?"

"4년 정도요. 일반적인 경우보다 1년 짧은 거라고 들었어요. 카잘리스는 한때 취리히에도 머물렀습니다. 그러고 나서 1935년에 부부가 함께 미국으로 돌아왔죠. 1년 정도 수련의 생활을 했고 1937년 초, 가만있어보자, 그러면 쉰다섯이 되는군요. 그때 뉴욕에서 정신과 병원을 개업합니다. 나머지는 아실 테죠."

지미는 비어가는 술잔에 술을 따랐다.

"그게 전부인가, 지미?"

"네. 아, 아뇨."

지미는 허둥지둥 마지막 봉투를 꺼냈다.

"한 가지 더 흥미로운 사실이 있어요. 대략 작년 10월 말쯤에, 카잘리스는 또다시 신경쇠약을 겪게 됩니다."

"신경쇠약?"

"의학적인 내용은 묻지 마세요. 의료 기록엔 접근하지 못했으니까. 아마 단순 과로였겠죠. 경주마처럼 힘이 넘치는 데다 전혀 쉬는 법이 없었으니까요. 게다가 나이도 예순여섯이나 되었고요. 심각한 건 아니었지만 겁이 났는지 작년엔 새 환자를 거의 받지 않았어요. 돌보던 환자들은 정리하고 장기 환자들은 가능한 한 다른 의사에게 넘기고 있죠. 조만간 은퇴할 거라고 들었습니다."

지미는 초라한 봉투들을 테이블 위에 던졌다.

"이걸로 보고 끝입니다."

봉투는 그곳에 덩그러니 놓여 있었다.

"고마워, 지미."

엘러리는 희한한 목소리로, 마무리하듯 말했다.

"이게 원하시던 겁니까?"

"원하던 거?"

"기대한 대로냐는 거죠."

엘러리가 신중하게 말했다.

"매우 흥미로운 보고야."

지미는 잔을 비웠다.

"두 분 주술사끼리만 있고 싶다는 얘기로 들리는군요."

아무도 대답하지 않았다.

"맥켈이 눈치 없이 거절의 말도 못 알아듣는다는 말은 하지 마세요."

지미가 모자를 집으며 말했다.

"잘했어, 맥켈. 그럼 잘 가게."

경감이 말했다.

"계속 연락해, 지미."

"내일 밤 셀레스트와 함께 와도 될까요?"

"물론이지."

"고맙습니다! 아."

지미가 현관 앞에서 잠시 멈췄다.

"한 가지 더 있어요."

"뭔데?"

"그자에게 수갑을 채울 땐 알려주셔야 해요. 아셨죠?"

문이 닫히자 엘러리는 벌떡 일어섰다.

아버지가 술을 한 잔 더 따랐다.

"자, 마셔라."

그러나 엘러리는 혼잣말을 중얼거렸다.

"제1차 세계대전 후의 이른바 '피로와 전쟁으로 인한 정신적 외상'. 계속 재발되는 신경쇠약. 그리고 중년에 접어들어 무언가를 벌충하기 위해 준비도 없이 덜컥 정신의학 분야에 뛰어든 것. 모두 맞아떨어져요. 모두."

"마셔라."

아버지가 말했다.

"그렇다면 완전히 자기중심적인 패턴이 완성돼요. 오십 대의 남자가 정신의학을 공부하고, 쉰다섯 살에 개업을 하고, 게다가 대성공까지 거두는 건 흔치 않은 일이에요. 그의 추진력이 어마어마한 거예요.

젊은 시절부터 살펴보죠. 무언가를 증명하려는 남자. 누구에게? 그 자신에게? 사회에게? 자기 앞길에 놓인 방해물은 용납하지 않는 남자. 손에 잡히는 도구는 모두 이용하고 더 이상 쓸모가 없어지면 바로 옆으로 던져버리는 남자. 일을 할 때는 언제나 윤리적이지만, 그 윤리는 좁은 의미에서만 지켰죠. 그건 확실해요. 그러다 자기 나이의 절반도 되지 않는 소녀와 결혼을 해요. 그것도 그냥 소녀가 아니었어요. 메인 주의 메리그루 가문의 딸이어야 했던 거죠.

그리고 두 번의 비극적인 출산과…… 죄책감. 틀림없이 죄책감이에요. 그 직후 첫 번째 신경쇠약이 일어났어요. 과로. 그래요. 과로죠. 하지만 몸이 과로한 게 아니에요. 양심이 과로를 한 거죠."

"추측이 지나친 거 아니냐?"

퀸 경감이 말했다.

"슬라이드 위에 올려놓을 수 있는 단서를 다루는 게 아니에요. 아, 좀 더 알면 좋겠는데!"

"지금도 넘칠 지경이야."

"갈등이 시작되면, 그다음부터는 시간문제예요. 정신적 왜곡이 서서히 번지는 겁니다. 빌어먹을 메커니즘이 어떻게 되는지는 몰라도, 정신 작용이 전체적으로 병들고 부패하는 거죠. 편집증의 가능성이 잠재해 있던 성격이 어느 단계에서인가 진짜 편집증으로 바뀐 거예요. 궁금한 건……."

"궁금한 건?"

엘러리가 잠시 입을 다물자 아버지가 물었다.

"궁금한 건 두 번의 사산 중 태아가 목이 졸려 사망한 경우가 있었는가 하는 거예요."

"뭐에 목이 졸려?"

"탯줄요. 탯줄이 목에 감겨서."

경감은 엘러리를 바라보았다.

갑자기 경감이 벌떡 일어섰다.

"이제 그만 자자."

'1905년~1910년'이라는 라벨이 붙은 서랍을 열고 채 20초도 되지 않아 '애버네시, 세라 앤'이라고 적힌 하얀 색인 카드를 찾았다. 열한 번째 카드였다. 세라 앤 애버네시의 카드에는 '애버네시, 아치볼드 더들리, 남, 1905년 5월 24일 오전 10시 26분'이라고 적힌 파란색 카드가 클립으로 고정되어 있었다.

보관실 안에는 호두나무로 만든 구식 서류 캐비닛이 두 개 더 있었고, 각각의 캐비닛에는 서랍이 세 개씩 있었다. 잠겨 있거나 걸쇠가 걸린 것은 없었지만, 캐비닛이 있는 보관실은 강제로 자물쇠를 풀어야 했다. 이 작업은 벨리 경사가 어렵지 않게 해냈다. 거대한 보관실에는 카잘리스 가문의 수집품과 장식품이 가득 채워져 있었다. 캐비닛 옆에는 산부인과용 의료 기구가 든 유리 케이스와 낡은 왕진 가방도 있었다.

정신과 환자들의 기록은 안쪽 진료실의 최신식 철제 캐비닛에 보관되어 있었다. 이 캐비닛은 잠겨 있었다.

그러나 퀸 부자는, 이것저것 물건들이 쌓여 있고 퀴퀴한 냄새가 나는 보관실에서만 시간을 보냈다.

애버네시 부인의 카드에는 임신 과정 중의 일반 진료 기록이 적혀 있었다. 아치볼드 더들리의 출생 기록과 영아 시절의 발달 상황도 기록되어 있었다. 당시의 관례에 따라 카잘리스 박사도 소아과 진료를 병행했던 게 틀림없었다.

흰색 카드 아흔세 장을 넘겼을 때 '스미스, 율러리'라고 적힌 카드가 나왔다. 이 카드에는 '스미스, 바이올렛, 여, 1907년 2월 13일 오후 6시 55분'이라고 적힌 분홍색 카드가 붙어 있었다.

스미스 카드 뒤로 백육십네 번째 카드에서 '오라일리, 모라 B.'와 '오라일리, 라이언, 남, 1908년 12월 23일 오전 4시 36분'이라고 적힌 카드를 찾았다. 라이언 오라일리의 카드는 파란색이었다.

한 시간도 못 되어 고양이에게 희생된 아홉 명의 카드를 모두 찾아냈다. 전혀 어렵지 않았다. 카드는 서랍 안에 날짜순으로 정리되어 있었고, 서랍에는 연도가 기록되어 있었다. 그러니 단순히 서랍 속 카드를 찾기만 하면 되는 일이었다.

엘러리는 벨리 경사에게 맨해튼 전화번호부를 가져다 달라고 부탁했다. 그는 한동안 전화번호부를 뒤졌다.

"짜증날 정도로 논리적이에요."

엘러리가 불평을 했다.

"일단 열쇠만 손에 넣으면 말이죠. 우리는 왜 고양이의 희생자들이 서로 아무 관계도 없으면서 순차적으로 나이가 어려지는지 이해하지 못했어요. 그건 단순히 카잘리스가 자기 의료 기록을 연대순으로 쫓아 내려와서 그랬던 것이었어요. 처음 의사 생활을 시작했던 때로 돌아가서 시간순으로 앞으로 훑어온 겁니다."

"44년 동안 많은 게 변했어."

경감이 생각에 잠겨 말했다.

"죽은 환자도 있을 테고. 그가 세상에 내놓은 아이들은 성장해서 다른 지역으로 뿔뿔이 이사를 갔겠지. 산모와 아기들을 마지막으로 본 게 벌써 19년 전 일이야. 그러니 이 카드들 대부분은 도도새처럼 무용지물이었을 거다."

"맞습니다. 그걸로 사람을 찾기가 꽤 어려울 텐데, 그런 작업을 할 의지가 없거나 준비가 안 되어 있었다면 카드 전체를 확인하는 건 불가능한 일이었어요. 그래서 그는 가장 쉽게 추적할 수 있는 카드에 집중한 겁니다. 맨해튼에서 진료를 하고 있었으니, 가장 확실한 참고자료는 맨해튼 전화번호부였던 거죠. 그는 첫 번째 카드부터 시작했을 겁니다. 마거릿 새코피 부인이 1905년 3월에 낳은 실반 새코피라는 남자아이였죠. 이 두 이름은 현재 맨해튼 전화번호부에 올라 있지 않습니다. 그래서 두 번째 카드로 넘어갑니다. 역시 소득이 없습니다. 제가 처음 열 개의 카드를 전부 조사했는데 그중 전화번호부에 올라 있는 이름은 하나도 없었어요. 애버네시가 전화번호부에 올라 있던 첫 번째 아이였습니다. 그리고 애버네시가 첫 번째 희생자였죠. 애버네시와 바이올렛 스미스 사이의 아흔일곱 장의 카드의 이름을 전부 찾아보지는 않았지만, 바이올렛 스미스가 고양이의 두 번째 희생자가 된 것이 정확히 같은 이유 때문이었다고 확신할 수 있을 만큼 충분히 샘플링을 해서 조사했어요. 바이올렛 스미스의 카드는 백아홉 번째였지만, 전화번호부 조사 작업을 통해 불행히도 2번이 된 거죠. 나머지 희생자들도 모두 같은 방법을 통해 선택된 거라고 확신합니다."

"그건 확인해보자."

"다음으로 한 명을 제외한 나머지 희생자들이 모두 미혼이라
는 당혹스러운 문제가 있었습니다. 이제 카잘리스가 어떻게 대
상을 선택했는지 알았으니, 그 답은 유치할 정도로 뻔해요. 아
홉 명의 희생자 중 여섯 명이 여자였고 세 명이 남자였습니다.
세 남자 중 한 명은 기혼, 나머지 둘은 미혼이에요. 도널드 캐
츠가 가장 어리고요. 이건 납득할 수 있는 평균이에요. 하지만
여자들 여섯 명 중 기혼자는 한 명도 없습니다. 왜 여성 희생자
들은 하나같이 미혼일까요? 여자들은 결혼을 하면 성을 바꾸
기 때문입니다! 카잘리스가 전화번호부를 통해 추적할 수 있었
던 여성 대상자들은 모두 진료 카드에 기록된 이름과 같은 이
름을 사용하는 사람들뿐이었던 겁니다."

엘러리는 이야기를 계속했다.

"그리고 사건 전체에서 보였던 색상의 문제가 있죠. 그게 가
장 뚜렷한 단서였어요. 젠장. 남자는 파란색 끈, 여자는 연분홍
색 끈. 제게는 이 연어 살색과 비슷한 연분홍색 끈이 제일 난해
한 문제였던 것 같아요. 하지만 연분홍색은 분홍색 계열이고,
분홍과 파랑은 전통적으로 아기들의 성별을 구분하는 색깔이
죠."

"감상적인 마무리군. 그런 건 중요하지 않아."

경감이 중얼거렸다.

"감상적인 게 아녜요. 지옥의 색깔만큼이나 의미심장한 겁
니다. 이건 카잘리스가 마음속 깊은 곳에서 자신의 희생자들을
여전히 아기로 여기고 있다는 걸 보여주는 거예요. 그가 파란
끈으로 애버네시의 목을 조를 때 정말로 그는 남자아이의 목을

졸랐던 겁니다……. 아니면 연옥으로 돌려보내줄 탯줄이라고 할까요? 끈은 처음부터 탯줄의 상징성을 가지고 있었어요. 분만의 잔인한 색깔을 띤."

아파트 안 어디선가 서랍을 여닫는 평화로운 소리가 들려왔다.

"벨리로군. 아, 그 끈 중 몇 개만 여기에 있어도."

경감이 말했다.

그러나 엘러리는 계속 말했다.

"6번과 7번 사이에는 감질나는 간격이 있었어요. 비어트리스 윌리킨스와 리노어 리처드슨 사이에요. 그때까지 희생자 간의 나이 차는 3년을 넘지 않았어요. 그런데 갑자기 7년 차이가 되어버렸죠."

"전쟁 때문인가……."

"하지만 카잘리스는 1919년인가 1920년에 다시 의사로 복귀했어요. 그리고 리노어 리처드슨은 1924년에 태어났고요."

"그럼 그 중간에 태어난 사람을 못 찾아서였겠지."

"아녜요. 예를 들면, 여기 하나 있어요. 1921년 9월생, 해럴드 마르주피언. 이 사람 이름은 전화번호부에 올라 있어요. 여기 또 있네요. 1922년 1월생, 벤저민 트루들리치. 그리고 이 이름도 전화번호부에 있죠. 1924년 전에 태어난 사람은 제가 찾은 것만도 적어도 다섯 명은 되고, 분명 이보다 더 있을 거예요. 그런데도 그는 스물다섯 살의 리노어 리처드슨을 덮치기 위해 이 사람들을 모두 건너뛰었어요. 왜일까요? 자, 비어트리스 윌리킨스와 리노어 리처드슨 사건 사이에 무슨 일이 있었죠?"

"뭔데?"

"거만하게 들릴지는 모르겠지만, 그 두 사건 사이에 시장님이 고양이 사건의 수사를 위해 특별 수사관을 지명했죠."

경감이 눈썹을 치켰다.

"아뇨, 생각해보세요. 당시에 언론의 관심이 엄청났어요. 제이름과 임무가 사람들 입과 신문 지상에 떠들썩하게 오르내렸어요. 제가 임명된 것이 틀림없이 고양이에게 어떤 인상을 남긴 겁니다. 그는 이런 갑작스러운 상황에서 살인 행각을 안전하게 계속해나갈 수 있을지 자문했을 겁니다. 기억하시겠지만, 당시 신문은 제가 예전에 맡았던 사건들과 극적인 해결에 관해 전부 끄집어내고 있었어요. 제가 슈퍼맨인 것처럼요. 고양이가 그 전에 저에 대해서 얼마나 알고 있었는지는 몰라도, 당시 신문과 방송의 보도 내용을 전부 읽고 듣고 했던 것은 분명해요."

"그가 널 두려워했다는 뜻이냐?"

퀸 경감이 씩 웃었다.

"그보다는 결투 차원에서 받아들였다고 봐야죠."

엘러리가 반박했다.

"지금 우리가 특별한 미치광이를 상대하고 있다는 걸 기억하셔야 해요. 인간의 마음과 성격을 다루는 과학을 공부한 전문가이자 자신의 위대함에 대한 계통적 망상을 지닌 편집증 환자이기도 하죠. 이런 사람이라면 제가 수사에 뛰어든 것을 도전으로 여겼을 겁니다. 그리고 그건 윌리킨스에서 리처드슨으로 7년을 건너뛴 것을 통해 증명되죠."

"어떻게?"

"리노어 리처드슨과 카잘리스의 관계는 어떻게 됩니까?"

"아내의 조카지."

"그러니까 카잘리스는 자신의 처조카를 살해하기 위해 고의적으로 여러 명을 건너뛴 겁니다. 그렇게 하면 자신이 자연스럽게 사건에 뛰어들 수 있다는 걸 안 거죠. 현장에서 저를 만날 수 있다는 걸 안 겁니다. 그런 상황이라면 수사진의 일원으로 간단히 수사에 참여할 수 있다는 걸 안 거예요. 카잘리스 부인은 왜 남편에게 협조하라고 고집을 부린 걸까요? 그건 그가 고양이에 대한 '이론'을 자주 부인과 '토론'했기 때문이었습니다! 카잘리스는 이미 리노어를 살해하기 전부터 부인이 리노어를 깊이 아낀다는 사실을 이용해 신중하게 준비해온 겁니다. 만일 카잘리스 부인이 그 얘기를 꺼내지 않았다면 스스로 나섰을 겁니다. 그러나 부인이 그 얘기를 꺼냈고, 그는 부인이 그렇게 하리라는 걸 예상하고 있었어요."

"그렇게 해서 내부에 침투했군. 우리가 뭘 하는지 전부 알 수 있는 위치로……."

경감이 신음했다.

"자신의 힘을 과시할 수 있는 위치이기도 하죠."

엘러리는 어깨를 으쓱했다.

"제가 무디어졌다고 말씀드렸었죠. 그동안 내내 고양이 쪽에서 그런 움직임을 보일 가능성은 생각하고 있었습니다. 셀레스트와 지미도 그런 이유로 의심했었잖아요? 그 생각은 떨쳐버릴 수 없었어요. 그리고 그러는 동안 카잘리스는……."

"끈은 없습니다."

두 사람은 벌떡 일어섰다.

벨리 경사가 문 앞에 서 있었다.

"여기 있어야 하는데, 벨리. 진료실에 있는 철제 캐비닛은 어떤가?"

경감이 매섭게 말했다.

"빌 디밴더를 데려와서 열게 해야 할 것 같습니다. 저는 못 해요. 흔적을 남기지 않고서는요."

"시간이 얼마나 남았지?"

경감은 시곗줄을 잡아당겼다.

그러나 엘러리는 입을 꾹 다물고 있었다.

"수색을 제대로 하려면 오늘 허락된 것보다 시간이 더 많이 필요해요, 아버지. 아무튼 카잘리스가 끈을 여기에 보관할 것 같지는 않아요. 아내나 가정부의 눈에 띌 위험이 너무 크거든요."

"제 말이 그 말입니다."

벨리 경사가 열을 올리며 말했다.

"저도 경감님께 말씀드렸잖아요. 기억나세요? 끈은 아마 어느 공공장소의 물품 보관함 같은 데 쑤셔 넣어놨을 거라고요."

"자네가 무슨 말을 했는지는 알아, 벨리. 하지만 이 아파트에 있을 가능성도 있다고. 그 끈을 꼭 찾아야 한다, 엘러리. 언젠가 지방 검사가 나에게 만일 그 파란 끈과 분홍 끈을 특정인과 연결시킬 수 있는 단서만 찾는다면, 그는 그것만으로도 기꺼이 법정에 가겠다고 말했어."

"지방 검사에게는 그보다 더 좋은 걸 줄 수도 있죠."

엘러리가 불쑥 말했다.

"어떻게?"

엘러리는 호두나무 캐비닛 위에 손을 올려놓았다.

"카잘리스의 입장이 되어 생각해보는 겁니다. 그의 작업은 아직 끝난 게 아니에요. 페트루치와 캐츠의 카드는 1927년 3월 10일로 기록되어 있는데, 산부인과 진료 기록은 그 후로도 3년 치가 더 있거든요."

"무슨 얘긴지 잘 모르겠는데요."

경사가 불평했다.

그러나 경감은 이미 '1927년~1930년'의 라벨이 붙은 서랍을 뒤지고 있었다.

도널드 캐츠의 출생 기록 카드 다음 장은 분홍색이었고 이름은 '루타스, 로젤'이었다.

전화번호부에 루타스는 없었다.

다음 장은 파란색이었다. '핑클턴, 잴먼'.

전화번호부에 그런 이름은 없었다.

분홍색. '헤거위트, 애들레이드.'

"계속하세요, 아버지."

경감은 다른 카드를 꺼냈다.

"콜린스, 바클레이 M."

"콜린스는 많은데…… 바클레이 M.은 없어요."

"산모 카드의 어머니 이름은……."

"그건 상관없어요. 희생자들은 전부 자기 이름이 전화번호부에 실려 있어요. 진료 카드 중에서 부모의 이름이 전화번호부에 있고 아이의 이름은 없는 경우를 확인해봤는데, 그런 경우가 두 건 있었어요. 분명 그런 경우는 훨씬 더 많을 거예요. 하지만 카잘리스는 그런 사람들을 전부 건너뛰었어요. 아마 그 사람들을 다 찾을 경우 조사해야 할 내용이 엄청나게 늘어나고 그에 따라 위험도 같이 늘기 때문일 거예요. 적어도 지금까지는 곧바로 추적할 수 있는 경우만 선택했어요. 다음 카드는요?"

"프롤린스, 콘스탄스."

"없어요."

이후 경감은 쉰아홉 장의 카드를 읽었다.

"솜스, 메릴린."

"철자가 어떻게 되나요?"

"S-o-a-m-e-s."

"S-o-a……. 솜스. 여기 있어요! 솜스, 메릴린!"

"나 좀 보여다오."

솜스는 하나뿐이었다. 주소는 이스트 29번가 486번지였다.

"1번 애비뉴에서 좀 떨어진 곳이군. 벨뷰 병원에서 엎어지면 코 닿을 곳이야."

경감이 중얼거렸다.

"어머니와 아버지의 이름은 뭐죠? 그 흰색 카드에 뭐라고 적혀 있나요?"

"이드나 L.과 프랭크 P. 아버지의 직업은 우체국 직원이라고만 적혀 있어."

"메릴린 솜스와 그 가족에 대해 간단히 확인할 수 있을까요? 여기서 기다리는 동안?"

"너무 늦었는데……. 일단 시장에게 전화해서 카잘리스를 붙잡아두라고 말하마. 전화기가 어디 있지?"

"진료실에 두 대가 있어요."

"집 전화는 없나?"

"현관 옆 전화실에요."

경감이 나갔다.

그가 돌아오자 엘러리가 말했다.

"그쪽에서 여기로 전화를 걸진 않겠죠?"

"날 뭘로 생각하는 거냐, 엘러리?"

경감이 화를 버럭 내며 말했다.

"카잘리스의 개인적인 전화를 받았다간 완전히 엉망진창이
되는 거야! 내가 30분 후에 전화를 걸기로 했다. 벨리, 만일 전
화벨이 울리면 절대 받지 마."

"절 뭐라고 생각하시는 겁니까, 경감님!"

그들은 기다렸다.

벨리 경사는 현관 앞을 계속 서성거렸다.

경감은 계속 시계만 꺼내 보았다.

엘러리는 분홍색 카드를 집어 들었다.

'솜스, 메릴린, 여, 1928년 1월 2일 오전 7시 13분.'

맨해튼 인구에 여성 한 명 증가. 인구 동태 통계에 1인 추가.
죽음의 손에 의해 기록됨.

분만 개시	정상
태아 자세	좌후두횡위
진통 기간	열 시간
신생아 상태	정상
마취	모르핀-스코폴라민
처치	겸자

크레데 예방법	크레데 점안
임신 기간	40주
호흡	자가 호흡
소생 방법	없음
출산 중 상해	없음
선천성 기형	없음
약물 처치	없음
체중	2.97킬로그램
키	49센티미터

그런 식으로 열흘간이 기록되어 있다. 신생아의 행동……. 추가 영양 섭취 또는 보완 섭취……. 문제 기록. 소화, 호흡, 혈액순환, 비뇨 생식계통, 신경계, 피부, 배꼽…….

성실한 의사. 죽음은 언제나 성실하다. 소화. 순환. 배꼽. 특히 배꼽. 배아 구조의 외부와 배아가 연결되는 지점. 그것이 배꼽의 해부학적 동물학적 정의다. 포유류의 태아를 태반과 연결하는 탯줄이 붙어 있던 곳……. 와튼제대교질……. 외배엽 상피조직……. 터서 실크에 대해서는 아무 언급이 없다.

그것은 21년 후에나 등장하게 된다.

그때까지는, 여자아이는 분홍 카드, 남자아이는 파란 카드.

체계적이다. 분만에 관한, 무슨 말인지 모를 과학적 용어들.

이 모든 것이 카드에 색 바랜 잉크로 적혀 있다. 촉촉한, 발그레한, 꼼지락거리는 완전한 하나의 생명체에 관한 신의 소개 글.

그리고 신이 부여한 것을 신이 빼앗는다.

전화기를 내려놓을 때 경감의 얼굴은 약간 창백했다.

"어머니 이름은 이드나, 결혼 전 성은 래퍼티다. 아버지 이름은 프랭크 펠번 솜스, 직업은 우체국 직원. 딸인 메릴린은 프리랜서 속기사야. 나이는 스물한 살."

오늘 밤, 내일, 다음 주, 다음 달. 메릴린 솜스, 21세, 직업 프리랜서 속기사, 주소 이스트 29번가 486번지, 맨해튼. 그녀를 이 세상에 나오게 한 에드워드 카잘리스의 손은 그녀의 카드를 뽑을 것이고, 그녀의 목에 맞는 연분홍색 터서 실크 끈을 재겠지.

그리고 그는 손에 끈을 들고 탐색에 나설 것이다. 〈뉴욕 엑스트라〉의 만화가는 펜촉을 가다듬고 열 번째 꼬리를 휘두르는 고양이를 그릴 것이다. 열 번째 꼬리 옆에는 물음표 모양의 열한 번째 꼬리가 달려 있을 것이다.

"하지만 이번엔 우리가 그를 기다리고 있을 겁니다."

그날 밤 엘러리는 자신의 아파트 거실에서 말했다.

"최대한 안전한 순간까지 기다렸다가 범인이 공격하는 바로 그때 끈을 손에 든 그를 덮칠 겁니다. 그에게 확실하게 고양이 라벨을 붙일 수 있는 방법은 이것뿐이에요."

셀레스트와 지미는 둘 다 겁에 질린 표정이었다.

안락의자에 앉은 퀸 경감은 셀레스트를 계속 바라보고 있었다.

"운에 맡겨둔 것은 하나도 없습니다. 카잘리스는 지난 금요일부터 스물네 시간 감시를 당하고 있습니다. 메릴린 솜스는 오늘 오후부터. 카잘리스의 일거수일투족에 대해서는 경찰 본부의 특별 사무실에서 한 시간 간격으로 보고하고 있어요. 그곳에서 벨리 경사와 다른 형사 하나가 쉬지 않고 근무 중이죠. 이 둘은 카잘리스 감시조로부터 의심스러운 행동이 보고되는 순간 곧장 직통 라인으로 우리에게 알리도록 되어 있습니다.

메릴린 솜스는 무슨 일이 일어나고 있는지 전혀 모릅니다. 가족들도 마찬가지고요. 이 일을 알게 되면 불안해할 거고, 부자연스러운 행동을 보이면 카잘리스가 의심을 품을 수도 있으니까요. 그렇게 되면 이 모든 과정을 처음부터 다시 해야 할 수도 있고, 또는 그가 겁을 먹고 꽤 오랫동안, 아니면 영원히 움직이지 않을지도 모릅니다. 우린 더 이상 기다릴 여유가 없어요. 실수를 감당할 여유도 없고요.

메릴린에 대해서도 한 시간 단위로 보고를 받고 있죠. 거의 완벽하게 세팅이 된 겁니다."

"거의?"

지미가 말했다.

그 말이 사람들 사이에 기이한 불쾌감으로 남았다.

"셀레스트, 당신을 계속 아껴놓고 있었어요. 가장 중요하고 가장 위험한 일을 위해서. 지미의 대용으로. 카잘리스의 다음번 희생자가 남자로 결정됐다면 지미를 썼을 거예요. 여자라서…… 당신인 거고."

"무슨 일인데요?"

지미가 조심스럽게 물었다.

"원래 내 계획은 당신 둘 중 한 사람으로 카잘리스의 카드에서 뽑힌 다음번 희생자를 대체하는 것이었어요."

팔로 다리를 감싸 안고 앉아 있던 맥켈은 벌떡 일어서서 엘러리를 노려보았다.

"거기에 대한 대답은 '아니요'예요. 이 여자를 도살장의 쇠고기로 만들 순 없습니다. 내가 허락하지 않을 거예요! 내가, 이 맥켈이!"

"말했잖아. 진작 이 녀석을 공공장소 소란 행위 혐의로 가둬 놨어야 했다니까, 엘러리."

경감이 쏘아붙였다.

"앉아, 맥켈."

"난 서 있을 거예요. 당신이 좋아하든 말든!"

엘러리는 한숨을 쉬었다.

"참 귀엽네, 지미. 하지만 퀸 씨의 생각이 어떻든 상관없어. 난 도망가지 않을 거야. 이제 얌전히 자리에 앉아서 자기 일이나 신경 쓰는 게 어때?"

셀레스트가 말했다.

"아니! 당신의 그 바보 같은 목에 끈이 감길 가능성을 즐기기라도 하는 거야? 여기 이 남자가 아무리 어마어마하게 똑똑하다고 해도 일이 잘 안 풀리는 날이 있을 수 있어. 게다가, 이 사람이 언제 인간이었던 적이 있었나? 나는 이 사람에 대해서 전부 알아. 여기 통제실에 앉아서 다이얼이나 만지작거리고 있지. 과대망상에 대해 얘기해볼까! 만일 이자가 당신 목을 카잘리스의 올가미에 밀어 넣는다면, 카잘리스와 다를 게 뭐야? 둘다 편집증 환자라고! 아무튼, 아이디어니 뭐니 할 것 없이 이건 다 바보 같은 얘기야. 당신이 어떻게 다른 사람인 척 카잘리스를 속일 수 있겠어? 당신이 무슨 마타하리라도 돼?"

지미가 고래고래 외쳤다.

"내 말을 끝까지 안 들었잖아, 지미."

엘러리가 인내심을 가지고 말했다.

"그게 원래 계획이었다고 말했지. 하지만 다시 생각한 끝에 너무 위험하다는 결론을 내렸어."

"아."

지미가 말했다.

"셀레스트에게 위험하다는 게 아니야. 셀레스트도 메릴린 솜스처럼 안전하게 보호를 받을 거야. 하지만 함정 자체가 위험해. 메릴린 솜스는 그의 목표물이 될 거야. 그럼 메릴린을 정찰하겠지. 다른 희생자들을 정찰했던 것처럼. 역시 메릴린의 협조를 구하는 게 가장 안전해."

"셀레스트를 고양이의 미끼로 쓰지 않는 이유조차도 비인간적이군요!"

"그럼 제가 할 일은 뭐예요, 퀸 씨? 지미, 당신은 입 좀 다물어."

"내가 말했듯이, 카잘리스가 대상을 물색할 때 사전 조사를 한다고 믿을 만한 충분한 근거가 있어요. 지금은 메릴린이 집에서 나설 때마다 형사들이 감시하고 있어요. 하지만 형사들이 감시하는 건 밖에서만 가능합니다. 메릴린을 물리적으로 보호하는 건 가능해요. 하지만 이 방법으로는, 이를테면, 카잘리스에게서 전화 연락이 오는 건 확인할 수 없잖아요.

카잘리스의 전화를 도청할 수는 있어요. 집 전화로 메릴린의 집에 전화를 한다면. 그러나 카잘리스는 이쪽 일을 잘 아는 데다 약삭빠르기도 해요. 그리고 지난 몇 년 사이 일반인들도 정부의 전화 도청에 대해서 잘 알게 되었고요. 도청 기술, 감청 내용 등이 일반에 많이 알려졌으니까. 카잘리스가 의심을 하게

하면 안 됩니다. 게다가, 그런 목적의 전화를 집 전화로 할 만
큼 그가 바보일 리도 없어요. 그러니 만일 전화로 접근하려 한
다면 틀림없이 어느 공중전화를 이용할 거예요. 거기까지는 우
리가 대비할 수 없죠.

솜스 집의 전화를 도청할 수도 있겠지만, 이미 말했듯이 가
족들이 의심하는 상황을 만들어선 안 돼요. 솜스 가족은 앞으
로 몇 주 동안 무조건 평범하게 행동해야 해요.

아니면 카잘리스가 아예 전화를 안 할지도 몰라요. 어쩌면
편지로 연락을 해 올지도 모릅니다."

"물론 이전 사건에서 편지로 접근했다는 증거는 찾지 못했
어. 하지만 그렇다고 해서 전혀 그런 적이 없었다는 뜻은 아니
지. 심지어 그가 전에 한 번도 편지를 쓰지 않았다 해도, 지금
도 안 쓸 거란 보장은 없어."

경감이 말했다.

"가명으로 보낸 편지도 가능하겠죠."

엘러리가 말했다.

"우리가 미국 우편국의 편지를 가로챌 수 있는 방법이 있다
면…… . 그건 그냥 실현 불가능하다고만 해둡시다.

어떤 경우든, 가장 안전한 방법은 우리가 신뢰할 수 있는 사
람을 솜스 집안에 심어두는 것입니다. 앞으로 2, 3주 정도 가족
과 함께 스물네 시간 생활할 수 있는 사람을요."

"그리고 그게 저로군요."

셀레스트가 말했다.

"누가 저한테 이게 살바도르 달리, 롬브로소* 그리고 색스 로

* 이탈리아의 범죄학자.

머*가 함께 만들어낸 악몽인지 아닌지 말 좀 해주실래요."

소파 위에서 목 졸린 말소리가 들려왔다.

하지만 아무도 그 말에 신경 쓰지 않았다. 셀레스트는 눈살을 찌푸렸다.

"하지만 그 사람이 저를 알아보지 않을까요, 퀸 씨? 그때 그가……."

"시몬을 노렸을 때?"

"그다음엔 신문에 제 사진도 실렸고요."

"내 생각이지만 그땐 그가 시몬에게만 집중하고 당신에겐 그다지 신경 쓰지 않았을 것 같아요. 그리고 신문에 실린 사진은 나도 봤는데, 그런 데 나오는 사진들은 대체로 형편없었어요. 그래도 그자가 당신을 알아볼 가능성은 있죠……. 그래요. 당신을 본다면 말이에요. 하지만 그자가 당신을 보지 못하게 할 겁니다."

엘러리는 미소를 지었다.

"이건 철저하게 내부 작업일 것이고 당신은 완벽하게 통제된 상황이 아니면 거리에 절대 나오지 않을 거예요."

엘러리는 아버지를 힐긋 쳐다보았고, 경감은 일어섰다.

"이런 말 해도 상관없겠지, 필립스 양. 나는 이 일에 결사반대했어요. 이 일은 훈련받은 전문가가 해야 할 일이니까."

"하지만."

지미 맥켈이 씁쓸하게 말했다.

"그래요. 하지만 엘러리가 내세운 두 가지 사실 때문에 마음을 바꿨어요. 하나는 지난 몇 년간 당신이 장애가 있는 언니를

---

* 영국의 소설가.

간병했다는 거요. 다른 하나는 솜스 가족의 아이들 중 하나 때문인데……. 아이들은 메릴린을 포함해 전부 넷인데, 그중 일곱 살 난 소년이 한 달쯤 전에 엉덩뼈가 부러져서 지난주에야 깁스를 한 채로 퇴원을 했어요.

이 소년에 대한 의료 기록을 확보했어요. 아이는 침대에 누워 있어야 하고 앞으로 몇 주 동안은 집중적인 보살핌을 받아야 해요. 정식 간호사까지는 필요 없지만, 보조 간호사의 도움은 필요하지. 우리는 중개인을 통해 가족의 주치의인 마이런 울버슨과 접촉해봤어요. 울버슨 박사는 아이를 돌봐줄 보조 간호사를 계속 찾고 있었는데, 아직 못 찾았다는 걸 알아냈죠."

경감은 어깨를 으쓱했다.

"소년의 사고는 우리에겐 커다란 행운일 수 있어요, 필립스양. 만일 당신이 이 엉덩뼈가 부러진 환자를 돌볼 보조 간호사 역할을 맡을 수만 있다면."

"아, 그럼요!"

"먹이고, 씻기고, 놀아주는 것 외에 마사지도 해줘야 해요. 그리고 이런저런 간병도. 할 수 있겠어요, 셀레스트?"

엘러리가 말했다.

"그런 건 시몬을 돌보면서 늘 했던 일이에요. 시몬의 의사 선생님도 자기가 아는 전문 간호사들보다 제가 훨씬 낫다고 늘 말씀하셨는걸요."

퀸 부자는 서로를 바라보았다. 경감은 손짓을 했다.

엘러리가 활기차게 입을 열었다.

"그럼, 셀레스트. 내일 아침에 같이 울버슨 선생을 만나러 갑시다. 그 사람은 당신이 진짜 간호사가 아니라는 것도 알고 극

비의 중요한 문제 때문에 솜스 집안에 들어가려 한다는 것도
알아요. 그 부분에서는 울버슨 선생이 꽤 까다롭게 굴었죠. 그
래서 시청의 고위 관리를 동원해서 다 솜스 가족을 위한 것이
라고 한참을 설득해야 했어요. 그래도 아무튼 의사 선생이 당
신을 무자비하게 테스트할 겁니다."

"침대에서 환자를 움직이는 법도 알고, 피하주사를 놓을 줄
도 알아요. 그 선생님도 만족하실 거예요. 꼭 그럴 거예요."

"당신의 매력은 조금만 발산해도 충분해. 날 몽롱하게 만든
그 매력 말이야."

지미가 으르렁거렸다.

"난 이게 가치 있는 일이라 하는 거야, 맥켈!"

"아마 잘해낼 거예요. 그건 그렇고, 본명은 쓰지 않는 게 좋
겠어요. 울버슨 선생에게도."

엘러리가 말했다.

"맥켈은 어때요?"

맥켈이 코웃음을 쳤다.

"그냥 지금 당장 이름을 맥켈로 바꾸고 여탐정의 환상은 될
대로 되라고 집어던지는 게 어떨까?"

"맥켈, 지금부터 한 마디만 더 하면 내가 직접 자네를 문까지
에스코트해서 발로 차 내쫓아버리겠어!"

경감이 으르렁거렸다.

"좋아요. 뭐 그렇게들 이기적으로 굴 거라면."

지미가 중얼거렸다. 그리고 그는 소파 위에서 화난 나무늘보
처럼 몸을 웅크리고 앉았다.

셀레스트가 지미의 손을 잡았다.

"내 본명은 마르탱이에요. 프랑스식 발음인데, 그냥 영어식으로 마틴이라고 하면……."

"완벽해요."

"그리고 시몬의 어머니는 절 수전이라고 부르셨어요. 그건 제 중간 이름이에요. 시몬도 가끔 저를 수라고 불렀죠."

"수 마틴. 좋아요. 그걸로 합시다. 만일 울버슨 선생이 당신을 마음에 들어하면 당신을 솜스 부부에게 입주 간호사로 추천할 거고 곧장 일을 시작하게 될 거예요. 물론 일반적인 간호사 봉급도 받을 수 있죠. 얼마인지는 모르겠지만. 나중에 알아볼게요."

"네, 퀸 씨."

"잠깐 일어서봐요, 필립스 양."

퀸 경감이 말했다.

셀레스트는 깜짝 놀랐다.

"네?"

경감이 그녀를 아래위로 훑어보고는 그녀의 주위를 한 바퀴 돌았다.

"이런 경우 남자들은 일반적으로 휘파람을 불죠."

지미가 말했다.

"그게 문제야."

경감이 쉰 목소리로 말했다.

"필립스 양, 좀 더 수수한 차림을 하는 게 좋겠어요. 보조 간호사라는 중요한 직업을 폄하하려는 의도는 아니지만, 당신이 보조 간호사라면 나는 올리비아 드 하빌랜드*요."

* 미국의 여배우.

"네, 경감님."

셀레스트가 얼굴을 붉히며 말했다.

"립스틱 말고는 화장도 하지 말아요. 너무 화사한 색도 안 돼."

"네, 경감님."

"머리 모양도 좀 더 단순하게 바꿔요. 매니큐어도 지우고 손톱도 깎아요. 옷도 수수한 걸로 입고. 좀 더 원숙하게 치장하고 좀 더…… 좀 더 피곤한 얼굴을 하도록 해요."

"네, 경감님."

셀레스트가 말했다.

"흰색 유니폼은 있어요?"

"아뇨……."

"두 벌 마련해주지. 그리고 흰색 스타킹도 좀 있어야 하고. 굽 낮은 하얀색 신발은?"

"한 켤레 있어요, 경감님."

"보조 간호사들이 쓰는 가방도 필요해요. 도구들을 갖춘. 그건 우리가 마련해주죠."

"네, 경감님."

"손잡이에 진주 장식이 붙은 권총은 어때? 그게 없으면 진정한 여탐정이라 할 수 없잖아."

자신의 말에 아무도 대꾸하지 않자 지미는 일어서서 스카치 위스키 병으로 향했다.

"탐정 일 얘기가 나와서 말인데. 솜스 소년을 돌보는 일 말고도, 눈과 귀를 항상 열어놔야 해요. 메릴린 솜스는 집에서 일을 해요. 원고를 타이핑하거나 하는 일이죠. 그래서 집에 자기 이름으로 전화를 놓은 거예요. 메릴린이 집에서 일하는 건 또 다른 행운이에요. 친해질 기회가 생길 거예요. 메릴린은 당신보다 겨우 두 살 어리고, 지금까지 많이 알아낸 건 아니지만 착하고 진실한 마음을 가진 아가씨라고 하더군요."

엘러리가 말했다.

"쳇. 방금 그 말은 우리의 여탐정 29-B호에게 걸맞은 설명이라고요."

지미가 술병을 둔 선반 앞에서 말했다. 그러나 그는 조금씩 자랑스러워하는 태도를 보이기 시작했다.

"메릴린은 사교 모임 같은 데는 거의 나가지 않아요. 책에 관심이 많죠. 당신과 아주 비슷해요. 셀레스트, 심지어 외모도 많이 비슷해요. 무엇보다도, 메릴린은 아픈 꼬마 남동생을 아주 많이 좋아해요. 그러니 공통의 화젯거리는 금방 찾아낼 수 있을 거예요."

"특히 전화에 신경 써야 하고."

경감이 말했다.

"그래요. 전화 통화 내용은 모두 알아내세요. 솜스 가족이 모르는 사람에게서 전화가 왔을 때는 특히 더."

"그리고 전화가 메릴린에게 온 건지 다른 사람에게 온 건지도 확인하고."

"알겠습니다. 경감님."

"메릴린이 받는 편지도 모두 읽어봐야 해요. 가능하다면 가족들이 받는 우편물은 전부 읽어봐요. 그 집안에서 일어나는 일을 전부 다 관찰해서 우리에게 상세히 보고해야 해요. 정기적으로 일일 보고를 해주면 좋겠어요."

엘러리가 말했다.

"전화로 보고해야 하나요? 그건 어려울 것 같은데."

"비상 상황이 아니면 전화는 이용하지 말아요. 이스트 29번 가와 1번 애비뉴, 2번 애비뉴 근처에 만날 장소를 마련하죠. 매일 밤 다른 장소로."

"나도."

지미가 말했다.

"스탠리가 잠든 후 매일 밤 정해진 시간에 봅시다. 그 집에 들어가서 집안 분위기를 좀 알게 되면 시간을 정해놓도록. 그때 산책을 나오는 거죠. 첫날부터 그렇게 하는 습관을 만들어놔요. 그래야 가족들이 당신의 밤 외출을 이상하게 여기지 않을 겁니다. 혹시 정해놓은 시간에 집에서 나오지 못할 상황이 생기면, 우리는 약속 장소에서 당신이 나올 때까지 기다릴 겁니다. 밤을 새서 기다려야 한다고 해도요."

"나도."

지미가 말했다.

"질문 있어요?"

셀레스트는 생각에 잠겼다.

"없는 것 같아요."

엘러리가 셀레스트를 빤히 노려본다고, 지미는 생각했다.

"이번 일에서 당신이 맡은 역할이 얼마나 중요한지는 말로 설명할 수 없을 정도예요, 셀레스트. 물론 카잘리스는 외부에서 공격할 거고 당신이 말려들 일은 전혀 없어요. 우리는 그러길 바라고 있어요. 하지만 혹시 그렇지 않다면, 당신은 우리의 트로이 목마예요. 그때는 모든 게 당신에게 달려 있어요."

"최선을 다할게요."

셀레스트가 작은 목소리로 말했다.

"그건 그렇고, 기분은 어때요?"

"그냥…… 좋아요."

"내일 울버슨 선생을 만나고 와서 다시 자세하게 얘기할 겁니다."

엘러리는 셀레스트의 어깨를 감싸 안았다.

"오늘 밤은 얘기한 대로 여기서 묵어요."

그러자 지미 맥켈이 으르렁거렸다.

"나도!"

10

만일 메릴린의 아버지가 덩치 좋은 색골이고, 솜스 부인이 성질 더러운 여자이고, 메릴린은 난잡하고 게으른 여자애고, 어린 동생들은 거리의 불량 청소년 같았다면 셀레스트가 솜스 가족들 틈에서 여자 야누스 역할을 하는 게 훨씬 마음 편했을지도 모른다. 그러나 솜스 가족은 어느 모로 봐도 좋은 사람들이었다.

프랭크 펠먼 솜스는 쥐어짤 대로 쥐어짜 깡마른 것 같은 사람으로 부드럽게 파고드는 목소리를 지니고 있었다. 그는 8번 애비뉴의 33번가에 있는 우체국의 상급 직원이었고, 마치 대통령에 의해 우체국 직원으로 임명되기라도 한 것처럼 본인의 업무를 거룩하게 받아들였다. 일할 때가 아니면 소소한 농담을 즐기는 사람이었다. 퇴근길이면 언제나 캔디바, 소금 친 땅콩이 든 봉지, 풍선껌 같은 자질구레한 것들을 사 들고 집에 와서 세 아이들에게 라다만토스*처럼 엄정하게 분배해주곤 했다. 간혹 메릴린에게는 초록색 포장지에 싼 장미 한 송이를 가져다주기도 했다. 어느 날 밤에는 아내를 위해 종이 상자에 든 커다란 러시아식 샤를로트**를 들고 나타났다. 솜스 부인은 남편의

---

* 그리스 신화에 등장하는 정의로운 재판관.
** 스펀지케이크 속에 크림이나 커스터드를 넣은 디저트

315

낭비벽에 소스라치게 놀라며 이런 걸 사 오다니 너무 이기적인 것 아니냐며 케이크를 먹지 않겠다고 단언했다. 그러나 솜스가 목소리를 낮추어 부인의 귓가에 뭐라고 속삭이자 그녀는 얼굴을 붉혔다. 셀레스트는 부인이 작은 케이크 상자를 조심스럽게 아이스박스에 넣는 것을 보았다. 메릴린은 그 케이크를 파는 계절이 되면 부모님이 항상 "속삭인다"고 했다. 다음 날 아침, 셀레스트가 스탠리에게 줄 우유를 꺼내려 아이스박스를 열었을 때, 그 속에 상자는 없었다.

메릴린의 어머니는 태생적으로 힘이 좋은 여자였지만 중년에 접어들면서 기운이 점점 빠지며 쇠약해졌다. 그녀는 고된 일을 하며 동전 한 닢도 아끼는 생활을 해왔고 자신을 돌볼 시간은 없었다. 뿐만 아니라 힘든 갱년기까지 겪고 있었다.

"인생의 변화도 겪었고, 방세 수입도 줄었고, 정맥류도 생겼고, 발도 아파요. 하지만 서턴 플레이스의 부인들이 나보다 더 딸기 파이를 잘 굽는지 보고 싶네요."

솜스 부인이 셀레스트에게 농담처럼 말하고는 씁쓸하게 덧붙였다.

"물론 딸기를 살 돈이 있어야 말이지만."

부인은 몸이 약해 자리에 자주 누워야 했다. 그러나 낮에는 오래 누워 있을 수가 없었다.

"울버슨 선생님이 뭐라고 하셨는지 알고 있지, 이드나."

솜스 씨가 걱정스럽게 말하면 이드나는 코웃음을 쳤다.

"아, 당신이나 당신의 울버슨 선생님이나. 빨랫감이 일주일 치나 쌓여 있는 건 어쩌라고요."

솜스 부인은 빨래에 대한 강박관념에 사로잡혀 있었다. 그녀는 메릴린에게 절대 빨래에 손을 대지 못하게 했다.

"요즘 아가씨들은 비누만 있으면 빨래가 저절로 다 되는 줄 안다니까."

그녀는 한심하다는 듯 말하곤 했다. 그러나 한번은 셀레스트 에게 이렇게 말한 적이 있었다.

"저 애도 앞으로 평생 빨래를 하며 살아야 하잖아요."

솜스 부인의 유일한 취미는 라디오를 듣는 것이었다. 집에는 작은 탁상용 라디오 한 대밖에 없었는데, 잡동사니를 보관하는 부엌 선반 한가운데에 항상 자리 잡고 있었다. 솜스 부인은 한 숨을 내쉬며 이것을 어린 스탠리의 침대 머리맡에 놓아주었다. 셀레스트는 스탠리에게 하루 두 시간 라디오 듣는 시간을 정해 주고 나머지 시간에는 라디오를 듣지 말라고 지시했다. 그 두 시간은 부인이 좋아하는 프로그램 시간과 겹치지 않게 정했다. 이를 들은 솜스 부인은 미안함과 고마움이 섞인 표정을 지었 다. 부인은 아서 고드프리*의 프로그램과 〈스텔라 댈러스〉, 〈빅 시스터〉 같은 드라마, 그리고 퀴즈 프로그램인 〈더블 오어 낫 싱〉은 절대 놓치지 않는다고 했다.

"언젠가 돈이 들어오면 프랭크가 텔레비전 수상기를 사주기 로 했어요."

부인은 무덤덤하게 덧붙였다.

"아무튼 프랭크는 그렇게 말했어요. 그이가 항상 사는 복권 이 언젠가는 당첨될 거라고 굳게 믿고 있거든요."

스탠리는 막내였다. 체구는 왜소했고 눈이 반짝거렸는데, 항 상 대혼란이나 피바다 같은 것을 상상하는 소년이었다. 처음에

---

* 라디오 진행자 겸 코미디언.

는 셀레스트가 꽤 미심쩍었는지 입을 꼭 다물고 한 마디도 하지 않았다. 그러나 첫째 날 밤늦게 셀레스트가 아이의 앙상한 몸을 마사지하고 있는데, 소년이 불쑥 물었다.

"진짜 간호사예요?"

"음, 이를테면."

셀레스트는 미소를 지었지만 심장은 심하게 요동쳤다.

"간호사는 칼로 사람을 찔러요."

스탠리가 무뚝뚝하게 말했다.

"누가 그런 얘기를 해줬어?"

"난쟁이 프랜시스 엘리스요. 우리 선생님이에요."

"스탠리, 선생님은 그런 얘기를 해주시지 않아. 그리고 난쟁이라니, 그렇게 멋진 선생님에게 도대체 왜 그런 말도 안 되는 별명을 붙인 거야?"

"교장 선생님이 그렇게 부르시는걸요."

스탠리가 분한 듯 말했다.

"교장 선생님이 난쟁이라고 부르신다고?"

"옆에 아무도 없으면 '땅꼬마 난쟁이' 엘리스 선생님이라고 불러요."

"스탠리 솜스, 난 그런 말은 하나도 안 믿어……."

그러나 스탠리는 겁에 질린 눈빛으로 작은 머리를 이리저리 휘두르며 주위를 둘러보았다.

"똑바로 누워! 왜 그러는데?"

"그거 알아요, 마틴 선생님?"

스탠리가 속삭였다. 셀레스트도 같이 속삭이며 물었다.

"뭔데, 스탠리, 뭔데?"

"내 피는 초록색이에요."

그 후로 셀레스트는 스탠리 주인님의 말, 계시, 비밀 등에 엄청나게 양념을 쳐서 소화시켰다. 아이의 환상과 사실을 구분하려면 상당한 수준의 판단력이 필요했다.

스탠리는 고양이에 대해서도 아주 잘 알고 있었다. 꼬마는 셀레스트에게 자신이 '고양이'라고 진지하게 털어놓았다.

스탠리와 메릴린 사이에는 두 명의 아이가 더 있었다. 아홉 살 엘리너와 열세 살의 빌리였다. 엘리너는 몸집이 크고 조용하며 항상 느긋한 아이였다. 외모는 평범한 편이었지만 눈에 띄게 빛나는 눈을 가지고 있었다. 셀레스트는 엘리너와 곧바로 친해졌다. 빌리는 자신이 중학생이라는 사실을 달관한 태도로 받아들였다. 그는 손재주가 좋았고 아파트에는 엄마를 위해 '잡동사니'로 만든 발명품이 굴러다녔다. 그러나 아버지는 빌리에게 다소 실망하는 것 같았다.

"빌리는 대학에 보내긴 글렀어. 공부에 영 흥미가 없어. 하는 거라곤 학교 끝나고 동네 차고들을 뒤지면서 모터나 만지작거리는 것뿐이니. 취업 허가서를 받아 기계 관련 일을 배울 나이까지도 못 기다리겠어. 우리 집안의 학자는 딸들뿐이야."

마침 빌리는 한창 키가 크는 시기여서 솜스 부인 말대로 이카보드 크레인*을 쏙 빼닮은 모습이었다. 프랭크 솜스는 책 애호가였다. 그는 언제나 도서관 책에 코를 파묻고 읽었고, 젊은 시절부터 모아놓은 낡은 책들을 책꽂이에 꽂아 자랑스럽게 진열해두었다. 월터 스콧, 워싱턴 어빙, 조지 엘리엇, 윌리엄 새커리 같은 작가들의 책이었는데, 빌리는 이들을 '고리타분한

* 워싱턴 어빙의 단편소설 《슬리피 할로우의 전설》의 주인공.

작가들'이라고 평하곤 했다. 빌리의 독서는 거의 만화책으로 한정돼 있었고, 그의 아버지는 절대 이해하지 못하는 복잡한 물물교환 시스템을 통해 대량으로 입수했다. 셀레스트는 손이 크고 능글맞은 목소리를 지닌 빌리를 좋아했다.

그리고 메릴린은 사랑스러운 아가씨였다. 셀레스트는 그녀를 보자마자 곧장 좋아하게 되었다. 메릴린은 그렇게 예쁘지는 않았고, 키가 컸다. 코는 약간 평평했고 광대뼈는 심하게 도드라져 있었다. 그러나 짙은 색깔의 눈과 머리카락은 사랑스러웠고, 몸놀림이 쟀다. 셀레스트는 그녀가 지닌 은밀한 슬픔을 이해했다. 가족을 부양해야 하는 아버지의 부담을 덜어주기 위해 돈을 벌어야 했기 때문에, 고등학교를 마치고 가고 싶던 대학에 진학하지 못했던 것이다. 그러나 메릴린은 불평을 일삼는 사람은 아니었다. 겉에서 볼 때는 평온해 보이기까지 했다. 셀레스트는 그녀에게 또 하나의 독립된 인생이 있다는 것을 알았다. 간접적인 인생이었다. 그녀는 자신의 일을 통해 뿌옇고 뒤틀린 창으로나마 창조적이고 지적인 세계를 엿보고 있는 것이었다. 언젠가 메릴린은 셀레스트에게 이런 말을 한 적이 있었다.

"난 타이피스트로서는 최고가 아니에요. 타이핑하는 내용에 너무 푹 빠져들거든요."

그렇지만 그녀는 좋은 고객들을 많이 확보하고 있었다. 전직 고등학교 교사를 통해서 알게 된 희곡 작가 모임의 일을 해주고 있었는데, 그들의 작품은 수준을 떠나서 적어도 분량은 많았다. 그녀의 고객 중에는 《심리학적 측면에서 고찰한 세계 역사》라는 기념비적인 저서를 집필 중인 컬럼비아 대학교 교수도 있었다. 최고의 고객은 어느 유명한 언론 기고가였는데, 솜스씨도 자랑스러워할 만큼 그녀를 신뢰했다.

"그리고 가끔 화도 내시고요."

메릴린이 덧붙였다. 메릴린의 수입은 불규칙했고 수입을 계속 유지해야 한다는 책임감 때문에 그녀의 얼굴에는 약간 어두운 그늘이 드리워져 있었다. 아버지의 자존심을 지켜주기 위해 그녀는 늘 "인플레이션을 극복하려고" 임시로 돈을 벌어 보태고 있다는 식으로 이야기했다. 그러나 메릴린은 앞으로 몇 년간, 아니 어쩌면 영원히 탈출구가 없으리라는 것을 잘 알고 있었다. 소년들은 자라서 결혼하고 독립할 때까지 돈이 든다. 엘리너의 교육비도 대주어야 한다. 메릴린은 엘리너를 대학에 보내야 한다고 단호하게 주장했다.

"엘리너는 진짜 천재예요. 요즘 그 애가 쓰는 시를 한번 보세요. 이제 겨우 아홉 살밖에 안 됐는데."

솜스 부인의 몸은 점점 쇠약해지고 있었다. 프랭크 솜스도 건강한 편은 아니었다. 메릴린은 자신의 운명을 잘 알았고 이에 대비하고 있었다. 그 때문에 자기를 쫓아다니던 몇몇 남자들과의 로맨틱한 관계도 일찌감치 접었다.

"적어도 그중 한 사람과는 정식으로 결혼까지 갈 생각도 있었어요."

메릴린은 웃으며 말했다. 현재 그녀를 가장 열렬히 쫓아다니는 사람은 언론 기고가였다.

"아, 그 사람은 결혼 상대는 아니에요. 그 사람은 늘 손으로 원고를 쓰는데, 새 챕터를 요청하러 가거나 내가 타이핑한 원고를 갖다 줄 때마다 여행에서 사 온 아프리카 곤봉을 들고 아파트 안에서 저를 쫓아 뛰어다니곤 해요. 웃기려고 그런 거지 만 진심이 담긴 장난이죠. 언젠가는 도망가지 않고 그이를 덮 칠 거예요. 그 사람이 주는 일이 꼭 필요하지 않았다면 오래전 에 그렇게 했을걸요."

그러나 셀레스트는 언젠가 메릴린이 도망가지 않을 수는 있 겠지만 그를 덮치는 일은 없을 것 같다는 생각이 들었다. 메릴 린도 경험이 쌓이다 보면 현명하게 처신할 거라고 속으로 생각 했다. 메릴린은 열정적인 아가씨이면서 스스로의 순결을 엄격 하게 지키고 있다고 셀레스트는 확신했다. (그것은 셀레스트 필립스에게도 해당되는 얘기였다. 그러나 이 시점에서 필립스 양은 자신의 문제에 대해서는 생각을 접었다.)

솜스 가족은 침실 두 개를 포함해 방이 다섯 개인 아파트에 서 살았다. 엘리베이터도 없는 낡은 아파트였다. 가족에게는 침실이 세 개 필요했기 때문에, 현관문 앞 '전실'을 세 번째 침 실로 개조했다. 이 방은 여자아이들의 침실 겸 메릴린의 작업 실로 사용했다.

"메릴린한테는 자기 방이 따로 있어야 하는데. 하지만 방을 마련할 방법이 달리 없잖아요."

솜스 부인은 한숨을 쉬었다. 빌리는 급하게 메릴린의 '사무 실'을 분리하기 위해 긴 커튼 봉에 천을 달아서 파티션을 만들 었다. 이렇게 마련된 공간에 메릴린은 책상, 타자기, 문구 용 품, 전화기를 놓았다. 이렇게 하니 수수하게나마 독립된 공간 의 분위기가 났다. 평소 메릴린은 밤늦게까지 일하는 반면 엘 리너는 일찍 잠자리에 들었기 때문에 공간은 꼭 구분할 필요가 있었다.

전화의 위치를 보고 셀레스트는 속내를 감추고 제안을 내놓았다. 셀레스트가 처음 집에 도착했을 때, 스탠리는 남자아이들 방에서 지내고 있었다. 셀레스트는 빌리처럼 큰 남자아이와 함께 방을 쓰기가 좀 곤란하기도 하고 밤에도 환자 옆에서 자야 한다고 구실을 대서, 스탠리를 전실을 개조해 만든 침실로 옮기고 엘리너는 남자아이들 방으로 옮겨달라고 부탁했다.

"이렇게 해도 방해가 안 되겠어요?"

셀레스트는 걱정스럽게 메릴린에게 물었다. 셀레스트는 이런 일을 꾸미는 게 영 기분이 좋지 않았다. 그러나 메릴린은 어떤 상황에서도 일할 수 있게 스스로를 훈련해왔다고 말했다.

"스탠리 같은 아이가 집에 있으면 귀를 닫는 법을 배우거나 아니면 자기 목을 찌르는 수밖에 없어요."

메릴린이 '목'이란 말을 아무렇지도 않게 해서 셀레스트는 속이 메스꺼워졌다. 셋째 날에 그녀는 자신이 무의식적으로 메릴린의 통통한 몸에서 목을 의식하고 있다는 걸 깨달았다. 튼튼한 목이었다. 이후에도 그 목은 셀레스트에게 일종의 상징 같은 것이 되고 있었다. 가족 모두의 삶과 밖에서 기다리고 있는 죽음 사이를 이어주는 연결 고리로서의 상징. 그녀는 있는 그대로를 바라보도록 스스로를 다그쳤다.

엘리너에게 스탠리의 침대를 쓰게 한 것이 문제가 되자 셀레스트의 죄책감은 더욱 깊어졌다. 솜스 부인은 엘리너와 빌리 정도 나이가 되는 남매가 방을 함께 쓰는 것은 "좋지 않다"고 했다. 그래서 빌리는 부모님 방으로 옮겼고 솜스 부인은 아이들 방에서 엘리너와 함께 잤다.

"내가 집안을 완전히 뒤엎어놓은 것 같아요. 이런 식으로 여러분의 삶을 흩어놓다니."

셀레스트가 탄식하며 말했다. 솜스 부인이 "아뇨, 마틴 양. 그런 생각은 하지 말아요. 우리 아이를 돌봐주러 와줘서 정말 고마워요"라고 말하자, 셀레스트는 자신이 냉혹한 이중 스파이라도 된 것 같은 기분이 들었다. 그래도 이웃에게 빌려 온 구식 간이침대가 고행자가 머무는 동굴 바닥처럼 딱딱하다는 사실이 그녀에게 작은 위로를 주었다. 셀레스트는 침대에 누울 때마다 속죄를 하는 것이라고 스스로를 속였고, 솜스 가족이 그들의 침대와 바꿔 쓰자고 제안했을 때는 화를 내다시피 하며 거절했다.

"이건 정말 잔인한 짓이에요."

퀸 부자와 지미와 1번 애비뉴의 건물 사이 통로에서 만나 두 번째 회의를 할 때 셀레스트는 신음하며 말했다.

"그 사람들은 정말이지 저한테 잘해줘요. 꼭 범죄자가 된 것 같은 기분이 들어요."

"이런 일을 하기엔 너무 촌뜨기 같은 아가씨라고 내가 말했잖아요."

지미가 비웃었다. 그러나 어둠 속에서 그는 그녀의 손가락 끝에 키스를 하고 있었다.

"지미, 그 가족은 정말 착한 사람들이야. 나한테 늘 입버릇처럼 감사한다고 말하고 있어. 그들이 이 사실을 안다면!"

"양파로 질식시켜 죽이겠지, 뭐. 아, 그러니까 생각나는데……."

그러나 엘러리가 지미의 말을 끊었다.

"우편물 상황은 어때요, 셀레스트?"

"메릴린이 아침에 일어나면 제일 먼저 아래층으로 내려가요. 솜스 씨는 첫 번째 우편배달 전에 출근을 하시니까……."

"그건 우리도 알아요."

"메릴린은 우편물을 책상 위 철사 바구니에 둬요. 읽어보는 데는 아무 문제도 없어요."

셀레스트는 떨리는 목소리로 말했다.

"어젯밤에 읽어봤어요. 메릴린과 스탠리가 잠든 뒤에요. 낮에도 기회는 있어요. 가끔 메릴린이 일 때문에 밖에 나가거든요."

"그것도 알아요."

경감이 진지하게 대답했다. 메릴린 솜스는 예정 없이 외출을 했고 가끔은 밤에도 나갔는데, 그 때문에 형사들은 위궤양에 걸릴 지경이었다.

"메릴린이 외출하지 않더라도 항상 부엌에서 점심을 먹으니까, 스탠리가 깨어 있을 때도 편지는 읽을 수 있어요. 그 묵직한 커튼이 가려주니까요."

"멋지군."

"그렇게 생각하시다니 기…… 기쁘네요."

셀레스트는 그렇게 말하고 지미의 먼지 묻은 파란색 넥타이로 눈물을 닦았다.

그러나 솜스의 아파트로 돌아간 셀레스트는 발그레한 얼굴로 산책을 하고 돌아왔더니 기분이 정말로 좋아졌다고 메릴린에게 말했다. 실제로도 그랬다.

셀레스트는 회의 시간을 10시에서 10시 15분 사이로 정했다. 스탠리는 9시 전에는 잠자리에 들지 않았고, 9시 반이 되도록 잠들지 않는 경우도 많다고 했다.

"항상 침대에 누워만 있으니까 아이가 밤에 잠을 잘 못 자요. 스탠리가 확실히 잠들기 전에는 나올 수가 없고, 그다음엔 설거지를 도와야 해요."

"그렇게까지 할 필요는 없어요, 필립스 양."

경감이 말했다.

"가족들이 의심할 텐데. 보조 간호사가 그런 일을……."

"보조 간호사도 인간이잖아요. 안 그래요?"

셀레스트가 쏘아붙였다.

"솜스 부인은 환자인데도 하루 종일 일을 해요. 식사 준비든 뭐든 제가 도울 수 있는 일이라면 도울 거예요. 집안일까지 돕는다고 하면 전 스파이 연합에서 제명되는 건가요? 걱정 마세요, 퀸 경감님. 들키는 일은 없을 테니까요. 실패해선 안 된다는 건 잘 알고 있어요."

경감은 힘없이 그냥 해본 말이라고 변명했다. 옆에 있던 지미는 무슨 시를 지었다며 줄줄 읊었지만 엘리자베스 시대의 시를 베낀 것 같았다.

그래서 그들은 10시나 그보다 조금 늦게 만났고, 회의가 끝나면 항상 다음 날 만날 장소를 정했다. 셀레스트에게 회의 시간은 그녀가 품고 있는 환상에 어두운 그늘을 드리우는 순간이었다. 스물네 시간 중 스물세 시간 반 동안 그녀는 일하고 먹고 스파이 노릇을 하고 솜스 가족과 함께 잤다. 30분 동안은 달나라만큼이나 다른 세상으로의 여행이었다. 지미의 존재만이 그걸 견딜 수 있게 해주었다. 그녀는 잔뜩 긴장된, 캐묻는 듯한 퀸 부자의 표정이 두려워졌다. 어두운 거리를 걸어 약속된 장

소에서 지미의 부드러운 휘파람 신호를 기다릴 때면 마음을 단
단히 먹어야 했다. 그러고 나서는 문 앞이나 가게의 천막 아래
아니면 어느 골목 안에서나, 약속한 랑데부 장소라면 어디서든
지 그들을 만났고, 점점 더 유쾌해지고 있는 단조로운 하루의
일상을 보고한 뒤 솜스 가족의 우편물과 전화에 대한 질문에
답했다. 회의를 하는 동안에는 어둠 속에서 지미의 손에 매달
려 있었다. 그러고 나서 빨려 들어갈 것 같은 지미의 눈빛을 느
끼며, 그녀는 왔던 길을 다시 걸어 온건하고 따뜻하고 사랑스
러운 솜스 가족의 세상으로 돌아왔다.

　회의에서는 솜스 부인이 굽는 향기로운 빵 냄새를 맡으면 어
머니 같았던 필립스 부인이 생각난다거나, 어떻게 기억하는지
는 모르겠지만 그녀가 기억하는 시몬의 좋았을 때 모습과 메릴
린이 닮았다거나 하는 얘기는 하지 않았다.

　그리고 매일 매 순간, 잠든 때마저도 몸이 차갑게 얼어붙을
정도로 두렵다는 얘기도 하지 않았다.

　어느 누구에게도.

　특히 지미에게는.

그들은 끝없이 생각했다. 매일 밤 셀레스트를 만나는 것 말고
는 달리 할 일이 없었기 때문이다.

　카잘리스에 관한 보고서는 거듭거듭 읽었다. 그들은 짜증이
났다. 카잘리스는 정확히 에드워드 카잘리스 박사처럼 행동하
고 있었다. 죽음의 미각을 만족시키는 데 집착하는 교활한 편
집중 환자가 아닌 저명한 정신과 의사처럼. 그는 여전히 위원
들과 함께 뒤늦게 참여한 의사들이 제출한 의료 기록을 검토하

고 있었다. 시장이 소집한 회의에도 참석했다. 그 회의에는 퀸 부자와 함께 위장술 간파의 전문가도 참석해 카잘리스를 면밀히 관찰했다. 그러나 문제는 그들 중 과연 누가 최고의 배우인가 하는 것이었다. 카잘리스는 사근사근하고 차분한 태도로 그를 몰래 관찰하는 사람들의 기를 죽였다. 회의 석상에서 그는 자신과 위원회가 하는 일이 시간 낭비에 불과하다고 재차 강조했다. 기록 제출을 주저하는 동료들을 다그쳤지만 그들은 여전히 요지부동이며 더 이상은 그들에게서 기대할 것이 없다는 것이었다. (그리고 퀸 경감은 뻔뻔한 표정으로 시장에게 카잘리스 박사와 동료들이 제출한 몇 안 되는 용의자 중에는 고양이일 가능성이 있는 사람이 전혀 없다고 보고했다.)

"경찰 쪽에서는 무슨 진전이 있습니까?"

카잘리스가 경감에게 물었다. 경감이 고개를 젓자 카잘리스는 미소를 지었다.

"분명 외곽 지역에 거주하는 사람일 겁니다."

엘러리는 그에게 어울리지 않는 태도라고 생각했다.

그러나 최근 카잘리스의 건강이 악화되고 있는 것 같다는 사실은 엘러리의 눈길을 끌었다. 그는 전보다 야위었고, 움직임에 힘이 없었고, 백발은 푸석푸석했다. 침울한 얼굴은 칙칙하고 주름져 있었다. 눈 아래에는 떨림이 일었다. 항상 무언가를 두드리던 그 커다란 손은 정박할 곳을 찾는 것처럼 주위를 헤매고 돌아다녔다. 카잘리스 부인은 우울한 얼굴로 남편과 함께 참석했는데, 남편이 뉴욕을 위해 봉사하느라 건강이 너무 상했다며 수사에 참여하도록 종용한 자신의 잘못이라고 말했다. 박사는 아내의 손을 토닥였다. 그는 편안한 마음으로 일하고 있

다고 말했다. 자신을 괴롭히는 것은 실패에 대한 생각이라고
했다.

"젊은이는 실패를 극복할 수 있지만, 노인은 실패 아래로 영
영 가라앉아버리거든."

카잘리스가 말했다.

"에드워드, 그냥 그만뒀으면 좋겠어요."

그러나 그는 미소 지었다. 그는 지금 긴 휴식을 생각하고 있
다고 했다. 이 문제만 '매듭짓는다면'…….

그들을 놀리고 있는 걸까?

그의 은유적 표현이 오래도록 그들의 머릿속에 남았다.

아니면 뭔가 의심스러워졌거나 불확실하거나 검거에 대한
공포가 너무 강해 살인 충동을 억누르려는 것일까?

그가 미행자 중 한 사람을 봤을 수도 있다. 형사들은 물론 들
키지 않았다고 확신했다.

그래도 가능한 일이었다.

아니면 아파트를 수색할 때 흔적을 남겼던 걸까? 그들은 체
계적으로 작업했다. 손대야 할 물건들은 정확한 위치와 상태를
완벽하게 기억하기 전까지 절대 건드리지 않았다. 작업을 마친
후에는 모든 물건들을 정확히 제자리에 되돌려놓았다.

그래도 여전히, 카잘리스가 뭔가를 눈치챘을 가능성이 있다.
만일 덫을 놓았다면? 자신만이 알아볼 수 있는 작은 신호를 남
겼을지도 모른다. 너무나 사소해서 남들은 눈치챌 수 없는 것
을, 저장실이나 서랍들 중 하나에 설치했을 수도 있다. 어떤 정
신병자는 그런 식의 예방 조치를 취할 수 있을지도 모른다. 교
묘하게. 지금 그들은 명석한 두뇌와 정신 질환을 모두 가진 인

물을 다루고 있다. 어느 단계에서는 선견지명을 발휘할 수 있을지도 모른다.

가능한 일이었다.

카잘리스 박사의 행동은 화창한 하늘 아래 잔디밭을 걷는 사람처럼 순수해 보였다. 진료실에 들르는 환자는 하루에 한두 명이고 대부분 여자였다. 가끔씩 다른 정신과 의사의 자문을 해주기도 했다. 아파트 밖으로 나오지 않는 기나긴 밤. 한번은 카잘리스 부인과 함께 리처드슨 부부를 방문했다. 한번은 카네기 홀에 콘서트를 보러 갔다. 프랑크의 교향곡을 들을 땐 눈을 크게 뜨고 손을 맞잡았고, 바흐와 모차르트를 들을 때는 미소를 띤 얼굴로 차분하고 즐겁게 들었다. 한번은 업계 동료와 부부 동반으로 저녁 사교 모임에 나갔다.

이스트 29번가와 1번 애비뉴는 근처에도 가지 않았다.

가능한 일이었다.

정신이 병든 사람이니까.

무슨 일이든 가능하다.

도널드 캐츠가 살해당한 지 열흘째 되던 날, 그리고 '수 마틴'이 보조 간호사 일을 시작한 지 엿새째 되던 날, 두 사람은 식은땀을 흘리며 불안해하고 있었다. 두 사람은 이제 대부분의 시간을 경찰 본부의 상황 보고실에서 보냈다. 말없이. 침묵을 견딜 수 없을 때는 서로에게 불평불만을 쏟아놓았고, 그럴 땐 차라리 침묵이 더 위안이 되었다.

카잘리스가 그들보다 오래 기다릴지도 모른다는 생각에 경감의 얼굴에는 주름이 늘어갔다. 흔히 광인은 비범한 인내심을

발휘한다고 하지 않던가. 조만간 그들이 그가 한계에 다다랐다
는 결론을 내릴 것이라고, 카잘리스는 그렇게 생각하고 있을지
도 모른다. 그가 굉장히 오랫동안 아무것도 하지 않는다면. 그
렇다면 그들은 감시자를 철수시킬 것이다. 조만간.

카잘리스는 그걸 기다리는 것일까?

물론, 그건 자신이 감시당한다는 사실을 알았을 때의 이야기다.

만일 감시자들이 절대 철수하지 않을 것이라고 판단했다면,
그는 그들이 지쳐 부주의해질 때까지 끈질기게 기다릴 것이다.
그러면…… 틈이 생긴다. 그는 그 틈 사이로 미끄러져 빠져나
갈 것이다.

주머니에 터서 실크 끈을 넣고.

퀸 경감은 형사들이 경감을 증오할 때까지 닦달했다.

엘러리의 두뇌는 보다 절박한 곡예를 벌이고 있었다. 카잘리
스가 저장실에 덫을 설치했다고 가정하자. 그래서 누군가가 자
신의 옛날 기록을 뒤졌다는 걸 알게 되었다고 가정하자. 그렇
다면 그는 경찰이 자신의 비밀의 핵심을 간파했다는 것을 알고
있다. 그렇다면 경찰은 그가 희생자를 고르는 방법을 알고 있
고, 그는 경찰이 이를 알고 있다는 걸 알고 있다.

그럴 경우 카잘리스 역시 경찰의 계획을 예상하고 있다고 해
도 카잘리스에 대한 과대평가라고는 할 수 없다. 그가 해야 할
일은 지금 엘러리가 해야 하는 일을 하는 것이다. 상대방의 입
장에서 생각하는 것.

그렇다면 카잘리스는 그들이 도널드 캐츠로부터 메릴린 솜
스를 찾아냈다는 것을, 그리고 메릴린 솜스 주위에 그를 잡을
덫을 놓았다는 것을 알고 있다.

엘러리는 생각했다. 만일 내가 카잘리스라면. 그럼 나는 무엇을 할 것인가? 나라면 메릴린 솜스를 추적하는 것을 포기할 것이다. 즉시. 그러면 내 옛날 진료 기록을 뒤져 메릴린 솜스 다음으로 조건에 맞는 대상자를 지목할 것이다. 아니, 더 안전하게 움직이려면 다음번 대상자도 건너뛰고 그다음번으로 가겠지. 적들도 마찬가지로 안전한 수를 둔다는 가정하에. 하지만 우리는 그 정도 수까지는 준비하지 않았다……

엘러리는 괴로워했다. 그는 자신을 용서할 수가 없었다. 도저히 변명의 여지가 없었다. 왜 만일의 경우를 대비해 카잘리스의 카드에서 메릴린 솜스 다음 대상자를 찾아보지 않았을까. 그리고 그다음도, 또 그다음도. 왜 대상자를 전부 찾아 보호하지 않았을까. 파일을 끝까지 뒤져 도시 전체의 수백 명이 넘는 젊은이들을 보호했어야 한대도……

만일 이 전제가 맞는다면, 카잘리스는 지금도 그를 쫓는 형사들의 감시가 늦춰지기를 기다리고 있을 것이다. 그리고 감시가 느슨해진다면, 고양이는 슬그머니 빠져나가 우리가 모르는 열 번째 희생자의 목을 유유히 조를 것이다. 그러면서 메릴린 솜스를 지키고 있는 형사들을 비웃겠지.

엘러리는 이런 생각을 하며 스스로를 괴롭히고 있었다.

그는 신음하며 말했다.

"우리로서는 카잘리스가 메릴린에 대한 공격에 착수하기를 바라는 것이 최선이에요. 그가 이미 다른 누군가에게 작업을 시작했다면 최악의 상황인 거고요. 만일 그렇다면, 끝나기 전까지 우리는 전혀 알지 못할 겁니다. 우리가 카잘리스의 꼬리를 붙들고 있지 못한다면. 아버지, 카잘리스의 꼬리를 꽉 붙들고 있어야 해요! 감시 인력을 몇 명 더 늘리는 건 어떨까요……?"

그러나 경감은 고개를 저었다. 감시자가 많아지면 비밀이 샐 위험도 더 커진다. 결국 카잘리스가 뭘 의심하고 있다고 생각할 만한 근거는 아직 없다. 문제는 그들이 지나치게 신경질적으로 변하고 있다는 것이다.

"누가 신경질적이라는 거예요?"

"너 말이다, 너! 그리고 나도! 그래도 난 네가 그 아크로바틱한 정신 체조를 시작하기 전까진 괜찮았어!"

"일이 그런 식으로 일어나지 않을 거라고 말해보세요, 그럼."

"그럼 다시 가서 기록을 뒤지면 될 거 아냐?"

흠, 엘러리는 중얼거렸다. 지금으로서는 거짓으로라도 우리가 손에 들고 있는 걸 믿는 편이 낫다. 현 상태에 만족하자. 지켜보며 기다리자. 시간이 말해줄 것이다.

"독창적인 말 지어내기의 달인이군요."

지미 맥켈이 으르렁거렸다.

"만일 나에게 물어본다면 그냥 당신들의 사기가 저하된 것뿐이라고 말하겠어요. 내 여자에게 무슨 일이 일어날지 눈곱만큼이라도 걱정하는 사람은 없습니까?"

이 말에 퀸 부자는 셀레스트와 만날 시간이 다 되었음을 깨달았다.

그들은 서로 부딪쳐가며 허둥지둥 문밖으로 달려 나갔다.

10월 19일 수요일 밤은 매정했다. 세 남자는 2번 애비뉴 근처

이스트 29번가의 남쪽 건물 사이 골목길 입구에 모여 서 있었다. 살을 에는 축축한 바람이 불어와 그들은 춤을 추듯 발을 동동 구르며 기다렸다.

10시 15분.

셀레스트가 늦는 것은 처음이었다.

그들은 바람을 저주하며 서로 소리를 질러 대화했다. 지미는 이를 악물고 골목 밖으로 고개를 내밀고는 마치 경주마를 재촉하듯 "얼른 좀, 셀레스트!"라고 중얼거렸다.

1번 애비뉴에서 보이는 벨뷰 병원의 불빛도 위로가 되어주지 않았다.

그날 받은 카잘리스에 관한 보고서도 실망스러웠다. 그는 하루 종일 아파트에서 나오지 않았다. 오후에 환자 두 명이 방문했는데 둘 다 젊은 여성이었다. 딜리아와 재커리 리처드슨이 6시 30분에 걸어서 도착했다. 동생 부부와 함께 저녁 식사를 하기 위해서였다. 9시에 퀸 부자가 본부를 나서기 전 마지막 보고를 받았을 때까지도 그들은 밖으로 나오지 않았다.

"아무 일도 아냐, 지미."

엘러리는 계속 말했다.

"오늘 밤은 괜찮아. 아무 의미 없는 일이야. 그냥 아직까지 빠져나올 기회를 못 찾았거나……."

"저기 셀레스트 아녜요?"

그녀는 뛰지 않으려고 애썼지만 잘 되지 않았다. 그녀는 빠르게, 점점 빠르게 걸었고, 그러다가 속보로 걷더니, 갑자기 속도를 늦추다가 냅다 뛰었다. 입고 있는 검은색 외투가 새의 날개처럼 뒤에서 펄럭거렸다.

10시 35분이었다.

"무슨 일이 있나 보군요."

"무슨 일일까?"

"늦었잖아요. 그러니까 당연히 서두르는 거죠."

지미는 신호로 휘파람을 불었다. 휘파람 소리가 건조하게 휙 휙 울렸다.

"셀레스트……."

"지미."

그녀는 애써 눈물을 참았다.

"무슨 일이에요?"

엘러리가 그녀의 팔을 잡았다.

"그 사람이 전화했어요."

바람은 멈췄고, 그녀의 말이 골목 안에 날카롭게 울렸다. 지미가 어깨로 엘러리를 옆으로 밀치고 그녀를 감싸 안았다. 셀레스트는 떨고 있었다.

"무서워할 것 없어. 떨지 마."

그녀는 울기 시작했다.

그들은 기다렸다. 지미는 계속 그녀의 머리를 쓰다듬어주었다. 마침내 셀레스트가 울음을 그쳤다.

퀸 경감이 기다렸다는 듯 물었다.

"언제?"

"10시 조금 넘어서요. 막 나오려던 참이었어요. 복도를 지나 문손잡이를 잡으려는데, 전화벨이 울렸어요. 메릴린은 빌리와 엘리너와 부모님과 함께 식당에 있었고 제가 전실에 가장 가까이 있었거든요. 달려가서 전화를 받았어요. 그건…… 전 알아요. 그 사람이 기자회견을 했을 때랑 대담 방송을 할 때 라디오에서 목소리를 들었거든요. 낮고, 음악적인 리듬이 있고, 동시에 날카롭기도 한 목소리였어요."

"카잘리스로군. 그러니까 그게 에드워드 카잘리스 박사의 목소리였단 말이지, 필립스 양?"

경감은 전혀 믿을 수 없다는 듯 말했다. 마치 자신의 불신을 해소하는 것이 이 세상에서 가장 중요한 일이라고 여기는 것 같았다.

"그렇다니까요!"

"그래요? 단지 라디오에서 들은 것만 가지고 확신한단 말이지."

그러나 경감은 셀레스트에게 한 발 가까이 다가갔다.

"그 사람이 뭐라고 하던가요? 한 마디도 빠짐없이 옮겨봐요!"

엘러리였다.

"제가 '여보세요' 했더니 그 사람도 '여보세요'라고 했어요. 그러고는 솜스 씨 집 전화번호를 부르면서 이 번호가 맞느냐고 물었어요. 그래서 그렇다고 했죠. 그 사람이 '지금 전화받으신 분이 프리랜서 속기사인 메릴린 솜스 씨입니까?'라고 했어요. 그의 목소리였어요. 전 아니라고 했고, 그는 '솜스 양이 집에 있습니까? 솜스 양 맞죠? 솜스 부인이 아니고? 제가 알기로는 이드나와 프랭크 솜스 부부의 따님인 걸로 아는데'라고 말했어요. 그래서 제가 그렇다고 했죠. 그랬더니 그가 말했어요. '그분과 통화하고 싶은데 바꿔주시겠습니까?' 그때 메릴린이 방에 와 있어서 전화를 바꿔줬어요. 그러고는 속치마 매무새를 가다듬는 척하고 계속 머물러 있었죠."

"확인 작업이군. 확실히 하려고."

경감이 중얼거렸다.

"계속해요, 셀레스트!"

"셀레스트한테 숨 쉴 틈 좀 주세요, 네?"

지미가 으르렁거렸다.

"메릴린이 한 번인가 두 번 정도 '네'라고 말하더니, 이렇게 말했어요. '글쎄요, 제가 지금은 일이 좀 많아요. 하지만 그런 종류의 일이라면 월요일까지는 시간을 내보겠습니다. 성함이 뭐라고 하셨죠?' 그 사람이 이름을 말하자, 메릴린이 말했어요. '죄송합니다. 철자가 어떻게 되나요?' 그러고는 철자를 받아 적었어요."

"이름은?"

"폴 노스트럼. N-o-s-t-r-u-m."

"노스트럼."

엘러리가 웃었다.

"그러더니 메릴린이 내일 원고를 가지러 갈 수 있다고, 어디로 가면 되느냐고 그에게 물었어요. 그 사람이 뭐라고 말을 하자 메릴린이 말했어요. '저는 키가 크고 머리카락 색깔이 짙어요. 코가 평평하고 흰색과 검은색 체크무늬 코트를 입을 거예요. 찾으실 수 있을 거예요. 비니 모자도 쓸 거고요. 선생님은요?' 그가 대답한 후에 메릴린이 말했어요. '흠, 그럼 선생님이 절 찾으시는 편이 낫겠네요, 노스트럼 씨. 거기 나가 있을게요. 안녕히 계세요.' 그러고는 전화를 끊었어요."

엘러리는 셀레스트를 잡고 흔들었다.

"장소는 알아내지 못했어요? 시간은?"

지미가 엘러리를 흔들었다.

"셀레스트에게 숨 쉴 틈을 주라고 했잖아요!"

"잠깐, 잠깐."

퀸 경감이 두 사람을 한꺼번에 옆으로 밀었다.

"다른 정보는 없나, 필립스 양?"

"네, 경감님. 메릴린이 전화를 끊은 뒤 저는 최대한 아무렇지도 않게 말했어요. '새 고객이야, 메릴린?' 그러자 그녀는 그렇다고, 그 사람이 자기를 어떻게 알았는지 궁금하다고 했어요. 아마 작가 고객 중에 한 명이 자기를 소개한 것 같다고 그러더군요. '노스트럼 씨' 말이 자기는 시카고에서 온 작가이고 새 소설을 출판사 사람에게 보여주러 왔는데, 마지막 몇 챕터를 수정해야 해서 급하게 타이핑을 해야 한다고 그러더래요. 지금은 호텔에 방을 잡을 수가 없어서 '친구'와 함께 머물고 있다고. 그래서 애스터 호텔 로비에서 내일 5시 30분에 만나 원고를 주겠다고 했대요."

"애스터 호텔 로비! 뉴욕 전체를 통틀어 가장 번잡한 시간에 가장 번잡한 장소라니."

엘러리는 믿을 수가 없었다.

"애스터 호텔이 확실해요, 필립스 양?"

"메릴린이 그렇게 말했어요."

그들은 입을 다물었다.

마침내 엘러리가 어깨를 으쓱했다.

"머리를 아무리 굴려봐도 소용없는 일이지……."

"그래요. 시간이 답을 주겠죠."

지미가 말했다.

"그동안 우리 여주인공의 운명은 어떻게 되는 겁니까? 셀레스트는 쥐덫 안에 계속 머물러 있어야 하나요? 아니면 체크무늬 코트를 입고 머리에 파슬리 장식을 달고 내일 애스터 호텔에 등장하는 건가요?"

"바보처럼 그러지 마."

셀레스트가 지미의 팔에 머리를 기댔다.

"셀레스트는 있어야 할 곳에 있을 거야. 이건 단순히 행동 개시일 뿐이야. 우리는 같이 움직일 거고."

경감이 고개를 끄덕이며 물었다.

"그자가 전화한 게 몇 시라고 했지?"

"10시 5분이었어요, 퀸 경감님."

"이제 솜스 집으로 돌아가요."

엘러리는 그녀의 손을 잡았다.

"전화를 잘 지켜요, 셀레스트. 만약 내일 '폴 노스트럼'에게서, 혹은 다른 누군가에게서 메릴린과의 약속 시간과 장소를 변경하려는 전화가 오면, 그때가 전에 내가 말했던 비상 상황이에요. 경찰 본부로 즉시 전화해줘요."

"알겠어요."

"내선 번호 2X로 연결해달라고 해요. 그게 우리에게 바로 연결되는 암호니까."

경감이 말했다. 그러고는 어색하게 셀레스트의 팔을 토닥였다.

"잘할 거요."

"좋아요, 아가씨. 나한테는 키스를 해줘요."

지미가 중얼거렸다.

그들은 바람 부는 거리를 걸어가는 셀레스트의 모습을 지켜보았고, 그녀가 486번지 입구로 사라질 때까지 움직이지 않았다.

그러고 나서 경찰차가 주차되어 있는 3번 애비뉴를 향해 뛰었다.

벨리 경사는 10시에 골드버그 형사가 보낸 보고서 내용에 따라 리처드슨 부부가 오후 9시 26분 카잘리스 부부와 함께 카잘리스의 아파트에서 나왔다고 알렸다. 두 부부는 파크 애비뉴를 산책했다. 골드버그의 파트너인 영 형사의 말에 따르면 카잘리스는 기분이 좋은 듯 많이 웃었다. 네 사람은 서쪽으로 방향을 틀어 84번가를 따라 매디슨 애비뉴를 건너 파크레스터 앞까지 왔다. 이곳에서 두 부부는 헤어졌다. 카잘리스 부부는 다시 오던 길로 되돌아가 매디슨 애비뉴를 따라가다가 북쪽으로 방향을 틀어 86번가 모퉁이에 있는 약국에 들렀다. 그들은 카운터에 앉아 핫초콜릿을 마셨다. 이때가 10시 2분 전이었고, 10시가 되자 골드버그는 길 건너 커피숍에서 전화로 정시 보고를 했다.

엘러리는 벽에 걸린 시계를 보았다.

"11시 10분이에요. 11시 보고는 어떻게 됐어요, 경사님?"

"기다려요. 골드버그가 10시 20분에 다시 전화했어요. 특별 보고로."

벨리 경사는 탄성과 흥분을 기대했는지 극적인 효과를 연출하며 입을 다물었다.

그러나 엘러리와 지미 맥켈은 책상 반대편에서 종이 위에 뭔가를 끄적일 뿐이었고, 경감이 한 말이라고는 "그래서?"가 전부였다.

"골드버그 말이 10시에 커피숍에서 전화를 끊자마자 영이 길 건너에서 신호를 보내왔답니다. 골드버그가 밖으로 나가보니 카잘리스 부인이 약국 카운터에 앉아 있었는데 혼자였답니다. 골드버그는 자신이 결정적인 순간을 보고 있다고 생각했습니다. 카잘리스가 어디에도 보이지 않았기 때문이죠. 그래서 영에게 카잘리스는 어디 있느냐고 다급하게 물었답니다. 영이 약국 뒤편을 가리켜 그곳을 보니 카잘리스가 공중전화 박스에서 전화를 걸고 있더랍니다. 영의 말로는 골드버그가 전화를 걸기 위해 자리를 뜨자마자 카잘리스가 갑자기 잊은 게 생각난 것처럼 시계를 봤답니다. 영은 카잘리스의 행동이 무척 크고 과장되어 있어서 뭔가를 위장하려는 것처럼 보였다고 했습니다. 아내를 속이려고 말이죠. 그는 뭔가 미안하다는 식으로 변명하고 자리에서 일어나 약국 뒤쪽으로 갔습니다. 그러고는 선반에 있는 전화번호부를 찾아보고, 공중전화로 전화를 했습니다. 공중전화 박스에 들어간 시각이 10시 4분이었습니다."

"10시 4분이라고요. 10시 4분."

엘러리가 말했다.

"그렇습니다. 카잘리스는 공중전화 박스에 약 10분 정도 머물렀습니다. 그리고 나서 부인에게로 돌아왔고요. 남은 핫초콜릿을 마시고 밖으로 나왔습니다."

경사가 말했다.

"두 사람은 택시를 잡았습니다. 카잘리스가 집 주소를 불러줬고요. 영이 다른 택시로 두 사람 뒤에 따라붙었고 골드버그는 약국으로 갔습니다. 그리고 카잘리스가 이름을 찾아봤다던 전화번호부가 선반 위에 펼쳐져 있는 것을 봤습니다. 골드버그는 그걸 확인하고 싶었던 겁니다. 카잘리스가 전화를 걸고 나온 후에는 아무도 그걸 펼쳐보지 않았으니까요. 전화번호부는 맨해튼 지역의 것이었고, 펼쳐져 있는 페이지는……."

벨리는 강한 인상을 남기기 위해 잠시 말을 끊었다.

"S-O 페이지였습니다."

"S-O 페이지."

퀸 경감이 말했다.

"들었니, 엘러리? S-O 페이지였다는구나."

경감이 의치를 드러내며 미소 지었다.

지미는 송곳니를 몇 개 그리며 말했다.

"이 친절한 노신사께서 브론토사우루스와 이렇게 비슷해 보일 수 있다니, 놀랍지 않습니까?"

그러나 퀸 경감은 개의치 않고 다정하게 말했다.

"계속하게, 벨리. 계속해."

"이게 전부입니다. 골드버그는 긴급 특별 보고 사안이라고 생각했답니다. 그래서 영을 따라 파크 애비뉴로 돌아가기 전에 전화를 한 겁니다."

벨리 경사가 품위 있게 말했다.

"골드버그 생각이 옳아. 그럼 11시 보고는?"

"카잘리스 부부는 곧장 집으로 돌아갔습니다. 11시 10분 전에 불이 꺼졌습니다. 다만 부인이 잠든 후에 박사가 몰래 밖으로 나온다면……."

"오늘 밤은 아니에요, 경사님. 오늘 밤은."

엘러리가 미소를 지으며 말했다.

"내일 오후 5시 30분, 애스터 호텔입니다."

그들은 44번가로 난 출입문을 통해 애스터 호텔 로비로 들어서는 카잘리스를 보았다. 시각은 5시 5분이었고 그들은 이미 한시간쯤 전에 그곳에 도착해 기다리고 있었다. 헤스 형사가 카잘리스를 미행하고 있었다.

카잘리스는 짙은 회색 정장을 입었고, 다소 지저분한 짙은 색 외투에 얼룩이 묻은 회색 모자 차림이었다. 그는 다른 사람들과 일행인 것처럼 함께 들어왔지만, 곧 로비 뒤쪽 복도에서 혼자 떨어져 나와 담배 가게에서 〈뉴욕 포스트〉를 샀다. 그러고는 잠시 서서 1면을 훑어보다가, 다시 로비를 어슬렁거리기 시작했다. 한 번에 몇 걸음 걷다가 오래 멈춰 서는 식이었다.

"여자가 아직 안 왔는지 확인하려는 거야."

경감이 말했다.

그들은 중간층 발코니에 몸을 숨기고 있었다.

카잘리스는 계속 돌아다녔다. 로비는 붐볐고 그를 놓치지 않고 계속 지켜보기란 쉽지 않았다. 그러나 헤스가 가운데 위치에 자리를 잡고 거의 움직이지 않았다. 그들은 헤스가 카잘리스를 놓치지 않으리라 믿었다.

로비에는 경찰 본부에서 나온 사람이 여섯 명 더 배치되어 있었다.

카잘리스는 탐색을 마치자 브로드웨이 쪽 입구 근처에서 웃으며 대화를 나누고 있는 남녀 다섯 명 근처에 섰다. 그는 불을 붙이지 않은 담배를 들고 있었다.

바깥쪽 계단에 서 있는 질킷 형사의 넓은 등과 탄탄한 허리가 간간이 보였다. 그는 흑인이었고 경찰 본부에서 가장 우수한 형사 중 하나였다. 퀸 경감은 특별히 그에게 오늘 하루 헤스와 조를 이루어 수사하라고 지시했다. 질킷의 옷차림은 평소에는 수수한 편이었지만, 오늘은 임무에 맞게 날렵하게 차려입고 나왔다. 진지한 데이트를 기다리는 브로드웨이 사람 같은 모습이었다.

5시 25분, 메릴린 솜스가 도착했다.

그녀는 숨을 헐떡이며 잰걸음으로 로비에 들어왔다. 꽃집 앞에서 잠시 멈춰 주위를 둘러보았다. 체크무늬가 큼직하게 새겨진 외투와 작은 펠트 모자 차림이었다. 손에는 낡은 인조가죽으로 된 서류 가방을 들고 있었다.

존슨 형사가 들어와 그녀 앞을 지나쳐 사람들 틈에 섞였다. 그러나 그는 메릴린으로부터 열다섯 걸음 안에 있었다. 피고트 형사가 브로드웨이 쪽 문으로 들어와 꽃집으로 들어갔다. 그는 카네이션을 고르며 시간을 끌었다. 피고트 형사가 서 있는 자리는 꽃집의 유리창 너머로 메릴린과 카잘리스를 둘 다 볼 수 있는 완벽한 장소였다. 잠시 후 그는 느긋하게 로비로 걸어 나와 메릴린의 팔꿈치가 닿을 정도로 가까이 접근해, 아는 사람을 찾는 것처럼 주위를 둘러보았다. 메릴린은 그를 의심스럽게 쳐다보고는 말을 걸려고 했다. 그러나 그의 시선이 다른 곳으로 향하자 메릴린은 입술을 깨물고 고개를 돌렸다.

카잘리스가 그녀를 곧장 찾아냈다.

그는 신문을 읽기 시작했다. 벽에 기대선 채였고, 손에 든 담배에는 아직도 불을 붙이지 않았다.

퀸 부자가 서 있는 자리에서는 그의 시선이 신문 너머 그녀의 얼굴에 고정되어 있는 것을 볼 수 있었다.

메릴린은 카잘리스의 반대편에 서서 로비를 훑어보기 시작했다. 그녀의 시선이 천천히 움직였다. 시선이 거의 반원을 그려갈 즈음, 카잘리스에게 닿기 직전, 카잘리스는 신문을 내리고 옆에 있던 남자에게 무슨 말을 중얼거렸다. 남자는 성냥갑을 꺼내 성냥을 켜고 카잘리스의 담배 끝에 불을 대주었다. 그 순간 카잘리스는 남자의 일행처럼 보였다.

메릴린의 시선이 그를 의식하지 못하고 옆으로 지나갔다.

카잘리스가 한 발 물러섰다. 이제 그는 사람들 옆에 서서 노골적인 눈으로 그녀를 관찰했다.

메릴린 솝스는 5시 40분까지 그 자리에 서 있었다. 그러더니 움직이기 시작했고, 로비를 빙 둘러가며 앉아 있는 남자들을 찾기 시작했다. 몇몇이 미소를 지었고 어떤 사람은 그녀에게 뭐라고 말을 걸었다. 그러나 그녀는 눈살을 찌푸리고 계속 걸어갔다.

그녀가 움직이자, 카잘리스가 뒤를 쫓았다.

그는 그녀에게 가까이 다가가지 않았다.

간혹 그 자리에 서서, 눈으로만 사냥감을 쫓기도 했다.

그녀를 기억에 새기려는 것 같았다. 그녀의 걸음걸이, 움직이는 태도, 평범하고 강인한 얼굴을.

이제 그는 붉어진 얼굴을 하고, 숨을 거칠게 쉬고 있었다. 극도로 흥분한 것처럼.

6시 10분 전, 그녀는 로비를 완전히 한 바퀴 돌아 원래 있던 꽃집 근처 자리로 돌아왔다. 카잘리스는 그녀를 지나쳤다. 그 순간이 그가 그녀 곁에 가장 가까이 접근한 때였다……. 그는 그녀를 만질 수 있었다. 존슨과 피고트는 그를 만질 수 있었다. 그녀는 그의 얼굴을 관찰하고 있었다. 그러나 이번에는 그의 시선이 다른 곳으로 향했고, 다른 곳으로 가는 길이었던 것처럼 가볍게 그녀를 지나쳤다. 메릴린과 전화 통화를 했을 때 자신에 대해 엉뚱하게 설명하거나 아예 설명해주지 않은 것이 틀림없었다.

그는 가까운 출구에서 잠시 걸음을 멈췄다.

질깃 형사가 기다리고 있는 입구의 안쪽이었다. 질깃은 무심히 그를 쳐다보고 계단을 내려갔다.

메릴린이 발을 동동 구르기 시작했다. 그녀는 뒤를 돌아보지 않았다. 카잘리스는 속임수를 쓰지 않고 그녀를 관찰할 수 있었다.

6시가 되자 메릴린은 허리를 똑바로 세우고 결심한 듯 데스크로 성큼성큼 걸어갔다.

카잘리스는 그 자리에 그대로 서 있었다.

잠시 후, 벨보이가 이름을 부르며 로비를 돌아다니기 시작했다.

"노스트럼 씨. 폴 노스트럼 씨."

카잘리스는 즉시 계단을 내려가 차도로 가더니 택시를 탔다. 택시가 모퉁이를 돌아 브로드웨이로 사라지자, 헤스 형사가 대기하고 있던 다음 택시에 올라탔다.

6시 10분, 잔뜩 화가 난 메릴린 솜스가 애스터 호텔을 나와 브로드웨이를 따라 42번가를 향해 성큼성큼 걸어갔다.

존슨과 피고트가 메릴린의 뒤에 바짝 따라붙었다.

"메릴린이 정말 화가 많이 났어요."

그날 밤 회의에서 셀레스트가 보고했다.

"메릴린이 집에 돌아왔을 때 전 키스라도 할 뻔했어요. 정말 안심이 돼서요. 하지만 메릴린은 그렇게 바람맞은 것에 굉장히 화를 냈어요. 솜스 씨가 작가들은 원래 괴팍한 구석이 있다고, 나중에 사과의 뜻으로 꽃다발을 보낼 거라고 말씀하셨는데, 메릴린이 그런 감언이설에는 넘어가지 않겠다고, 아마 어느 바에서 술을 진탕 마시고 취한 게 분명하다고, 다시 전화를 걸면 꼭 한바탕 쏘아붙여줄 거라고 말했어요."

경감은 콧수염만 만지작거리고 있었다.

"그 사람은 애스터 호텔에서 나와서 어디로 갔을까요?"

"집에."

엘러리가 대답했다. 그도 다소 불안해하는 것 같았다.

"메릴린은 지금 어디 있어요, 셀레스트? 다시 나가진 않았죠?"

"화가 잔뜩 나서 저녁을 먹고는 곧장 자러 갔어요."

"한 바퀴 돌면서 형사들에게 오늘 밤은 특별히 신경 써서 감시하도록 지시해야겠다."

경감은 그 말을 남기고 서둘러 거리로 달려 나갔다.

마침내 셀레스트가 지미에게서 떨어졌다.

"그 사람이 다시 전화할까요, 퀸 씨?"

"모르죠."

"오늘은 무슨 꿍꿍이였을까요?"

"이번에는 경우가 좀 달라요. 메릴린은 일하러 나오지도 않고, 정해진 방식대로 움직이지도 않아요. 그녀를 관찰하기 위

해 매일매일 집 근처를 돌아다니는 게 너무 위험하다고 여겼을
겁니다. 그래서 자세히 살펴보기 위해 트릭을 써야 했던 거죠."

"그 말이…… 맞아요. 그렇죠? 그는 메릴린이 어떻게 생겼
는지 몰랐던 거예요."

"신생아였던 메릴린의 장밋빛 엉덩이를 두드린 후엔 한 번도
못 봤을 테니."

지미가 말했다.

"이제 이 으리으리한 현관문 앞 통로에서 제 미래의 아내와
5분만 시간을 보내도 되겠습니까? 종이 울리기 전까지 말이에
요, 요정 대부님. 그 시간이 지나면 제가 호박으로 변할 테니까
요."

그러나 셀레스트가 말했다.

"그 사람이 언제쯤……?"

"그리 오래는 아닐 거예요. 이젠 언제 움직여도 이상하지 않
아요, 셀레스트."

엘러리의 목소리가 냉랭했다.

그들은 입을 다물었다.

"그럼…….""

마침내 셀레스트가 말했다.

지미가 몸을 움직였다.

"이제 돌아가야겠어요."

"전화는 계속 확인해요. 특히 메릴린의 편지를 잘 살피고."

"알았어요."

"나한테 5분만 줘요!"

지미가 울부짖었다. 엘러리는 거리로 나갔다.

현관 앞에서 지미와 셀레스트가 함께 보내는 시간이 끝나기 전에 퀸 경감이 돌아왔다.

"다들 괜찮아요, 아버지?"

"지루해 죽으려고 하더라."

세 남자는 본부로 돌아왔다. 11시 보고에서 골드버그가 전한 최신 소식은, 카잘리스 부부는 기사가 모는 리무진을 타고 온 수많은 손님들과 함께 즐거운 시간을 보내고 있다는 것이었다. 골드버그의 말에 따르면 파티 분위기는 아주 유쾌했다. 한번은 정원으로 슬며시 들어가봤는데, 크리스털 잔들이 부딪치는 소리와 함께 크게 울리는 카잘리스의 웃음소리가 들렸다고 했다.

"박사의 웃음소리가 꼭 산타클로스 같았습니다."

골드버그가 말했다.

금요일, 토요일, 일요일.

아무 일도 일어나지 않았다.

퀸 부자는 거의 말이 없었다. 지미 맥켈은 자신이 반쯤은 중재자 역할을, 반쯤은 통역사 역할을 하고 있음을 깨달았다. 그는 중간에 낀 사람이라면 으레 겪어야만 하는 운명에 괴로워했다. 가끔 퀸 부자가 그를 공격하기도 했다. 그는 무엇엔가 홀린 듯한 얼굴을 하고 다니기 시작했다.

벨리 경사마저도 반사회적인 태도를 드러내고 있었다. 그가 무슨 말이라도 할 것처럼 입을 열면, 새어 나오는 것은 동물적인 신음 소리뿐이었다.

한 시간에 한 번 전화가 울렸다. 그러면 그들은 모두 펄쩍 뛰었다.

메시지는 다양했지만, 내용은 똑같았다.

아무것도 없었다.

그들은 보고실에 대한 혐오를 공유하게 되었고, 그것을 억누르를 수 있는 것은 서로에 대한 증오뿐이었다.

그러던 중, 10월 24일 월요일에, 고양이가 움직였다.

보고는 헤스의 파트너인 맥게인 형사로부터 들어왔다. 맥게인은 정시 보고가 끝나고 몇 분 지나지 않아 몹시 흥분해서 곧바로 다시 전화를 했다. 카잘리스가 갑자기 달아나려 하고 있다는 것이었다. 카잘리스 아파트의 수위가 여행 가방을 몇 개 들고 나왔다고 했다. 수위는 택시 기사에게 "손님이 펜실베이니아 역에서 기차를 탈 것"이니 기다리라고 지시했고, 그 얘기를 헤스가 엿들었다. 헤스는 다른 택시를 타고 쫓아갔고, 맥게인은 본부에 보고하기 위해 전화기로 달려온 것이었다.

퀸 경감은 맥게인에게 즉시 펜실베이니아 기차역으로 가 헤스와 카잘리스를 찾은 후 7번 애비뉴에서 가까운 31번가 출입구에서 기다리라고 지시했다.

경찰차가 비명을 지르며 시 외곽으로 달렸다.

한번은 엘러리가 성난 목소리로 말했다.

"이건 말이 안 돼요. 믿어지지가 않아요. 속임수예요."

그것 말고는, 다른 말은 오가지 않았다.

지시에 따라 23번가에서 사이렌이 꺼졌다.

맥게인이 그들을 기다리고 있었다. 그는 막 헤스를 찾아낸 참이었다. 카잘리스 부부는 플로리다행 기차의 개찰구 앞에서 사람들과 함께 서 있었다. 이미 와 있던 리처드슨 부부와도 만났다. 개찰구는 아직 열리지 않았다. 헤스는 지금 그 옆에 서 있다고 했다.

그들은 조심스럽게 역으로 들어섰다.

남쪽 대합실 창문을 통해 맥게인은 카잘리스 부부와 리처드슨 부부를 가리켰다. 그 옆에 헤스도 보였다.

"헤스하고 교대해. 그리고 헤스더러 여기로 오라고 하게."

퀸 경감이 지시했다.

잠시 후 헤스가 빠른 걸음으로 대합실로 들어왔다.

엘러리는 계속 카잘리스를 지켜보고 있었다.

"어떻게 된 거야?"

경감이 물었다.

헤스는 걱정을 하고 있었다.

"모르겠습니다, 경감님. 뭔가 좀 이상한데, 사람들과 조금 떨어진 곳에 서 있어서 가까이 다가갈 수가 없었어요. 카잘리스 부인이 계속 그에게 뭐라고 따지고 있고 그는 미소를 지으며 고개만 가로젓고 있습니다. 여행 가방은 이미 기차에 실렸습니다. 리처드슨 부부의 가방도요."

"리처드슨 부부도 같이 가나 보군요."

엘러리가 말했다.

"그런 것 같습니다."

카잘리스는 목요일에 입었던 후줄근한 외투를 입고 있지 않았다. 외투는 새것으로 세련되어 보였고, 맵시 있는 홈버그 모자를 쓰고 있었다. 옷깃에는 작은 국화가 꽂혀 있었다.

"만일 그가 여기서 도망치는 거라면, 영원히 위대한 인물로 남아 지폐에 초상화가 새겨질 텐데."

지미 맥켈이 말했다.

그러나 엘러리는 중얼거렸다.

"플로리다란 말이지."

개찰구가 열리고 사람들이 그 틈으로 비집고 들어가기 시작했다.

퀸 경감이 헤스의 팔을 잡았다.

"그자 뒤에 바짝 붙어. 맥게인을 데려갔다가 만일 무슨 일이 생기면 보내. 우리는 개찰구에서 기다릴 테니까."

헤스가 서둘러 떠났다.

개찰구가 늦게 열렸던 것이었다. 개찰구 위에 붙은 안내문에 따르면 기차 출발 시간까지 10분밖에 남아 있지 않았다.

"괜찮아, 엘러리. 정시에 출발하지 않을 거다."

경감의 목소리는 아버지다웠다.

엘러리는 안절부절못하고 있었다.

그들은 '필라델피아 익스프레스(급행): 뉴어크-트렌턴-필라델피아'라고 쓰인 팻말이 붙은 개찰구 앞에서 사람들 틈에 섞여 있었다. 플로리다행 기차를 타는 개찰구는 두 개찰구 옆에 있었다. 그들은 계속 개찰구와 시계탑을 번갈아 바라보았다.

"어떠냐, 내 말대로지."

경감이 말했다.

"하지만 왜 플로리다죠? 이렇게 갑자기!"

"목에 리본 감기 작전을 중단한 거겠죠."

지미가 말했다.

"아냐."

"그러길 바라는 거 아녜요?"

"누가 중단했대?"

엘러리가 노려보았다.

"그는 메릴린 솜스를 포기한 거야. 그건 인정해. 아마 목요일에 뭔가를 눈치챈 거겠지. 어쩌면 그녀가 너무 까다로운 상대라고 생각했을지도 몰라. 아니면, 만일 그가 뭔가를 의심하고 있다면, 이건 감시를 따돌리려는 속임수일지도 몰라. 아무튼 우리는 그가 아는 만큼은 알지 못해. 우리는 아무것도 몰라! ……만일 그가 의심하는 게 아니라면, 누군가 다른 대상자를……."

"누군가 플로리다에서 휴가를 보내고 있는 다른 대상자를."

퀸 경감이 고개를 끄덕였다.

지미가 말했다.

"뉴욕 신문들은 들으라. 뉴스 발신지는 마이애미, 팜비치, 아니면 새러소타. 고양이가 플로리다를 습격했다!"

"그럴 수도 있어. 그렇지만 아무래도 믿어지지는 않아. 뭔가 다른 게 있어. 다른 속임수가."

엘러리가 말했다.

"뭐가 필요하십니까? 범죄 일정표? 저 사람 가방 안에는 틀림없이 실크 끈이 들어 있을 거라고요. 뭘 기다리는 겁니까?"

"그런 위험을 무릅쓸 순 없어."

퀸 경감은 시무룩한 표정이었다.

"그렇게는 안 돼. 그래야 한다면 플로리다 현지 경찰을 통해서 해야 해. 그곳에서 감시를 하고 그가 뉴욕에 돌아올 때까지 그대로 내버려둬야 해. 그 말은 이 짓을 처음부터 다시 해야 한다는 뜻이야."

"말도 안 돼요! 셀레스트는 어쩌고요. 늙으신 탐정님. 전 그렇게 오래는 못 기다립니다. 아시겠어요?"

바로 그때 맥게인이 미친 듯이 신호를 보내며 기차 쪽에서 달려오고 있었다. 열차의 승무원이 시계를 보고 있었다.

"맥게인……."

"물러서요. 그가 돌아옵니다!"

"뭐?"

"안 간다고요!"

그들은 허둥지둥 사람들 속에 파묻혔다.

카잘리스가 나타났다.

혼자.

미소를 지으며.

그는 인파를 헤치고 '택시 승강장'이라고 쓰인 구석을 향해 뭔가를 이룬 사람처럼 행복한 발걸음으로 걸어갔다.

헤스가 시간표를 살펴보는 척하며 그의 뒤를 따랐다.

그는 걸으면서 왼쪽 귀를 어루만졌다. 맥게인은 사람들 틈에서 꿈지럭거리며 뒤쪽으로 천천히 걷기 시작했다.

그들이 수사본부의 보고실로 돌아왔을 때 맥게인의 메시지가 이미 도착해 있었다.

카잘리스는 택시를 타고 곧장 집으로 갔다.

이제서야 그들은 지난 4주 동안을 되돌아볼 여유가 생겼고, 현 상황을 이해할 수 있었다. 카잘리스는 자신의 꾀에 넘어간 것이다. 엘러리는 처조카를 살해하고 고양이 사건의 정신의학 자문으로 자진해서 뛰어들면서 카잘리스가 스스로를 심각한 궁지에 밀어 넣었다고 지적했다. 수사에 참여하면 시간이 부족해지는다는 점과 환한 대낮에만 움직여야 한다는 점을 고려하지 못했던 것이다. 리노어 리처드슨을 죽이기 전까지는 그를 전적으로 신뢰하는 순종적인 아내만 속이면 됐다. 반쯤 은퇴한 상태이니 아무 때고 자기가 원하는 시간에 은밀하게 움직일 수 있었다. 그러나 이제 그는 손발이 묶인 상태였다. 그는 스스로를 공적 책임자의 위치에 밀어 넣었다. 그는 동료 정신과 의사들로 구성된 위원회와 항상 연결된 상태로 환자에 관한 정보를 주고받고 있었다. 몸은 점점 쇠약해졌고 카잘리스 부인은 그의 활동을 주의 깊게 관찰하고 있었다. 그리고 리처드슨 가족과의 가족 행사도 무시할 수 없었다.

"그는 어려운 상황에서도 스텔라 페트루치와 도널드 캐츠를 죽였어요."

엘러리가 말했다.

"그 두 사건은 이전 사건처럼 좋은 조건을 갖추고 있지 않았습니다. 그는 훨씬 더 큰 위험을 무릅써야 했어요. 적어도 캐츠 사건 때는 자리를 비우기 위해 거짓말을 더 많이 지어내야 했을 겁니다. 페트루치 사건은 어떻게 해냈는지, 특히 고양이 폭동 이후 사건이 있던 그 밤에 뭘 어떻게 한 건지, 저도 정말 알고 싶습니다. 아마 그의 아내와 리처드슨 부부가 난감한 질문을 던지기 시작했다고 가정하는 게 합리적일 거예요.

그리고 그 세 사람이 플로리다로 떠난 사실은 의미심장합니다.

헤스는 기차 앞에서 카잘리스 부인이 카잘리스와 '말다툼'을 하는 걸 봤어요. 그건 분명히 며칠 전부터 시작된 싸움이었을 겁니다. 카잘리스가 처음 플로리다 여행을 제안했을 때부터요.

카잘리스가 여행을 제안한 사람이라는 건 분명하죠. 아니면 누군가 대신 그 얘기를 꺼내도록 했을 겁니다.

제 생각엔 처형인 리처드슨 부인을 도구로 삼아 일을 그렇게 만들었을 것 같습니다. 설득하기 어려운 아내를 다루려면 처형이 제격이라고 생각했을 겁니다. 딜리아가 그런 일을 겪었으니 휴식이 필요할 테고 환경도 바꿔줄 필요가 있고, 동생에게 많이 의존하고 있으니까 같이 가는 게 좋겠다, 뭐 그런 식이었겠죠.

어떻게 손을 쓴 건지는 몰라도, 카잘리스는 리처드슨 부부가 도시를 떠나도록 유도하고 부인을 동행하게 했습니다. 자신이 같이 가지 못하는 이유로는 두 가지를 들었겠죠. 하나는 아직 남아 있는 환자들이고 다른 하나는 조사를 끝마치겠다고 시장과 한 약속이었을 겁니다.

아내와 처형 가족들을 멀리 보내기 위해서 그는 뭐든 해야 했습니다.

자유롭게 움직이기 위해서는요."

지미가 말했다.

"아직 가정부가 있잖아요."

"카잘리스가 가정부에게 일주일 휴가를 줬어."

경감이 말했다.

엘러리는 고개를 끄덕였다.

"이제 그들은 모두 멀리 가버렸고 그는 무제한의 기회와 기동성을 얻었습니다. 그리고 고양이는 메릴린 솜스라는 즐거운 문제에 착수할 수 있게 된 겁니다."

그 말이 맞았다. 카잘리스는 메릴린 솜스의 목에 올가미를 거는 것이 마음의 평화를 위해 가장 중요한 일이라는 듯, 그래서 더는 기다릴 수 없다는 듯 곧장 작업에 착수할 준비를 시작했다.

일에 너무 열중한 나머지 경솔해졌다. 그는 다시 낡은 외투와 펠트 모자를 걸쳤다. 거기에 좀이 슨 회색 울 목도리와 닳아빠진 신발이 추가되었다. 그러나 그것 말고는 모습이 크게 달라지지 않았다. 그를 미행하는 것은 애들 장난이나 다름없었다.

그리고 이제 그는 밝은 대낮에 사냥을 나섰다.

완전히 마음을 놓은 것이다.

그는 화요일 아침 일찍 아파트를 나섰다. 헤스와 맥게인이 골드버그와 영과 교대한 직후였다. 그는 직원 출구로 건물을 빠져나와 옆길을 통해 빠른 걸음으로 매디슨 애비뉴를 향해 걸었다. 서쪽에 목적지가 있는 것 같았다. 그러나 매디슨 애비뉴에서 남쪽으로 방향을 틀어 59번가까지 걸어갔다. 남동쪽 모퉁이에서 그는 무심히 주위를 둘러보았다. 그러더니 길가에 서 있던 택시에 올라탔다.

택시는 동쪽으로 향했다. 헤스와 맥게인은 그를 놓치지 않기 위해 각자 다른 택시로 뒤쫓았다.

카잘리스의 택시가 렉싱턴 애비뉴에서 남쪽으로 방향을 틀자 형사들은 긴장했다. 택시는 계속 남쪽으로 달렸지만 중간에 동쪽으로 길을 꺾었고 1번 애비뉴까지 달렸다.

차는 1번 애비뉴에서 28번가로 곧장 달렸다.

이곳에서 카잘리스의 택시는 크게 P턴을 돌더니 벨뷰 병원 앞에서 멈췄다.

카잘리스가 택시에서 내려 기사에게 돈을 지불했다. 그러고는 병원 입구를 향해 힘찬 걸음으로 걷기 시작했다.

택시는 떠났다.

곧 카잘리스는 멈춰 서서 다른 택시를 불렀다. 택시가 모퉁이를 돌아 서쪽으로 향했다.

그는 다시 가던 길로 걸어 빠른 걸음으로 29번가로 향했다. 목도리를 턱까지 두르고 모자의 챙은 이상해 보이지 않을 정도까지 눈 위로 푹 눌러쓴 모습이었다.

손은 외투 주머니에 찔러 넣은 채였다.

29번가에서 그는 길을 건넜다.

그는 486번지를 지나쳐 천천히 걸었다. 현관을 힐금 쳐다보았지만 걷는 속도는 늦추지 않았다.

그는 건물을 올려다보았다. 황갈색 벽돌로 지은 4층짜리 건물은 먼지가 묻어 더러웠다.

그는 뒤를 돌아보았다.

우편배달부가 터덜터덜 490번지로 들어가고 있었다.

카잘리스는 느긋하게 계속 거리를 걸어 중간에 멈추지 않고 모퉁이를 돌더니 2번 애비뉴로 접어들었다.

그러나 곧 다시 나타났다. 무언가를 잊어버린 것처럼, 빠른 걸음으로 되돌아왔다. 헤스는 간신히 현관에 숨었다. 맥게인은 길 건너 어느 건물의 현관 앞 눈에 잘 띄지 않는 곳에서 지켜보고 있었다. 486번지 건물 안에도 적어도 형사 한 명이 메릴린 솜스의 경호 지시를 받고 1층 계단 안쪽, 어두운 구석에 숨어 있을 것이다. 다른 형사 하나는 맥게인이 있는 거리 어딘가에 있었다.

위험할 일은 없었다.

전혀.

그런데도, 형사들의 손바닥에서는 계속 땀이 났다.

카잘리스는 집 앞을 지나쳐 걸었고, 걸으면서 건물 안을 힐 긋 쳐다보았다. 우편배달부는 이제 486번지 건물 현관 안에서 우편함에 우편물을 밀어 넣고 있었다.

카잘리스는 490번지 앞에 멈춰 서서 호기심 어린 눈으로 번 지수를 적은 팻말을 바라보고 있었다. 그는 안주머니를 뒤져 봉투를 하나 꺼내 들고 자세히 들여다보며 때때로 문 위에 붙 은 집의 번지수를 힐금힐금 쳐다보았다. 세금 징수원이나 길을 찾는 사람처럼 보이게 하려는 것 같았다.

우편배달부가 486번지에서 나와, 길을 따라 걸어가다가 482번 지로 들어갔다.

카잘리스는 곧장 486번지로 걸어 들어갔다.

복도에 서 있던 퀴글리 형사가 우편함을 들여다보는 카잘리스 를 보았다.

그는 솜스 가족의 우편함을 살펴보고 있었다. 종이 명패에 '솜스'라는 이름과 아파트 호수인 3B가 쓰여 있었다. 우편함 안 에는 우편물이 들어 있었다. 그는 우편함에는 손대지 않았다.

퀴글리는 미쳐버릴 것 같았다. 우편물은 매일 아침 같은 시 간에 배달되었고, 메릴린 솜스는 우편물이 도착하면 10분 안에 1층으로 내려와 우편물을 가지고 올라가는 습관이 있었다.

퀴글리는 권총집을 만지작거렸다.

갑자기 카잘리스가 안쪽 문을 열고 복도로 걸어 들어갔다.

형사는 계단 뒤 어두운 구석에 몸을 웅크렸다.

그는 카잘리스의 발소리를 들었고, 그의 다리가 눈앞을 지나쳐 사라지는 것을 보았다. 조금이라도 움직일 생각은 감히 하지 못했다.

카잘리스는 복도를 따라 뒷문 쪽으로 걸어갔다. 뒷문이 조용히 열렸다 닫혔다.

퀴글리는 위치를 바꿨다.

헤스가 달려 들어와 계단 아래에서 퀴글리를 만났다.

"뒤뜰에 있어요."

"사전 조사를 하는 거야. 누가 계단으로 내려오고 있어, 퀴그."

헤스가 속삭였다.

"그 여자예요!"

메릴린이 현관으로 내려와서 우편함을 열었다.

낡은 목욕 가운 차림에, 머리에는 롤러를 말고 있었다.

그녀는 우편물을 꺼내어 그 자리에 선 채로 훑어보았다.

뒷문 쪽에서 짤깍 소리가 났다.

카잘리스였다. 그가 그녀를 보았다.

나중에 두 형사는 고양이 사건이 그때 그곳에서 끝나리라 기대했었다고 털어놓았다. 상황은 더할 나위 없었다. 현관에 선 여자는 목욕 가운 차림이었고, 금세 다시 어두운 복도로 돌아갈 터였다. 주위에는 아무도 없었다. 바깥의 거리에도 사람이 없었다. 비상시에는 뒤뜰로 달아날 수도 있었다.

그러나 형사들은 실망했다.

나중에 헤스가 말했다.

"젠장, 여자를 계단 뒤로 끌고 갈 수도 있었을 텐데. 첼시에서 오라일리 때 했던 것처럼요. 퀴글리와 내가 거기에서 기다리고 있었단 말입니다. 그 미친놈이 분명히 뭔가를 직감했던 거예요."

그러나 엘러리는 고개를 저었다.

"습관이에요. 조심성이 몸에 밴 거고요. 그는 야행성이에요. 아마 끈도 가져오지 않았을 겁니다."

"엑스레이 눈 같은 장비가 있다면 좋으련만."

퀸 경감이 중얼거렸다.

카잘리스는 복도 끝에서, 옅은 색 눈을 번득이며 서 있었다.

메릴린은 현관에서 편지를 읽고 있었다. 그녀의 평평한 코, 광대뼈, 턱이 거리 쪽 문의 유리창에 붙어 있었다.

그녀는 그곳에 3분을 서 있었다.

카잘리스는 움직이지 않았다.

마침내 그녀는 안쪽 문을 열고 계단을 올라갔다.

낡은 계단이 삐걱거렸다.

헤스와 퀴글리는 카잘리스가 숨을 크게 내쉬는 소리를 들었다.

그러더니 카잘리스는 복도를 따라 걸었다.

낙담. 분노. 그들은 카잘리스의 축 처진 넓은 어깨에서, 주먹을 쥔 손에서 그런 감정들을 읽을 수 있었다.

그는 거리로 나갔다.

그는 어두워진 후 돌아왔고, 길 건너 어느 건물의 현관에서 486번지의 입구를 바라보고 있었다.

9시 45분까지.

그러다 집으로 갔다.

"왜 곧장 덮치지 않는 겁니까? 왜 이 무시무시한 단막극을 끝내지 않느냐고요? 그자의 주머니에 틀림없이 끈이 들어 있을 거예요!"

지미 맥켈이 외쳤다.

"그럴 수도 있고 아닐 수도 있지. 그자는 여자의 습관을 확인하려는 거야. 앞으로 두어 주는 계속될지도 몰라. 그에게 메릴린은 까다로운 사냥감이야."

경감이 말했다.

"분명히 끈을 가지고 있을 거라고요!"

"그건 확신 못 해. 우리로서는 다만 기다리는 수밖에 없어. 아무튼, 실질적인 공격이 있어야만 그자를 교도소에 처넣을 수 있어. 끈만으로는 실패할 가능성이 높아. 일을 그르쳐서는 안 돼."

지미는 엘러리가 이를 가는 소리를 들었다.

카잘리스는 수요일 내내 근처를 돌아다녔다. 밤에는 다시 길 건너 어느 건물의 현관문 앞에 자리를 잡고 있었다.

그러나 9시 50분에 그는 떠났다.

"여자가 과연 집에서 나오기는 하는지 궁금해하고 있을 거야."

그날 밤 셀레스트의 보고를 받고 경감이 말했다.

"그건 저도 궁금한데요. 셀레스트, 도대체 메릴린은 지금 뭘 하고 있습니까?"

엘러리가 냉랭하게 말했다.

"일해요."

셀레스트가 목소리를 낮춰 말했다.

"희곡 작가인 고객 중 하나가 급한 일을 의뢰했어요. 메릴린 말로는 토요일이나 일요일이 되어야 끝날 것 같다고 했어요."

"그자가 돌아버리겠는데."

맥켈의 목소리였다.

아무도 웃지 않았다. 그들 중에서도 이 말을 꺼낸 맥켈이 가장 진지했다.

어두운 곳에서 열리는 그들의 밤 회의는 꿈처럼 무게가 없었다. 그 무엇도 현실적이지 않았고 그들이 보는 것은 전부 비현실적이었다. 아주 가끔씩, 도시가 저 아래쪽 어딘가에서 이를 갈며 투덜거리고 있다는 걸 느낄 뿐이었다. 삶은 그들의 발아래 묻혀 있었고, 그들은 그 위에서 쳇바퀴를 돌며 시간을 보내고 있었다.

목요일에도 그는 똑같은 일을 반복했다. 다만 이번에는 10시 2분까지 기다렸다.

"매일 밤 조금씩 늦어지네요."

지미는 안절부절못했다.

"이런 식이라면, 엘러리. 셀레스트가 집에서 나오는 걸 그자가 보게 될 거예요. 그렇게 되어선 안 돼요."

"그 사람이 노리는 건 내가 아니야, 지미."

하지만 셀레스트의 목소리는 겁에 질려 있었다.

"그보다도 일정한 시간이 문제지. 만일 셀레스트가 매일 밤

같은 시간에 나오는 걸 그자가 본다면 의아하게 생각할 거야."

엘러리가 말했다.

"시간을 바꾸는 게 좋겠다, 엘러리."

"이렇게 하죠. 셀레스트, 건물 3층의 창문이 솜스 씨 집의 전실이죠? 스탠리가 지내고 있는?"

"네."

"앞으로는 10시 15분까지 집에 있어요. 그리고 특정한 조건에서만 밖으로 나오는 겁니다. 손목시계는 정확해요?"

"네, 시간이 잘 맞아요."

"시계를 맞춥시다."

엘러리는 성냥을 켰다.

"지금 내 시계로 정확히 10시 26분이에요."

"제 건 1분 30초가 늦네요."

그는 또다시 성냥을 켰다.

"시계를 맞춰요."

그녀가 시계를 맞추자 엘러리가 말했다.

"지금부터 매일 밤 10시 10분에서 15분 사이에 저 앞 창문으로 나와요. 내일 밤부터 1번 애비뉴 근처 어딘가에서 만나는 겁니다. 내일 밤은 30번가 근처 모퉁이의 빈 상점 앞에서 만나기로 하죠."

"일요일 밤에 만났던 곳 말이군요."

"그래요. 10시 10분과 10시 15분 사이에 486번지 길 건너 어느 집 현관이나 골목에서 불빛이 세 번 깜박이는지 확인하세요. 소형 손전등을 이용하겠습니다. 불빛이 보이면 카잘리스가 떠났다는 뜻이니까 아래로 내려와서 보고를 해요. 아무 신호도 없으면, 그냥 집에 있어요. 그자가 아직 돌아다니고 있다는 뜻이니까요. 만일 그자가 10시 10분에서 10시 25분 사이에 떠나면 신호는 10시 25분에서 10시 30분 사이에 있을 겁니다. 만일 그 5분 안에 아무 신호도 없으면 그자가 아직 근처에 있는 거니까 그대로 있어요. 그자가 떠날 때까지 같은 방법으로 연락하겠습니다. 매 15분마다 신호를 지켜보세요. 필요하다면 매일 밤."

금요일 오후 5시 보고에서 맥게인은 카잘리스가 여전히 자기 집에서 나오지 않는다고 했다. 그들을 당황했다. 그는 해가 지도록 나오지 않았다. 금요일 밤에 셀레스트는 11시 15분까지 기다려야 했다. 엘러리는 손전등으로 신호를 보냈고 그녀와 만났다.

"신호가 안 오는 줄 알았어요."

셀레스트는 하얗게 질려 있었다.

"그 사람은 갔어요?"

"몇 분 전에 포기하고 갔어요."

"오후 내내, 그리고 저녁나절에도 전화를 하려고 했는데 오늘은 스탠리가 계속 보채고 가만히 있지를 못해서……. 그래도 지금은 많이 나아졌어요. 게다가 메릴린은 계속 타자기 앞에만 앉아 있고……. 그 사람이 오후 1시 조금 넘어서 전화했어요."

어둠 속에서 그들은 셀레스트 주위로 몰려들었다.

"또 폴 노스트럼이었어요. 애스터 호텔에서 바람맞혀서 미안하다고 하면서, 갑자기 몸이 아파 그날 하루 종일 누워 있었다고 했어요. 그 사람이…… 오늘 밤 메릴린을 만나고 싶다고 했어요."

셀레스트는 침착하게 말하려고 안간힘을 썼다.

"하루 종일 심장이 두근거렸어요."

"메릴린이 뭐라고 했습니까?"

"거절했어요. 지금은 특별한 일에 계속 매여 있다고 하면서 다른 사람을 구하라고 했죠. 그랬더니 그 사람이 메릴린에게 데이트를 하자며 졸랐어요."

"계속해요!"

퀸 경감의 목소리가 떨렸다.

"메릴린은 그냥 웃으면서 전화를 끊었어요."

지미가 그녀를 잡아당겼다.

"그자가 인내심을 잃은 것 같은데요, 아버지."

"그 집 가정부가 월요일에 돌아오거든."

그들은 잠시 서성거렸다.

"셀레스트."

셀레스트가 지미를 뿌리치고 돌아왔다.

"메릴린이 지금 하는 일에 대해서 그자에게 얼마나 자세히 얘기했어요?"

"메릴린은 내일 밤까지는, 아니면 아마 일요일까지는 일을 못 끝낼 거라고 말했어요. 그러고 나서 그걸 갖다 주러……."

셀레스트는 숨을 멈췄다. 그러더니 기묘한 목소리로 말했다.

"갖다 주러 나가야 한다고…… 그렇게 말했어요."

"이번 주말이군."

엘러리가 말했다.

토요일의 하늘은 구름이 덮여 흐렸다. 도시에는 하루 종일 음산한 비가 추적추적 내렸다. 비는 저녁 무렵이 되어서야 그쳤고 안개가 거리를 온통 자욱하게 덮었다.

경감은 욕설을 중얼거리며 돌아다녔다. 그는 용의자 추적에 실패하더라도 악천후를 핑계로 댈 수는 없다고 말했다.

"필요하다면 모험을 해. 그자에게 바짝 붙으라고."

형사들에게 지시를 내리며, 경감은 불필요한 말을 덧붙였다.

"아무튼 놓치기만 해봐."

안 좋은 날이었다.

하루 종일 좋지 않았다. 아침에는 헤스 형사가 위경련을 일으켰다. 맥게인이 서둘러 전화를 했다.

"헤스가 쉬어야 합니다. 지금 몹시 괴로워하고 있어요. 얼른 와주세요. 지금 거기에 혼자 있어요."

해그스트롬이 파크 애비뉴에 도착했을 때 맥게인은 가고 없었다.

"어딘지는 몰라. 카잘리스가 11시 5분에 나와서 매디슨 쪽으로 걸어갔고, 맥게인이 쫓아갔어. 내가 일을 망치기 전에 나 좀 택시에 태워줘."

헤스가 헐떡이며 말했다.

해그스트롬이 맥게인과 그의 사냥감을 찾는 데는 한 시간이 넘게 걸렸다. 카잘리스는 식당에 간 것이었다. 그는 곧장 자신의 아파트로 돌아왔다.

그러나 2시 조금 지나서, 카잘리스는 작업복을 입고 뒤뜰을 통해 밖으로 나왔다. 그는 이스트 29번가를 향하고 있었다.

4시 조금 전, 메릴린 솜스가 486번지에서 나왔다. 셀레스트 필립스와 함께였다.

두 여자는 서둘러 29번가를 따라 서쪽으로 걸었다.

안개는 아직 깔리지 않았고, 부슬비가 내리고 있었다. 그러나 하늘은 온 도시를 시커멓게 만들기라도 하려는 듯 위협하고 있었다.

시정이 좋지 않았다.

카잘리스가 움직였다. 미끄러지듯, 매우 빠르게 움직였다. 손은 주머니에 찔러 넣고 있었다. 그는 반대쪽 거리를 따라 움직이고 있었다. 맥게인, 해그스트롬, 퀴글리, 퀸 부자, 지미 맥켈이 뒤를 따랐다. 혼자서, 또는 짝을 지어서.

지미 맥켈이 중얼거렸다.

"셀레스트, 지금 제정신이야? 바보, 저 바보."

경감도 중얼거리고 있었다. 다소 거친 말이었다.

카잘리스는 열정적이었다. 그의 걸음걸이가 말해주고 있었다. 그는 성큼성큼 걷다가, 속보로 걷다가, 갑자기 멈춰 섰다. 그가 여자들을 뒤쫓는 동안 머리는 줄곧 앞으로 내밀고 있었다.

"고양이 같아. 저기 고양이가 있어."

엘러리가 중얼거렸다.

"저 여자가 정신이 나갔네, 진짜."

지미가 속삭였다.

"저 여자 때문에 내 정신도 나갔어!"

퀸 경감은 울음을 터뜨리기 직전이었다.

"다 됐는데…… 지금까지 그렇게 공을 들여서 이제 다 됐는데. 고양이가 혀를 빼물었는데. 이렇게 어두우면 금방이라도 달려들 수 있을 텐데. 그런데 저 여자가……."

두 여자는 3번 애비뉴의 문구점에 들어갔다. 문구점 주인이 종이 묶음과 다른 것들을 포장하기 시작했다.

어둠이 점점 더 짙어지고 있었다.

카잘리스의 경계심도 무너졌다. 그는 3번 애비뉴와 29번가의 모퉁이 약국 창문 앞에서 비를 맞으며 제정신을 잃은 듯 넋을 놓고 서 있었다. 불빛이 그가 선 자리를 비춰 환했지만, 그는 움직이지 않았다.

고개는 여전히 앞으로 내밀고 있었다.

엘러리는 지미의 팔을 꽉 잡아야 했다.

"셀레스트가 함께 있으면 아무 짓도 안 할 거야, 지미. 거리에 사람이 많아. 차도 많고. 긴장 풀어."

두 여자가 문구점에서 나왔다. 메릴린이 커다란 꾸러미를 들고 있었다.

그녀는 웃고 있었다.

두 사람은 왔던 길을 다시 걸어갔다.

순간적으로, 집에서 15미터 정도 떨어진 곳에서, 카잘리스가 실행할 것 같은 순간이 있었다. 빗방울이 굵어졌고 두 여자는 웃으며 현관을 향해 뛰었다. 카잘리스는 갑자기 힘을 내서, 큰길로 뛰어나갔다.

그러나 490번지 앞 커브 길에서 갑자기 차가 나타나더니 세 남자가 내렸다. 그들은 반대편 인도에 서서 비를 맞으며 서로 언성을 높여 열심히 싸우고 있었다.

카잘리스가 뒤로 물러섰다.

여자들은 486번지로 사라졌다.

그는 무거운 발걸음으로 거리를 걸어, 솜스 아파트의 반대쪽 건물 입구로 들어갔다.

골드버그와 영이 맥게인과 해그스트롬과 교대하기 위해 도착했다.

안개가 짙게 깔려 카잘리스에게 바짝 붙을 수 있었다.

카잘리스는 밤이 되어도 그곳을 서성였고, 행인이 그가 숨은 건물에 접근할 때 옆 건물로 옮기는 것 말고는 몸을 움직이지도 않았다.

한번은 영이 근처의 건물로 들어왔다. 형사는 5미터도 떨어지지 않은 곳에서 30분 넘게 그를 지켜보았다.

11시 조금 넘어서, 그는 포기했다. 고개를 푹 수그린 덩치 큰 그의 모습이 안개 속으로 사라졌다. 그는 2번 애비뉴 근처 형사들의 감시초소 근처를 지나갔고, 몇 초 후 골드버그와 영이 그 뒤를 따랐다.

셋은 서쪽으로 사라졌다.

우울한 얼굴로, 퀸 경감은 셀레스트에게 보낼 공습경보 해제 신호를 자신이 직접 보내겠다고 고집했다.

그날 밤의 모임 장소는 1번 애비뉴 30번가와 31번가 사이에 있는 어두침침한 식당이었다. 전에도 한 번 와본 적 있는 곳이었다. 식당에는 손님이 많았고 연기가 자욱했다. 손님들은 다른 손님에게 별로 신경을 쓰지 않았다.

셀레스트가 들어와 자리에 앉자마자 곧장 입을 열었다.

"어쩔 수 없었어요. 메릴린이 복사용 반투명 종이가 다 떨어졌다며 3번 애비뉴에 사러 나간다고 하는데, 저는 정말 죽을 뻔했어요. 누군가 함께 있다면 그도 감히 무슨 짓을 하진 못할 거라고 생각했죠. 이제 저에게 10점 감점을 주세요."

지미가 눈을 부라렸다.

"도대체 제정신이야?"

"그 사람이 우릴 따라다녔나요?"

오늘 밤 셀레스트는 얼굴에 핏기가 없었고, 안절부절못하고 있었다. 엘러리는 무심히 그녀의 손을 보았다. 갈라지고 빨갛게 성이 나 있었다. 손톱은 심하게 깨문 것 같았다. 그녀에게도 뭔가 달라진 게 있는 것 같은데, 끈질기게 숨겨져 있어 찾을 수가 없었다.

뭐지?

"그자가 당신들 둘을 뒤쫓았어요."

경감이 말했다. 그러고 나서 한참 후 다시 입을 열었다.

"필립스 양. 메릴린에겐 아무 일도 없었을 거요. 뉴욕 시는 이 사건에 수십만 달러가 넘는 엄청난 돈을 들였고, 몇 달이나 수사를 했는지는 나도 정확히 모를 정도요. 당신이 무책임한 바보 노릇을 하느라 이번 작전을 허사로 만들어버렸어요. 앞으로 다시는 이렇게 좋은 기회를 잡을 수 없을지도 몰라요. 그자를 영원히 잡을 수 없을지도 모르고. 오늘 그는 절박했어요. 만일 메릴린이 혼자였다면 당연히 덮쳤을 거요. 내가 지금 당신에게 얼마나 화가 나 있는지 도저히 말로 표현할 수 없을 정도야. 사실대로 말하자면, 필립스 양, 당신을 아예 만나지도 당신 말을 듣지도 않았으면 좋겠다고 말한다 해도 결코 지나친 말이 아닐 거요."

지미가 일어서려고 했다.

셀레스트는 그를 붙잡고, 그의 어깨에 뺨을 기댔다.

"경감님, 전 다만 메릴린을 혼자 거리에 내보낼 수 없었던 거예요. 이제 전 어떻게 하면 될까요?"

경감은 떨리는 손으로 맥주잔을 들고 비웠다.

"셀레스트."

그게 뭘까?

"네, 퀸 씨."

지미가 셀레스트를 꼭 잡았고 그녀는 지미에게 미소를 지어 보였다.

"다신 그렇게 하면 안 됩니다."

"그건 약속 못 하겠어요, 퀸 씨."

"전에 약속했잖아요."

"정말 미안해요."

"지금은 당신을 빼낼 수 없어요. 현재 상황을 무너뜨릴 수는 없어요. 그는 아마 내일 또 다른 방법을 시도할 겁니다."

"전 떠나지 않을 거예요. 떠날 수 없어요."

"간섭하지 않겠다고 약속 안 할 겁니까?"

지미가 그녀의 얼굴을 어루만졌다.

"내일 밤까지는 모든 게 끝날 거예요. 그자가 메릴린을 다치게 할 가능성은 거의 전무해요. 그녀는 우리가 지키고 있고, 그자도 지켜보고 있어요. 그 끈을 꺼내서 메릴린에게 한 발짝만 다가가도, 무장한 형사 네 명이 곧바로 그를 덮칠 겁니다. 메릴린이 지금 작업하는 그 희곡을 끝냈나요?"

"아뇨, 오늘 밤엔 너무 피곤해서 못 하겠대요. 내일 몇 시간 정도 더 일을 할 거예요. 내일 아침에 늦게까지 잘 거라고 했으니까 오후 늦게나 끝날 거예요."

"끝나면 즉시 가져다준다고 하던가요?"

"작가가 기다리고 있대요. 이미 늦었다고."

"그 작가는 어디 삽니까?"

"그리니치빌리지요."

"내일 일기예보에는 비가 더 온다고 하던데. 내일도 하루 종일 어두울 거고, 메릴린이 집을 나설 때도 어두울 겁니다. 그자는 이스트 29번가나 그리니치빌리지에서 기회를 노릴 거예요. 우리에게 하루가 더 있어요, 셀레스트. 내일이 지나면 이번 일은 그동안의 악몽과 함께 영원히 묻어버릴 수 있어요. 내일 메릴린을 혼자 내보내주겠어요?"

"노력해볼게요."

그게 뭐지?

퀸 경감이 으르렁거렸다.

"맥주 한 잔 더!"

"셀레스트, 당신이 일을 정말 어렵게 만들고 있어요. 집에서 나올 때 메릴린은 괜찮았나요?"

"잠자리에 들었어요. 가족들 전부 다요. 솜스 부부와 빌리와 엘리너는 내일 아침 일찍 교회에 가거든요."

"그럼 이제 가봐요."

엘러리의 턱이 몹시 앙상해 보였다.

"당신이 우리의 기대를 저버릴 거라는 생각은 하기 싫군요."

지미가 말했다.

"이제 그만들 좀 해요. 야만인 같으니."

웨이터가 맥주잔을 경감 앞에 털썩 내려놓았다. 그는 혀짤배기소리로 물었다.

"숙녀분께는 뭘 드릴까요?"

"아무것도 필요 없어. 저리 가요."

지미가 말했다.

"이봐요, 손님. 여긴 장사하는 데예요. 여자 손님도 마시든지, 아니면 다른 데 가서 재미를 보든지."

지미가 천천히 셀레스트에게서 떨어졌다.

"뭐가 어째, 이 얼간이 새끼가……."

경감이 고함을 질렀다.

"얼른 꺼져."

웨이터는 놀란 얼굴로 뒤로 물러섰다.

"이제 가, 자기. 난 여기 계신 동지들에게 한두 마디 더 할 말이 있어."

지미가 나지막이 읊조렸다.

"지미, 키스해줘."

"여기서?"

"상관없어."

그는 그녀에게 키스했다. 웨이터는 멀찍이서 쏘아보았다.

셀레스트가 달려 나갔다.

안개가 그녀를 삼켰다.

지미는 일어서서 퀸 부자에게 험악한 표정을 지으며 몸을 앞으로 내밀었다. 그러나 그가 막 입을 열었을 때 엘러리가 말했다.

"저기 영 형사 아녜요?"

그는 눈을 가늘게 뜨고 어둠을 노려보았다.

그들은 토끼처럼 홱 움직였다.

형사가 식당의 열린 문 안쪽에 서 있었다. 그의 시선이 식당의 칸막이 안쪽 공간들을 훑고 있었다. 입술 가장자리가 누르스름했다.

엘러리는 테이블 위에 돈을 놓았다.

그들은 일어섰다.

영이 그들을 찾았다. 그는 입으로 숨을 내쉬고 있었다.

"저기, 경감님, 저기요."

그의 윗입술 위에 땀이 맺혀 있었다.

"이 빌어먹을 안개가……. 코앞에서 손을 들어도 안 보일 정도로 짙은 안개예요. 골드버그와 제가 그자의 뒤를 쫓고 있었는데 갑자기 그가 우리 쪽으로 되돌아왔어요. 동쪽으로요. 이쪽으로. 다시 밤새 헤매기로 충동적으로 결심한 것 같아요. 완전히 미친 것 같았어요. 우리를 봤는지 못 봤는지는 모르겠어요. 못 본 것 같긴 한데요."

영이 숨을 들이마셨다.

"안개 속에서 그를 놓쳤습니다. 골드버그가 저 밖에서 찾아다니고 있어요. 저는 여러분을 찾아다녔고요."

"그가 이쪽으로 되돌아왔고 자네들이 놓쳤다는 거지."

퀸 경감의 뺨이 땀에 젖었고 석고처럼 굳었다.

생각났다.

"그 체크무늬 코트요."

엘러리가 얼이 빠진 목소리로 말했다.

"뭐?"

경감이 말했다.

"셀레스트가 오늘 밤 너무 당황해서 자기 옷 대신 체크무늬 외투를 입고 나왔어요. 카잘리스는 미행을 따돌렸고 셀레스트는 저 밖에 메릴린의 코트를 입고 나갔어요."

그들은 서로 발이 엉키며 지미 맥켈의 뒤를 따라 안개 속으로 뛰어들었다.

11

30번가와 29번가 사이 1번 애비뉴를 따라 달리는데 셀레스트의 비명 소리가 들렸다.

한 남자가 29번가 모퉁이에서 튀어나와 그들을 향해 달려오며 뒤쪽으로 힘껏 손을 흔들었다.

"골드버그……."

그럼 29번가는 아니다. 여기, 1번 애비뉴의 어딘가다.

비명이 꾸르륵거리는 소리로 바뀌었다. 다시 꾸르륵 소리가, 노래처럼 들려왔다.

"저 골목이다!"

엘러리가 소리쳤다.

29번가 모퉁이 건물과 상점 사이에 좁은 골목 입구가 있었다. 골목은 골드버그 쪽에 더 가까웠지만 절박한 지미 맥켈의 가는 다리가 먼저 움직였다.

맥켈이 사라졌다.

무전 순찰차가 안개를 뚫고 전조등을 번쩍거리며 튀어나왔다. 퀸 경감이 무슨 말인가를 소리치자 차는 후진해 비틀거리며 전조등과 차폭등을 골목 입구로 비췄다.

그들이 골목에 뛰어들었다. 존슨과 피고트가 총을 꺼내 들고 골목 안쪽으로 미끄러지듯 들어갔다.

사이렌이 29번가, 30번가, 2번 애비뉴 사이에서 날선 소리로 울리기 시작했다.

앰뷸런스가 벨뷰 병원에서 1번 애비뉴 방향으로 대각선으로 가로질러 달려왔다.

끓어오르는 안개 속에서 한 여자와 두 남자가 몸싸움을 벌이는 모습이 보였다. 그들은 놀라 멈췄다. 셀레스트, 카잘리스, 지미였다. 그들은 슬로모션 화면처럼 미세한 움직임 안에 잡혀 있었다. 셀레스트는 두 사람을 마주 보고 있었고, 등이 활처럼, 궁수가 잡아당기는 활처럼 휘어 있었다. 열 개의 손가락이 그녀의 목을 보호하고 있었다. 손가락들은 그녀의 목과 목을 두른 분홍색 끈 사이에 끼어 있었다. 손가락 관절에 핏방울이 비쳤다. 셀레스트 뒤에서, 카잘리스가 끈의 끝을 잡고 조르고 있었고, 모자가 벗겨진 머리는 지미 맥켈이 조르는 손에 잡혀 뒤로 젖혀져 있었다. 카잘리스의 혀가 튀어나와 있었고 눈은 허공을 향해 부릅뜬 채 표정 없이 번득였다. 지미의 손 하나가 카잘리스의 끈을 잡은 손을 놓게 하려고 애쓰고 있었다. 지미의 입술이 옆으로 한껏 당겨져 있었다. 웃는 것 같아 보였다.

엘러리가 다른 사람들보다 약 반걸음 정도 앞서 도착했다.

엘러리는 카잘리스의 왼쪽 귀 바로 아래를 주먹으로 갈기고, 팔을 지미와 카잘리스 사이에 끼워 넣은 후 지미의 턱을 손으로 찰싹 때렸다.

"놔, 지미. 놔."

카잘리스는 젖은 콘크리트 위에 미끄러져 넘어졌다. 그의 눈은 여전히 알 수 없는 멍한 시선으로 부릅뜬 채였다. 골드버그,

영, 존슨, 피고트, 순찰 경관 한 사람이 그를 덮쳤다. 영이 무릎으로 그를 찼다. 카잘리스는 사람들 사이에서 몸을 반으로 접고 여자처럼 비명을 질렀다.

"그렇게까지는 안 해도 돼요."

엘러리가 말했다. 그는 계속 오른손을 쓰다듬고 있었다.

"아, 갑자기 무릎이 후들거려서요. 이럴 때는 무릎이 저 혼자 팍! 이렇게 튀어 오르거든요."

영이 사과하듯 말했다.

퀸 경감이 말했다.

"저 사람 손을 펴봐. 엄마한테 하듯 살살. 저 끈을 꼭 확보해야 해."

의사 가운을 입은 인턴이 셀레스트 옆에 무릎을 꿇고 있었다. 셀레스트의 머리카락이 물웅덩이에 빠져 반짝거렸다. 지미가 큰 소리로 외치며 다가갔다. 엘러리가 왼손으로 그의 옷깃을 잡았다.

"셀레스트가 죽었어요!"

"기절한 거야, 지미."

퀸 경감이 분홍색 끈을 찬찬히 살펴보았다. 두껍고 거친 실크로 만든 끈이었다. 터서 실크다.

"여자는 어때요, 의사 선생?"

경감은 그자의 손에 쥐어진 흐느적거리는 끈에 시선을 고정한 채 물었다.

"목에 약간 찰과상이 있어요. 대부분은 옆쪽과 뒤쪽이군요."

구급차 의사가 대답했다.

"손으로 목에 가해지는 압력을 막았어요. 영리한 아가씨네요."

"죽은 것처럼 보이는데."

"쇼크예요. 맥박과 호흡은 좋습니다. 나중에 이 얘기를 손자 손녀들 귀에 못이 박이도록 해줄 때까지 살 겁니다."

셀레스트가 신음했다.

"아, 이제 의식이 돌아오네요."

지미가 젖은 골목 바닥에 주저앉았다.

경감은 조심스럽게 실크 끈을 봉투에 집어넣었다. 엘러리는 경감이 콧노래로 흥얼거리는 〈마이 와일드 아이리시 로즈〉를 들었다.

형사들이 카잘리스의 손을 뒤로 돌려 수갑을 채웠다. 그는 축축한 바닥에 모로 누워 무릎을 끌어 올려 웅크리고, 영의 튼 튼한 다리 사이로 몇 미터 떨어진 곳의 뒤집힌 쓰레기통을 바 라보고 있었다. 그의 얼굴은 더럽고 잿빛이었으며 눈은 온통 흰자위뿐이었다.

고양이.

그는 사람들의 다리로 이루어진 창살 우리 안에서 무겁게 숨 을 쉬며 누워 있다.

고양이.

사람들은 편하게 모여, 농담을 주고받고 웃으며 인턴이 셀 레스트 필립스의 응급처치를 끝내기를 기다리고 있다. 평소에 골드버그를 싫어하던 존슨이 그에게 담배를 내밀었다. 골드버 그가 어딘가에서 담뱃갑을 잃어버렸던 것이다. 골드버그는 친 근하게 담배를 받으며 존슨에게 성냥불을 내밀었다. 존슨은 "고마워, 골디"라고 말했다. 피고트는 열차 사고 때 범인과 열네 시간 동안이나 수갑을 같이 차고 있었던 이야기를 하고 있었다.

"아, 엄청 조마조마해가지고, 그 자식 입을 다물게 하려고 10분에 한 번씩 주먹으로 턱을 갈겼다니까."

사람들은 요란하게 웃었다.

영은 순찰 경관에게 불평을 하고 있었다.

"젠장, 내가 할렘에서 근무한 게 6년이야. 그 동네에서는 무릎을 먼저 쓰고 그다음에 질문을 한다고. 걔네들은 칼을 귀신같이 쓰거든. 거기 놈들은 하나같이 다 그래."

"잘 모르겠는데요. 백인 중에도 그런 놈이 있어요. 질깃 형사님 같은 흑인도 있고."

경관이 의심스러운 듯 말했다.

"그게 무슨 상관이야?"

영은 죄수를 힐긋 쳐다보았다.

"저자는 어차피 미친놈이야. 미친놈이니 기분 따위도 없지."

형사들의 발치에 누워 있던 남자가 입을 우물거렸다. 뭔가를 씹는 것 같았다.

"이봐. 지금 저거 뭐 하는 거지?"

골드버그가 말했다.

"뭐가?"

놀란 퀸 경감이 어깨로 형사들을 비집고 들어왔다.

"입을 보세요, 경감님!"

경감은 콘크리트 바닥에 주저앉아 카잘리스의 턱을 잡았다.

"조심하세요, 경감님. 물지도 몰라요."

누군가 웃으며 말했다.

카잘리스의 입이 순순히 벌어졌다. 영이 퀸 경감의 어깨 위로 손전등 불빛을 비췄다.

"아무것도 없어. 그냥 혀를 깨문 거야."

영이 말했다.

"고양이의 습성인가 보군요."

이 말에 사람들은 다시 웃었다.

"의사 선생, 좀 서둘러주겠소?"

경감이 말했다.

"금방 끝나요."

인턴은 셀레스트를 담요로 감싸고 있었다. 그녀의 머리가 힘없이 처졌다.

지미는 자신을 돌봐주려는 구급대원을 뿌리치고 있었다.

"저리 가요, 좀. 지금 맥켈이 회의 중인 거 안 보여요?"

"맥켈, 지금 입과 턱이 온통 피투성이예요."

"그래요?"

지미는 턱을 만져보고 손가락을 보며 놀랐다.

"아랫입술이 반은 찢어졌어요."

"정신 좀 차려봐, 셀레스트."

지미가 나지막이 속삭였다. 그러다 구급대원이 입술에 처치를 하자 비명을 질렀다.

갑자기 공기가 차가워졌지만 아무도 신경 쓰지 않았다. 안개가 급격히 엷어졌다. 하늘에 별도 한두 개 보였다.

엘러리는 쓰레기통 위에 앉아 있었다. 〈마이 와일드 아이리시 로즈〉가 풍금 소리처럼 머릿속에서 끈질기게 울렸다. 몇 번인가 음악을 꺼보려고 노력했지만 노래는 계속 울렸다.

별이 또 하나 떴다.

주변 건물의 창문들이 모두 환히 불을 밝히며 활짝 열렸다. 유쾌한 분위기였다. 사람들의 머리와 어깨가 나와 있었다. 박스석이다. 이곳은, 아레나다. 구덩이다. 그것. 사람들에겐 그것이 안 보일 것이다. 그러나 희망은 품을 수 있지. 안 그런가? 희망이 뉴욕의 모든 이들의 눈에 깃들어 있다. 볼품없는 낡은 건물. 파헤쳐진 보도. 열린 맨홀. 교통사고. 무슨 일이지? 무슨 일이 일어난 거야? 누가 차에 치었나? 조직폭력배인가? 저 아래 무슨 일이 있는 거지?

상관없다.

고양이는 지옥에 있고, 세상은 아무 일도 없다.*

뉴욕 신문들은 다 받아 적으세요.

"지미, 이쪽으로 와봐."

"지금은 안 돼요."

"〈뉴욕 엑스트라〉에서 보너스 받고 싶지 않아?"

엘러리가 의미심장하게 말했다.

지미가 웃었다.

"내가 아직 말 안 했나요? 지난주에 저 해고됐어요."

"전화해. 편집장으로 승진할걸."

"꺼지라고 해요."

"백만 달러짜리 특종이잖아."

"난 이미 백만 달러짜리를 얻었어요."

엘러리는 쓰레기통 위에 앉아 몸을 앞뒤로 흔들었다. 저 괴짜는 진짜 물건이다. 멋진 놈이다. 엘러리는 다시 웃었고, 왜

---

* 로버트 브라우닝의 시 〈피파 패시스〉의 구절 '신은 천국에 있고 세상은 아무 일도 없다'에 빗댄 말.

손에 이렇게 이상한 느낌이 드는지 의아해했다.

이스트 29번가 486번지의 3층 뒤쪽 창문도 전부 사람들의 얼굴로 빼곡히 들어찼다.

저 사람들은 몰라. 솜스라는 이름은 역사에 남겠지. 저 사람들은 저기 앉아서 내일 아침 신문에 누구의 이름이 나올지 궁금해하고 있어.

"자, 깨어났네요. 안녕하세요. 제가 제일 먼저 축하 인사를 드려도 될까요?"

인턴이 말했다.

붕대를 감은 그녀의 손이 목으로 향했다.

지미가 구급대원에게 뭐라고 중얼거리고 있었다.

"내 입술에서 손 좀 떼주겠어요? 자기, 나야. 다 끝났어. 끝났다고. 나야, 나. 지미. 나 기억해?"

"지미."

"날 알아봤어요! 다 끝났어, 자기."

"그 무서운······."

"다 끝났어."

마이····· 와일드····· 아이리시····· 로오오오오·····.

"1번 애비뉴를 따라 서둘러 걷고 있었어."

"할머니가 될 때까지 살 거야. 여기 요오드를 발라준 사람이 그랬어."

"지나가는데 그 사람이 날 이리로 잡아끌었어. 그의 얼굴을 봤는데 곧 캄캄해졌어. 내 목이."

"말하지 말아요. 나중을 위해 힘을 아껴요, 필립스 양."

경감이 상냥하게 말했다.

"다 끝났어, 자기."

"고양이. 그 사람은 어딨어요? 지미, 그 사람 어딨어?"

"이제 떨지 마. 저기 쓰러져 있어. 길고양이처럼. 보이지?
봐. 무서워할 것 없어."

셀레스트는 울기 시작했다.

"다 끝났어."

지미는 셀레스트를 안고 작은 요람처럼 천천히 흔들어주었다.

저 위의 솜스 가족은 셀레스트가 어디 있는지 궁금해하고 있
어. 이 아래에서 '도와주고 있다'고 생각하겠지. 클라라 바턴*처
럼……. 그러고 보면 여긴 전쟁터가 아닐까? 1번 애비뉴의 전
투. 맥켈의 기습 부대를 앞세운 퀸 장군은 필립스 군단을 적진
에 위장 투입시키고 이후 센터 스트리트 부대원들로 적군을 기
습……. 엘러리는 창문으로 내다보는 사람들 틈에서 메릴린
솜스의 검은 머리를 본 것 같다는 생각이 들었다. 그러나 그는
곧 고개를 돌리고 뒷덜미를 문질렀다. 그 맥주에 뭐가 들었었
나?

"좋아요, 의사 선생. 이제 이쪽으로 오시오."

경감이 말했다.

인턴이 카잘리스 위로 몸을 숙여 보다가 고개를 들고 매섭게
물었다.

"이 사람이 누구라고요?"

"급소 쪽을 심하게 차였어요. 의사가 확인하기 전까지는 움
직이고 싶지 않소."

"정신과 의사인 에드워드 카잘리스 박사잖아요!"

---

* 미국 적십자사의 창설자.

사람들이 웃었다.

"아이고, 알려주셔서 고맙습니다, 선생님. 이거 큰 신세를 졌네요."

영 형사가 다른 사람들에게 윙크를 하며 말했다.

사람들은 다시 웃었다.

인턴은 얼굴을 붉혔다. 잠시 후 그는 일어섰다.

"일으켜 세우시면 설 수 있을 겁니다. 심각한 상태는 아니에요."

"어이쿠, 이런!"

"거봐, 이 인간은 줄곧 우리를 속여왔다고."

"영, 그 무릎을 한 번 더 쓰는 게 좋겠어."

"조심해, 잘 지켜보라고."

그는 다리를 움직이려고 안간힘을 썼지만, 발레를 배우는 학생처럼 발가락 끝으로 일어서서 비틀거렸고, 무릎에는 힘이 들어가지 않았다.

"보지 마. 중요하지 않아."

지미가 말했다.

"나에겐 중요해. 보고 싶어. 난 약속을……."

그러나 곧 셀레스트는 진저리를 치며 고개를 돌렸다.

"저쪽 거리에 사람들 해산시켜."

경감이 주위를 둘러보았다.

"잠깐."

행렬이 멈췄고, 카잘리스는 고마워하는 것 같았다.

"엘러리는 어디 있지?"

"저쪽에요, 경감님."

"어이, 엘러리."

"왜 저러지?"

마이 와일드 아이리시 로즈…….

쓰레기통이 덜커덩 소리를 내며 옆으로 굴렀다.

"다쳤구나."

"의사 선생!"

인턴이 말했다.

"기절했네요. 손가락이 부러졌어요. 자, 살살 들어요……."

진정해. 진정해. 단순히 5개월간 냄새를 맡고 땅을 파고 사람을 추적하고 계획을 세운 것뿐이야. 21주 동안, 정확히 말하면 21주와 하루 동안, 148일 동안 이스트 19번가 아파트 문을 부드럽게 노크하며 시작해 1번 애비뉴 골목길에서 사람의 머리에 가한 단단한 일격까지. 아치볼드 더들리 애버네시부터 셀레스트 필립스, 일명 여자 스파이 수 마틴까지. 6월 3일 금요일부터 10월 29일 토요일까지. 1년의 40.4퍼센트밖에 되지 않는 기간이고, 이 기간 동안 도시의 수많은 사람들 중 하나가 맨해튼 지역 인구에서 아홉 명을 줄인 것뿐이었다. 물론 그중에 메트로폴 홀의 집단 공황과 이후의 폭동이라는 사소한 일이 있기는 했지만. 그러나 전체적으로 보면 거인의 뒤뜰에 뿌려진 닭 모이 정도에 불과하다. 그런데 왜 그렇게들 흥분했던 것일까?

진정해.

진정해. 카메라 플래시를 받으며 딱딱한 의자에 앉아 있는 고양이는 도시의 부서진 꿈에 나오는 꼬리를 휘두르는 키메라가 아니고, 다만 남들의 비위를 맞춰주고 싶지만 뭘 해야 좋을

지 모르는 것처럼 근심스러운 표정으로 금방이라도 무너질 듯 손을 떠는 노인일 뿐이니까. 그들은 그의 몸에서 두 번째 연분홍색 터서 실크 끈을 찾았고, 파크 애비뉴 진료실의 잠긴 서류 캐비닛에서 스물네 개의 끈을 발견했다. 그중 절반 이상은 그들이 기억하고 있던 파란색 끈이었다. 카잘리스는 경찰에게 찾을 곳을 알려주고 열쇠 꾸러미 중에서 맞는 열쇠를 골라주었다. 그는 그 끈들을 오래전부터 갖고 있었다고 말했다. 1930년대 말 산부인과 의사 일을 그만두고 세계 여행을 다녀온 때부터. 인도에 갔을 때 인도 사람에게서 그 끈을 샀는데, 예전 인도의 암살단원들이 암살할 때 쓰던 끈이라고 했다. 나중에 그 끈을 서랍에 넣어두기 전에, 그는 끈을 파란색과 분홍색으로 염색했다. 왜 그 끈을 지금까지 보관했느냐고? 그는 당황하는 것 같았다. 아니, 그의 아내는 이에 대해 전혀 알지 못한다고 했다. 시장에서 끈을 살 때도 혼자 가서 샀고 사고 난 다음에는 아무도 모르게 숨겨두었었다……. 그는 경찰의 질문에 고개를 갸웃거리며 정중하게 대답했다. 할 말이 없어지거나 살짝 변덕이 일 때는 엉뚱한 대답을 하기도 했다. 그러나 횡설수설하는 경우는 거의 없었다. 대체로 그는 과거와 관련된 사항을 또렷하게 진술했고, 그럴 때는 그들이 알고 있던 카잘리스 박사의 모습이었다.

그러나, 그의 눈빛은 아무 표정 없이 한곳을 응시하는 렌즈 같았다.

엘러리는 셀레스트 필립스와 지미 맥켈과 함께 벨뷰 병원에서 곧장 이곳으로 달려왔다. 오른손에 부목을 댄 그는 한쪽 구석에 앉아 듣기만 할 뿐 아무 말도 하지 않았다. 아직까지도 피로감은 들지 않았고, 여전히 비현실적인 기분을 느끼고 있었다. 경찰청장과 지방 검사도 와 있었다. 그리고 새벽 4시 30분이 약간 지나서 죄수보다 더 창백한 얼굴로 시장이 허둥지둥 뛰어 들어왔다.

그러나 의자에 앉은 더러운 노인은 그들 중 누구도 보고 있지 않은 것 같았다. 의도적으로 시선을 회피하고 있는 것 같았고, 시치미를 떼는 것 같았다. 그들은 미치광이가 얼마나 그럴 듯하게 굴 수 있는지 잘 알고 있었다.

아홉 건의 살인에 대한 그의 진술은 놀랄 정도로 상세했다. 사소한 점에서 몇 가지 실수가 있기는 했다. 그가 어떤 사람인지 몰랐다면 몸의 통증이나 혼란, 감정적 육체적 피로 때문일 것이라 여겼을 테지만, 그것 말고는 그의 자백은 훌륭했다.

그날 밤 조사에서 가장 만족스럽지 못한 부분은 엘러리가 던진 유일한 질문에 대답했을 때였다.

진술을 거의 마쳐갈 무렵, 엘러리는 몸을 앞으로 내밀며 물었다.

"카잘리스 박사님, 박사님은 이 사람들이 아기였을 때 이후로는 한 번도 만난 적이 없다고 인정했습니다. 따라서 희생자들은 박사님에게 개인적으로 어떠한 의미도 없었습니다. 그럼에도 박사님은 그들에게 적의를 가지고 있었습니다. 그건 뭡니까? 왜 그들을 죽여야겠다고 생각했던 겁니까?"

정신 질환자의 행동은 현실적인 관점, 즉 건강한 정신을 가진 사람들이 세상을 보는 관점에 기초해 판단할 때는 동기가 없는 것처럼 보이기 때문입니다……

카잘리스 박사는 그렇게 말했었다.

죄수는 의자에서 몸을 틀어 엘러리의 목소리가 나오는 곳을 똑바로 바라보았다. 그러나 불빛이 멍든 그의 얼굴을 똑바로 비추고 있었기 때문에 불빛 너머로는 아무것도 보이지 않을 터였다.

"퀸 씨인가요?"

그가 물었다.

"네."

"퀸 씨."

죄수는 친밀하고 너그러운 목소리로 말했다.

"당신이 그걸 이해할 수 있을 만큼 과학적인 지식을 갖추었을 것 같지가 않군요."

그들이 기자들에게서 벗어났을 때는 일요일 아침이 한참 지나 있었다. 지미 맥켈은 셀레스트를 품에 안고 택시 구석에 늘어져 있었고, 반대쪽 구석에서는 엘러리가 부목을 댄 손을 소중히 어루만지면서 창밖을 내다보고 있었다. 별다른 이유가 있었던 것은 아니고 그저 밖을 보고 싶어서였다.

오늘 아침에는 도시가 달라 보였다.

느낌도, 냄새도, 소리도 달랐다.

새로웠다.

공기에도 음악이 서려 있었다. 아마도 교회 종소리일 것이다. 교회들이 도심과 교외에서, 이스트사이드와 웨스트사이드에서, 복음을 외치고 있었다. 참 반가운 신도여! 이리로 와보라!

주택가의 식료품점과 빵 가게, 신문 가판대, 약국도 문을 여느라 분주했다.

　엘 트레인도 어딘가에서 쏜살같이 달리고 있었다.

　신문 파는 소년은 쌀쌀한 날씨에 손이 곱았다.

　아침 일찍 일어난 사람들이 손을 비비며 잰걸음으로 어디론 가 걸어갔다.

　택시 승차장에는 택시들이 줄지어 서 있었다. 라디오에서 뉴스가 나온다. 택시 기사들이 귀를 기울였다.

　사람들이 기사들 주위로 모여들기 시작했다.

　뉴욕이 기지개를 켜고 있었다.

　깨어나고 있었다.

12

뉴욕은 깨어났지만 흉측한 환영은 이후로도 1, 2주 가까이 사라지지 않았다. 그 유명한 화성인의 지구 침공 방송*이 사실이었다면 사람들은 화성인의 유골을 보기 위해 길게 줄을 늘어서서 어떻게 이런 것에 속을 수 있었을까 궁금해했을 것이다. 이제 괴물은 우리에 갇혀 있었다. 볼 수도 있고, 소리를 들을 수도 있고, 꼬집어볼 수도 있고, 괴물에 관한 기사를 쓸 수 있고, 기사를 읽을 수 있고, 심지어는 불쌍해할 수도 있었다. 그 우리 앞에 모든 뉴욕 시민들이 길게 줄을 지어 서 있었다. 사건의 내막은 사후 조사를 통해 명료하게 밝혀졌고, 밝혀진 사실들은 부끄럽고 마음 놓이고 심지어는 즐겁기까지 한 도시 전체의 대화거리가 되었다. 고양이는 단순히 미치광이 노인에 불과하다. 한 사람의 정신병자가 도시 전체에 맞설 수 있겠는가? 이제 서류로 철해놓고 잊어버리자. 추수감사절이 다가오고 있으니.

뉴욕은 웃었다.

그의 영국 사촌인 체셔 고양이**처럼, 고양이의 나머지 부분이

---

* H. G. 웰스의 라디오 드라마 〈우주 전쟁〉을 실제로 착각한 청취자들이 집단 공황 상태에 빠졌던 사건을 가리킨다.
** 루이스 캐럴의 《이상한 나라의 앨리스》에 등장하는 고양이.

사라진 후에도 얼굴 위의 웃음만은 남아 있었다. 그 웃음은 감방에 갇힌 노인의 웃음이 아니었다. 노인은 웃지 않았기 때문이다. 그것은 꿈속의 괴물이 웃는 웃음이었다. 그리고 아이들이 있었다. 아이들은 기억력은 더 짧지만 감각은 더 생생했다. 부모들은 여전히 악몽과 싸워야 했다. 물론 그들 자신의 악몽과도.

11월 11일, 제1차 세계대전 휴전 기념일 아침에 자메이카 만 여기저기에서 젊은 여성의 토막 시신이 발견되었다. 피해자는 플러싱에 거주하는 레바 자빈츠키로 확인되었다. 범인은 성폭행 후 시신을 토막 내고 목을 자른 것으로 밝혀졌다. 이 사건이 주는 낯익은 공포가, 사람들의 시선을 끄는 잔혹한 수법이, 고양이에게 쏠려 있던 사람들의 관심을 즉시 한곳으로 모았다. 그리고 탈영병 출신에 성범죄 전력이 있는 사이코패스가 범인으로 체포되자, 고양이는 적어도 어른들의 뇌리에서는 완전히 잊혀졌다. 그 이후로 '고양이'라는 단어는 일반적인 뉴욕 시민들에게 더 이상 소름 끼치는 인상이 아닌 깨끗하고 독립적이고 쥐를 잡는 유용한 식성을 가진 작은 동물의 이미지로만 남았다. (레바 자빈츠키 사건이 뉴욕의 어린이들에게 고양이와 비슷한 역할을 했는지 의문을 품을 수 있다. 그러나 대부분의 부모들은 추수감사절과 크리스마스가 다가오는 가운데 아이들의 꿈속에서 칠면조와 산타클로스가 고양이의 자리를 대체할 거라고 생각하는 것 같았다. 그리고 그들의 생각이 옳았다.)

그러나 여전히 특별한 관심을 갖고 있던 사람들이 있었다. 시 공무원, 기자, 정신과 의사, 고양이 사건의 희생자 가족들에게 이 문제는 의무이거나 특별한 업무, 전문적 또는 개인적 문제였다. 사회학자, 심리학자, 철학자 같은 사람들에게, 아홉 건의 살인을 저지른 살인범의 체포라는 사건은 6월 초부터 보인 시민들의 행동에 대해 사회과학적 조사를 시작할 수 있는 계기가 되었다. 두 번째 그룹은 에드워드 카잘리스에게는 전혀 관심이 없었다. 첫 번째 그룹은 일반 시민들에게 관심이 없었다.

죄수는 시무룩한 태도로 변했다. 그는 진술을 거부하고, 운동을 거부하고, 잠깐이지만 식사도 거부했다. 그는 오직 면회에서 아내를 만나기 위해서만 살아 있는 것 같았고, 끊임없이 아내를 불렀다. 카잘리스 부인은 언니와 형부를 대동하고 10월 30일에 플로리다에서 돌아왔다. 그녀는 남편이 고양이로 체포되었다는 기사를 믿지 않았고, 마이애미와 뉴욕에서 기자들에게 "뭔가 실수가 있다. 그럴 리가 없다. 내 남편은 무죄"라고 주장했다. 그러나 그것은 남편의 첫 면회를 다녀오기 전의 얘기였다. 그녀는 죽은 사람처럼 창백한 얼굴로 면회소를 나와, 기자들에게 고개를 젓고는 곧장 언니의 집으로 갔다. 그녀는 그곳에서 네 시간을 머물다가 자신의 집으로 돌아갔다.

괴물의 체포 이후 온 세상이 흥분했던 첫 며칠 동안, 도시의 적대감을 정면으로 받은 것은 그의 아내였다. 그녀는 손가락질과 비웃음을 오롯이 감당했고, 사람들은 그녀의 뒤를 쫓았다. 언니와 형부는 사라졌다. 그들이 어디로 갔는지는 아무도 몰랐고, 알아도 말할 수 없었다. 그녀의 가정부는 떠났고 새로운 가정부는 구할 수 없었다. 아파트 관리인은 그녀에게 집을 비워달라고 요청했고 만일 버틴다면 할 수 있는 모든 수단을 동원해 강제 퇴거시키겠다는 뜻을 분명히 밝혔다. 그녀는 버티지 않았다. 가구와 세간을 창고에 넣고 도심의 작은 호텔로 옮겼다. 다음 날 아침 그녀의 정체를 알게 된 호텔 직원들이 나가달라고 요청했다. 그래서 그리니치빌리지 허레이쇼 스트리트에 있는 음침한 셋방으로 옮겼다. 그리고 그곳에서, 메인 주 뱅거에 사는 오빠 로저 브래햄 메리그루가 그녀를 찾아냈다.

메리그루 씨의 여동생 방문은 하룻밤을 넘기지 않았다. 그는 서류 가방을 든, 청어처럼 비쩍 마른 남자와 함께 왔다. 두 남자가 허레이쇼 스트리트로 나왔을 때는 새벽 3시 45분이었는데, 밖에는 기자들이 기다리고 있었다. 메리그루의 동행자는 메리그루를 빼돌리고 기자들 앞에서 성명서를 읽었다. 그 내용은 그날 아침 신문에 실렸다.

"메리그루 씨의 변호사로서 저는 다음의 내용을 발표하도록 위임받았습니다. 메리그루 씨는 며칠 동안 메인 주에 있는 가족에게 돌아가자고 여동생이신 카잘리스 부인을 설득했습니다. 카잘리스 부인은 이 제안을 거절했습니다. 이에 메리그루 씨는 직접 만나 설득하기 위해 이곳으로 날아왔습니다. 카잘리스 부인은 여전히 거부하고 있는 상태입니다. 메리그루 씨가 할 수 있는 일이 더 이상 없으므로, 집으로 돌아갑니다. 이상입니다."

기자들이 왜 메리그루 씨가 뉴욕의 여동생 곁에 머물지 않느냐고 묻자, 메인 주의 변호사는 쏘아붙였다.

"그건 메리그루 씨에게 직접 물어보시죠."

이후 뱅거의 한 지역 신문이 메리그루의 말을 기사에 실었다. 그는 이렇게 말했다.

"여동생의 남편은 미쳤어요. 사람을 죽이는 정신병자를 옹호할 이유는 없습니다. 하지만 동생이 이런 식으로 일반에 알려지는 것은 불공정한 일입니다. 나머지 얘기는 동생에게 직접 들으십시오."

메리그루 가문은 뉴잉글랜드 전역에서 건실한 사업체를 운영하고 있었다.

그렇게 카잘리스 부인은 자신에게 주어진 시련을 홀로 마주하고 있었다. 지저분한 그리니치빌리지의 셋방에 살며, 기자들에게 시달리며, 남편을 면회했다. 눈에는 분노가 차오르고 입은 꾹 다문 채로.

그녀는 유명한 변호사인 대럴 아이언스를 남편의 변호인으로 고용했다. 아이언스는 말수가 적었지만, 그가 몹시 바쁘게 지낸다는 소문이 돌았다. 카잘리스는 변호를 '거부'했고 아이언스가 그의 감방에 끝없이 들여보내는 정신과 의사들에게도 협조하지 않겠다고 했다는 얘기가 전해졌다. 죄수가 광기 어린 분노, 폭력적 성향, 맥락 없는 발작 등의 증세를 보이고 있다는 소문이 돌기 시작했다. 대럴 아이언스를 아는 사람들은 소문을 부추기는 사람이 대럴 아이언스이며 따라서 그 소문들은 사실이 아닐 것이라고 말했다. 아이언스의 변호의 요점은 명백했다. 지방 검사는 카잘리스가 자신의 행동의 특성과 성질을 명확하게 인지하고 있다는 점을 들어 기소를 결정한 것 같았다. 그는 일상생활에서, 심지어 범죄를 저지를 때에도 이성적으로 행동할 수 있는 능력을 보였으므로, 의학적인 진단명이 무엇이든 상관없이 법적 정의에 따라 '제정신'으로 간주해야 한다는 것이었다. 지방 검사는 리노어 리처드슨 사건 조사가 있던 날 밤 시장의 특별 수사관과 경찰 본부의 리처드 퀸 경감과 죄수가 나눴던 대화를 상당히 중요하게 여기고 있었다. 당시 카잘리스는 고양이 사건의 범인이 순수하고 단순한 정신이상자의 행위라고 지적하며 자신의 '이론'을 전개해나갔었다. 이는 계획된 살인자의 계획된 행동이었으며, 수사의 방향을 교살 뒤에 도사린 책임 능력이 있는 자로부터 '갈팡질팡하는 백치'로 몰아가기 위한 고도의 술수였다는 것이다.

흥미진진한 재판이 펼쳐질 것으로 예상되었다.

사건에 대한 엘러리의 관심은 금방 시들해졌다. 그는 이 사건에 너무 오랫동안, 너무 깊이 몰두했기 때문에 사건이 종결된 10월 29일에서 30일 밤 이후로는 피곤하다는 생각 말고는 아무것도 느끼지 못했다. 그는 자신이 단순히 과거만 잊는 것이 아니라 현재도 외면하려 하고 있다는 것을 깨달았다. 그러나 현재는 피할 수 없었다. 현재는 그의 일상에 끈질기게 화려함을 더하고 있었다. 각종 표창이 이어졌고, 언론과 라디오, 텔레비전의 인터뷰와 시민 단체들의 강연 초청 수백 건과 기사 의뢰와 미해결 사건의 조사 의뢰가 줄을 섰다. 그는 정중함을 가장한 태도로 대부분의 의뢰를 거절했다. 그래도 몇 군데 피할 수 없는 자리가 있었고 그는 짜증과 분노를 터뜨리곤 했다.

"너 요즘 왜 그러는 거냐?"

아버지가 물었다.

"성공 뒤에 따르는 두통 때문이라고 해두죠."

엘러리가 쏘아붙였다. 경감의 얼굴이 일그러졌다. 그도 편두통이 낯설지 않았다.

"흠. 그래도 이번엔 실패 때문은 아니로구나."

경감은 기분 좋게 말했다.

엘러리는 이 의자에서 저 의자로 옮겨 다니며 시간을 보냈다.

어느 날 그는 자신의 문제를 알아냈다. 압력이 끓어 넘친 것이었다. 그러나 그 압력은 과거도 현재도 아닌 미래의 압력이었다. 아직 끝난 게 아니었다. 1월 2일 아침, 폴리 광장에 있는 회색 돔의 대법원 건물에서도 가장 큰 법정에서 법관이 검은 법복을 입고 들어와 에드워드 카잘리스, 일명 고양이 살인 사건에 대한 재판을 주재할 것이다. 그리고 이 재판에서 시장의 특별 수사관인 엘러리 퀸은 검찰 측 주요 증인으로 나설 것이다. 이 시련이 끝날 때까지 그는 풀려날 수 없었다. 재판이 끝나야만 더럽고 부패한 것들을 전부 떨치고 자신의 일로 돌아갈 수 있을 것이었다.

왜 이 재판이 그에게 이런 괴로움을 주는 것인지 엘러리는 굳이 분석하려 들지 않았다. 괴로움의 원인을 발견했으니(아무튼 그는 그렇게 생각했다), 꼬일 대로 꼬인 자신의 정신세계는 필연적인 것으로 여기고 다른 문제로 주의를 돌리기로 했다. 그 무렵 레바 자빈츠키의 정보가 들어왔고 스포트라이트는 다른 곳으로 향하고 있었다. 그는 어느 정도 긴장을 풀 수 있었다. 심지어는 다시 글을 써볼 생각까지 했다. 8월 25일부터 그에게 버려진 소설 초고가 무덤 속에 외롭게 누워 있었다. 그는 그것을 발굴해냈고, 그 원고가 3천 년 전 나일 강 유역 삼각주에서 발견된 파피루스에 기록된 세금 내역서만큼이나 생경하다는 것을 발견하고는 깜짝 놀랐다. 그 옛날 이 작품에 그토록 심혈을 기울였었는데, 이제는 유물 파편의 냄새까지 풍기고 있었다. 나의 업적을 보라, 너희 위대한 자들아, 그리고 절망하라!* 엘러리는 절망하며 고양이 이전 시대의 원시적인 작품을 난롯불 속에 던져 넣었다.

그리고 새로운 이야기를 지어내기 위해 자리에 앉았다.

그러나 미처 일을 시작하기도 전에, 기분 좋은 방해를 받았다.

지미 맥켈과 셀레스트 필립스가 결혼하기로 한 것이다. 결혼식의 하객은 엘러리 퀸 씨뿐인 것 같았다.

"맥켈만의 특별한 결혼식입니다."

지미는 웃었다.

"지미 말은요, 그이 아버지가 노발대발해서 결혼식에 참석하지 않으시겠다는 거예요."

셀레스트가 한숨을 쉬었다.

"아버지는 완전히 화가 나셨습니다. 지금까지 누구도 꺾을 수 없었던 막강한 무기들, 뭐 의절이나 절연 같은 것들이 손안에서 물거품이 되어버렸거든요. 제가 할아버지의 유산 수백만 달러를 상속받았으니까요. 어머니는 눈물이 마르자마자 2만 명의 하객을 초대하는 결혼식 계획을 세우기 시작하셨어요. 그래서 그딴 건 다 집어치우라고 말했죠."

지미가 말했다.

"그래서 혼인신고를 하기로 하고, 매독 검사를 받았어요……."

셀레스트가 말했다.

"그리고 합격했습니다."

지미가 덧붙였다.

---

* 영국 시인 셸리의 시 〈오지만디어스〉의 일부.

"그러니 내일 아침 10시 30분에 시청에서 제 신부를 저에게 인도해주시겠습니까, 퀸 씨?"

두 사람은 할렘의 아서 잭슨 빌 부부와 브루클린 브라운즈빌의 케리 G. 코언 부부 사이에 결혼식을 올렸다. 시청 직원은 다른 결혼식보다 조금 천천히 식을 진행하면서 그들에게 특별한 영예를 주었다. 엘러리 퀸은 "마침내!"라고 열렬히 외치며 신부에게 키스했다. 식을 마치고 홀에 나왔을 때 기다리던 기자와 카메라맨은 겨우 열여덟 명밖에 되지 않았다. 제임스 가이머 맥켈 부인은 결혼 소식을 엘러리에게밖에 전하지 않았는데 도대체 그 사람들이 어떻게 알았는지 상상도 안 간다고 탄식했다……. 결국 그녀의 신랑은 으르렁거리는 말투로 예전 동료 기자들에게 그를 위해 축배를 들어달라는 초대를 해야 했다. 그 결과 숫자가 늘어난 하객들이 라과디아 공항으로 향했고 칵테일 라운지에서 결혼식 점심 만찬이 펼쳐졌다. 〈뉴욕 엑스트라〉의 필 고나키가 스퀘어 댄스를 추자고 외치자 어찌어찌 댄스파티가 시작되었다. 왁자지껄한 스퀘어 댄스의 절정에서 공항 경찰이 출동했고, 강경한 헌법 옹호론자 하객들은 카메라와 술병, 의자를 휘두르며 언론의 성스러운 자유를 지킴과 동시에 행복한 부부와 그들의 후원자가 빠져나갈 수 있도록 도왔다.

"이 순결한 신부를 데리고 어디로 날아갈 셈인가? 아니, 그런 건 내가 상관할 바가 아닌 건가?"

엘러리 퀸 씨가 살짝 떨리는 목소리로 물었다.

"전적으로 격식에 맞는 질문입니다."

맥켈 씨는 랜스와 에페르네의 성체 예식에서 관대한 설교를 베푸는 성직자의 장엄한 태도로 대답했다.

Cat of Many Tails

"우리는 아무 데도 가지 않습니다."

그리고 그는 당당하게 신부를 데리고 출구 쪽으로 향했다.

"그럼 라과디아에는 왜 온 거야?"

"저 떠들썩한 개미핥기들을 따돌리려는 계략이죠. 어이, 택시!"

"우리는 해프문 호텔에서 첫날밤을 보낼 거예요."

택시가 다가오자 신부는 얼굴을 붉히며 털어놓았다.

"이걸 아는 사람은 당신뿐이에요."

"맥켈 부인, 부인의 비밀은 제 명예를 걸고 지키겠습니다."

"맥켈 부인……."

맥켈 부인이 중얼거렸다.

"난 평생 동안 코니아일랜드의 즐겁게 뛰노는 북극곰들 사이에서 겨울의 허니문을 즐기는 걸 동경해왔지."

그녀의 남편이 속삭이는 소리에 6미터 앞에 있던 사람들까지 고개를 돌렸다. 맥켈 씨는 근심스러운 얼굴의 택시 기사에게 외쳤다.

"좋아요, 화이트팽.* 썰매를 출발시켜요!"

엘러리는 뉴욕의 스모그를 향해 돌진하는 두 사람의 택시를 다정한 눈으로 바라보았다.

그 후 그는 즐겁게 일에 몰두했다. 새로운 미스터리 소설에 대한 아이디어가 결혼식 샴페인처럼 샘솟았다. 이제 남은 문제는 냉정한 판단력을 유지하는 것이었다.

어느 날 아침 엘러리는 주위를 둘러보다가 산타클로스가 그

* 잭 런던의 소설 《늑대개》의 주인공.

의 목덜미에 대고 숨을 내쉬는 것을 느꼈다. 그리고 뉴욕의 이번 크리스마스가 화이트 크리스마스가 될 것이라는 것을 알고 살짝 놀랐다. 간밤에 87번가가 흰 눈에 덮여 반짝거리고 있었다. 길 건너 거리에서 눈 위를 구르는 사모예드 개를 보니 북극의 시베리안 허스키가 떠올랐고, 그러자 스스로를 북극곰이라 부르며 뉴욕 한복판의 코니아일랜드에서 허니문을 보냈을 제임스 맥켈 부부가 생각났다. 엘러리는 씩 웃으며 왜 지미와 셀레스트로부터 연락이 오지 않을까 궁금해했다. 그러다 갑자기 전에 받은 우편물이 떠올랐고, 몇 주 동안 방치해서 수북이 쌓여 있는 우편물을 뒤지기 시작했다. 곧 산더미 같은 편지들 틈에서 지미의 편지를 찾았다.

좋아요, 엘러리. 아주 좋아요.
좋았던 옛날을 그리며 커다란 포도주 병을 따고 싶은 마음이 있으면 잘 들으세요. 맥켈 부부는 내일 오후 2시에 이스트 39번가에 있는 켈리의 술집 뒷방에서 손님을 받습니다. 우리는 아직 아파트를 구하지 못해 여러 질 나쁜 친구들의 집을 전전하며 지내고 있습니다. 내 아내는 절대 호텔로 데려가지 않을 겁니다.
제임스

추신. 만일 내일 나오지 않으면 순회재판소에서 만납시다.
추신. 맥켈 부인이 사랑을 보낸답니다.
J.

열흘 전 날짜의 소인이 찍혀 있었다.

맥켈 부부와 크리스마스라……. 상당한 용기를 필요로 하는 일이었다. 30분 후 엘러리는 목까지 차오르도록 목록을 작성했고, 그로부터 30분 후 덧신을 신고 힘차게 집을 나섰다.

5번 애비뉴는 이미 얼룩덜룩한 늪지나 다름없었다. 골목길에는 아직도 제설기가 돌아다니고 있었고, 큰길을 맡은 제설기가 간밤에 똥을 굴리는 딱정벌레처럼 굴려놓은 커다란 눈덩이들이 횡단보도와 도로 여기저기를 막아 보행자들과 자동차의 길을 막고 있었다.

모두들 입을 모아 화이트 크리스마스를 축하하며, 진창이 된 길을 헤치고 다니면서 재채기와 기침을 하고 있었다.

록펠러 센터에서는 크리스마스 캐럴이 울려 퍼졌고, 플라자에서는 사람들이 스케이트를 탔다. 롱아일랜드 어딘가에서 뽑아 온 30미터 높이의 거대한 트리 때문에 스케이트를 타는 사람들이 난쟁이처럼 보였다. 스케이터들은 단호한 〈징글벨〉 노랫소리에 맞춰 씽씽 소리를 내며 질주하고 있었다.

구깃구깃한 빨간 옷을 입은 산타클로스들이 모퉁이마다 떨며 서서 땡그랑 땡그랑 종을 치고 있었다. 상점의 창문들은 광고라는 마법의 숲을 통해 들여다보는 요정의 세상 같았다. 어느 곳에서나 사람들은 미끄러지고 철벅거렸고, 엘러리도 그들과 함께 미끄러지고 철벅거렸다. 크리스마스 일주일 전이라면 으레 그렇듯, 모든 뉴욕 시민들이 전부 멀건 눈에 찌푸린 얼굴을 하고 돌아다니고 있었다.

엘러리는 큰 상점들을 들락날락했다. 어린아이들의 발을 밟거나 밀거나 밀쳐지거나 하면서, 물건들을 움켜쥐고, 이름과 주소를 외치고, 수표에 서명을 하고…… 오후가 되자 그의 선물

구매 목록에는 지워지지 않은 단 하나의 이름만 남게 되었다.

그러나 그 이름 옆에는 커다랗고 성가신 물음표가 우뚝 서 있었다.

맥켈 부부에게 줄 선물은 참으로 미묘한 문제였다. 엘러리는 그들의 거주지의 불확실성을 고려해 아직까지도 결혼 선물을 보내지 않았다. 결혼 선물 생각이 났을 때 크리스마스까지는 어딘가에 자리를 잡을 테니 그때 결혼 선물과 크리스마스 선물을 동시에 주면 되겠다고 생각했다. 이제 매년 찾아오는 명절이 다가왔지만, 맥켈의 집 문제도 무슨 선물을 줘야 하는지도 해결되지 않은 상태였다. 그는 하루 종일 영감이 떠오르기를 기다리며 긴장 어린 눈빛을 유지했다. 은 제품? 유리? 실크? ……아니, 실크는 안 되지. 절대로 안 되지. 도자기? 그는 번들거리는 부바티스 여신*의 모습을 보고는 몸서리를 쳤다. 원주민들의 목각 장식처럼 뭔가 원시적인 걸로 할까? 골동품? 아무 것도 생각나지 않았다. 전혀.

늦은 오후가 되도록 엘러리는 5번 애비뉴와 6번 애비뉴 사이 42번가를 헤매고 있었다. 스턴 상점 앞 건장한 체구의 구세군 아가씨가 진창 위에 휴대용 오르간을 놓고 연주하는 파랗게 언 동료의 반주에 맞춰 찬송가를 부르고 있었다.

오르간은 높은 음을 연주할 때는 짤랑거리는 소리를 냈고, 잠깐이지만 뮤직박스 소리와 비슷하다는 생각이 들었다.

뮤직박스.

뮤직박스!

뮤직박스는 원래 프랑스의 멋쟁이들 사이에서 유행하던 것

* 고양이 머리를 한 이집트의 여신.

으로 작은 금속성 음악을 연주하는 상자인데, 주로 코담배를 보관하는 용도로 사용되던 것이었다. 그러나 몇 백 년 동안 사람들을 기쁘게 했던 물건이 이제는 아이들의 장난감이 되었고, 그 순수한 꼬마 요정 같은 음악 소리가 연인들의 미소를 자아내게 했다.

엘러리는 탬버린 위에 1달러 지폐를 던지고 막 떠오른 생각에 열심히 집중했다. 무언가 특별한 것……. 결혼행진곡이 담긴 것으로 할까……. 그래, 그걸로 해야겠다……. 고급 나무와 진주로 장식한, 섬세한 석공 장식이 붙은 것으로……. 큰 걸로, 예술적으로 만들어진 것으로. 물론 수입품이어야 한다. 중앙 유럽에서 온 섬세한 작품으로……. 스위스. 정교하게 세공된 스위스제 뮤직박스라면 비싸겠지만, 지금 돈이 문제가 아니지. 가문의 보물이 될 물건인데. 맥켈이 가진 수백만 달러 재산에도 전혀 뒤지지 않는 황금빛 정서를 담은 작은 상자. 부부가 여든 살이 될 때까지 침대 옆에 놓이게 될…….

스위스.

스위스?

스위스!

취리히!

눈 깜짝할 사이에 뮤직박스도, 결혼행진곡도, 크리스마스마저도 잊혀졌다.

엘러리는 사람들을 헤치며 42번가를 건너 뉴욕 공공도서관의 옆문으로 쏜살같이 달려 들어갔다.

진행 중이던 플롯 중 한 부분이 그를 며칠 동안이나 괴롭히고 있었던 것이다. 그것은 어떤 공포증에 관한 것이었다. 엘러리는 소름 끼치는 군중 공포, 암흑 공포, 실패에 대한 공포 사이에 중대한 관계를 설정하고 있었다(미스터리 작가의 왕국에서는 매우 중대한 관계였다). 어쩌다 플롯에서 이 세 공포증을 나란히 배열하게 되었는지는 모르겠다. 아마도 어디선가 그 세 공포증의 상호 관계에 관해서 읽었거나 들었거나 한 것 같기는 했다. 그러나 아무리 생각해보아도 그 출처를 밝힐 수가 없었다. 그것이 여전히 그를 붙들고 있었다.

그리고 이제 취리히. 리마트 강 연안의 취리히. 스위스 문화의 중심지.

취리히가 종을 울렸다!

엘러리는 최근 취리히에서 열린 어느 정신분석학 국제학술대회에서 발표된 한 논문의 주제가 정확히 그런 공포증의 관계를 다룬 것이었음을 어디선가 보거나 들은 기억이 났다.

그리고 도서관의 외국 정기간행물 코너를 뒤진 지 한 시간도 되지 않아 결실을 얻을 수 있었다.

《취리히 과학 저널》이었다. 엘러리는 이제는 무뎌진 독일어를 억지로 되살리며 쌓여 있는 책 중 한 권을 들고 훑어보았다. 총 열흘간 진행된 학술대회에서 발표된 논문들이 전문 수록되어 있었고, 맨 마지막에 일정표가 실려 있었다. 그가 찾던 논문은 〈군중 공포증, 어둠 공포증 및 실패 공포증〉이라는 놀라운 제목을 달고 있었다. 그러나 내용을 훑어보고서 그는 그것이 자신이 찾던 것이라는 걸 알았다.

그는 앞 장으로 돌아가 처음부터 신중하게 다시 읽기 시작했는데, 그때 논문의 마지막 부분에 달린 이탤릭체의 각주가 눈에 떠었다.

낯익은 이름이었다.

—논문 발표자 에드워드 카잘리스(미국)……

당연하지! 이 아이디어를 처음 꺼낸 사람은 카잘리스였다.
엘러리는 이제 모든 것을 기억해냈다. 9월의 그날 밤 리처드슨
아파트에서, 리노어 살인 사건의 현장 조사를 시작하던 무렵에
나온 얘기였다. 엘러리는 잠시 짬이 나서 카잘리스 박사와 대
화를 나누고 있었다. 두 사람은 엘러리의 소설에 대해 이야기
를 나누었는데, 카잘리스 박사가 미소를 지으며 공포증 분야가
엘러리의 소설에 풍부한 소재거리를 제공할 수 있을 거라고 말
했다. 엘러리가 설명을 부탁하자, 카잘리스는 군중 공포증과
어둠 공포증이 실패 공포증의 발달과 관계가 있음을 연구했었
노라고 말했다. 엘러리는 나중에 이 말을 기억하고 그 주제를
조사하다가 취리히 학술대회의 자료에서 논문을 찾아 읽었던
것이다. 카잘리스는 그 밖에도 자신이 발견한 몇 가지 사실에
대해서 얘기하고 있었는데, 그때 경감이 끼어들면서 그날 밤의
유감스러웠던 사건으로 다시 돌아갔었다.

엘러리는 얼굴을 찌푸렸다. 당시의 짧은 대화는 사건의 무게
에 짓눌려 그의 무의식 속에 가라앉아 있었고, 두 달이 지난 지
금에서야 수면 위로 떠올랐지만 출처는 잊었던 것이다. '독창
적인' 아이디어는 언제나 그런 법이었다.

그 출처가 카잘리스였다는 것은 아이러니한 우연이었다.

미소를 지으며, 엘러리는 각주를 다시 훑어보았다.

—논문 발표자 에드워드 카잘리스(미국) 6월 3일 야간 세션. 이 논문은 원래 오후 10시 발표로 예정되어 있었다. 그러나 이전 발표자인 나르트뵈슬러(덴마크)가 발표 시간을 초과하여 11시 52분까지 마무리하지 못하였다. 쥐라스 의장(프랑스)은 카잘리스 박사가 모든 세션에 성실히 참석하여 학회의 영예를 빛냈고, 시간이 많이 늦었으나 카잘리스 박사의 발표가 학술대회의 마지막 세션으로 예정되어 있었으므로, 고귀하신 회원들에게 카잘리스 박사의 발표를 청하여 듣고 폐회를 연기할 것을 제안했다. 이 의견이 현장에서 수락되어 카잘리스 박사는 논문 발표를 시작했고 익일 오전 2시 3분에 발표를 마쳤다. 학술대회는 6월 4일 오전 2시 24분에 쥐라스 의장의 선언에 의해 폐회되었다.

여전히 미소 띤 얼굴로, 엘러리는 저널을 덮고 표지에 적힌 발행 날짜를 보았다.

미소가 사라졌다. 그는 발행 날짜의 마지막 숫자를 노려보고 있었다. 숫자는 점점 커지고 있었다. 아니면 그가 점점 작아진 것일까.

"나를 마셔요."

그는 앨리스가 된 기분이었다. 그걸 '기분'이라고 부를 수 있다면.

취리히의 토끼굴.

그리고 거울.

앨리스, 넌 어떻게 그곳에서 빠져나온 거니?

마침내 엘러리는 책상에서 일어서서 열람실 밖의 안내 데스크로 향했다.

그는 《인명록》 몇 부와 미국 정신의학회 회원 명부 최신호 위로 몸을 굽혔다.

《인명록》……. 카잘리스, 에드워드.

미국 정신의학회 회원 명부……. 카잘리스, 에드워드.

어디에나 카잘리스, 에드워드는 한 명뿐이다.

어디에나 똑같은 카잘리스, 에드워드다.

정말로 감당할 수가 없었다.

엘러리는 다시 《취리히 과학 저널》로 돌아왔다.

그는 천천히 페이지를 넘겼다.

차분하게.

지금 나를 보는 사람은 이렇게 생각하겠지. 자신만만한 남자로군. 차분하게 페이지를 넘기고 있어. 자신이 뭘 찾는지를 아는 사람이야, 라고.

여기 있다.

풀비오 카스토리조, 이탈리아.

존 슬러비 카벨, 영국.

에드워드 카잘리스, 미국.

물론 그의 이름은 목록에 있다.

그 노인은? 그는 참석했을까?

엘러리는 페이지를 넘겼다.

발터 쉔즈바이크, 독일.

안드레 셸보란, 스페인.

벨라 셸리그먼, 오스트리아.

누군가 엘러리의 어깨를 두드렸다.

"폐관 시간입니다."

열람실은 텅 비어 있었다.

왜 아무도 이걸 몰랐지?

그는 무거운 발걸음으로 복도로 나갔다. 그가 엉뚱한 방향으로 가자 수위가 그를 붙잡아 계단으로 안내했다.

지방 검사는 전문가야. 직원들도 최고고. 그들은 노련한 사람들이야.

그는 지방 검사 팀이 도널드 캐츠에서 스텔라 페트루치로, 리노어 리처드슨을 지나 비어트리스 윌리킨스까지 역추적했을 것이라고, 그렇게 시간을 거슬러 올라가면서 점점 희미해지고, 5개월 전에 이르면 모든 게 사라지거나 추적 자체가 불가능했을 거라고 상상했다. 그러나 그렇다고 해서 그들이 중단하지는 않았을 것이다. 사건 중에는 설명할 수 없었던 경우가 하나, 둘, 아니 세 건 정도까지 있었다. 실제로 아홉 건을 전부 설명할 필요는 없어 보였다. 그렇게 살인이 많았으니까. 그렇게 오랜 기간에 걸쳐 일어났고, 희생자 개개인이 그다지 중요하지 않았던 특이한 사건이었으니까. 그러니까, 한 여섯 건 정도만 설명할 수 있으면 지방 검사로서는 충분하다고 여길 것이다.

거기에 셀레스트 필립스를 메릴린 솜스로 착각하고 살인을 시도하던 현장에서 검거했고, 살인 시도에 앞서 솜스를 매일매일 뒤쫓았다는 증거까지 더하면.

엘러리는 휘청거리는 걸음으로 5번 애비뉴를 따라 걸었다. 날씨가 갑자기 차가워지면서 진창과 더러운 회색의 삐죽삐죽한 바퀴 자국과 움푹 패인 웅덩이가 고스란히 얼어붙었다. 이 세상 어디인지 모를 곳의 3차원 지도 위에, 그는 불안정하게 서 있었다.

이건 집에서 해야 해······. 앉을 수 있는, 안전한 곳을 찾아야 해.

도끼가 떨어질 때.

너의 집 문 앞으로 사형 집행인이 찾아오면.

추가 비용도 없이.

그는 상점의 창문 앞에서 멈춰 섰다. 창문 너머로 무표정한 천사가 바늘처럼 가느다란 횃불을 들고 날아오르려 하고 있었다. 그는 시계를 보았다.

지금 빈은 한밤중이다.

그럼 집에 갈 수 없엉.

아직은.

때가 되기 전에는.

그는 아버지를 마주할 생각에 콧등을 한 대 얻어맞은 거북이처럼 목을 움츠렸다.

엘러리는 새벽 4시 15분에 집에 들어갔다.

발끝으로 살금살금 걸어서.

거실 테이블 위의 마졸리카 도자기 램프 불빛만 희미하게 아파트를 밝히고 있었다.

몸이 얼어붙는 것 같았다. 밖의 기온은 영하 15도였고 아파트 안도 그보다 조금 덜 추운 정도였다.

아버지가 코를 골고 있었다. 엘러리는 침실로 가서 살며시 문을 닫았다.

그러고 나서 그는 서재로 들어가 문을 잠갔다. 외투는 벗지 않았다. 책상 위 스탠드 불을 켜고, 앉아서 전화기를 끌어당겼다.

그는 교환원에게 국제전화를 요청했다.

연결이 잘 되지 않았다.

거의 6시가 다 되었다. 라디에이터에서 스팀이 뿜어져 나오기 시작했다. 그는 걱정스러운 눈빛으로 계속 문을 쳐다보고 있었다.

경감은 6시가 되면 일어난다.

마침내 연결이 되었다.

엘러리는 빈의 교환원이 전화를 연결해주기를 기다리며 아버지가 늦잠을 자기를 간절히 기도했다.

"연결되었습니다."

"셸리그먼 박사님?"

"야(Ja)?"*

늙은, 늙은 남자의 목소리다. 약간 짜증이 섞인, 베이스의 쉰 목소리다.

"저는 엘러리 퀸이라고 합니다. 저를 모르시겠지요, 교수

* '네'라는 뜻의 독일어.

님……."

엘러리는 독일어로 말했다.

"알아요."

나이 든 목소리가 영어로 말했다. 옥스퍼드 영어에 빈 악센트가 섞여 있다.

"경찰 소설의 작가지요. 그리고 자신이 종이 위에서 저지르는 수많은 범죄에 대한 죄책감 때문에 현실의 악한들도 추적하고 있고요. 영어로 말해도 됩니다. 퀸 씨. 무슨 일입니까?"

"불편하신 때에 전화를 건 것은 아닌지……."

"내 나이가 되면 말이지요, 퀸 씨. 신의 본성에 대해 사색할 때를 제외하고는 모든 순간이 다 불편합니다. 그래서요?"

"셀리그먼 교수님. 교수님은 미국의 정신의학자인 에드워드 카잘리스와 잘 아시는 사이라고 들었습니다."

"카잘리스? 내 제자였지요. 그런데?"

목소리에는 아무 감정도 담겨 있지 않았다. 아무 감정도. 전혀.

그가 모르는 게 가능한가?

"최근에 카잘리스 박사를 만나신 적이 있습니까?"

"올해 초 취리히에서 만났지요. 왜 그걸 묻습니까?"

"어쩐 일로 만나셨습니까, 교수님?"

"정신의학 국제학술대회에서 만났습니다. 하지만 아직 내 질문에 대답을 안 했군요, 선생."

"카잘리스 박사가 지금 곤란한 상황인 걸 모르십니까?"

"곤란한 상황? 몰라요. 무슨 일입니까?"

"지금은 설명할 수 없습니다, 셀리그먼 교수님. 하지만 교수님께 정확한 정보를 꼭 얻어야만 합니다."

수화기 너머로 지직거리는 소리와 날카로운 잡음이 섞였다. 엘러리는 간절히 빌었다. 제발. 끊은 게 아니길.

그러나 그것은 셀리그먼 교수가 침묵하는 동안 대서양을 횡단하는 통신선상의 알 수 없는 결함일 뿐이었다.

노인의 목소리가 다시 들렸다.

이번엔 그르렁거리는 소리였다.

"카잘리스의 친구인가요?"

내가?

"네, 카잘리스의 친구입니다."

엘러리가 말했다.

"대답을 주저하는군요. 마음에 안 드는데."

"제가 주저한 이유는 우정이라는 말을 중요하게 여기기 때문입니다, 셀리그먼 교수님."

엘러리가 신중하게 말했다.

그는 자신이 졌다고 생각했다. 그러나 잠시 후 그의 귀에 희미한 웃음소리가 들렸다. 노인이 말했다.

"취리히 학회에는 마지막 며칠간 참석했어요. 마지막 세션에서 카잘리스가 논문을 발표하는 걸 들었고, 끝난 후에는 내 호텔 방으로 불러 아침이 밝을 때까지 그를 붙들고 그 논문이 얼마나 우스꽝스러운지를 지적해줬지요. 이제 답이 되었소, 퀸 씨?"

"기억력이 좋으시군요."

"의심하는 건가요."

"죄송합니다."

"나는 일반적인 노화 과정을 거스르고 있어요. 내 기억력은 분명히 죽는 날까지 지속될 거요."

노인의 목소리가 날카로워졌다.

"내 말의 정확성은 신뢰해도 됩니다."

"셀리그먼 교수님……."

저쪽에서 말을 했지만, 말소리가 날카로운 기계음에 삼켜졌다. 엘러리는 수화기를 급히 귀에서 뗐다.

"셀리그먼 교수님?"

"네, 네. 그쪽은……?"

그러나 그 목소리는 희미해졌고, 우주 공간으로 사라졌다.

엘러리는 욕설을 내뱉었다. 갑자기 전화 소리가 깨끗해졌다.

"퀸 씨! 여보세요?"

"교수님을 만나야겠습니다."

"카잘리스 일로?"

"카잘리스 일로요. 지금 당장 빈으로 날아가면 만나주시겠습니까?"

"이 일 때문에 유럽으로 오겠다고?"

"네."

"……오시오."

"당케 쉔(Danke Schön). 아우프비더젠(Auf Wiedersehen)."*

그러나 노인은 이미 전화를 끊은 뒤였다.

엘러리도 전화를 끊었다.

그는 너무 늙었어. 그가 버텨줘야 할 텐데.

유럽행은 처음부터 끝까지 고난의 연속이었다. 비자 발급에 문

* 각각 '감사합니다'와 '또 뵙겠습니다'라는 뜻의 독일어.

제가 생겨 국무부와 오랜 실랑이를 벌이고, 엄청나게 많은 질문에 꼬박꼬박 답을 하고, 거절을 당하고, 어마어마한 양의 서류를 작성해야 했다. 비행기 티켓을 구하는 것은 아예 불가능했다. 모든 사람들이 다 유럽으로 날아가고 모든 사람들이 다 이 지구상의 중요한 인물들인 것 같았다. 엘러리는 세계정세라는 광활한 감자밭에서 자신이 아주 작은 덩이줄기에 불과하다는 사실을 깨닫기 시작했다.

그는 결국 크리스마스를 뉴욕에서 보냈다.

경감의 태도는 놀라웠다. 엘러리가 그렇게 이리저리 뛰어다니는 동안 경감은 여행의 목적에 대해서는 한 마디도 묻지 않았다. 두 사람은 단순히 방법과 수단을 논의하고 장애물을 어떻게 해결할지를 상의했다.

그러나 경감의 콧수염은 눈에 띄게 헝클어졌다.

크리스마스에 엘러리는 셸리그먼 교수에게 전보를 보내 교통편 문제와 다른 성가신 문제들 때문에 늦어지고 있으나, 곧 해결될 거라고 알렸다.

모든 문제가 해결된 것은 12월 28일 밤늦게였다. 그때쯤 엘러리는 그야말로 정신이 산산조각 나기 직전이었다.

아버지가 정확히 뭘 어떻게 해결했는지 엘러리는 끝내 알지 못했다. 그러나 12월 29일 새벽에 그는 누가 봐도 특별기인 듯한 비행기에 범상치 않은 사람들과 함께 올라탈 수 있었다. 모두 국제적으로 중대한 임무를 띠고 여행하는 사람들 같았다. 그는 이 비행기가 어디로 가는 건지 언제 도착하는 건지 전혀 알지 못했다. 어디선가 런던이니 파리니 중얼거리는 소리가 들렸지만, 슈트라우스의 왈츠 소리도 들리지 않았고 걱정스러운

그의 질문에 입을 꾹 다물고 멍한 표정을 짓는 사람들을 보니
빈의 숲은 모스크바 저 너머 어디에 있는 곳인 모양이었다.

그의 손톱도 위장도 대서양 횡단에서 살아남지 못했다.

드디어 착륙한 곳은 안개가 자욱한 영국이었다. 이곳에서 원
인을 알 수 없는 지연이 있었다. 비행기는 세 시간 반이 지나서
야 다시 이륙했고 엘러리는 졸기 시작했다. 잠에서 깼을 때 엔
진 소리는 들리지 않았다. 그는 거대한 적막 속에 앉아 있었다.
창밖의 풍경을 보니 북극의 빙원 위에 착륙한 것 같았다. 혈액
속 혈구 하나하나가 얼어붙었다. 그는 옆에 앉은 미군 장교를
팔꿈치로 쿡 찔렀다.

"저기, 대령님. 우리 목적지가 프리드쇼프 난센의 탐험지입
니까?"

"여긴 프랑스요. 어디까지 가시오?"

"빈요."

대령은 입을 꾹 다물고 고개를 설레설레 저었다.

엘러리는 얼어붙은 발가락을 끈질기게 꼼지락거렸다. 첫 번
째 엔진이 폭발음을 내며 돌자마자, 부기장이 그의 어깨를 두
드렸다.

"죄송합니다. 이 좌석을 비워주셔야 합니다."

"뭐라고요!"

"명령입니다. 외교관 세 분이 타셔야 해서요."

"그 사람들은 비쩍 마른 사람들이어야 하겠네요. 엉덩이는
제대로 달려 있나?"

엘러리는 씁쓸하게 말하며 일어섰다.

"다른 비행기에 좌석을 확보할 때까지 일단 비행장에서 대기

하십시오."

"저기, 제가 서서 가면 안 될까요? 다른 사람 무릎에 앉지 않 겠다고 약속할게요. 그리고 빈의 링슈트라세 상공까지만 가면 기꺼이 낙하산을 메고 뛰어내리겠습니다."

"손님의 짐은 이미 내렸습니다. 그럼……."

엘러리는 프랑스 민주공화국의 한복판, 칼바람이 부는 임시 숙소에서 서른한 시간을 보냈다.

그러고 나서 로마를 경유하여 빈에 도착했다. 불가능해 보였 지만 아무튼 이곳, 얼어붙은 기차역에서 그는 가방을 들고 서 있었다. 무슨 영문인지는 모르겠는데 몸집이 작은 이탈리아 성 직자가 로마에서부터 계속 그에게 매달리다시피 하며 이곳까 지 동행했다. 어딘가 베스트반호프라고 쓰인 간판이 걸려 있었 으니 여기는 분명히 빈이었다. 그렇게 그는 빈에 왔다.

새해 첫날에.

셀리그먼 교수님은 어디 있지?

엘러리는 빈의 연료 상황이 괜찮은지 걱정이 되기 시작했다. 그는 추위에 떨며 지금까지의 엔진 고장과, 고장 난 우주선을 탄 우주 비행사처럼 별들 사이를 끝없이 오락가락하던 끝의 강 제 불시착과, 비참했던 기차 여행을 떠올렸다. 그러나 가장 기 억나는 것은 추위였다. 엘러리는 유럽이 지금 두 번째 빙하기 에 접어들었고, 셀리그먼 교수는 빙하의 심장부에 시베리아 마 스토돈처럼 완벽한 형태로 보존되어 누워 있을 것이라고 확신 하게 되었다. 로마에서 셀리그먼에게 전화하면서 전후 사정과 함께 이탈리아에서 탄 비행기의 도착 일정을 알렸다. 그러나 비행기의 불시착과 이후의 비참한 기차 여행은 예상치 못했던 일이었다. 셀리그먼은 분명 공항에서 폐렴에 걸려…… 그게 어느 공항이었지?

젠장, 알게 뭐야.

두 사람이 얼어붙은 눈 위로 저벅저벅 소리를 내며 다가왔다. 한 사람은 날카로운 송곳니를 가진 짐꾼이었고 다른 한 사람은 오스트리아의 어느 로마 가톨릭 수도회의 수녀였다. 둘 다 엘러리가 생각했던 세계적으로 유명한 정신분석학자와는 거리가 먼 모습이었다.

수녀가 서둘러 몸집 작은 이탈리아 성직자를 데리고 사라졌고, 송곳니가 긴 짐꾼이 빠른 걸음으로 그에게 다가왔다. 뭐라고 구어적 표현을 많이 쏟아냈는데 입 냄새가 지독했다. 엘러리는 자신이 도저히 극복할 수 없는 언어의 전쟁에 휘말렸음을 깨달았다. 결국 그는 가방을 짐꾼에게 맡겼지만 불안한 마음은 가시지 않았다. 짐꾼이 하인리히 힘러*와 똑같이 생겼기 때문이었다. 엘러리는 전화를 찾았다. 잔뜩 흥분한 여자가 전화를 받았다.

"헤르 카빈?** 그런데 교수님이 당신과 같이 안 있어요? 아휴, 교수님이 추워서 죽을 거예요! 교수님이 당신을 만날 거예요. 기다려야 해요, 헤르 카빈. 지금 거기에서 기다려요. 베스트반 호프? 교수님이 당신을 찾을 거예요. 그렇게 말했어요!"

"미안합니다."

헤르 카빈이 중얼거렸다. 마치 랑드뤼***가 된 것 같은 기분이

---

* 독일의 정치가, 나치의 친위대장.
** 퀸을 독일식으로 발음한 것.
*** 십여 명의 여성을 살해한 프랑스의 연쇄살인범.

었다. 그는 다시 빙하기의 플랫폼으로 돌아왔다. 그리고 기다리고, 발을 동동 구르고, 손가락에 입김을 불었다. 짐꾼의 말은 다섯 마디에 한 마디 정도만 알아들을 수 있었다. 79년 만에 오스트리아에 불어닥친 가장 추운 겨울이라는 말인 것 같았다. 뭐, 늘 이런 식이지. 퀸은 어디 있을까? 오스트리아의 알프스에서 불어 내려와 보석으로 장식한 도나우 여왕의 머리카락을 애무하던 로렐라이의 산들바람은 어디로 갔을까? 사라졌다. 신화와 환상의 모든 바람들과 함께 사라졌다. 빈 사람들의 유쾌한 기질과 함께 사라져버리고, 이제는 시무룩한 붉은 고드름으로 변해 있었다. 봄의 소리와 함께 사라졌다. 목을 조여오는 겨울과 종전 후 조간신문을 파는 소년의 비명 같은 고함 소리에 떠밀려 사라져버렸다. 빈 숲의 옛날 이야기와 함께, 이제는 영원히 고장 나버린 골동품 뮤직박스에 갇힌 이야기와 함께……. 엘러리는 변장한 힘러가 좋았던 옛 시절에 대해 징징거리는 동안 몸을 떨고, 발을 구르고, 손가락에 입김을 불었다.

이럴 거면 차라리 가스실이 낫겠다. 이성이 마비된 채 그는 생각했다. 그런 얘기는 히틀러에게나 가서 하시지.

아름다운 도나우, 푸른 도나우…….

엘러리는 얼어붙은 발을 계속 동동 구르며 전후 유럽 세계의 모든 것에 침을 뱉었다.

셀리그먼 교수는 10시가 조금 넘어서 왔다. 그 큰 체구와, 페르시아 양털 깃을 댄 검은색 양모 외투에 러시아 스타일의 바실리크 모자를 쓴 모습을 본 것만으로도 주위가 녹는 것 같았다. 그리고 그가 자신의 감각 없는 팔을 크고 건조하고 따스한 손으로

잡는 순간 엘러리는 영혼까지 녹아내리는 것 같았다. 광활한 대
지에서 길을 잃고 헤매다가 뜻밖에 동족 할아버지를 만난 기분
이었다. 장소는 중요하지 않았다. 족장이 있는 곳이 집이었다.
셀리그먼의 눈은 특히 인상적이었다. 거대한 얼굴의 용암 안에
자리 잡은 그 두 눈은 영원토록 샘솟는 분출구 같았다.

　학자 같은 모습의 운전기사가 모는 셀리그먼의 낡은 피아트
를 타고 그가 사는 대학 구역을 향해 황폐한 거리를 달리는 동
안, 엘러리는 카를 광장과 마리아힐퍼스트라세의 변화를 거의
눈치채지 못했다. 그는 셀리그먼의 따스함에 완전히 정신을 놓
고 있었다.

　"기대했던 빈이 아니지요?"

　셀리그먼 교수가 갑자기 물었다.

　엘러리는 놀랐다. 그는 산산이 부서진 도시는 무시하려고 애
쓰고 있었다.

　"여기 와본 게 꽤 오래전이라서요, 교수님. 전쟁이 일어나기
한참 전에……."

　"전쟁 그리고 평화."

　노인은 미소를 지었다.

　"우리는 평화를 간과해서는 안 됩니다, 퀸 씨. 그 곤란한 러
시아인들. 안 그래요? 그 곤란한 영국인들은 말할 것도 없고,
그 곤란한 프랑스인들도. 그리고, 미안하지만 그 곤란한 미국
인들도 있지요. 그렇지만 여전히 유쾌한 국민성으로 우리는
간신히 해나가고 있어요. 제1차 세계대전 이후에 빈에서 유행
했던 노래가 있는데 이렇게 시작되지요. '옛날에 왈츠가 있었
네, 옛날에 빈이 있었네.' 그리고 우리는 살아남았습니다. 이

제는 〈고요한 밤 거룩한 밤〉을 부르지 않을 때면 이 노래를 다시 부르지요. 빈의 모든 곳에서 '디 구텐, 알텐 차이텐(die guten, alten Zeiten)'에 대해서 얘기합니다. 그걸 영어로는 뭐라고 할까요? '좋았던 옛 시절'이라고 하면 되려나. 우리 빈 사람들은 향수에 젖어 허우적거리지만, 우리가 떠 있는 물은 염도가 너무 높아요. 그래서 수면에 둥둥 떠 있을 수 있는 겁니다. 뉴욕에 대해 얘기해줘요, 헤르 퀸. 당신의 그 위대한 도시에는 1927년 이후로 방문하지 못했으니까."

뭔가 다른 얘기를 하기 위해 비행기로 대서양을 건너고 대륙의 절반을 가로질러 왔건만, 엘러리는 관광버스 기사처럼 종전 후 맨해튼과 타임스 스퀘어를 설명하고 있었다. 이야기를 하는 동안 북극 상공을 나는 비행으로 마비되었던 시간 감각이 되살아나면서 째깍째깍 흐르기 시작했고, 엘러리는 충격을 느꼈다. 순간적으로, 굉장히 오래전 일을 다시 경험하는 것 같은 느낌이 들었던 것이다. 에드워드 카잘리스의 재판은 내일 시작되는데 그는 여기에서, 어느 경로로 재봐도 뉴욕에서 6천5백 킬로미터나 떨어진 이곳에서 어느 노인과 쓸데없는 이야기를 나누고 있는 것이다. 맥박이 요란하게 뛰기 시작했다. 엘러리는 어느 이름 모를 넓은 거리의 포탄 자국이 남은 아파트 앞에 차가 멈춰 설 때까지 침묵을 지켰다.

셀리그먼 교수의 가정부인 바우어 부인이 아스피린, 차, 뜨거운 물주머니와 저주의 말로 늙은 주인을 맞이했고, 엘러리는 무덤덤한 태도로 맞이했다. 그러나 노인은 웃는 얼굴로 "조용히!"라고 말하며 부인을 옆으로 밀쳤고, 엘러리의 손을 아이처럼 잡아 이끌며 평안의 땅으로 인도했다.

이곳, 셀리그먼의 서재에 옛 빈의 우아하고 매력적인 최고의 지성이 있었다. 방의 장식은 위트로 반짝였고, 전체적인 분위기는 생동감 넘쳤으며, 여유로운 즐거움과 약간의 친밀한 장난기도 있었다. 뻔뻔스러운 새 물건은 이곳에 침입하지 못했다. 프로이센식의 정밀함도 없었다. 줄지어 늘어선 물건들은 녹이 슬어 은은히 빛나고 있었다.

벽난로의 따스한 불처럼. 아, 불. 엘러리는 어머니처럼 포근한 의자에 앉아 살아 있음을 느꼈다. 바우어 부인이 굶주린 이를 위해 근사한 커피케이크와 향이 깊고 풍부한 커피가 담긴 주전자를 내오자 몸이 완전히 녹았다. 꼭 꿈을 꾸고 있는 것 같았다.

"세상에서 가장 맛있는 커피네요."

엘러리는 두 번째 잔을 들어 올리며 주인에게 말했다.

"오스트리아의 국가적 자랑거리 중 정말로 자랑할 만한 몇 안 되는 것 중 하나입니다."

"커피는, 엘사가 여기 내온 다른 것들과 마찬가지로, 미국에 있는 친구들이 내게 보내주는 것입니다."

엘러리가 얼굴을 붉히자 셀리그먼은 웃었다.

"용서하시오, 헤르 퀸. 나는 늙은 슈프트요. 아, 그러니까, 늙은 악당이란 거요. 내 고약한 농지거리나 듣자고 대서양을 건너온 건 아니겠지요."

그는 차분하게 말했다.

"내 제자 에드워드 카잘리스에 관한 일이란 무엇입니까?"

자, 이제 시작이다.

엘러리는 어머니 품 같은 의자를 떠나 남자답게 난로 앞에

섰다.

엘러리가 말했다.

"지난 6월에 카잘리스를 만나셨죠, 셀리그먼 박사님. 최근에 그에게서 소식을 들으셨습니까?"

"아니오."

"그럼 지난여름과 가을에 뉴욕에서 무슨 일이 있었는지는 모르시겠군요?"

"삶. 그리고 죽음."

"네?"

노인은 미소를 지었다.

"추측을 한 겁니다, 퀸 씨. 언제나 그렇지 않습니까? 나는 전쟁이 시작된 후로는 신문을 읽지 않아요. 신문은 고통을 원하는 사람들을 위한 것입니다. 나는 고통받고 싶지 않아요. 나는 영원에 굴복한 사람이오. 나에게는 오늘 이 방만 있을 뿐이고, 내일은 화장(火葬)이 있을 뿐이지요. 물론 당국에서 허가를 해야만 그렇단 얘기지만. 허가받지 못한다면 나를 박제해서 어느 상자에 집어넣어 시청사의 시계탑 안에 놓아두고 사람들에게 시간을 알리는 역할을 하겠지요. 왜 그런 걸 묻습니까?"

"교수님. 방금 저는 한 가지 사실을 발견했습니다."

"그것이 무엇입니까?"

엘러리가 웃었다.

"그 일에 대해서 교수님이 전부 알고 계신다는 거죠."

노인은 말없이 고개를 저었다. 엘러리는 생각했다. 내가 뉴욕에서 전화했을 때는 몰랐어. 그러나 그 이후에 기사를 읽은 거야.

"알고 계시는 거죠?"

"그 이후에 조사를 좀 했지요. 그래요. 그게 내 얼굴에 그렇게 뚜렷이 보입니까? 앉아요, 퀸 씨. 앉아요. 우리는 적이 아니에요. 당신의 도시는 아홉 명을 목 졸라 죽인 편집증 환자 살인마로 인해 공포에 떨었고, 에드워드 카잘리스가 범인으로 체포되었지요."

"상세한 내용은 모르시는군요."

"그래요."

엘러리는 자리에 앉아 이야기를 들려주었다. 아치볼드 더들리 애버네시의 시신을 발견한 것으로 시작해서 1번 애비뉴의 골목길에서 카잘리스를 체포하며 마무리되는 이야기를. 그러고 나서 체포 이후 죄수가 보인 태도에 대해서도 간단히 설명했다.

"셀리그먼 교수님. 카잘리스의 재판은 내일 뉴욕에서 진행됩니다. 그리고 저는 지금 빈에 있죠……."

"무엇 때문에?"

노인은 파이프에서 피어오르는 연기 틈으로 엘러리를 바라보았다.

"나는 18년 전 카잘리스가 아내와 함께 처음으로 빈에 왔을 때 환자로 치료해주었어요. 그리고 나중에 그는 내 밑에서 공부했지요. 내 기억으로는 1935년에 미국으로 돌아갔고, 그 이후로 그를 딱 한 번 만났을 뿐이오. 지난여름에. 나에게서 원하는 게 뭡니까, 헤르 퀸?"

"도움이 필요합니다."

"내 도움이? 하지만 사건은 끝났어요. 뭘 더 할 수 있단 말이오? 난 이해가 안 가는데. 그리고 설령 뭔가 더 할 게 있다고 해도, 내가 어떤 식으로 도움을 줄 수 있단 말입니까?"

"그렇습니다."

엘러리는 손가락으로 컵을 어루만졌다.

"혼란스러우실 겁니다. 특히 카잘리스에게 불리한 증거가 이렇게 확실하니까요. 그는 열 번째 살인을 시도하던 현장에서 체포되었습니다. 그는 경찰에게 교살에 사용한 끈을 보관한 장소를 알려주었고 끈은 그가 말한 곳에서 발견되었습니다. 진료실의 의료 기록 보관용 캐비닛이었죠. 앞선 아홉 건의 살인에 대해서도 상당히 자세한 내용까지 자백했습니다."

엘러리는 조심스럽게 컵을 내려놓았다.

"셀리그먼 교수님, 저는 교수님이 연구하시는 과학에 대해서는 아는 것이 아무것도 없습니다. 그냥 일반적인 지식인이 신경증적 행동, 신경증, 정신 질환 사이의 차이를 이해하는 정도의 수준이죠. 그러나 교수님의 전문 분야에 관한 지식이 부족함에도 불구하고, 아니, 어쩌면 부족하기 때문에, 저는 다소 흥미로운 사실들에서 기인한 제 나름의 긴장감을 경험해왔습니다."

"그 흥미로운 사실이란 무엇이죠?"

"카잘리스는 자신의…… 아, 그게…… 죄송합니다……. 그의 동기에 대해서는 설명한 적이 없습니다. 만일 그가 정신 질환자라면, 그의 동기는 현실의 왜곡된 인식에서 출발한 것이며 임상적 관심의 대상에 불과할 겁니다. 하지만 그가 정신 질환자가 아니라면……. 교수님. 저는, 스스로 납득하기 위해서 카잘리스를 살인으로 몰고 간 것이 무엇인지를 알아야 합니다."

"그리고 당신은 내가 그 얘기를 해줄 수 있다고 생각하는 겁니까, 헤르 퀸?"

"그렇습니다."

"어째서 그렇지요?"

노인은 연기를 뿜어냈다.

"교수님이 그를 치료하셨으니까요. 뿐만 아니라 그는 교수님 밑에서 공부했습니다. 정신과 의사가 되기 위해 그는 스스로의 정신분석을 시행해야 했죠. 그건 필수 과정이니까……."

그러나 셀리그먼은 큰 머리를 가로저었다.

"나와 공부를 시작했을 때 카잘리스는 나이가 많았고, 그런 경우엔 정신분석이 필수 과정이 아닙니다. 그건 상당히 미심쩍은 과정이에요, 퀸 씨. 마흔아홉이라는 나이에 스스로를 성공적으로 분석할 수 있는 경우는 매우 드물지요. 1931년에 카잘리스의 나이가 마흔아홉이었습니다. 사실 그의 나이 때문에 전반적인 학업 과정 자체가 미심쩍었습니다. 내가 카잘리스를 제자로 받은 건 그가 나의 흥미를 끌었기 때문이었어요. 그는 의학 쪽으로 경험이 있었고, 나는 실험을 해보고 싶었습니다. 결과적으로는 성공했지만 말이오. 중간에 끼어들어서 미안합니다만……."

"아무튼, 교수님이 그를 분석하셨죠."

"분석했지요. 그렇습니다."

엘러리는 몸을 앞으로 내밀었다.

"그 사람은 뭐가 문제였습니까?"

셀리그먼은 중얼거렸다.

"우리 두 사람은 뭐가 문제일까요?"

"그건 제 질문에 대한 답이 아닙니다."

"하나의 답입니다, 퀸 씨. 우리들은 모두 신경증적 행동을 보입니다. 모두, 하나의 예외도 없이."

"이제 교수님 본연의 모습인 '슈프트'로 돌아오셨군요. 제가 정확하게 말한 건가요."

노인은 유쾌하게 웃었다.

"다시 묻겠습니다, 교수님. 카잘리스의 감정적 혼란의 기저 원인은 무엇이었습니까?"

셀리그먼은 계속 연기만 뿜어냈다.

"제가 이곳에 온 건 그 문제 때문입니다. 핵심적인 사실에 관해서는 아는 것이 아무것도 없기 때문에, 제가 아는 것은 중요하지 않은 표면적 사실들에 불과하기 때문에 말입니다. 카잘리스는 가난한 가정에서 태어났습니다. 그는 열네 형제 중 하나였습니다. 그는 어느 부자가 후원자로 나서 교육을 지원하자 부모와 형제자매를 저버렸습니다. 그러고는 그 후원자도 저버렸지요. 제 눈에는 그의 경력 전체가 비정상적인 야심과 성공을 향한 강박적인 가속 주행처럼 보입니다. 결혼도 마찬가지였죠. 직업윤리는 충실히 지켰지만, 그의 개인사는 고도의 계산과 엄청난 노력으로 점철되어 있습니다. 그러다 갑자기, 경력의 정점에서, 최초의 신경쇠약 증세가 나타납니다. 암시하는 바가 크죠."

노인은 아무 말도 하지 않았다.

"그는 제1차 세계대전에 참전하면서 발병한 소위 '전쟁 공포증'의 경미한 증상으로 치료를 받았습니다. 여기에 어떤 관계가 있을까요? 저는 모르겠습니다. 관계가 있나요, 교수님?"

그러나 셀리그먼은 침묵을 지켰다.

"신경쇠약을 일으킨 뒤에는 어떻게 되었습니까? 그는 병원을 닫았습니다. 뉴욕에서 제일 수익성이 좋은 병원 중 하나였지요. 그는 세계 일주 유람선에 올라타자는 아내의 제안에 순순히 따랐고, 회복되었습니다……. 그러나 빈에서, 정신분석에 있어서는 세계의 중심인 빈에서, 또다시 신경쇠약을 일으켰습니다. 첫 번째 발병은 과로 탓이라고 했습니다. 그러나 두 번째 발병은, 여유로운 크루즈 여행 후에 일어난 이 병은, 무엇이 원인이었을까요? 이건 상당히 중요한 문제입니다! 셀리그먼 교수님, 교수님은 그를 치료하셨습니다. 카잘리스의 신경쇠약의 원인은 무엇이었습니까?"

셀리그먼은 입에서 파이프를 뗐다.

"지금 그 말은 나에게 내 직업적 위치로 인해 얻은 정보를 밝히라고 강요하는 거요, 퀸 씨."

"좋은 지적입니다, 교수님. 하지만 침묵 자체가 부도덕하다면 침묵의 윤리란 무슨 의미일까요?"

노인은 불쾌해하는 것 같지 않았다. 그는 파이프를 내려놓았다.

"헤르 퀸. 내가 볼 때 당신은 정보를 얻으러 온 것이 아니라 불충분한 자료를 토대로 당신이 이미 도달한 결론을 나에게 확인받고 싶어서 온 것 같습니다. 당신의 결론을 말해보세요. 아마 나의 딜레마를 해결할 방법을 우리가 함께 찾을 수 있을 겁니다."

"좋습니다!"

엘러리는 벌떡 일어섰다. 그러나 곧 다시 자리에 앉아, 애써 차분함을 가장하며 입을 열었다.

"카잘리스는 마흔네 살의 나이에 열아홉 살 소녀와 결혼을 합니다. 그때까지 바쁘게 지내느라 여자들과의 개인적인 관계는 전혀 없었죠. 진료실에서 만나는 사람들이 모두 여자였음에도 불구하고 말입니다. 결혼하고 나서 4년 동안 카잘리스 부인은 두 아이를 출산합니다. 카잘리스 박사는 임신 기간 동안 개인적으로 아내를 돌봤을 뿐만 아니라 두 번의 분만도 직접 담당했죠. 두 아이 모두 분만실에서 살아 나오지 못했습니다. 두 번째 아기가 사망하고 몇 개월이 지났을 무렵, 카잘리스는 신경쇠약을 겪습니다. 그리고 산부인과 의사 일을 그만뒀고 다시는 그 일을 하지 않았습니다.

제가 보기엔 말입니다, 셀리그먼 교수님. 카잘리스의 문제가 무엇이었든 간에 그 분만실에서 절정에 도달했던 것 같습니다."

"왜 그렇게 말하는 거지요?"

노인이 중얼거렸다.

"왜냐하면……. 셀리그먼 교수님, 저는 리비도와 모티도, 에고와 이드* 같은 용어를 이용해서 설명하는 법은 모릅니다. 그렇지만 인간에 대해서는 조금 압니다. 제가 그동안 인간의 행동을 통해 관찰한 내용과, 저 자신 그리고 다른 사람의 인생 경험을 합친 것을 통해 결론을 내릴 수밖에 없었습니다.

저는 사실을 관찰합니다. 카잘리스는 자신의 어린 시절에 냉정하게 등을 돌립니다. 왜일까요? 저는 생각합니다. 그의 어린

* 각각 성본능, 죽음의 충동, 자아, 본능적 충동을 뜻한다.

시절은 언제나 아이를 임신하거나 품에 안고 있는 어머니, 언제나 아이들을 잉태시키는 노동자 아버지, 그리고 언제나 그의 소망을 방해하는 형제자매들에 의해 장악당했습니다. 저는 생각합니다. 카잘리스는 어머니를 미워했을까요? 그는 자신의 형제자매를 증오했을까요? 그들을 증오했기 때문에 죄책감을 느꼈을까요?

그리고 저는 카잘리스가 경력을 쌓아가던 과정을 관찰합니다. 그리고 말합니다. 그가 품었을 모성에 대한 증오와 모성을 다루는 전공을 선택한 것 사이에는 중대한 상관관계가 있을까요? 그의 부모가 낳은 수많은 형제자매들에 대한 증오와 그 자신이 이 세상에 더 많은 아이들을 내보내는 의학의 전문가가 되겠다는 결심 사이에는 어떤 관계가 있는 것일까요?

증오와 죄책감…… 그리고 그에 대한 자기방어. 저는 2에 2를 더했습니다. 이렇게 해도 되는 것일까요, 교수님? 타당한 것입니까?"

셀리그먼이 말했다.

"당신의 그런 수학은 문제를 지나치게 단순화하는 경향이 있지요. 그러나 계속하십시오."

"그래서 저는 저 자신에게 말합니다. 카잘리스의 불안은 뿌리가 깊습니다. 그의 죄책감은 심오합니다. 무의식이 의식의 수면으로 오르는 데 대한 방어는 정교합니다. 아마도 그것이 신경증적 행동을 판별하는 기본 요소이겠지요.

이제 저는 그의 결혼을 관찰합니다. 제가 볼 때는 결혼과 동시에 새로운 불안이 시작됩니다. 또는 예전 불안이 확장된 것일 수도 있죠. 정상적인 남자라도 마흔네 살에 결혼한다면, 그것도 격무에 시달리며 사람도 거의 만나지 않고 살다가 어느 날 열아홉 살 소녀와 결혼을 한다면, 그 결혼은 불안정하고 갈 등이 많았을 겁니다. 게다가 그의 어린 신부는 뉴잉글랜드 상 류층 출신의 여린 아가씨입니다. 그녀는 감정적으로 섬세한 균 형을 이루고 있고, 세속과는 조금 동떨어져 있고, 다소 냉랭한 편이었습니다. 경험이 부족하리라는 것은 거의 확실하죠. 그리 고 카잘리스는 산부인과 의사입니다. 저는 생각합니다.

그리고 이렇게 말합니다. 제가 볼 때 카잘리스는 결혼하자마 자 성적으로 심각한 불만족과 분노와 불유쾌한 갈등을 겪었을 겁니다. 저는 말합니다. 그는 분명 성교 불능 상태를 반복적으 로 경험했을 겁니다. 혹은 그의 아내가 반응이 없거나, 불감증 이거나, 실질적으로 남편을 거부했을 겁니다. 그는 차츰 자신 을 갉아먹는 무능함을 느끼기 시작했겠지요? 그렇습니다. 동 시에 분노도 느꼈을 겁니다. 그건 당연합니다. 생명과학 분야 에서는 크게 성공한 명사인 그가, 본인의 결혼 생활을 위한 기 술은 제대로 터득할 수 없었으니까요. 게다가, 그는 아내를 사 랑합니다. 아내는 지적인 여성이었고, 부서질 것 같은 연약한 매력과 신중함을 지니고 있었고, 좋은 가정교육을 받고 자랐습 니다. 심지어 마흔두 살인 지금도 무척 아름답습니다. 열아홉 살이었을 때는 미모가 대단했을 겁니다. 카잘리스는 그녀를 사 랑합니다. 그가 간절히 원하는 애정의 대상의 아버지뻘 되는 나이의 남자로서 할 수 있는 사랑을 할 뿐이지만요.

그래서 저는 말합니다. 두려움이 생겨납니다. 이 두려움은 분명히 전혀 다른 원인에서부터 생겨난 것이지만, 다른 모습으 로 위장한 형태로 드러납니다. 그는 자신의 어린 아내를 다른 남자에게 빼앗길까 봐 두려워하게 됩니다."

엘러리는 커피를 조금 마셨고 셀리그먼은 기다렸다. 벽난로 위의 합금 도금 시계가 두 사람 사이의 일종의 휴전을 지켜보고 있었다.

"두려움은 자라납니다."

엘러리는 말을 이었다.

"그들의 큰 나이 차이, 기질의 차이, 배경의 차이, 관심사의 차이 때문에. 그가 직업상 해야 하는 일과, 병원에서 다른 남자의 아내들이 다른 남자의 아기를 낳는 걸 돕기 위해 할애하는 그 오랜 시간과, 일 때문에 부인의 곁을 지키지 못하는 상황 때문에……. 특히 응급 상황이 생기는 밤에 자주 자리를 비워야 했겠지요.

두려움은 암처럼 퍼집니다. 통제를 벗어납니다. 카잘리스는 아내와 다른 남자의 관계를 극도로 의심하게 됩니다. 아무리 사소하고, 아무리 순수한 관계라 해도…… 특히 젊은 남자와의 관계는 미칠 듯이 의심합니다. 두려움은 곧 집착으로 자라납니다."

엘러리는 노인을 바라보았다.

"셀리그먼 교수님. 에드워드 카잘리스가 결혼하고 첫 4년 동안 아내에게 집착하며 질투했습니까?"

셀리그먼은 파이프를 집어 들고 다소 의도적인 손놀림으로 재를 털었다.

"퀸 씨, 당신의 방법은 과학계에는 알려지지 않은 것입니다. 그러나 나로서는 매우 흥미롭습니다. 계속하세요."

그는 미소를 지으며 빈 파이프를 입에 물었다.

"그러다가 카잘리스 부인은 임신을 하게 됩니다."

엘러리는 얼굴을 찌푸렸다.

"이런 상황이라면 누구라도 카잘리스의 공포가 가라앉을 거라고 상상할 겁니다. 그러나 아니었습니다. 그는 이미 합리적인 선을 넘어섰습니다. 부인의 임신 그 자체로 인해 그의 질투와 의심이 더 크게 자라납니다. 이것은 내 의혹을 뒷받침하는 것이 아닐까? 그는 스스로에게 묻습니다. 그리고 아내를 직접 돌보겠다고 고집을 부립니다. 그렇습니다. 그건 고집이었습니다. 그는 지나치리만큼 헌신하고, 세심히 배려하고, 신경을 써가며 아내를 돌봤습니다. 인간의 임신 기간은 불행히도 9개월입니다. 태아의 성장을 지켜보는 9개월. 스스로를 의심으로 고문하는 9개월. 그 의심은 마침내 완전한 집착의 기형적 형태가 되어 터져 나옵니다. 이 아이는 내 아이인가? 정말 그런가?

아, 그는 의심과 싸웁니다. 끝없는 전투를 치릅니다. 그러나 적은 너무나 강합니다. 여기에서 죽이면 다른 곳에서, 그 어느 것보다도 생생한 모습으로 다시 튀어나옵니다. 그는 아내에게 자신의 의심에 관해 말했을까요? 그녀의 부정을 노골적으로 비난했을까요? 지독하게 다투며, 히스테리를 일으키며 그런 일은 없다고 눈물로 호소하는 상황이 있었을까요? 만일 그랬다면, 오히려 그의 의심을 더욱 부추겼을 것입니다. 그런 일이 없었다면, 만일 그가 자신의 극심한 두려움을 꽁꽁 숨기고 있었다면, 상황은 더욱 심각합니다.

카잘리스 부인의 출산 예정일이 다가오고, 진통이 시작됩니다.

그리고 그녀가 누워 있습니다.

분만실에.

　그의 손 아래.

　그리고 아기는 죽습니다.

　셀리그먼 교수님, 제가 얼마나 멀리 여행을 왔는지 아시겠습니까?"

　노인은 그저 입에 문 파이프만 옆으로 흔들 뿐이었다.

　"카잘리스 부인은 두 번째 아이를 임신합니다. 의심, 질투, 자학, 그리고 반신반의와 공허한 확신의 과정이 다시 반복됩니다. 또다시 카잘리스는 임신한 아내를 직접 돌보겠다고 고집을 부립니다. 또다시 분만도 직접 맡겠다고 고집합니다.

　그리고 또다시, 그의 아기는 분만실에서 죽습니다.

　두 번째 아이도, 첫 번째와 마찬가지로 죽습니다.

　그의 손 아래에서.

　그 힘세고, 섬세하게 움직이는, 숙련된 의사의 손 아래에서."

　엘러리는 노인에게 다가갔다.

　"셀리그먼 교수님, 교수님은 이 지구상에서 저에게 진실을 말해줄 수 있는 유일한 분입니다. 에드워드 카잘리스가 18년 전 교수님에게 정신과 치료를 받기 위해 이곳에 왔을 때 그는 끔찍할 정도의 죄책감에 짓눌려 신경쇠약을 일으킨 것 아닙니까? 분만 과정에서 자신의 두 아이를 살해한 죄책감 때문에?"

　잠시 후 늙은 셀리그먼은 빈 파이프를 입술에서 떼었다. 그는 신중하게 말했다.

　"아내의 배 속에 있는 아이가 다른 남자의 아이라는 환상에 빠져 아이를 살해한 의사……. 그건 정신병자이겠죠, 헤르 퀸. 안 그렇습니까? 그런 사람이 이후에 명석한 두뇌를 소유한 의사로서, 특히 정신의학 분야의 전문가로서 안정적인 경력을 쌓

을 수 있었을까요? 그리고 내 입장은, 그건 어떻게 되겠습니
까? 그래도 여전히 그 생각을 믿습니까, 헤르 퀸?"

엘러리는 화가 난 듯 웃었다.

"질문을 이렇게 바꾼다면 제 말뜻이 분명히 전달되겠습니
까? '자신의 두 아이를 살해했다는 공포에 대한 죄책감'이라고
한다면?"

노인은 만족스러워하는 것 같았다.

"왜냐하면 이것이 그의 신경증 증상의 논리적 발달 단계이기
때문이죠. 안 그렇습니까? 그는 자신의 증오에 대해 지나칠 정
도로 죄책감을 느꼈고, 스스로에게 벌을 내려야 한다고 믿었습
니다. 저명한 산부인과 의사인 그는 수천 명의 남자들의 아기
를 이 세상에 내보냈습니다. 그러나 그의 아이들은 자신의 손
아래에서 죽었습니다. 그는 고뇌했습니다. '내가 아이들을 죽
인 걸까? 내 집착과 질투와 의심 때문에 내 손이 실수를 한 걸
까? 아이들이 죽은 채로 태어나길 바라서 내 손이 그렇게 되
도록 한 걸까? 난 아이들이 죽어서 태어나기를 바랐다. 그리고
아이들은 죽은 채 태어났다. 따라서 내가 그 아이들을 죽인 것
이다.' 신경증 환자의 끔찍한 비논리죠.

그의 일반 상식은 그에게 아기들이 역아였고 난산이었다고
말했습니다. 그의 신경증은 그에게 다른 수많은 역아 출산의
경우에서는 성공을 거두었다고 말했습니다. 그의 일반 상식은
그에게 아내가 아기를 낳기에 이상적인 몸이 아니었을 거라고
말합니다. 그의 신경증은 그에게 그녀가 품은 아기들의 아버지
는 다른 남자라고 말합니다. 그의 일반 상식은 그에게 그가 최
선을 다했다고 말합니다. 그의 신경증은 그에게 최선을 다하지

않았다고, 이것을 또는 저것을 하면 더 좋았을 거라고, 아니면 하지 않는 게 더 좋았을 거라고, 아니면 애초에 직접 분만을 맡지 말고 아내를 다른 산부인과 의사에게 맡겼으면 아이들이 살았을 거라고 말합니다. 그런 식으로 계속됩니다.

그는 이런 것을 믿으려는 압도적인 충동을 지니고 있었기 때문에, 오래지 않아 자신이 두 아기를 죽였다고 믿게 됩니다. 이 작은 정신적 공포가 그를 무너뜨립니다. 부인이 그를 데리고 여행에 나서고 그가 빈에 왔을 때(그나저나 참 기이한 우연의 일치죠. 그렇게 생각하지 않으십니까, 교수님?) 그는 또 한 번 무너집니다. 그리고 교수님께 왔습니다. 그리고, 셸리그먼 교수님, 교수님은 그를 탐구하고 분석하고 치료하고…… 낫게 해주셨습니까?"

늙은 정신의학자가 입을 열었을 때, 낮게 울리는 그의 목소리에는 불만이 섞여 있었다.

"오래전 일이고 나는 그 이후 그의 감정적인 문제에 대해서는 아무것도 모릅니다. 그 당시에도 그는 갱년기로 힘들어하고 있었어요. 지난 몇 년간 그가 자신을 너무 세게 몰아붙였다면…… 게다가 그 나이에…… 중년인 사람들도 종종 신경증의 징후로부터 스스로를 보호하지 못하는 경우가 많고, 완전히 무너져서 정신 질환자가 되는 경우도 있습니다. 예를 들어 망상형 정신분열증은 중년 이후에 발병 사례가 많은 병이에요. 그렇다고는 해도, 나는 놀랍고 괴롭습니다. 모르겠어요. 그를 만나야 할 것 같습니다."

"그는 여전히 죄책감을 가지고 있어요. 그럴 겁니다. 그게 그가 한 행동을 설명할 수 있는 유일한 답입니다, 교수님."

"그가 한 일이 무엇입니까? 당신 말은, 퀸 씨, 아홉 사람을 죽인 것 말인가요?"

"아뇨."

"그럼 다른 일을 했습니까?"

"네."

"아홉 건의 살인 외에?"

"아홉 건의 살인은 저지르지 않았고, 그것 외의 일 말입니다."

엘러리가 말했다.

셀리그먼은 파이프의 볼을 의자의 팔걸이에 세게 톡톡 내리쳤다.

"어서요, 마인 헤르. 수수께끼를 내고 있군요. 당신이 말하고자 하는 것이 정확히 무엇입니까?"

"제 말은……. 카잘리스가 내일 아침 뉴욕에서 열리는 재판에서 묻는 그 죄목에 대해서는 무죄라는 뜻입니다."

엘러리가 말했다.

"무죄?"

"셀리그먼 교수님. 카잘리스가 그 아홉 명을 죽이지 않았다는 말입니다. 카잘리스는 고양이가 아닙니다. 한 번도 고양이였던 적이 없었습니다."

13

셀리그먼이 말했다.

"운명의 여신을 불러냅시다. 그녀의 또 다른 이름은 바우어이지요. 엘사!"

바우어 부인이 정령처럼 홀연히 나타났다.

"엘사……."

그러나 셀리그먼이 미처 말을 꺼내기도 전에 바우어 부인이 말머리를 잘랐다. 서툰 영어로 주절거리는 걸로 보아 그 말은 엘러리를 향한 것이기도 함을 알 수 있었다.

"교수님, 점심때가 다 되어서 아침을 먹었군요. 점심도 안 먹고. 이제는 쉴 시간이 다 되었잖아요."

앙상한 허리에 주먹을 얹고, 바우어 부인은 빈 밖에서 온 사람에게 도전적인 시선을 보내고 있었다.

"정말 죄송합니다, 교수님……."

"무엇이 죄송한가요, 퀸 씨?"

노인은 부드럽게 독일어로 말했다.

"엘사, 문에서 다 듣고 있었군. 부인은 지금 내 손님을 모욕하고 있어요. 게다가 이제는 얼마 남지 않은 내 의식의 시간마저 빼앗아 가고 있고. 내가 부인에게 최면술을 걸어야 할까요?"

바우어 부인의 얼굴이 창백하게 질렸다. 그녀는 달아났다.

"내가 부인에게 쓸 수 있는 유일한 무기라오."

노인은 킬킬 웃었다.

"부인에게 최면을 걸어 소비에트 지역으로 보내 모스크바 군인들의 노리갯감으로 만들어버리겠다고 위협을 하는 거지요. 엘사에게는 그것이 도덕성의 문제가 아닙니다. 그건 공포지요. 그럴 바엔 차라리 적그리스도와 동침하겠다고 달려갈 겁니다. 퀸 씨, 방금 카잘리스가 결국 죄가 없다고 말하고 있었지요?"

"네."

노인은 뒤로 깊숙이 앉아 미소를 지었다.

"과학계에는 알려지지 않은 당신의 그 독창적인 분석 방법으로 그런 결론에 도달한 겁니까? 아니면 사실에 기반을 둔 건가요? 예를 들면, 당신 나라의 법정을 만족시킬 만한 사실에?"

"정신연령 5세 이상의 사람이라면 누구나 만족할 만한 사실에 기반을 둔 겁니다, 셀리그먼 교수님."

엘러리가 쏘아붙였다.

"아주 단순한 사실이 감춰진 겁니다. 그 단순함에 더하여 너무 많은 살인 사건이 일어났고 기간도 너무 오래 지속되었다는 사실 때문에요. 또한, 살인이 거듭될수록 희생자 개개인의 개별성이 희미해지고 뒤죽박죽이 되어버리다 보니, 마지막에는 도살장 울타리 너머 수북이 쌓여 있는 가축의 시체들을 보는 것같이 되어버린 겁니다. 벨젠, 부헨발트, 아우슈비츠, 마이데넥의 시체들 사진을 보는 것과 같은 반응이었던 거죠. 아무 특징 없는, 그냥 죽음."

"사실을 얘기하십시오, 퀸 씨."

다소 초조한, 그런 감정이 묻은 대답. 그리고 불현듯 엘러리는 벨라 셀리그먼의 외동딸이 폴란드의 유대인 의사와 결혼하여 트레블링카*에서 죽었다는 사실을 떠올렸다. 죽음을 특별하게 만드는 것은 사랑이라고, 다른 무엇도 아닌 사랑뿐이라고, 엘러리는 생각했다.

"아, 사실요."

엘러리가 급히 말했다.

"이건 단순히 물리학 초급자 코스 같은 문제입니다, 교수님. 교수님은 올해 초 취리히의 학회에 참석하셨다고 했죠. 정확히 언제였습니까?"

흰 눈썹이 미간에서 서로 만났다.

"5월 말이었던가?"

"학회는 열흘간 열렸고 마지막 세션은 6월 3일 밤에 열렸습니다. 6월 3일 밤에 미국의 에드워드 카잘리스 박사는 컨벤션 홀에 모인 수많은 청중들 앞에서 〈군중 공포증, 어둠 공포증 및 실패 공포증〉이라는 제목의 논문을 발표했습니다. 《취리히 과학 저널》에 보도된 바에 따르면, 카잘리스의 앞 순서였던 덴마크인 발표자가 배정받은 시간을 넘기고 폐회 시간까지도 넘겨버렸습니다. 그러나 모든 세션에 성실히 참석한 카잘리스 박사에 대한 예우 차원에서(저널의 각주에 그렇게 적혀 있었죠) 카잘리스 박사는 논문을 발표하도록 허락받았습니다. 카잘리스는 자정이 넘을 때까지 발표를 했고 새벽 2시를 조금 넘겨 발표를 마쳤습니다. 이후 학회가 폐회되었고요. 공식 폐회 시간은 6월

---

* 폴란드의 나치 수용소가 있던 마을.

4일 새벽 2시 24분이었습니다."

엘러리는 어깨를 으쓱했다.

"취리히와 뉴욕의 시차는 여섯 시간이니까, 카잘리스가 학회에서 논문을 발표하던 취리히의 6월 3일 자정은 뉴욕에서는 6월 3일 오후 6시입니다. 카잘리스가 발표를 마쳤을 때는 취리히 기준으로 6월 4일 새벽 2시였고, 뉴욕은 6월 3일 오후 8시였습니다. 굉장히 우스꽝스러운 상황을 가정해보죠. 폐회하자마자, 아니면 발표를 마무리하고 연단에서 내려서자마자 카잘리스는 곧장 컨벤션홀에서 나왔습니다. 호텔에서는 이미 체크아웃을 했고 가방은 모두 싸서 맡겨놓았습니다. 사소한 비자 문제도 모두 해결된 상태이고, 취리히 공항에는 그가 도착하는 즉시 미국으로 떠날 비행기도 대기 중입니다. (그 비행기는 특별기로 카잘리스가 티켓을 가지고 있었고, 나르트뵈슬러 박사의 수다와 밤늦은 폐회와, 이러저러한 지연을 예측할 수 있는 불가사의한 능력을 지니고 있었다고 하죠.) 비행기는 뉴욕까지 논스톱으로 날아왔고, 뉴어크 공항이나 라과디아 공항에는 카잘리스가 탈 택시가 최고 속도로 도로를 질주할 수 있도록 에스코트해줄 경찰의 오토바이도 나와 있습니다. 이 말도 안 되는 상황이 전부 다 가능하다고 가정해보죠, 교수님. 그렇다면 에드워드 카잘리스는 맨해튼 도심에 몇 시에 도착할 수 있을까요? 생각할 수 있는 가장 빠른 시간은 언제입니까?"

"나는 항공학 쪽의 발전에 관해서는 아는 게 별로 없어요."

"취리히의 연단에서 맨해튼 도심까지 세 시간 반에서 네 시간 안에 곧장 날아가는 게 가능할까요, 셀리그먼 교수님?"

"물론 불가능하지요."

"그래서 교수님께 전화를 한 겁니다. 그래서 에드워드 카잘리스가 그날 밤 컨벤션홀에서 비행장으로 곧장 가지 않았다는 사실을 알게 되었죠. 추측이 아니라 사실로 밝혀진 겁니다. 교수님께서 저에게 카잘리스를 취리히의 호텔 방에 '아침이 밝을 때까지' 붙잡아두셨다고 말씀하셨으니까요. 그 시각이란 아무리 이르게 잡아도 오전 6시는 되었겠지요? 일단 제가 만족하기 위해 오전 6시라고 해보죠, 교수님. 물론 그보다 더 늦게까지였겠지만요. 취리히에서 6월 4일 오전 6시면 뉴욕에서는 6월 3일 자정입니다. 제가 첫 번째 고양이 살인 사건의 날짜를 말씀드렸던 걸 기억하십니까? 애버네시라는 남자의 살인 사건이었는데요?"

"날짜는 영 성가셔서. 게다가 사건이 많기도 했고."

"바로 그렇습니다. 정말 많은 사건이 있었고, 굉장히 오래전 일이기도 합니다. 흠, 우리 검시관의 보고서에 따르면, 애버네시가 목 졸려 살해된 시각은 6월 3일 자정 무렵입니다. 제가 말씀드렸듯이, 단순한 물리학 문제이지요. 카잘리스는 여러 가지 재능을 보여주었습니다만, 수천 킬로미터나 떨어진 두 곳에 동시에 모습을 드러내는 재능은 포함되어 있지 않습니다."

노인은 탄식했다.

"하지만, 당신이 말했듯이 이건 정말 기본적인 것인데! 그럼 당신네 나라의 경찰도, 검사도 이 물리적인 불가능을 인지하지 못했단 말입니까?"

"아홉 건의 살인이 있었고 열 번째 살인 미수 사건이 있었습니다. 그동안의 기간은 거의 5개월에 육박하죠. 카잘리스의 예전 산부인과 진료 기록과, 정신과 의료 기록 사이에 숨겨놓은 실크 끈과, 그의 체포 정황과, 상세하고 자발적인 자백……. 이 모든 것이 압도적으로 그를 유죄로 만든 겁니다. 수사 관계자들은 지나치게 확신했거나, 아니면 부주의했거나, 아니면 대부분의 살인에서 카잘리스가 물리적으로 범행을 저질렀을 가능성이 있다고 봤기 때문에 이 점을 간과한 겁니다. 검찰 측에서는 열 번째 살인 미수에 초점을 맞추고 있을 겁니다. 이 사건에는 직접적인 증거가 넘쳐나죠. 카잘리스는 메릴린 솜스의 외투를 빌려 입은 여자의 목에 올가미를 걸고 조이다가 현장에서 체포되었습니다. 터서 실크로 만든 올가미였죠. 고양이의 올가미. 따라서, 그는 고양이입니다. 왜 알리바이 같은 걸 조사하겠어요?

다른 한편으로는, 피고 측 변호인이 알리바이를 확인할 것이라 기대할 수 있습니다. 만일 변호인 측에서 카잘리스의 알리바이를 확인하지 않았다면 그건 순전히 피고 탓입니다. 제가 뉴욕을 떠날 때까지만 해도 카잘리스는 극도로 까다롭게 굴었습니다. 법적인 도움을 완전히 거부한 상태였죠. 그렇다면 변호사로서도 단순히 피고 측 변호인이라는 이유만으로 굳이 피고의 유죄를 확신하는 사회 전반의 분위기로부터 멀어질 이유는 없는 겁니다.

그러나 아무도 알리바이를 조사하지 않은 데에는 숨겨진 다른 이유가 있지 않을까 싶기도 합니다. 그 이유는 이 사건이 시작되었을 때부터 작동했던 심리에 뿌리 깊이 박혀 있는 것입니다. 고양이를 잡아서 그 심장에 말뚝을 박고 끔찍한 대량 살인을 전부 잊어야 한다는 신경증적인 열망이 전염병처럼 번져 있었습니다. 경찰과 공무원들도 그 병에 감염되었었지요. 고양이는 제2의 도플갱어입니다. 고양이의 특징은 희미하게밖에 드러나 있질 않아서 경찰 관계자들도 그 특징에 맞는, 살과 피로 이루어진 존재에 손을 얹게 되자 흥분한 나머지……."

"퀸 씨."

늙은 셸리그먼이 중얼거렸다.

"나에게 연락할 사람을 알려주면 내가 뉴욕으로 전보를 보내겠습니다. 6월 4일 밤을 새고 새벽이 될 때까지 취리히에서 내가 그를 붙잡아두고 있었다고 말이오."

"정식으로 증언 녹취록을 작성하도록 조치를 취하겠습니다. 거기에 카잘리스 박사가 취리히 학회가 끝날 때까지 참석했다는 증거와 미국으로 귀국했을 때의 입국 기록까지…… 서류의 날짜는 절대 6월 4일 이전일 수가 없지요. 그것만 있으면 그는 풀려날 겁니다."

"첫 번째 실인은 물리적으로 저지를 수가 없었겠지만, 나머지 살인도 저지르지 않았다고 하면 그들이 만족할까요?"

"그런 이론을 주장하는 것은 굉장히 유치한 일입니다. 셸리그먼 교수님. 이 범죄는 애초부터 동일 인물에 의한 것으로 추정되었습니다. 그에 대한 수많은 근거가 있지요. 희생자 이름의 출처만으로도 이 내용은 확정 지을 수 있습니다. 출처로부터 특정 대상자를 선택한 방법도 확정적입니다. 교살 방법이 동일한 것도 이를 확인합니다. 그런 식입니다. 이 모든 요소 중에서 가장 강력한 것은 아홉 건의 살인 모두 동인도 원산지의 터서 실크 끈을 교살에 사용했다는 점입니다. 이국적이고, 독특하며, 쉽게 구할 수 없는 끈이었죠. 그리고 분명히 같은 원단으로 만든 끈입니다."

"그리고 물론, 정신 질환자의 일련의 폭력 행위에서 보이는 일반적인 특징도……."

"그렇습니다. 이런 종류의 다수의 살인 사건은 필연적으로 소위 말하는 '외로운 늑대'의 소행입니다. 단 한 명의 정신 질환자의 행위. 그 점에 대해서는 더 이상의 이론이 없을 겁니다……. 지금 휴식을 취하지 않으셔도 괜찮습니까, 셀리그먼 교수님? 바우어 부인 말이……."

셀리그먼은 바우어 부인이라는 말에 엘러리를 노려보며 담뱃가루를 담은 병으로 손을 뻗었다.

"이제 당신의 목적지가 조금씩 보이기 시작하는군요, 마인 헤르. 그렇다고 해도, 내 손을 잡고 이끌어주시오. 당신은 한 가지 어려운 문제를 해결함으로써 다른 어려운 문제에 맞서게 되었습니다.

카잘리스는 고양이가 아니라고 했지요.

그럼 누굽니까?"

"다음 질문이군요."

엘러리는 고개를 끄덕였다.

그는 잠시 침묵을 지켰다.

"온갖 노력을 다해 그 질문의 답을 찾았습니다. 교수님."

그는 마침내 미소를 지으며 말했다.

"거의 가사 상태에 이르렀죠. 그러니 제가 천천히 설명하더라도 양해해주시겠지요.

그 답에 도달하기 위해 우리는 그의 신경증에 관해 세워놓은 가설을 통해 카잘리스의 행동을 조사해야 합니다.

카잘리스는 무엇을 했습니까? 고양이 사건에서 그가 보인 행동은 열 번째 희생자와 함께 시작합니다. 그가 스물한 살의 메릴린 솜스를 열 번째 희생자로 선택했고, 그것은 고양이가 카잘리스의 옛 산부인과 진료 기록 카드를 뒤져 선택한 것과 같은 방법을 이용한 것입니다. 저 자신도 그 방법을 이용해서 같은 대상자에 도달했지요. 그렇다면 합리적인 지성의 소유자이며 앞선 아홉 건의 범죄 내용과 진료 기록에 관한 사실을 모두 아는 사람이라면 누구라도 그렇게 할 수 있다는 얘깁니다.

고양이의 방법을 이용해 다음 대상자를 고르고 나서, 카잘리스는 무엇을 했습니까?

어쩌다 보니, 메릴린 솜스는 집에서 일을 했고 대단히 바빴습니다. 밖에 잘 나오지도 않았습니다. 매 사건에서 고양이가 해결해야 했던 첫 번째 문제는 죽이기로 점찍어둔 대상자의 얼굴과 체형을 익히는 것이었을 겁니다. 진짜 고양이가 메릴린 솜스를 노린 것이었다면, 그녀의 모습을 익힐 수 있도록 집 밖으로 끌어내려는 시도를 했을 겁니다. 이것이 바로 카잘리스가 한 일이었습니다. 그는 속임수를 써서 메릴린 솜스를 공공장소로 불러냈고 그곳에서 그는 '안전하게' 그녀를 '관찰'했습니다.

이후 며칠 밤낮에 걸쳐 카잘리스는 여자의 집 근처를 서성거렸고 그녀가 사는 건물을 정찰했습니다. 고양이라면 했을 법한 일이지요. 이전 사건에서도 고양이는 분명히 그렇게 했을 겁니다.

그렇게 공공연하게 돌아다니는 동안, 카잘리스는 대상에 대한 갈망과 교활함을, 그리고 일시적 실패를 경험했을 때는 과장된 실망의 감정을 드러내 보였습니다. 그런 것들은 불안정한 정신 상태의 고양이가 보일 것이라 예상되는 행동이었습니다.

마지막으로 클라이막스가 있던 10월의 그 밤, 카잘리스는 메릴린 솜스와 체격이 비슷하고 우연히 메릴린 솜스의 외투를 입고 있던 여자를 불러 세워 골목길로 끌고 들어간 뒤, 터서 실크 끈으로 여자의 목을 조르기 '시작'합니다. 고양이가 이전에 저질렀던 범죄 행위와 관련이 있는 끈으로요.

그리고 우리가 그를 체포했을 때 카잘리스는 자신이 고양이라고 '자백'했고 아홉 건의 살인 사건에서 고양이가 한 '행동'을 재연했습니다……. 그가 스위스에 있을 때 일어났던 애버네시 살인 사건까지 포함해서 말이죠!

왜일까요?

왜 카잘리스는 고양이를 흉내 냈을까요?

왜 그는 고양이의 범죄를 자백했을까요?"

노인은 집중해서 듣고 있었다.

"이건 단순히 망상에 빠진 사람이 다른 사람의 폭력적인 행동을 모방해서 자신이 한 짓이라고 주장하는 경우와는 다릅니다. 모든 충격적인 범죄에는 그런 일이 뒤따르게 마련이고, 실제로 지난 5개월 동안에도 수많은 정신 질환자들이 고양이의 범죄를 모방하려 했었죠. 카잘리스는 생각, 계획, 행동으로 자신이 고양이임을 '입증'했습니다. 고양이의 습관, 방법, 살인 기술에 관한 정확한 지식과 공들인 연구를 통해 새롭고 전형적인 고양이의 범죄를 창조해냄으로써 입증한 것입니다. 심지어 모방에만 그친 것도 아니었습니다. 그의 행동은 적절한 실행과 과감한 생략으로 구성된 영리한 해석이었습니다. 예를 들어볼까요. 카잘리스가 솜스의 아파트에 들어갔던 그날 아침, 그가

뒷마당에 나가 있는 동안 메릴린 솜스는 아래층 현관으로 내려
와 몇 분 동안 서서 우편물을 확인했습니다. 이 순간 카잘리스
는 복도로 다시 들어왔죠. 그 안에는 카잘리스와 그의 희생자
말고는 아무도 없었습니다. 이른 아침이었고, 거리에 지나다니
는 사람도 없었습니다. 그럼에도, 카잘리스는 그 순간 여자를
공격하려는 움직임은 보이지 않았습니다. 왜일까요? 만일 그
렇게 했다면 고양이 살인 사건의 일관적인 패턴을 무너뜨리기
때문이었습니다. 모든 사건들은 전부, 마지막 사건까지도, 어
두워진 후에 일어났죠. 그리고 그때는 환한 아침이었습니다.
이런 사소한 요소까지 꼼꼼히 살피는 것은 일반적인 정신 질환
자에게서 기대할 수 없는 행동입니다. 그때 보여준 자제력은
말할 것도 없고요.

　아뇨. 카잘리스는 이성적이었고, 그 창조적인 능력을 통해
고양이의 역할에 대해 심세하게 추측한 것은 이성적인 동기에
의한 것이었습니다.”

　“그렇다면 당신의 결론은 카잘리스가 그 골목에서 여자를 목
졸라 죽일 의도가 없었다는 겁니까? 단지 그런 시늉만 했다는
것인가요?”

　“네.”

　“하지만 그건 경찰이 자신을 추적하는 것과 그가 그런 시도
를 할 때 체포될 것임을 미리 알았다는 얘기가 되는데.”

　“물론 알고 있었습니다, 교수님. 그 이성적인 사람이, 자신이
고양이가 아닌데도 고양이임을 입증하려고 했다는 사실에서
논리적으로 한 가지 질문이 생깁니다. 누구에게 입증한다는 것
일까? 제가 지적했듯이 단순히 자백만으로 증명한 것이 아닙

니다. 그는 고양이가 되기 위해 며칠에 걸쳐 실감 나는 표정을
짓거나 솜스 집 근처를 배회하는 등 정교한 행동을 보였습니다. 그런 속임수는 누군가 속여야 할 사람이 지켜보고 있다는 사실을 가정한 것입니다. 그렇습니다. 카잘리스는 경찰이 미행하고 있다는 걸 알았습니다. 그는 그가 하는 모든 행동과, 입술의 미묘한 움직임까지도 훈련받은 경관들에 의해 관찰되고 기록된다는 걸 알았던 겁니다.

그리고 실크 끈을 셀레스트 필립스의 목에, 자신의 희생자로 착각한 여자의 목에 둘렀을 때, 카잘리스는 관객들을 위해 마지막 장면을 연기했던 겁니다. 희생자가 다른 사람들에게 들릴 수 있을 만큼 크게 비명을 질렀던 경우는 열 번째 사건이 유일했습니다. 꽤 의미심장한 사실이죠. 그리고 여자의 목에 상처가 남을 만큼 충분히 세게 끈을 조이긴 했지만, 여자가 끈과 목 사이에 양손을 넣을 수 있었던 것도 의미심장하죠. 이전 사건에서 적어도 두 번 정도는 희생자를 기절시켰는데, 이때는 여자를 기절시키지도 않았습니다. 그리고 셀레스트 필립스는 공격을 당하고 나서 얼마 지나지 않아 정상적으로 말하고 행동할 수 있었어요. 가벼운 상처를 입긴 했지만 그건 주로 여자가 겁에 질려 혼자 발버둥을 친 결과였습니다. 우리가 골목길로 그를 '말리기' 위해 달려가지 않았다면 카잘리스가 뭘 했을지는 얼마든지 추측할 수 있습니다. 여자에게 치명적인 부상을 입히지 않고 충분히 오랫동안 소리 지르게 놔둬서, 외부에서 방해자가 나타나도록 했을 겁니다. 그는 형사들이 안개 속 멀지 않은 곳에 숨어 있을 거라고 확신했죠. 시내에서도 가장 번잡한 구역이었으니까요.

그는 고양이 살인 미수 현장에서 체포되기를 원했고, 고양이 살인 미수 현장에서 체포되도록 계획을 세웠고, 고양이 살인 미수 현장에서 성공적으로 체포되었습니다."

"그로 인해 확실해졌군요. 우리가 목적지에 접근하고 있다는 것이."

노인이 중얼거렸다.

"그렇습니다. 이성적인 사람이 다른 사람의 죄를 짐작하고 다른 사람이 받을 벌을 대신 짊어지려 한다면, 그걸 설명할 수 있는 정당한 이유는 하나뿐입니다. 그 사람은 다른 사람을 감싸주고 있는 겁니다.

카잘리스는 고양이의 정체를 감추고 있습니다.

카잘리스는 고양이가 발견되고, 정체가 노출되고, 벌을 받지 않도록 보호하고 있습니다.

그러면서 키잘리스는 깊이 묻혀 있는 자신의 죄책감에 대해, 고양이를 중심으로 고양이와 감정적인 유대 관계를 맺으며 자신에게 벌을 주고 있었던 겁니다.

여기에 동의하십니까, 셀리그먼 교수님?"

그러나 노인은 기묘한 태도로 말했다.

"나는 당신이 여행하는 이 길을 관찰하는 사람일 뿐입니다, 퀸 씨. 나는 동의하지도 반대하지도 않아요. 들을 뿐입니다."

엘러리는 웃었다.

"제가 고양이에 대해 지금 알고 있는 것은 무엇일까요?

고양이는 카잘리스와 정서적인 연대를 유지하고 있는 사람이라는 것입니다. 따라서 그는 카잘리스와 가까운 관계를 맺고 있지요.

고양이는 카잘리스가 강한 의지를 가지고 보호해주려는 사람이며, 그의 범죄는 카잘리스 자신의 신경증적 죄책감과 결부되어 있습니다.

고양이는 산부인과 의사였던 카잘리스가 30년도 전에 세상에 내보낸 사람들을 찾아서 죽여야 할 결정적인 병적 이유를 가지고 있는 정신 질환자입니다.

마지막으로, 고양이는 카잘리스와 마찬가지로 집 안의 잠긴 저장실 안에 보관해둔 옛 진료 기록에 접근할 수 있는 인물입니다."

셀리그먼은 파이프를 입으로 가져가려다 말고 동작을 멈췄다.

"그런 사람이 있느냐고, 저는 스스로에게 물었습니다. 제가 알고 있는 사람 중에 그런 사람이 있는가?

있습니다. 제가 확실히 알고 있는 사람요."

엘러리가 말했다.

"딱 한 사람뿐이죠.

카잘리스 부인입니다."

엘러리가 말했다.

"카잘리스 부인은 제가 방금 열거한 조건에 전부 들어맞는 유일한 인물입니다.

카잘리스 부인은 카잘리스와 감정적 연대를 가질 만큼 가까운 관계인 유일한 사람입니다. 카잘리스에게는 가장 가까운 관계죠.

부인은 카잘리스가 보호해주고자 하는 강한 의지를 가지고 있는 유일한 대상이며, 그녀의 죄책감에 대해 카잘리스는 강한 책임감을 느끼고 있죠……. 그녀의 범죄는 카잘리스의 마음속에서 그 자신의 신경증적 죄책감과 연결되어 있습니다.

카잘리스 부인은 남편이 이 세상에 내보낸 아기들을 찾아내 죽여야 할 결정적인, 그야말로 유일하게 결정적인 이유를 가지고 있습니다.

그리고 카잘리스 부인이 남편과 마찬가지로 의료 기록에 접근할 수 있다는 사실은 자명합니다."

셀리그먼의 표정은 바뀌지 않았다. 그는 놀라지도 깊은 인상을 받은 것 같지도 않았다.

"나는 당신의 세 번째 항목을 따라가는 것에 흥미를 느낍니다. 카잘리스 부인의 살인에 있어 '결정적인 병적 이유'라고 부른 것 말입니다. 그것을 어떻게 설명하겠습니까?"

"제 방법의 또 다른 확장에 대해 교수님은 과학계에는 알려지지 않은 방법이라고 말씀하셨지요. 저는 카잘리스 부인이 출산을 하면서 두 아이를 잃었다는 것을 알고 있었습니다. 카잘리스는 그 얘기를 하면서 두 번째 출산 이후 그녀가 더 이상 아이를 가질 수 없게 되었다는 것도 말해주었습니다. 그 후 그녀가 언니의 외동딸인 리노어 리처드슨에게 지나친 애착을 보였고, 어떤 면에서는 조카가 언니의 딸이라기보다는 오히려 그녀의 딸 같은 존재였음을 알고 있었습니다. 카잘리스가 남편으로서 성적 기능이 부실했음도 알았습니다. 아니, 그건 저 스스로 확신했습니다. 그가 신경쇠약을 앓던 오랜 기간 동안, 그리고 그 이후의 치료 기간 동안 그는 아내에게 지속적인 좌절감을 안겨주었을 겁니다. 그리고 결혼할 당시 그녀는 겨우 열아홉 살이었습니다.

열아홉 살 이후로 카잘리스 부인은 부자연스럽고 긴장으로 가득한 생활을 계속해왔습니다. 그 후 두 아이의 죽음, 아이를 가질 수 없는 몸이 되어 좌절된 모성애의 열망, 그리고 좌절된 모성애가 조카딸에게 전이됨으로써 불만족스럽고 불안정해진 정신 상태로 인해, 일상생활은 더욱 악화되어갔습니다. 그녀는 리노어가 결코 자신의 딸이 될 수 없다는 걸 알았습니다. 리노어의 어머니는 노이로제 환자에 질투심 많고, 소유욕 강하고, 유치하고, 남의 일에 참견하기 좋아하는 사람입니다. 언니는 끊임없이 문제를 일으켰지요. 카잘리스 부인은 외향적인 성격이 아닙니다. 예전에도 그랬을 겁니다. 그렇다면 그녀의 좌절은 안으로 자라났을 겁니다. 그녀는 그것을…… 오랫동안 안에 품어왔습니다.

마흔이 넘을 때까지.

그리고 정신적으로 무너졌죠.

셀리그먼 교수님. 저는 어느 날 카잘리스 부인이 스스로에게 무언가를 말했고 그 이후로 그것이 그녀의 유일한 삶의 이유가 되었을 거라고 봅니다.

일단 그것을 믿기 시작하자, 그녀는 갈피를 못 잡고 길을 잃었습니다. 정신 질환이라는 왜곡된 세계에서 길을 잃은 것이지요.

그 이유는…… 교수님, 저는 정말로 기이한 일이 일어났다고 생각합니다. 카잘리스 부인은 아이들이 태어났을 때 남편이 자기가 아이들을 죽였다고 생각한다는 것을 알 필요는 없었습니다. 사실, 그녀는 틀림없이 몰랐을 겁니다. 그녀의 이성적인 삶에서는요. 그걸 알았다면 그들의 결혼 생활이 그렇게 오랫동안 유지되기 어려웠을 겁니다. 저는 정신 질환이 발병하면서 그녀가 남편과 거의 같은 결론에 도달했다고 생각합니다.

그녀는 스스로에게 말했을 겁니다. 내 남편은 다른 여자들의 아기를 수천 명이나 이 세상에 내보내주었어. 하지만 내가 아기를 낳으려 할 때는 나에게 죽은 아기들을 주었어. 그러니 남편이 내 아기들을 죽인 거야. 그는 내가 아기를 갖도록 놔두지 않을 거야. 그러니 나도 그 여자들이 아기를 갖지 못하게 하겠어. 그는 내 아이를 죽였어. 나는 그이가 받은 아이를 죽일 거야."

엘러리는 말했다.

"이 근사한 비엔나커피가 아닌 커피를 조금 더 마실 수 있을까요, 셀리그먼 교수님?"

"아."

셀리그먼은 손을 뻗어 종에 딸린 줄을 당겼다. 바우어 부인이 나타났다.

"엘사, 우리가 야만인인 줄 아시오? 커피 더 가져와요."

"이미 가져왔어요."

바우어 부인이 독일어로 쌀쌀맞게 쏘아붙이고는, 김이 나는 큼직한 주전자와 깨끗한 컵과 컵 받침을 방 안으로 들였다.

"전 교수님을 잘 알아요, 이 늙은 악당 같으니. 또 자살하고 싶은 기분이 든 거죠."

그러더니 그녀는 여봐란 듯이 밖으로 나가며 문을 쾅 닫았다.

"내가 이렇게 삽니다."

셀리그먼이 말했다. 그는 밝은 눈으로 엘러리를 바라보았다.

"이보시오, 헤르 퀸. 이건 정말이지 특별합니다. 나는 다만 앉아서 감탄할 수밖에 없군요."

"네?"

엘러리는 무슨 말인지는 잘 이해하지 못했지만 정령의 선물에는 감사한 마음이 들었다.

"지도에도 없는 길을 따라 당신이 진정한 종착지에 도착한 것 말입니다.

의학을 공부한 사람이 카잘리스 부인을 본다면 이렇게 말할 겁니다. 여기에 조용하고 순종적인 여자가 있습니다. 그녀는 내성적이고, 은둔을 좋아하며, 사교성이 없고, 냉담하고, 다소 의심이 많고 냉소적입니다. 물론 이것은 내가 그녀를 알았을 때의 얘기입니다. 그녀의 남편은 잘생기고 성공한 의사이며, 산부인과 의사라는 직업을 통해 끊임없이 다른 여자와 접촉합니다. 그러나 결혼 생활에서 그녀와 남편은 불안한 갈등과 긴장 상태에 놓여 있습니다. 그럼에도 불구하고 그녀는 어떻게든 삶에 적응해가고 있습니다. 말하자면, 절룩거리는 형태로.

특별히 주목할 만한 일은 하지 않았습니다. 사실 그녀는 언제나 남편의 그림자에 가려져왔고 그의 지배를 받았습니다.

그러다가 사십 대에 접어들어, 무슨 일이 생깁니다. 수년 동안, 비밀리에, 그녀는 남편이 더 어린 여자들과 관계를 맺는 것을 질투해왔습니다. 정신과 환자인 여성들 말이지요. 한 가지 주목할 만한 흥미로운 사실이 있는데, 최근에 취리히에서 카잘리스는 나에게 자신이 받는 환자들 거의 전부가 여성이라고 말했지요. 카잘리스 부인에게는 증거가 필요하지 않습니다. 그녀는 항상 정신분열증의 기질을 보여왔으니까요. 게다가, 아마 증명해 보일 무엇도 없었을 겁니다. 그런 건 상관없습니다. 카잘리스 부인의 정신분열증 기질은 망상의 형태로 분출되었습니다.

임상적으로 확실한 피해망상성 정신분열증입니다.

그녀는 남편이 자신에게서 아이를 빼앗기 위해 자신의 아이를 죽였다는 망상을 발전시킵니다. 심지어 성공적으로 분만한 환자의 아기들 중 일부가 남편의 아이일 거라는 생각까지 하게 되죠. 남편이 그 아기들의 아버지라는 생각을 했든 안 했든, 그녀는 보복을 위해 아기들을 죽이는 일에 착수합니다.

그녀의 정신 질환은 내면에서만 통제되고 있습니다. 범죄의 형태가 아니면 세상에 표현되지 않죠.

이것이 당신이 말한 살인자에 대해 정신과 의사가 설명하는 방식입니다.

보시다시피, 퀸 씨, 종착지는 동일하지요."

"다만 제 경우는……."

엘러리가 말했다. 그의 미소는 약간 씁쓸했다.

"시적(詩的)으로 접근했던 것 같습니다. 살인범을 고양이로 묘사했던 만화가가 기억나요. 지금은 그 만화가의 특별한 직관이 마음에 들기 시작했습니다. 모든 고양이들의 할머니 격인 암호랑이는 자기 새끼를 빼앗기면 분노로 미쳐버리지 않나요? 그리고 교수님, 옛말에 이런 말도 있습니다. '여자는 고양이처럼 목숨이 아홉 개다.' 카잘리스 부인도 수중에 아홉 개의 목숨을 가지고 있습니다. 그녀는 살인을 저질렀고 그러다가……."

"그러다가?"

"어느 날 카잘리스는 섬뜩한 손님을 맞이하게 됩니다."

"진실 말이군요."

엘러리는 고개를 끄덕였다.

"여러 가지 방법이 있겠지요. 그중 한 가지일 겁니다.

어쩌면 그녀가 실크 끈을 숨겨둔 곳을 우연히 발견하고, 몇 년 전 인도를 방문했을 때 그녀가 (그가 아닙니다) 그 끈을 샀던 기억을 떠올렸을 겁니다. 아니면 아마 희생자의 이름 중 한두 개가 그의 기억을 건드렸을지도 모르지요. 그랬다면 예전 의료 기록을 조금만 조사해도 눈을 뜰 수 있었을 겁니다. 아니면 아내의 기이한 태도를 눈치채고 미행했다가 현장을 봤을지도 모릅니다. 비극을 막기에는 너무 늦었지만 그 구역질 나는 의미를 파악하기에는 충분한 순간에 도착한 것이겠죠. 그래서 과거를 되짚어보니 살인 사건이 있던 밤마다 그녀의 행방을 알 수 없었다는 사실을 발견했을 겁니다. 또 카잘리스는 만성적인 불면증에 시달려서 주기적으로 수면제를 먹고 있습니다. 이로 인해 그녀에게 무제한의 기회를 제공했다는 것도 깨달았을 겁니다. 밤에 아파트 수위의 눈에 띄지 않고 드나들려면 카잘리스의 진료실 문을 이용하면 됩니다. 진료실을 통하면 곧장 거리로 나갈 수 있거든요. 낮에는, 여자의 낮 외출이 남편의 눈에 띄는 일이 드뭅니다. 우리 미국 문화에서는 사회적 계층에 상관없이 '쇼핑'이라는 마법의 단어 하나로 모든 것을 설명할 수 있으니까요……. 카잘리스는 심지어 그녀가 어떻게, 편집증에 시달리면서도 그토록 교활하게, 조카를 공격하기 위해 목록의 수많은 후보자들을 건너뛰었는지, 그래서 카잘리스를 수사에 끌어들이고 그를 통해 경찰과 제가 아는 내용과 계획과 정보들을 전부 파악했는지도 알아챘을 겁니다. 조카를 살해한 것은 그녀가 저지른 살인 중에서도 가장 끔찍한 살인이었죠. 그녀의 죽은 아기들을 대신하기엔 만족스럽지 못한 조카를 죽인 것이 니까요.

　아무튼, 정신과 의사로서 카잘리스는 그녀가 아기들을 목 졸라 죽이기 위해 끈을 선택한 것에서 탯줄의 상징성을 즉시 간파했습니다. 남자 희생자에게는 파란 끈을, 여자 희생자에게는 분홍 끈을 일관적으로 사용한 유아적 의미가 그의 눈을 벗어나지는 못했겠지요. 그는 그녀의 정신 질환을 추적할 수 있었고, 그로써 그녀가 망상에 사로잡히게 된 원인으로 거슬러 올라갈 수 있었습니다. 그것은 두 아이를 잃은 분만실일 수밖에 없습니다. 일반적인 상황이었다면 이것은 단순히 임상적인 문제이고, 아마도 개인적으로는 고뇌하며 관찰했을 문제였을 겁니다. 카잘리스는 이런 경우에 대한 일반적 조치로 의학적 법률적 조치를 취했을 겁니다. 혹시 이 사실을 세상에 공개했을 때 너무 많은 고통과 굴욕과 불명예가 뒤따를 것이라 예상되었다면, 적어도 그녀가 아무 해악도 끼칠 수 없는 곳에 두었을 겁니다.

　그러나 상황은 일반적이지 않았습니다. 그 자신에게도 같은 분만실을 통해 분출되고 그곳을 중심으로 회전하는 해묵은 죄책감이 있었습니다. 아마도 아내의 정신적 병 뒤에 도사리고 있는 것을 발견한 충격 때문에 그가 오래전 없어졌다고 생각했던 죄책감이 다시 살아났을 겁니다. 그것이 어떻게 되살아났건, 카잘리스는 예의 그 해묵은 신경증에 사로잡힌 자신의 모습을 발견했을 겁니다. 그 강도는 그것을 되살린 발견의 충격 때문에 수천 배나 더 증폭되었습니다. 곧 그는 신경증으로 인해 그것이 전부 자신의 잘못이라고 스스로 납득하게 되었습니다. 그가 두 아이를 '죽이지' 않았다면 그녀가 정신 질환에 걸리지 않았을 거라고 말입니다. 그렇다면 그 죄는 그의 것입니다. 오로지 자신에게만 '책임'이 있고, 따라서 그 혼자만이 형벌의 고통을 당해야 하는 것입니다.

그래서 그는 아내를 처형과 그 남편에게 맡겨 남쪽으로 보냈습니다. 그는 남은 실크 끈을 아내가 숨겨놓은 장소에서 꺼내 자신만이 알 수 있는 장소에 보관했습니다. 그리고 에드워드 카잘리스가 지난 5개월 동안 경찰이 미친 듯이 추적했던 괴물임을 입증하는 작업에 착수합니다. 이후의 상세한 '자백'은 그중에서도 제일 쉬운 부분이었습니다. 그는 수사에 참여하고 있었으므로 경찰이 알고 있던 모든 정보를 완벽하게 다 파악하고 있었고, 이 사실들을 기초로 하여 그럴듯하고 신뢰가 가는 이야기를 만들 수 있었습니다. 이 시점과 그 이후에 보인 그의 행동이 어디까지가 연극이고 어디까지가 실제 고뇌였는지, 저는 물론 알지 못합니다.

셀리그먼 교수님, 여기까지가 제 이야기입니다."

엘러리는 긴장된 목소리로 말했다.

"만일 이 이야기에 반박하실 정보를 갖고 계시다면, 지금 말씀해주십시오."

엘러리는 자신이 떨고 있음을 느꼈고, 꺼져가는 난롯불 때문일 거라고 생각했다. 불은 곤경에 처한 자신의 처지를 봐달라는 듯 작게 칙, 치직 소리를 냈다.

늙은 셀리그먼은 몸을 일으켜 방 안에 온기를 불어넣는 프로메테우스의 과업에 잠시 몰두했다.

엘러리는 기다렸다.

갑자기, 돌아보지도 않고, 노인이 웅얼거렸다.

"아무래도, 헤르 퀸, 지금 전보를 보내는 것이 현명할 것 같습니다."

엘러리는 한숨을 쉬었다.

"대신 전화를 걸까요? 전보로는 긴 얘기를 할 수가 없습니다. 지금 제 아버지와 통화할 수 있다면 시간을 상당히 절약할 수 있을 겁니다."

"내가 전화 연결 신청을 하지요."

노인은 책상으로 다가갔다. 그가 전화를 들면서 농담을 한마디 던졌다.

"적어도 유럽 쪽에서는, 퀸 씨, 당신이 전화를 할 경우보다 내 독일어 쪽이 돈이 덜 들 테니까요."

그들은 멀고 먼 어느 행성에 전화를 하는 것 같았다. 그들은 커피를 마시며 말없이 앉아, 좀처럼 울리지 않는 전화벨 소리를 기다렸다.

날이 저물고 어둑해지면서 서재는 특징을 잃어갔다.

한번은 바우어 부인이 들이닥쳤다. 그녀의 분노에 찬 침입에 두 사람은 깜짝 놀랐다. 그러나 두 사람의 부자연스러운 침묵과 그들을 에워싼 어둠에 그녀도 깜짝 놀랐다. 그녀는 발끝으로 걸어 들어와 램프에 불을 켰다. 그러고는 쥐처럼 살그머니 방을 나갔다.

한번은 엘러리가 웃어서, 노인이 고개를 들었다.

"방금 이상한 게 생각났어요, 셀리그먼 교수님. 그녀를 처음 만난 이후로 지난 넉 달간, 저는 부인을 부를 때도, 부인을 생각할 때도, 부인을 다른 사람에게 언급할 때도 '카잘리스 부인'

이라는 호칭 말고 이름으로 부른 적이 한 번도 없었습니다."

"그럼 뭐라고 불러야 했소? 오필리아?"

셀리그먼이 투덜거렸다.

"부인의 세례명을 한 번도 들은 적이 없어요. 지금 이 순간에
도 모릅니다. 그냥 카잘리스 부인이죠……. 위대한 남자의 그
늘에 가려진. 그럼에도 그녀가 조카를 죽인 그날 밤부터 그녀
는 항상 그곳에 있었습니다. 경계에 서 있었죠. 배경에 비친 얼
굴처럼. 가끔씩, 그러나 매우 중요한 말을 하면서. 남편까지 포
함해서 우리 모두를 바보로 만들었어요. 그걸 생각하면, 교수
님, 이른바 제정신인 사람들이 뭐가 더 나은 것인지 궁금해지
는군요."

그는 이 이야기로 다시 사교적이고 친밀한 대화를 시작하려
는 듯 웃었다. 그는 너무 불안했다.

그러나 노인은 그저 툴툴거릴 뿐이었다.

두 사람은 다시 침묵에 잠겼다.

전화벨이 울렸다.

전화 소리는 기적처럼 깨끗했다.

"엘러리!"

퀸 경감의 고함 소리가 대서양을 건너와 쩌렁쩌렁 울렸다.

"너 괜찮은 거냐? 여태 빈에서 뭘 하는 거야? 왜 연락은 안
했어? 전보도 안 보내고."

"아버지, 아버지께 전할 소식이 있어요."

"소식?"

"고양이는 카잘리스 부인입니다."

엘러리는 씩 웃었다. 그는 작은 가학적 쾌감을 느꼈다.

아버지의 반응은 매우 만족스러웠다.

"카잘리스 부인. 카잘리스 부인이라고?"

그런데 아버지의 말투에 무언가 기묘한 데가 있었다.

"충격이란 건 압니다. 지금은 설명할 수 없어요. 하지 만……."

"엘러리, 나도 너에게 전할 소식이 있다."

"저한테 전할 소식요?"

"카잘리스 부인은 죽었어. 오늘 아침 독을 마셨다."

엘러리는 셀리그먼 교수에게 소식을 전하는 자신의 목소리를 들었다.

"카잘리스 부인이 죽었답니다. 독을 마셨대요. 오늘 아침에."

"엘러리, 지금 누구에게 말하는 거냐?"

"벨라 셀리그먼 교수님요. 지금 그분 집에 있어요."

엘러리는 마음을 다잡았다. 어떤 이유에서인지 이것은 충격이었다.

"어쩌면 그 편이 나았는지도 모르겠네요. 이로써 카잘리스의 괴로운 문제는 확실히 해결되었고……."

"그래."

아버지의 목소리는 확실히 이상했다.

"……왜냐하면, 아버지, 카잘리스는 무죄거든요. 하지만 자세한 얘기는 집에 돌아가서 해드릴게요. 그동안 아버지는 먼저 지방 검사와 하실 일을 시작하시는 게 좋겠어요. 내일 아침 열릴 재판을 막을 수는 없겠지만……."

"엘러리."

"네?"

"카잘리스도 죽었어. 그도 오늘 아침에 독을 마셨다."

카잘리스도 죽었어. 그도 오늘 아침에 독을 마셨다. 엘러리
는 속으로 생각하고 있는 줄 알았는데, 셀리그먼의 얼굴을 보
고는 아버지의 말을 소리 내어 따라하고 있었다는 사실을 깨닫
고 놀랐다.

"카잘리스가 계획을 세우고, 부인에게 어디서 독을 구할지
뭘 할지 일러주었다고 믿을 만한 이유가 있다. 부인은 요 며칠
망연자실한 상태였어. 그 일이 있었을 때 독방에 단둘이 있었
던 건 채 1분 정도밖에 안 됐다. 부인이 그에게 독극물을 가져
다주었고 두 사람이 동시에 치명적인 양을 마신 거야. 효과가
빠른 약물이었는지 독방 문을 여는 동안에도 두 사람은 괴로워
몸부림을 쳤고, 6분 만에 죽었어. 눈 깜짝할 새에 일어난 일이
라 밖에서 대기하던 카잘리스의 변호사도……."

아버지의 목소리가 알 수 없는 곳으로 사라져갔다. 아니면
그런 것 같았다. 엘러리는 멀어져가는 목소리를 붙잡으려 안
간힘을 쓰는 자신을 느꼈다. 진짜로 무언가를 잡으려고 애쓰
는 게 아니었다. 무언가 자욱한, 단단한 속을 가진 어떤 것……
지금까지 자신의 일부임을 한 번도 깨닫지 못했던 그 어떤 것
을……. 이제 그가 깨닫자 그것은 빛의 속도로 작아졌고 그는
그것을 붙잡을 힘이 없었다.

"헤르 퀸. 퀸 씨!"

선량한 노인 셀리그먼. 그는 이해한다. 그래서 저렇게 놀란
목소리로 말하는 것이다.

"엘러리, 아직 안 끊었어? 내 말 안 들리니? 이 빌어먹을 전화, 아무 소리도 안 들리는데……."

목소리가 말했다.

"곧 집에 가겠습니다. 안녕히 계세요."

그리고 누군가 전화를 끊었다. 엘러리는 차분하게 모든 것이 혼란스러움을 느꼈다. 엄청난 소음이 있었고, 어딘가에 바우어 부인이 있다가 없어졌고, 웬 남자가 바보처럼 가까운 곳에서 흐느껴 울고 있고, 무언가 어마어마한 것이 그의 얼굴을 강타하더니 불타오르는 용암이 식도를 훑고 내려갔다. 그리고 다음 순간 엘러리는 눈을 떴고, 검은 가죽 소파 위에 누워 있는 자신과, 모든 할아버지들의 정령 같은 모습으로 그를 내려다보며 한 손에는 코냑 병을 들고 다른 한 손에 든 손수건으로 엘러리의 얼굴을 부드럽게 닦아주는 셀리그먼을 보았다.

"아무것도 아니에요. 아무것도 아닙니다."

노인의 목소리는 깜짝 놀랄 만큼 위로가 되었다.

"길고 고단한 여행에 수면 부족, 우리의 대화로 인한 정신적 긴장, 거기에 아버지가 전한 소식에 받은 충격까지 겹친 거예요. 긴장 풀어요, 퀸 씨. 뒤로 기대어 누워요. 생각하지 말고. 눈을 감아요."

엘러리는 뒤로 기대어, 생각하지 않고, 눈을 감았다. 그러나 곧 다시 눈을 뜨고 말했다.

"아뇨."

"뭐가 더 남았습니까? 나에게 뭔가 하고 싶은 말이 있나 보군요."

그는 정말이지 강인하고 신뢰가 가는 목소리를 가지고 있다.

"또 너무 늦었어요."

엘러리는 대단히 우스꽝스러운, 감정 섞인 목소리로 말하고 있었다.

"하워드 밴혼을 죽였던 것처럼 카잘리스도 죽였어요. 빛나는 작은 월계관 위에서 휴식을 취하는 대신 아홉 건의 살인 사건 전부에 대해 카잘리스의 알리바이를 곧장 확인했더라면……그랬다면 카잘리스는 지금 살아 있었을 겁니다. 죽지 않고 살아 있었을 거라고요, 셀리그먼 교수님. 아시겠어요? 이번에도 너무 늦어버렸어요."

할아버지 같은 목소리가 말했다.

"이젠 당신이 신경쇠약에 걸린 거요?"

이제는 부드럽지 않은, 냉정한 목소리였다. 그러나 여전히 믿음이 갔다.

"밴혼 사건 이후에 다시는 사람의 목숨을 가지고 도박하지 않겠다고 맹세했습니다. 그리고 그 맹세를 깼어요. 맹세를 깼을 때 저는 정말로 고약한 일을 저지르고 있었던 겁니다, 교수님. 제 고약한 성품은 타고난 것임에 틀림없어요. 저는 맹세를 깼고 지금 여기, 제 두 번째 희생자의 무덤 위에 앉아 있습니다. 그가 뭐라고 말할까요? 저의 고약한 오만함 때문에 고통받은 죄 없는 가엾은 사람들이 얼마나 많이 있을지, 제가 어떻게 알 수 있을까요? 저는 제 피해망상을 만족시키기 위해 길고 영예로운 경력을 갈고 닦아왔습니다. 제 앞에서 과대망상에 대해 얘기해보시죠! 저는 변호사에게는 법에 대한 반란을, 화학자에게 화학을, 탄도 전문가에게 탄도학을, 평생에 걸쳐 지문을 연구한 사람들에게 지문을 논했습니다. 저는 30년간 현직에 종사한 경찰들에게 범죄 수사 기법에 대한 '칙령'을 내리고, 자격을 갖춘 정신과 의사들에게 정신분석 기법을 설파했습니다. 아마 제 앞에서는 나폴레옹도 남자 화장실 직원 정도로밖에 보이지 않았을 거예요. 그러는 동안 저는 가브리엘 천사처럼 죄 없는 사람들 사이를 미친 듯이 누비고 다녔던 겁니다."

목소리가 들려왔다.

"지금 당신이 말하는 그 자체가 망상이군요."

"제 얘기를 입증하는 거잖아요. 안 그렇습니까?"

엘러리는 스스로 정말로 역겹게 웃고 있다고 느꼈다.

"제 철학은 《이상한 나라의 앨리스》의 여왕처럼 유연하고 이성적이었어요. 교수님도 앨리스는 아시죠? 분명히 교수님이나 다른 누구라도 그 책의 정신분석을 하셨을 겁니다. 겸손에 대한 위대한 작품이며 인간이 스스로를 비웃는 법을 배운 이래로 인간의 모든 지혜를 망라하는 걸작이죠. 그 책을 보면 모든 걸 발견할 수 있습니다. 저도 그 안에 있어요. 여왕은 큰 문제든 사소한 문제든 단 하나의 방법으로 해결합니다. 기억하시죠. '그의 목을 쳐라!'"

엘러리는 일어서 있었다. 셀리그먼이 몰래 그의 발에 불이라도 붙인 것처럼 소파에서 벌떡 일어서 있었다. 그는 셀리그먼에게 위협적으로 팔을 휘두르고 있었다.

"좋아! 이제 됐어요. 이젠 정말로 끝이에요. 제 오만함을 위험하지 않은 곳으로 이끌겠어요. 난 끝났어요, 셀리그먼 교수님. 정확하고 전지전능한 과학으로 위장한 이 뒤죽박죽의 영광스러운 경력은 이제 좀약도 없는 곳에 영원히 처박아두겠습니다. 제 뜻이 잘 전해졌나요? 제가 지금 제대로 잘 이야기했나요?"

그는 자신이 셸리그먼의 시선에 붙들려 있음을 느꼈다.

"앉아요, 젊은이. 이런 식으로 올려다보면 등이 아프니까."

엘러리는 사과의 말을 중얼거리는 자신의 목소리를 들었다. 다음 순간 그는 의자에 앉아 있었고, 무수히 쌓여 있는 커피 잔의 시신들을 바라보고 있었다.

"나는 당신이 말한 밴혼이라는 사람은 모릅니다. 그러나 그의 죽음이 당신에게 큰 충격이었던 것은 분명하군요. 너무 깊은 충격 때문에 카잘리스의 죽음을 단순하게 직시하는 게 불가능한 겁니다. 모든 사실로 미루어볼 때 피할 수 없는 결과임이 분명한데도 말입니다.

지금 당신은 당신이 할 수 있는 만큼 명료하게 생각을 못 하고 있어요, 젊은이."

신중한 목소리가 계속 이어졌다.

"카잘리스의 자살 소식에 대한 당신의 과도한 감정적 반응에는 이성적이고 타당한 이유가 없습니다. 당신이 할 수 있었던 일 가운데 그의 죽음을 막을 수 있는 것은 아무것도 없습니다. 당신이 아는 것보다 더 많은 것을 아는 이로서 말하는 겁니다."

앞에 있는 얼굴이 서서히 눈에 들어오기 시작했다. 그러자 위로가 되었다. 엘러리는 온순하게, 가만히 앉아 있었다.

"당신이 그 살인 사건의 수사에 참여한 지 10분 만에 진상을 발견했다고 해도, 카잘리스가 맞게 될 결과는 안타깝지만 같았을 겁니다. 카잘리스 부인이 정신 질환을 앓는 살인자이고 수많은 무고한 사람을 죽였다는 사실을 곧장 밝혔다고 해봅시다. 부인은 체포되고, 재판을 받고, 유죄판결을 받고, 당신 나라의 법이 그녀의 정신 질환에 대해 허용하는 바에 따라 처분이 결정되었을 겁니다. 아니면 법적인 정의에 따라 그녀가 정신적으로 자신의 행위에 책임을 질 수 있다는 결론이 날 수도 있지요. 이런 부조리도 종종 일어나니까. 당신은 당신의 일을 성공적으로 마쳤고 스스로를 비난할 이유는 없었을 겁니다. 진실은 진실이고 위험한 사람은 심각한 상해를 입은 사회로부터 제거되었을 겁니다.

그럼 이제 묻겠습니다. 아내가 체포되거나 처분을 받으면 카잘리스는 책임감을 덜 느꼈을까요? 그의 죄책감이 덜어졌을까요?

아닙니다. 카잘리스의 죄책감은 마찬가지로 강했을 것이고, 종국에는 지금과 마찬가지로 스스로 목숨을 끊었을 겁니다. 자살은 공격적 표현의 극단적 형태이자 극단적인 자기혐오의 형태 중 하나입니다. 스스로에게 짐을 지우지 말아요, 젊은이. 언제 어느 상황에서 보아도 그것은 당신의 책임도 아니고 당신이 개인적으로 통제할 수 있는 것도 아니었으니까. 당신의 능력이 미치는 한에서, 일어난 일과 일어날 수도 있었던 일 사이의 주된 차이는 카잘리스가 감방 안에서 죽었는지 아니면 파크 애비뉴의 근사한 카펫이 깔린 진료실 바닥에서 죽었는지 정도일 뿐이에요."

셸리그먼 교수의 모습이 이제는 완전하게, 매우 선명하고 가깝게 보였다.

"교수님이 뭐라고 말씀하시든, 아니, 어떤 식으로 말씀하시든, 제가 카잘리스의 속임수에 넘어가 여기 빈에서 교수님과 다 끝난 사건을 놓고 말로 부검하는 것 말고는 더 할 수 있는 게 없을 정도로 너무 늦어버렸다는 사실은 여전히 남아 있습니다. 저는 실패했어요, 셀리그먼 교수님."

"그런 의미라면…… 맞습니다, 퀸 씨. 당신은 실패했어요."

노인은 갑자기 몸을 앞으로 숙이며 엘러리의 손을 잡았다. 그의 손길에 엘러리는 자신이 길의 끝에 도달했으며 다시 되돌아가지 않아도 된다는 사실을 알았다.

"당신은 전에도 실패했고, 앞으로도 또 실패할 겁니다. 그것이 인간의 특징이자 역할이지요.

당신이 선택한 일은 당신의 에너지를 승화시키는 것이며, 사회적으로도 중요한 가치를 지닌 일입니다.

계속해야 합니다.

한 가지 더 말해두지요. 이것은 당신에게도 당신이 속한 사회에도 아주 중요한 일입니다.

당신이 이 중요하고 보람 있는 일을 계속하는 동안, 퀸 씨, 나는 당신이 항상 위대하고 진실된 교훈을 마음에 새기기를 청합니다. 이번 경험을 통해 당신이 배웠다고 생각하는 것보다 더 진실된 교훈이지요."

"그 교훈이란 게 뭡니까, 셀리그먼 교수님?"

엘러리는 귀를 기울였다.

"그 교훈은, 젊은이."

노인은 엘러리의 손을 토닥거리며 말했다.

"〈마르코복음〉에 있는 말씀입니다. '하느님은 한 분이시며 그밖에 다른 이가 없다.'"

이름에 관한 부가 설명

소설의 기능 중 하나를 들자면 우리의 삶을 거울에 비추어 보는 것이며, 그러기 위해서는 인물과 장소들이 실제 삶에서와 마찬가지로 이름을 통해 확인되어야 한다. 이 이야기에는 이름이 많이 등장할 수밖에 없었다. 그럴듯한 이야기를 만들기 위해 흔한 이름과 드문 이름을 병행해 사용했는데, 흔한 이름이든 드문 이름이든 모두 창작이다. 다시 말해 작가가 알고 있는 실제 이름이나 장소에서 유래된 이름은 없다. 그러므로 이 이야기에서 실제 인물과 같은 이름 또는 비슷한 이름의 인물이 등장하거나 실제 장소와 같은 이름이 등장한다고 해도 이는 모두 우연의 일치다.

    또한 이 이야기에서는 뉴욕 시 공무원과 직원의 캐릭터를 등장시켜야 했다. 이 인물들의 이름이 뉴욕 시의 실제 공무원 또는 직원의 이름과 동일하거나 비슷하다고 해도, 다시 말하지만 이는 우연의 일치이며 뉴욕 시의 어떤 공무원이나 직원도 소설 속 인물의 모델이 아님을 밝힌다. 이름이 등장하지 않고 직급만 나왔다 하더라도 마찬가지다. 시장(잭)과 경찰청장(바니)의 경우 특히 이 점을 더 강조하는 바이다. 뉴욕 시의 현직 시장과 경찰청장은 물론이거니와 과거 시장 또는 경찰청장은 생존해

있든 고인이든 상관없이 어떤 방식으로도 모델이 되지 않았음을 분명히 밝힌다.

작가가 창작한 인명과 장소는 다음과 같다. 만일 이 글에 등장한 이름들 중 이 목록에 오르지 못한 이름이 있다면 교정 과정에서 누락된 것이므로 독자들이 채워 넣어 생각하시면 된다.

아치볼드 더들리 애버네시,
세라 앤 애버네시 부인
애버네시 목사

테레사 바스칼로네 부인
프라우 엘사 바우어 (오스트리아)
아서 잭슨 빌

풀비오 카스토리즈 (이탈리아)
로렌스 케이턴
존 슬러비 카벨 (영국)
에드워드 카잘리스
에드워드 카잘리스 부인
스티븐 코럼코프스키
케리 G. 코언
바클리 M. 콜린스
네이딘 커틀러

빌 디밴더
프랜시스 엘리스

이냐치오 페리콴치
잴먼 핑클턴
제롬 K. 프랭크버너
콘스탄스 프롤린스

윌리엄 발데마르 게켈
골드버그 (형사)
필 고나키

해그스트롬 (형사)
애들레이드 헤거위트
헤스 (형사)

진 이머슨
필버트 이머슨
대럴 아이언스

랄 디야나 잭슨
존슨 (형사)
에바츠 존스
쥐라스 (프랑스)

도널드 캐츠

모빈 캐츠

펄 캐츠

켈리의 술집

제럴드 엘리스 콜로드니

존 F. 라클랜드

"지미 레깃"

메이블 레곤츠

맥게인 (형사)

"수 마틴"

해럴드 마르주피언

뉴욕 시장 (잭)

제임스 가이머 맥켈

모니카 맥켈

로저 브래햄 메리그루

메트로폴 홀

윌리엄 밀러

나르트뵈슬러 (덴마크)

"폴 노스트럼"

모라 B. 오라일리 부인

라이언 오라일리

라이언 오라일리 부인

파크레스터 아파트
페트루치 신부
조지 페트루치 부부
스텔라 페트루치
셀레스트 필립스
시몬 필립스
피고트 (형사)
뉴욕 경찰청장 ("바니")
프랭크 폼포

퀴글리 (형사)

보건부 자료 통계실 맨해튼 지부 호적 담당자
로젤 루타스
딜리아 리처드슨 부인
리처드슨 리퍼 앤드 컴퍼니
리노어 리처드슨
재커리 리처드슨

마거릿 새코피
실반 새코피
발터 쉔즈바이크 (독일)
안드레 셀보란 (스페인)

벨라 셀리그먼 (오스트리아)
율러리 스미스
바이올렛 스미스

빌리 솜스
이드나 래퍼티 솜스 부인
엘리너 솜스
프랭크 펠먼 솜스
메릴린 솜스
스탠리 솜스
맥스 스톤
"스누키" 세보 백작

벤저민 트루들리치

마이런 울버슨
바버라 앤 벨리

더긴 휘태커
하워드 휘태커
비어트리스 윌리킨스
프레더릭 윌리킨스

레바 자빈츠키

영 (형사)

질깃 (형사)

역자 후기

미스터리 평론가들이 뽑은
엘러리 퀸의 대표 걸작

미스터리 평론가이자 엘러리 퀸 전문가인 저술가 프랜시스 네빈스는 엘러리 퀸의 작품 중에서 《열흘간의 불가사의》와 《꼬리 많은 고양이》를 최고의 걸작으로 꼽았다. 소설가 겸 희곡 작가인 조지프 굿리치는 《꼬리 많은 고양이》에 대해 "《열흘간의 불가사의》의 심리학적 복잡성을 그대로 이어받아, 종전 후 황폐해진 맨해튼을 배경으로 긴장감 넘치는 이야기를 완성도 높게 풀어냄으로써 독자들에게 지적, 도덕적 만족감을 제공한다. 무척 어려운 도전이었을 텐데 훌륭하게 해냈다"고 극찬했다. 연쇄살인(serial murders)이라는 용어가 생겨나기도 전인 1949년, 제2차 세계대전이 끝나고 새로운 냉전 시대로 접어들며 허탈감에 빠진 뉴욕 시를 배경으로 불특정 다수를 대상으로 한 살인 사건에 맞서는 엘러리 퀸의 이야기는 그 전과는 확연히 다른 스타일을 보여준다.

배경이 뉴욕이기 때문에 《꼬리 많은 고양이》를 '라이츠빌 시리즈'와 별개로 보는 견해도 있지만, 3기 작품들의 주된 특징을 '인간화'된 탐정 엘러리와 등장인물들이 펼치는 드라마라고 본다면 단순히 이야기의 배경만으로 시리즈를 나누는 것은 무리가 있다. 전작 《열흘간의 불가사의》의 좌절감에서 아직 벗어

나지 못한 엘러리의 이야기로 시작하는 《꼬리 많은 고양이》는
사실상 《열흘간의 불가사의》에서 시작된 이야기를 마무리 짓
는, 이를테면 완결편으로 봐야 한다. 《열흘간의 불가사의》에서
부터 《꼬리 많은 고양이》에 걸쳐 엘러리 퀸 형제가 구현하고자
했던 것은 바로 엘러리 퀸의 '인간화(humanization)'였다. 프레더
릭 다네이는 만프레드 리에게 보내는 편지에서 "(엘러리 퀸의
인간화 작업은) 《열흘간의 불가사의》에서 시작해서 《꼬리 많은
고양이》까지 이어지고 있다. 이를 위해 엘러리의 자존심을 의
도적으로 꺾고 탁월한 추론 능력을 저하시켜 살과 피로 이루어
진 엘러리로 만들려 한다"고 썼다. 이 두 작품을 통해 엘러리
퀸을 완전무결한 탐정의 지위에서 끌어내려 독자와 동시대를
사는 '살과 피로 이루어진' 인간의 자리에 세운 것이다.

　　한때 추리소설의 황금기를 이끌었던 엘러리 퀸이 이렇게 작
풍의 변화를 도모했던 이유는 무엇일까? 시대가 변했고, 그에
따라 취향이 변한 독자들로부터 외면당하지 않을 작품을 써야
했기 때문이었다. 대공황과 두 번의 세계전쟁을 거치며 쓰디쓴
현실을 맛봤던 미국의 독자들은 세상이 마냥 장밋빛은 아니라
는 사실을 깨달으며 소수의 등장인물들을 중심으로 연극처럼
펼쳐지는 퍼즐식 추리소설에 등을 돌렸고, 이런 시대상을 반영
하듯 새로이 싹튼 하드보일드 스타일이 전성기를 맞이하게 되
었다. 퀸 형제도 이제 더 이상 《로마 모자 미스터리》를 쓰던 패
기만만한 이십 대 젊은이들이 아니었다. 가족 부양의 의무를
양어깨에 짊어진 중년의 가장으로서 독자의 눈에 드는 작품을
써서 생계를 유지해야 한다는 과제를 안고 있었다. 여러 가지
현실적인 문제들을 떠안고 집필에 나섰지만, 그들은 이전에 볼

수 없었던 새로운 스타일을 구현하면서도 최고 걸작이라 해도 손색이 없을 만큼 멋진 작품을 탄생시켰다.

이 작품에서 가장 눈길을 끄는 것은 섬세하게 공들인 인물 묘사다. 소설 속에서 엘러리 퀸은 아홉 명의 피해자들의 죽음에 아무런 특징이 없으며 그로 인해 개인의 개별성이 희미해졌다고 말했지만, 엘러리 퀸의 작품 중 이렇게 인물들의 이야기를 하나하나 따뜻하게 그려낸 작품이 또 있었을까. 이야기를 읽다 보면 우리 주변 어디에나 있을 법한, 자기 삶을 열심히 살아내는 소시민들의 사연에 공감하며 몰입하게 되고, 작가가 품고 있는 인간에 대한 애정을 새삼 느끼게 된다. 승자와 패자의 구분이 무의미한 쓸쓸한 결말을 맞이하며 독자는 상처 입은 탐정과 함께 카타르시스를 경험하게 되고 오래도록 가시지 않는 깊은 여운에 잠기게 된다.

작가 엘러리 퀸은 이 작품에서 추리소설의 형식 안에서 구현할 수 있는 모든 것뿐만 아니라 그 너머의 가치까지 구현해냈고, 수많은 평론가들은 주저하지 않고 이 작품을 엘러리 퀸의 최고 걸작으로 꼽았다. 퀸 형제의 의도대로 엘러리 퀸은 새로운 시대에 걸맞은 새로운 탐정으로 거듭났지만, 이후 형제는 이렇다 할 만한 작품을 내놓지 못했다. 소소한 성공을 거둔 작품들은 대부분 유령 작가에 의해 집필된 것이었으며, 이후 형제는 라디오 시나리오 작가와 편집자로서 각자의 활동에 매진했다. 《꼬리 많은 고양이》는 엘러리 퀸의 작품 중에서도 정점이라 할 수 있는 작품이다.

오래전 처음 이 책을 읽자마자 곧장 좋아하게 되었고, 그 후로 내내 언젠가 이 책을 번역하고 싶다는 마음을 품고 있었다.

좋아하는 책을 번역한다는 것은 팬으로서는 최고의 영예일 것이다. 자신의 번역이 성에 차지 않는 것은 번역자에게는 숙명 같은 것이지만, 이 책만큼은 잘하고 싶은 마음이 컸기에 유난히 아쉬움이 많이 남는다. 그렇지 않으리라는 것을 뻔히 알면서도, 처음부터 다시 하면 더 잘할 수 있을 것만 같은 터무니없는 기분이 들기도 한다. 앞으로도 한동안은 이 아쉬움이 달래지지 않을 것 같다.

2016년 6월

배지은

옮긴이 배지은

서강대학교 물리학과와 동대학원을 졸업하고, 휴대전화를 만드는 엔지니어로 일했다. 그 후 이화여자대학교 통역번역대학원을 졸업하고 장르문학과 과학서적을 번역하는 프리랜서 번역가로 일하고 있다. 엘러리 퀸의 《삼쌍둥이 미스터리》《열흘간의 불가사의》《최후의 일격》《퀸 수사국》을 비롯하여, 《밤의 새가 말하다 1, 2》《전자부품 백과사전 1, 2》《무니의 희귀본과 중고책 서점》《맹인 탐정 맥스 캐러도스》《일상적이지만 절대적인 양자역학지식 50》《언더 그라운드》 등을 우리말로 옮겼다.

Cat of Many Tails

꼬리 많은 고양이

2016년 5월 30일 초판 1쇄 인쇄
2016년 6월 10일 초판 1쇄 발행

지은이 | 엘러리 퀸
옮긴이 | 배지은
발행인 | 이원주

책임편집 | 박고운
책임마케팅 | 임슬기

발행처 | (주)시공사
출판등록 | 1989년 5월 10일(제3-248호)
브랜드 | 검은숲

주소 | 서울 서초구 사임당로 82 (우편번호 06641)
전화 | 편집 (02)2046-2817 · 영업 (02)2046-2800
팩스 | 편집 · 영업 (02)585-1755
홈페이지 | www.sigongsa.com

ISBN 978-89-527-7640-2 04840
       978-89-527-6337-2(set)

검은숲은 (주)시공사의 브랜드입니다.
본서의 내용을 무단 복제하는 것은 저작권법에 의해 금지되어 있습니다.
파본이나 잘못된 책은 구입한 곳에서 교환해드립니다.

국명 시리즈
Country Series

로마 모자 미스터리 The Roman Hat Mystery
로마 극장, 가장 인기 있던 연극의 2막이 끝나갈 무렵 발견된 한 남자의 시체.
두 사촌 형제의 역사적인 첫 공동 작업.

프랑스 파우더 미스터리 The French Powder Mystery
프렌치 백화점 전시실에서 튀어나온 시체. 용의자를 모으고 소거한 후
범인을 지적하다. 미스터리 역사상 가장 멋진 결말.

네덜란드 구두 미스터리 The Dutch Shoe Mystery
네덜란드 기념 병원, 이동식 침대에서 발견된 시체. 흰색 바지와 흰색 신발
한 켤레를 바탕으로 펼쳐지는 놀라운 추리.

그리스 관 미스터리 The Greek Coffin Mystery
미술품 중개업자의 죽음, 사라진 유언장. 최강의 적과 맞닥뜨린
엘러리 퀸의 당혹. 미국 미스터리를 대표하는 걸작.

이집트 십자가 미스터리 The Egyptian Cross Mystery
T자형 십자가에 매달린 목이 잘린 시체. 희생자는 더 늘어날 수 있는 상황.
엘러리 퀸의 치열한 추적이 시작되다.

미국 총 미스터리 The American Gun Mystery
2만 명이 모인 로데오 경기장에서 발생한 죽음. 25구경 자동권총의 행방은?
두 번째 살인 사건 이후 마침내 도달한 진상은?

샴쌍둥이 미스터리 The Siamese Twin Mystery
화재에 쫓겨 산 정상에 있는 은퇴한 의사의 집에 도착한 퀸 부자.
다음 날 발생한 기이한 살인. 피해자의 손에 쥐어진 스페이드 6 카드의 비밀은?

중국 오렌지 미스터리 The Chinese Orange Mystery
모든 것이 뒤집어진 이상한 사무실에서 뒤집어진 차림새의 시체가 발견된다.
신원을 알 수 없는 이 시체는 왜 이상한 차림으로 죽어 있는가?

스페인 곶 미스터리 The Spanish Cape Mystery
대서양을 향한 반도, 월스트리트 약탈자의 거대한 저택에서 발견된
목 졸린 시체. 그는 왜 망토로 온몸을 감싸고 있었을까?

XYZ 비극 시리즈
Tragedy Series

X의 비극 The Tragedy of X
전차 안에서 서서히 쓰러지는 한 남자. 수십 개의 독바늘이 박힌 코르크 공.
은퇴한 셰익스피어 극 명배우 드루리 레인의 인상적인 첫 등장.

Y의 비극 The Tragedy of Y
미치광이 집안이라 불리는 해터가의 주인이 바다에서 시체로 발견된다.
끊임없이 이어지는 죽음의 징조들. 진실에 다가갈수록 드루리 레인은
고민 속으로 빠져든다.

Z의 비극 The Tragedy of Z
두 번의 비극으로부터 10년 후. 은퇴한 섬 경감은 딸 페이션스와 함께
사건을 조사하던 중, 상원의원의 시체와 마주하게 된다.
드루리 레인이 펼치는 아름다운 소거법과 놀라운 진실.

드루리 레인 최후의 사건 Drury Lane's Last Case
변장을 한 수수께끼의 남자, 그가 남긴 의문의 봉투, 도난당한 셰익스피어의
희귀본. 숨겨져야만 했던 역사의 진실은 과연 무엇일까?
드루리 레인 최후의 사건.

라이츠빌 시리즈
Wrightsville Series

재양의 거리 Calamity Town
사라진 지 3년 만에 돌아온 약혼자 짐과 행복한 결혼식을 올리는 노라.
그러나 그의 필체로 쓰여진 의문의 편지들은 사랑하는
아내의 죽음을 예고하고 있는데…….

폭스가의 살인 The Murderer is a Fox
전쟁 영웅이 되어 고향 라이츠빌로 돌아온 데이비 폭스.
하지만 내면이 부서져버린 그는 자기 손으로 사랑하는 아내를
죽일 것이라는 강박에 시달리는데…….

열흘간의 불가사의 Ten days' Wonder
모든 것을 다 가진 듯했던 한 가족을 파국으로 몰아간 치명적 비밀.
역사상 가장 정교하고 거대한 '악'에 맞닥뜨린 엘러리의 운명은?

더블, 더블 Double, Double
〈마더 구스〉의 노랫말을 따라 사람들이 연이은 죽음을
맞이하면서 공포에 휩싸인 라이츠빌!
불길한 노래가 가리키는 마지막 희생자는 누구인가?

킹은 죽었다 The King is Dead
군수업계의 거물 킹 벤디고에게 연이어 날아든 살인 예고장.
수사에 나선 엘러리와 퀸 경감은 범인의 정체를 밝히고 그를 가둬두는데…….
불가능한 살인에 도전하는 범인과 그에 맞서는 엘러리. 과연 최후의 승자는?